DEAN R. KOONTZ

# DIE MASKE

*Ein unheimlicher Roman*

Deutsche Erstausgabe

WILHELM HEYNE VERLAG

MÜNCHEN

HEYNE ALLGEMEINE REIHE
Nr. 01/6951

Titel der amerikanischen Originalausgabe
THE MASK
Deutsche Übersetzung von Sonja Hauser

15. Auflage

Copyright © 1980 by Owen West
Copyright © der deutschen Übersetzung 1988 by
Wilhelm Heyne Verlag GmbH & Co. KG, München
Printed in Germany 1997
Umschlaggestaltung: Atelier Ingrid Schütz, München
Satz: IBV Satz- und Datentechnik GmbH, Berlin
Druck und Bindung: Elsnerdruck, Berlin

ISBN 3-453-00766-2

Dieses Buch ist
Willo und Dave Roberts
gewidmet
und
Carol und Don McQuinn,
die keine Fehler haben –
nur den, daß sie
zu weit weg wohnen

Ein Klagelied auf sie, die doppelt Tote, da
sie verstarb so jung.

EDGAR ALLAN POE, *»Eleonora«*

Und tiefer Wahn, und tief're Sünde,
Und Schrecken die Seele des Spiels.

EDGAR ALLAN POE, *»Der Sieger Wurm«*

Der Augenblick des höchsten Schreckens
macht uns wieder zu Kindern.

CHAZAL

# PROLOG

Laura war im Keller; sie machte gerade Frühjahrsputz und verspürte nichts als Widerwillen dabei. Sie hatte nichts gegen die Arbeit selbst; sie war von Natur aus fleißig und am glücklichsten, wenn sie etwas im Haus zu tun hatte. Aber sie hatte Angst vor dem Keller.

Das lag daran, daß es dort düster war. Die vier schmalen Fenster hoch oben in den Wänden waren kaum größer als Schießscharten, und die Glasscheiben, die mit einem Staubfilm überzogen waren, ließen nur schwaches, kreidiges Licht herein. Obwohl der große Raum von zwei Lampen erhellt wurde, hielt er beharrlich an seinen Schatten fest, nicht willens, völlig entblößt zu werden. Das flakkernde, bernsteinfarbene Licht dieser Lampen enthüllte feuchte Steinwände und einen unförmigen, kohlengefeuerten Heizkessel, der an jenem schönen warmen Mainachmittag kalt und unbenutzt dastand. Auf langen Regalen spiegelten Reihen um Reihen von Weckgläsern Lichtsplitter wider, aber ihr Inhalt – eingemachtes Obst und Gemüse, das hier nun schon seit neun Monaten lagerte – lag im Dunkeln. Die Winkel des Raumes waren alle düster, und die niedrige Decke mit den Sichtbalken hing voller Schatten, die wie lange Bänder von Leichenflor wirkten.

Außerdem roch es im Keller irgendwie unangenehm. Es war modrig, fast wie in einer Kalksteinhöhle. Im Frühjahr und im Sommer, wenn es sehr feucht war, schossen in den Ecken manchmal grau-grün gesprenkelte Pilze hervor, widerliche, schorfige Gewächse, eingesäumt von Hunderten winziger weißer Sporen, die Insekteneiern ähnelten; jene bizarren Gebilde verliehen der Kellerluft ihren ganz eigenen dünnen, jedoch nichtsdestoweniger widerlichen Geruch.

7

Es waren jedoch nicht die Dunkelheit oder die unangenehmen Gerüche oder der Pilz, die Laura Angst machten; es waren die Spinnen, die sie erschreckten. Spinnen beherrschten den Keller. Manche davon waren klein, braun und schnell; andere waren anthrazitfarben, ein wenig größer als die braunen, aber genauso flink wie ihre kleineren Brüder. Es gab sogar ein paar blau-schwarze Giganten unter ihnen, die so groß waren wie Lauras Daumen.

Während sie den Staub und ein paar Spinnweben von den Einmachgläsern wischte und dabei immer auf der Hut war vor den huschenden Bewegungen der Spinnen, wuchs Lauras Zorn auf ihre Mutter. Mami hätte sie einige Zimmer oben putzen lassen können statt des Kellers; Tante Rachael oder Mami selbst hätten hier unten saubermachen können, weil die Spinnen beiden nichts ausmachten. Aber Mami wußte, daß Laura sich vor dem Keller fürchtete, und Mami wollte sie bestrafen. Wenn sie in dieser Laune war, war das furchtbar – so schwarz wie Gewitterwolken. Laura hatte das schon früher erlebt. Nur allzuoft. Diese Stimmung senkte sich mit jedem Jahr häufiger auf Mami herab, und wenn sie sich in den Fängen dieser Stimmung befand, unterschied sie sich völlig von der lächelnden, immer singenden Frau, die sie sonst war. Obwohl Laura ihre Mutter liebte, liebte sie diese aufbrausende, gemeine Frau nicht, in die ihre Mutter sich manchmal verwandelte. Sie liebte jene verhaßte Frau nicht, die sie in den Keller mit den Spinnen hinuntergeschickt hatte.

Als sie gerade die Gläser mit Pfirsichen, Birnen, Tomaten, Roten Beten, Bohnen und eingemachtem Kürbis abstaubte, unruhig darauf wartete, daß gleich eine Spinne auftauchte und wünschte, sie wäre erwachsen, verheiratet und unabhängig, wurde Laura von einem plötzlichen, heftigen Geräusch aufgeschreckt, das die feuchtkühle Kellerluft durchschnitt. Zuerst klang es wie das entfernte, hilflose Jammern eines exotischen Vogels, bald jedoch wurde es lauter und eindringlicher. Sie hörte auf abzustauben, sah zu der dunklen Decke hinauf und lauschte auf das schaurige Geschrei von oben. Nach einem Augenblick wurde ihr klar, daß das die Stimme von Tante Rachael war und daß sie vor Schrecken schrie.

Oben fiel etwas krachend um. Es klang wie zerbrochenes Porzellan. Das mußte Mamis Pfauenvase gewesen sein. Wenn es tatsächlich die Vase war, würde Mami den Rest der Woche *äußerst* schlechte Laune haben.

Laura trat von den Regalen mit den eingemachten Lebensmitteln zurück und ging zur Kellertreppe hinüber; aber sie blieb unvermittelt stehen, als sie Mami schreien hörte. Das war kein Wutschrei, weil die Vase kaputtgegangen war; es lag Entsetzen darin.

Dumpfe Schritte bewegten sich über den Boden des Wohnzimmers auf die Eingangstür des Hauses zu. Das Fliegengitter öffnete sich mit dem vertrauten Surren der unteren Feder und schlug dann zu. Rachael war jetzt draußen und schrie; die Worte waren nicht zu verstehen, doch ihr Schreien war noch immer voller Angst.

Laura roch Rauch.

Sie eilte zur Treppe und sah blasse Feuerzungen am oberen Ende. Der Rauch war nicht dicht, aber beißend.

Mit klopfendem Herzen kletterte Laura bis zur letzten Stufe hinauf. Hitzewellen zwangen sie dazu, die Augen zuzukneifen, aber sie konnte noch in die Küche sehen. Die Feuerwand war nicht massiv. Es gab noch einen schmalen Fluchtweg, einen Korridor kühler Sicherheit; am anderen Ende befand sich die Tür zur hinteren Veranda.

Sie raffte den langen Rock, zog ihn über Hüfte und Oberschenkel zusammen und knüllte ihn in beiden Händen, damit er nicht in die Flammen hing. Sie bewegte sich vorsichtig auf den Treppenabsatz zu, der vom Feuer umschlossen war und unter ihr knarrte; bevor sie jedoch die offene Tür erreichte, barst die Küche in gelb-blauen Flammen, die schnell in ein Orange übergingen. Von Wand zu Wand, vom Boden bis zur Decke, war der Raum ein einziges Inferno; jetzt führte kein Pfad mehr durch die Glut. So verrückt ihr das auch erschien – der feuererstickte Eingang erinnerte Laura an das funkelnde Auge einer Halloweenmaske.

In der Küche barsten Fenster, und das Feuer flackerte in dem plötzlich drehenden Luftzug, drängte durch die Kellertür, schlug Laura entgegen. Voller Schrecken stolperte sie rückwärts, von dem Treppenabsatz herunter. Sie fiel. Im Drehen griff sie nach dem Geländer, verfehlte es, stolperte die wenigen Stufen hinunter und schlug mit dem Kopf auf den Steinboden.

Sie klammerte sich ans Bewußtsein, als wäre es ein Floß und sie am Ertrinken. Als sie sicher war, daß sie nicht in Ohnmacht fallen würde, stand sie auf. Stechender Schmerz fuhr durch ihren Kopf. Sie hob eine Hand zur Stirn und spürte ein wenig Blut, das heruntertröpfelte, eine kleine Schürfwunde. Sie fühlte sich schwindlig und verwirrt.

In der knappen Minute, in der sie außer Gefecht gewesen war, hatte sich das Feuer über den ganzen oberen Treppenabsatz ausgebreitet. Es bewegte sich nun auf die erste Stufe zu.

Sie konnte den Blick nicht auf einen Punkt konzentrieren. Die Stufen, die nach oben führten, und das Feuer, das sich nach unten bewegte, verschwammen immer wieder zu einem orangefarbenen Nebel.

Rauchfahnen trieben den Treppengang hinunter. Sie streckten ihre langen, unwirklichen Arme aus, wie um Laura zu umfangen.

Sie wölbte die Hände vor dem Mund: »Hilfe!«

Keine Antwort.

»So helft mir doch! Ich bin im Keller!«

Stille.

»Tante Rachael! Mami! Um Himmels willen, so helft mir doch!«

Die einzige Antwort war das ständig anschwellende Dröhnen des Feuers.

Laura hatte sich noch nie zuvor so allein gefühlt. Trotz

der Hitzewellen, die über sie hinwegschwappten, fror sie innerlich. Sie zitterte.

Obwohl es jetzt in ihrem Kopf schlimmer als je zuvor pochte, und obwohl aus der Schürfwunde über ihrem rechten Auge weiterhin Blut tröpfelte, hatte sie nun doch weniger Schwierigkeiten, ihren Blick auf einen Punkt zu konzentrieren. Das Problem war eher, daß ihr das, was sie sah, nicht gefiel.

Sie stand stocksteif da, wie gelähmt vom tödlichen Schauspiel der Flammen. Das Feuer kroch die Treppe echsengleich Stufe um Stufe herunter, es wand sich die Geländerpfosten hinauf und glitt dann das Geländer selbst mit prasselndem, glucksendem Geräusch hinunter.

Der Rauch erreichte das Fußende der Treppe und umfing sie. Sie hustete, und das Husten verschlimmerte den Schmerz in ihrem Kopf; wieder wurde ihr schwindlig. Sie streckte eine Hand gegen die Wand, um sich abzustützen.

Das alles passierte zu schnell. Das Haus ging in Flammen auf wie ein Haufen gut abgelagerter Zunder.

*Ich werde hier sterben.*

Dieser Gedanke rüttelte sie aus ihrer Trance. Sie war noch nicht bereit zu sterben. Sie war viel zu jung. Sie hatte noch so viel vor sich, so viele wundervolle Dinge, Dinge, von denen sie schon lange geträumt hatte. Es war einfach nicht fair. Sie *weigerte* sich zu sterben.

Der Rauch erstickte sie fast. Sie wandte sich von der brennenden Treppe ab und hielt sich dabei eine Hand vor Nase und Mund, aber das half nicht viel.

Sie sah Flammen am anderen Ende des Kellers, und einen Augenblick lang glaubte sie, bereits eingeschlossen und ohne jede Hoffnung auf Rettung zu sein. Sie schrie laut auf vor Verzweiflung, dann wurde ihr jedoch klar, daß die lodernden Flammen den Weg bis ans andere Ende des Raumes doch noch nicht gefunden hatten. Die beiden Feuerzungen, die sie sah, waren nur die beiden

Öllampen, die ihr vorher Licht gespendet hatten. Die Flammen in den Lampen waren harmlos und sicher in hohen Glaskaminen geborgen.

Sie hustete wieder heftig, und der Schmerz in ihrem Kopf senkte sich hinter ihre Augen. Es war schwierig für sie, sich zu konzentrieren. Ihre Gedanken waren wie Quecksilbertröpfchen, die übereinanderglitten und ihre Form so oft und so schnell veränderten, daß sie manchen von ihnen keinen Sinn entlocken konnte.

Sie betete still und inbrünstig.

Direkt über ihr ächzte die Decke und schien sich zu *verschieben*. Sie hielt ein paar Sekunden lang den Atem an, biß die Zähne zusammen, ballte die Fäuste neben dem Körper und wartete darauf, unter Schutt begraben zu werden. Aber dann sah sie, daß die Decke noch nicht einstürzen würde – noch nicht.

Zitternd und leise wimmernd huschte sie zu dem nächstgelegenen der vier hoch in der Wand angebrachten Fenster. Es war rechteckig, maß ungefähr zwanzig Zentimeter vom Sims bis zur oberen Kante und fünfundvierzig Zentimeter von Rahmen zu Rahmen – viel zu klein, um ein Fluchtweg für sie zu sein. Die anderen drei Fenster entsprachen dem ersten; es hatte keinen Sinn, sie auch nur genauer anzusehen.

Es wurde von Sekunde zu Sekunde schwerer, die Luft zu atmen. Lauras Nebenhöhlen schmerzten und brannten. Ihr Mund war voll von dem widerlichen, bitteren Geschmack des Rauchs.

Zu lange stand sie unter dem Fenster und starrte ohnmächtig und verwirrt zu dem dünnen, milchigen Licht hinauf, das durch die schmutzige Scheibe und durch den rauchigen Dunst drang, der sich eng gegen das Glas preßte. Sie hatte das Gefühl, daß sie eine ganz offensichtliche und bequeme Fluchtmöglichkeit übersah; sie war sich dessen sogar sicher. Es *gab* einen Weg hinaus, und der hatte nichts mit den Fenstern zu tun, aber sie konnte ihre Gedanken einfach nicht von den Fenstern lösen; sie war auf sie fixiert, genauso wie sie noch vor ein paar Minuten auf den Anblick der herannahenden Flammen fixiert gewesen war. Der Schmerz in ihrem Kopf und hinter ihren Augen hämmerte heftiger denn je, und mit jedem qualvollen Pochen wurden ihre Gedanken noch verwirrter.

*Ich werde hier sterben.*

Eine schreckliche Vision flackerte vor ihrem geistigen Auge auf. Sie sah sich selbst in Flammen; ihr dunkles Haar war erblondet durch die Flammen, die es verzehrten, und stand auf ihrem Kopf senkrecht in die Höhe, als wäre es gar kein Haar, sondern der Docht einer Kerze. In dieser Vision sah sie ihr Gesicht dahinschmelzen wie Wachs, Blasen werfen und dampfen und sich verflüssigen, sah, wie ihre Züge ineinanderflossen, bis ihr Gesicht nicht mehr länger dem eines menschlichen Wesens ähnelte, bis es das gräßlich verzerrte Antlitz eines lüsternen Dämons mit leeren Augenhöhlen war.

*Nein!*

Sie schüttelte den Kopf und vertrieb die Vision.

Sie fühlte sich immer schwindliger. Sie brauchte etwas frische Luft, um ihre vergiftete Lunge durchzuspülen, aber mit jedem Atemzug sog sie mehr Rauch ein als beim letztenmal. Ihre Brust schmerzte.

Ganz in der Nähe begann rhythmisches Pochen; der Lärm war sogar noch lauter als ihr Herzschlag, der ihr donnernd in den Ohren klang.

Sie drehte sich im Kreise, würgte und hustete, suchte nach dem Ursprung des hämmernden Geräusches, versuchte, sich wieder unter Kontrolle zu bekommen, und kämpfte verzweifelt darum, einen *Gedanken* zu fassen.

Das Hämmern hörte auf.

»Laura...«

Über das unaufhörliche Dröhnen des Feuers hinweg hörte sie, wie jemand ihren Namen rief.

»Laura...«

»Ich bin hier unten... im Keller!« rief sie. Aber der Schrei war nur noch ein flüsterndes Krächzen, als er aus

13

ihrem Munde drang. Ihre Kehle war zugeschnürt und bereits rauh von dem beißenden Rauch und der tobenden, heißen Luft.

Inzwischen konnte sie sich nicht mehr auf den Beinen halten. Sie ging auf dem Steinfußboden in die Knie, sank gegen die Wand und glitt daran herunter, bis sie auf der Seite lag.

»Laura...«

Das Pochen begann erneut. Eine Faust, die gegen eine Tür trommelte.

Laura bemerkte, daß die Luft über dem Boden sauberer war als die, die sie zuvor geatmet hatte. Sie schnappte verkrampft nach Luft, dankbar für diese kleine Atempause.

Einige Sekunden lang ließ der pochende Schmerz hinter ihren Augen nach, ihre Gedanken wurden klarer, und es fiel ihr der äußere Eingang zum Keller ein: zwei Türen, die schräg gegen die Nordwand des Hauses gesetzt waren. Sie waren von innen verschlossen, so daß niemand hereinkonnte, um sie zu retten; in ihrer Panik und Verwirrung hatte sie diese Türen völlig vergessen. Jetzt würde sie sich jedoch selbst befreien können, wenn sie nur klaren Kopf behielt.

»Laura!« Das war Tante Rachaels Stimme.

Laura kroch zur nordwestlichen Ecke des Raumes, wo die schrägen Türen den oberen Abschluß einer niedrigen Treppe bildeten. Sie hielt den Kopf gebeugt und atmete die zwar verschmutzte, jedoch noch halbwegs annehmbare Luft nahe dem Boden. Die Kanten der vermörtelten Steine zerrissen ihr Kleid und scheuerten die Haut von ihren Knien.

Links von ihr brannte nun die ganze Treppe ab, und die Flammen breiteten sich über die Holzdecke aus. Der Schein des Feuers glühte, durch die rauchige Luft gebrochen und zerstreut, überall um Laura herum, und es entstand das Trugbild, daß sie durch einen engen Flammentunnel kroch. Bei der Geschwindigkeit, mit der sich die

14

Feuersbrunst ausbreitete, würde dieses Trugbild bald Wirklichkeit.

Ihre Augen waren geschwollen und tränten; sie rieb sie sich, während sie sich an den Ausgang heranschob. Sie konnte nicht sehr viel sehen. Tante Rachaels Stimme diente ihr als Orientierung, und ansonsten verließ sie sich auf ihren Instinkt.

»*Laura!*« Die Stimme klang nahe. Direkt über ihr.

Sie tastete sich an der Wand entlang, bis sie den Vorsprung im Stein fand. Sie bewegte sich in jene Nische, auf die erste Stufe, hob den Kopf, konnte jedoch nichts erkennen. Die Dunkelheit war hier grenzenlos.

»Laura, antworte mir. Kleines, bist du da drin?«

Rachael war völlig hysterisch, schrie so laut und hämmerte mit solcher Hartnäckigkeit gegen die äußeren Türen, daß sie nicht einmal dann eine Antwort gehört hätte, wenn Laura dazu in der Lage gewesen wäre, ihr eine zu geben.

Wo war Mami? Warum hämmerte Mami nicht auch gegen die Tür? War Mami das alles egal?

Zusammengekauert an jenem engen, heißen Ort, an den kein Licht drang, streckte Laura die Hand nach oben gegen eine der schrägen Türen über ihrem Kopf. Das unnachgiebige Hindernis bebte und knarrte unter der Wucht von Rachaels kleinen Fäusten. Laura tastete blind nach dem Riegel. Sie legte die Hand auf das warme Metall – und über noch etwas anderes. Etwas Merkwürdiges und Unerwartetes. Etwas, das sich wand, etwas Lebendiges. Klein, aber *lebendig*. Sie fuhr zusammen und zog die Hand weg. Aber das Ding, das sie berührte, war vom Riegel auf ihre Haut gewandert und löste sich von der Tür, als sie die Hand wegzog. Es huschte aus ihrer Hand und über ihren Daumen und über ihren Handrücken und an ihrem Gelenk entlang und unter den Ärmel ihres Kleides, bevor sie es wegwischen konnte.

*Eine Spinne.*

Sie konnte sie nicht sehen, aber sie wußte, was es war.

Eine Spinne. Eine von den richtig großen, so groß wie ihr Daumen. Ein plumper schwarzer Körper, der glänzte wie ein fetter Öltropfen, schwarz wie Tinte und häßlich. Einen Augenblick lang erstarrte sie und war unfähig, auch nur Atem zu schöpfen.

Sie spürte, wie die Spinne sich ihren Arm hinaufbewegte, und ihr kecker Vormarsch riß sie aus ihrer Erstarrung. Sie schlug durch den Ärmel ihres Kleides nach ihr, aber sie verfehlte sie. Die Spinne kniff sie über der Armbeuge, sie zuckte unter dem winzigen Biß zusammen, und das eklige Geschöpf huschte in ihre Achselhöhle. Es kniff sie auch dort, und plötzlich hatte sie das Gefühl, als steckte sie im schlimmsten Alptraum ihres Lebens, denn sie fürchtete Spinnen mehr als alles andere auf der Welt – ganz sicherlich mehr, als sie das Feuer fürchtete, denn bei ihrem verzweifelten Versuch, die Spinne zu töten, hatte sie das brennende Haus, das über ihr zusammenfiel, völlig vergessen – und sie schlug voller Panik um sich, verlor das Gleichgewicht, rollte rückwärts die Stufen hinunter in den Hauptraum des Kellers und schlug mit der Hüfte auf dem Steinboden auf. Die Spinne bahnte sich unterdessen an der Innenseite ihres Leibchens kitzelnd ihren Weg, bis sie bei ihren Brüsten angelangt war. Sie schrie, brachte jedoch keinen Laut hervor. Sie preßte mit der Hand kräftig gegen ihren Busen, und sogar noch durch den Stoff hindurch konnte sie spüren, wie die Spinne sich zornig unter ihrer Hand wand, und sie spürte ihren rasenden Kampf sogar noch deutlicher auf ihrer nackten Brust, gegen die sie gepreßt wurde, aber sie wehrte sich weiter, bis es ihr schließlich gelang, sie zu zerquetschen, und sie würgte wieder, diesmal jedoch nicht nur wegen des Rauches.

Noch einige Sekunden, nachdem sie die Spinne getötet hatte, lag sie wie ein Fötus zusammengekauert auf dem Boden und zitterte heftig und unkontrolliert. Die widerliche feuchte Masse der zerquetschten Spinne glitt ganz langsam die Wölbung ihrer Brust hinunter. Sie hätte gern in ihr Leibchen gegriffen und den ekligen Klumpen herausgerissen, aber sie zögerte, denn völlig gegen alle Vernunft fürchtete sie, daß er irgendwie wieder zum Leben erwachen und sie in die Finger beißen würde.

Sie hatte den Geschmack von Blut im Mund. Sie hatte sich auf die Lippe gebissen.

Mami...

Mami hatte ihr das angetan. Mami hatte sie hier herunter geschickt, obwohl sie wußte, daß es hier Spinnen gab. Warum bestrafte Mami sie immer so schnell? Warum war sie so versessen darauf, ihr Buße aufzuerlegen?

Über ihr krachte ein Balken und gab nach. Der Küchenboden brach herunter. Sie hatte das Gefühl, als sehe sie hinauf in die Hölle. Funken regneten auf sie herab. Ihr Kleid fing Feuer, und sie versengte sich die Hände, als sie es ausschlug.

*Mami hat mir das angetan.*

Weil ihre Handflächen und Finger voller Blasen waren und sich schälten, konnte sie nun nicht mehr auf Händen und Knien kriechen; deshalb erhob sie sich, obwohl das Aufstehen mehr Stärke und Willenskraft erforderten, als sie jemals zu besitzen geglaubt hatte. Sie schwankte, fühlte sich schwindlig und schwach.

*Mami hat mich hier runtergeschickt.*

Laura sah überall nur noch pulsierendes, alles umzingelndes, orangefarbenes Leuchten, durch das gestaltlose Rauchfahnen glitten und wirbelten. Sie schleppte sich zu der niedrigen Treppe, die zu den äußeren Kellertüren führte, aber schon nach etwa zwei Metern erkannte sie, daß sie sich in die falsche Richtung bewegte. Sie drehte sich dorthin zurück, von wo sie gekommen war – oder dorthin, von wo sie dachte, gekommen zu sein. Aber schon nach ein paar Schritten stieß sie gegen den Heizkessel, der sich sicherlich nicht in der Nähe der äußeren Türen befand. Sie hatte die Orientierung völlig verloren.

*Mami hat mir das angetan.*

Laura preßte die zerschundenen Hände zu wunden, blutigen Fäusten zusammen. Vor Wut hämmerte sie gegen den Heizkessel, und mit jedem Schlag wünschte sie sich inbrünstig, ihre Mutter zu schlagen.

Der obere Teil des brennenden Hauses bog sich und knarrte. In der Ferne, jenseits einer Unendlichkeit aus Rauch, hallte Tante Rachaels Stimme qualvoll wider: »Laura... Laura...«

Warum war Mami nicht auch da draußen und versuchte, Rachael dabei zu helfen, die Kellertüren einzudrücken? Wo um Himmels willen *war* sie? Schürte sie das Feuer etwa mit Kohle und Petroleum?

Keuchend und nach Luft schnappend stieß sich Laura von dem Heizkessel ab und versuchte, Rachaels Stimme zu folgen.

Ein Balken löste sich aus seiner Verankerung, schlug ihr auf den Rücken und schleuderte sie in die Regale mit dem Eingemachten. Gläser fielen herunter und zersplitterten. Laura stürzte in einem Glasregen zu Boden. Der Geruch von eingelegtem Gemüse und Pfirsichen stieg ihr in die Nase.

Bevor sie feststellen konnte, ob sie sich etwas gebrochen hatte, ja, noch bevor sie das Gesicht aus den verschütteten Lebensmitteln heben konnte, krachte ein weiterer Balken herunter und klemmte ihre Beine ein.

Sie hatte jetzt so starke Schmerzen, daß ihr Gehirn sie einfach ausschaltete. Sie war noch nicht einmal sechzehn Jahre alt, und jetzt war die Grenze dessen, was sie aushalten konnte, erreicht. Sie versiegelte den Schmerz in einem dunklen Winkel ihres Bewußtseins; sie krümmte sich und schlug voller Hysterie um sich, zürnte ihrem Geschick und verfluchte ihre Mutter.

Der Haß gegen ihre Mutter war nicht rational begründet, aber sie empfand ihn so leidenschaftlich, daß er an die Stelle des Schmerzes trat, den sie nicht spüren wollte. Haß durchflutete sie und erfüllte sie mit so starker, dämonischer Energie, daß es ihr fast gelang, den schweren Balken von ihren Beinen zu wuchten.

*Zur Hölle mit dir, Mami.*

Das obere Geschoß des Hauses senkte sich mit dem Geräusch donnernder Kanonen auf das Erdgeschoß herab.

*Der Teufel soll dich holen, Mami! Der Teufel soll dich holen!*

Die beiden oberen Stockwerke lodernden Schuttes brachen durch die bereits geschwächte Kellerdecke.

*Mami –*

# TEIL EINS

# Etwas Böses naht heran...

Mein Daumen kündigt's an,
Etwas Böses naht heran.
Öffnet Tür und Tor
Dem, der steht davor!

SHAKESPEARE, *Macbeth*

# 1

Der Blitz zackte über die düsteren grauen Wolken hinweg wie ein Riß über einen Porzellanteller. In dem ungeschützten Hof vor Alfred O'Brians Büro schimmerten die geparkten Autos kurz und scharf konturiert im Licht des Sturmes auf. Windböen peitschten die Bäume. Der Regen schlug plötzlich wie toll gegen die drei hohen Bürofenster, strömte dann das Glas hinunter und trübte die Sicht nach draußen.

O'Brian saß mit dem Rücken zu den Fenstern. Während der Donner über den tief herabhängenden Himmel hallte und auf das Dach des Gebäudes zu hämmern schien, las er den Antrag, den Paul und Carol Tracy ihm soeben vorgelegt hatten.

Was für ein gepflegter kleiner Mann, dachte Carol, während sie O'Brian musterte. Wenn er so still dasitzt, könnte man ihn fast für eine Puppe halten.

Er war außerordentlich gepflegt. Sein sorgfältig gekämmtes Haar sah aus, als hätte sich erst vor weniger als einer Stunde ein guter Friseur darum bemüht. Sein Schnurrbart war so fachmännisch gestutzt, daß die Hälften völlig symmetrisch wirkten. Er trug einen grauen Anzug mit Bügelfalten, die messerscharf und schnurgerade waren, und seine schwarzen Schuhe glänzten. Seine Fingernägel waren manikürt, und seine rosaroten, glatt geschrubbten Hände sahen steril aus.

Als Carol O'Brian vor weniger als einer Woche kennengelernt hatte, hatte sie geglaubt, er sei steif, ja sogar pedantisch, und hatte sich darauf eingestellt, ihn nicht zu mögen. Er hatte sie jedoch schnell gewonnen mit seinem Lächeln, seinem gefälligen Auftreten und seinem aufrichtigen Wunsch, ihr und Paul zu helfen.

Sie warf Paul, der im Stuhl neben ihr saß, einen Blick zu.

Seine eigene innere Spannung verriet sich dadurch, daß er, der doch sonst so schlank und gelenkig war, so steif dasaß. Er sah O'Brian eindringlich an, aber als er spürte, daß Carol ihn betrachtete, wandte er sich ihr zu und lächelte. Sein Lächeln war sogar noch netter als das voɪ. ⊑ 'Brian, und wie immer hob sich Carols Laune, wenn sie es sah. Er sah weder besonders gut noch besonders schlecht aus, dieser Mann, den sie liebte; man konnte sogar sagen, daß er eher durchschnittlich war, und dennoch wirkte sein Gesicht außerordentlich gewinnend, weil seine angenehmen, offenen Züge einen hinreichenden Beweis für seine Sanftmut und sein Einfühlungsvermögen lieferten. Seine haselnußbraunen Augen konnten erstaunlich feine und komplexe Gefühle vermitteln. Vor sechs Jahren, bei einem Universitätssymposion zum Thema »Die Psychologie des Krankhaften und die moderne amerikanische Literatur«, wo Carol Paul kennengelernt hatte, hatte sie sich von Anfang an von diesen warmen, ausdrucksvollen Augen angezogen gefühlt, und auch in den darauffolgenden Jahren hatten sie diesen Reiz nie verloren. Jetzt zwinkerte er ihr zu, und mit diesem Zwinkern schien er zu sagen: *Mach dir keine Sorgen; O'Brian ist auf unserer Seite; der Antrag wird angenommen; alles wird gut; ich liebe dich.*

Sie zwinkerte zurück und tat so, als sei sie voller Zuversicht, auch wenn sie sich sicher war, daß er ihre tapfere Fassade durchschaute.

Sie wünschte, sich O'Brians Zustimmung sicher sein zu können. Sie wußte, daß sie eigentlich mehr als zuversichtlich sein mußte, denn es gab wirklich keinerlei Grund, warum O'Brian sie ablehnen sollte. Sie waren jung und gesund. Paul war fünfunddreißig, sie war einunddreißig, und das war ein ausgezeichnetes Alter, um sich auf dieses Abenteuer einzulassen. Beide hatten Erfolg im Berufsleben. Sie waren finanziell unabhängig, ja sogar wohlhabend. Sie genossen gesellschaftliches Ansehen. Ihre Ehe war glücklich und sorglos, und zwar jetzt sogar noch mehr als jemals zuvor in den vier Jahren, die seit ihrer Heirat vergangen waren. Kurzum, ihre Voraussetzungen für die Adoption eines Kindes waren ziemlich ideal, aber trotzdem machte sie sich Sorgen.

Sie liebte Kinder, und sie freute sich darauf, ein oder zwei eigene großzuziehen. In den vergangenen vierzehn Jahren – in denen sie drei akademische Grade an drei verschiedenen Universitäten erworben und sich in ihrem Beruf einen Namen gemacht hatte – hatte sie viele einfache Freuden auf später verschoben und auf andere völlig verzichtet. Ausbildung und beruflicher Erfolg waren immer an erster Stelle gestanden. Sie hatte zu viele gute Feste verpaßt und auf wer weiß wie viele Urlaube und Wochenenden auf dem Lande verzichtet. Die Adoption eines Kindes gehörte zu den Freuden, die sie jetzt nicht mehr länger aufschieben wollte.

Sie hatte ein starkes psychologisches – ja fast schon ein *physisches* – Bedürfnis, Mutter zu sein, Kinder zu führen und zu formen, ihnen Liebe und Verständnis entgegenzubringen. Sie war intelligent und kannte sich selbst gut genug, um zu erkennen, daß dieses tiefe Bedürfnis zumindest teilweise von ihrer Unfähigkeit, ein eigenes Kind zu bekommen, herrührte.

Das, was wir uns am sehnlichsten wünschen, dachte sie, ist immer das, was wir nicht haben können.

Sie war selbst schuld an ihrer Sterilität, die die Folge einer unverzeihlichen Dummheit war, die sie vor langer Zeit begangen hatte; und natürlich machte es ihr diese Schuld schwerer, ihren Zustand zu ertragen, als wenn die Natur – und nicht ihr eigener Leichtsinn – sie mit Unfruchtbarkeit geschlagen hätte. Sie war ein Kind mit schweren psychischen Problemen gewesen, denn sie war von gewalttätigen Eltern aufgezogen worden, Alkoholikern, die sie häufig geschlagen und mit psychischer Folter nicht gespart hatten. Mit fünfzehn war sie ein Satansbraten und rebellierte zornig gegen ihre Eltern im besonderen und gegen die Welt im allgemeinen. Sie haßte damals alle, besonders sich selbst. In den schwärzesten Stunden ihrer verwirrten und gequälten Pubertät war sie schwanger geworden. Erschreckt und voller Panik und ohne jemanden, an den sie sich hätte wenden können, versuchte sie, ihren Zustand zu verbergen, indem sie Gurte trug, sich mit elastischen Tüchern und Bändern zuschnürte und so wenig wie möglich aß, um ihr Gewicht zu halten. Schließlich traten jedoch aufgrund ihrer Versuche, die Schwangerschaft zu verbergen, Komplikationen auf, und fast wäre sie gestorben. Das Baby kam zu früh zur Welt, war aber gesund. Sie hatte es zur Adoption freigegeben und sich eine ganze Reihe von Jahren nicht mehr damit beschäftigt, doch nun dachte sie oft über das Kind nach und wünschte sich, daß sie es irgendwie hätte behalten können. Damals hatte sie die Tatsache, durch ihr Schicksal unfruchtbar geworden zu sein, nicht deprimiert, denn sie glaubte nicht, daß sie jemals wieder schwanger werden wollte. Aber durch die große Hilfe und Liebe einer Kinderpsychologin namens Grace Mitowski, die Sozialarbeit in Jugendheimen leistete, hatte Carol ihr Leben von Grund auf verändert. Sie hatte gelernt, sich selbst zu mögen, und hatte Jahre später schließlich die Gedankenlosigkeit bedauert, durch die sie unfruchtbar geworden war.

Zum Glück betrachtete sie eine Adoption als eine mehr als nur annehmbare Lösung ihres Problems. Sie war in der Lage, einem adoptierten Kind ebenso viel Liebe zu schenken wie einem eigenen. Sie wußte, daß sie eine gute und fürsorgliche Mutter sein würde, und sie sehnte sich danach, das zu beweisen – nicht der Welt, sondern sich selbst; sie hatte es noch nie nötig gehabt, irgend etwas irgend jemandem anders als sich selbst zu beweisen, denn sie war schon immer ihre eigene strengste Kritikerin gewesen.

Mr. O'Brian schaute von dem Antrag auf und lächelte. Seine Zähne waren ganz ungewöhnlich weiß. »Das sieht wirklich sehr gut aus«, meinte er und deutete auf das Formular, das er gerade fertiggelesen hatte. »Um genau zu sein: Es ist großartig. Nicht jeder, der sich bei uns bewirbt, kann solche Zeugnisse vorweisen.«

»Nett, daß Sie das sagen«, erwiderte Paul.

O'Brian schüttelte den Kopf. »Überhaupt nicht. Es ist einfach die Wahrheit. Sehr beeindruckend.«

Carol bedankte sich.

O'Brian lehnte sich in seinem Stuhl zurück, faltete die Hände vor dem Bauch und meinte: »Ich habe trotzdem noch ein paar Fragen. Ich bin mir sicher, daß es dieselben sind, die auch der Adoptionsausschuß mir stellen wird, also kann ich Sie genausogut jetzt schon fragen und mir dadurch später eine Menge Hin und Her ersparen.«

Carol verkrampfte sich wieder.

O'Brian hatte ihre Reaktion ganz offensichtlich bemerkt, denn er meinte schnell: »Oh, es ist nichts Ernstes. Wirklich nicht. Glauben Sie mir – ich werde Ihnen nicht halb so viele Fragen stellen wie den meisten anderen Paaren, die hierherkommen.«

Trotz O'Brians Beteuerungen blieb Carol angespannt.

Draußen wurde der sturmdunkle Nachmittagshimmel ständig noch dunkler, während die Farbe der Gewitterwolken, die sich zusammenballten und sich dichter auf die Erde preßten, von grau zu schwarz umschlug.

O'Brian schwang auf seinem Stuhl herum, bis er Paul genau gegenübersaß. »Dr. Tracy, würden Sie sagen, daß Sie zu erfolgsorientiert sind?«

Paul schien überrascht von der Frage. Er blinzelte und sagte dann: »Ich verstehe nicht so ganz, was Sie meinen.«

»Sie *sind* doch der Leiter des Englischen Instituts am College, oder?«

»Ja. Ich habe gerade ein Freisemester, und währenddessen kümmert sich mein Stellvertreter um die meisten Dinge. Ansonsten leite ich das Institut tatsächlich seit eineinhalb Jahren.«

»Sind Sie nicht noch ziemlich jung für so einen Posten?«

»Schon«, mußte Paul zugeben. »Aber das ist nicht mein Verdienst. Sehen Sie, es ist eine undankbare Stellung, viel

Arbeit und keine Ehre. Meine älteren Kollegen am Institut haben mich geschickt da hineinmanövriert, damit der Job an keinem von ihnen hängenbleibt.«

»Jetzt sind Sie aber bescheiden.«

»Nein, wirklich nicht«, erwiderte Paul. »Es ist wirklich nichts Besonderes.«

Carol wußte, daß er tatsächlich bescheiden war. Die Institutsleitung war durchaus eine angesehene Position, eine Ehre. Aber sie verstand, warum Paul das herunterspielte; es hatte ihn verunsichert, als O'Brian sagte, er sei zu erfolgsorientiert. Sie selbst hatte das auch verunsichert. Bis zu diesem Augenblick hatte sie nicht geglaubt, daß eine ungewöhnlich lange Liste von Leistungen *gegen* sie sprechen könnte.

Jenseits der hohen Fenster fuhr der Blitz in Zickzacklinien über den Himmel. Der Tag flackerte, und eine oder zwei kurze Sekunden lang tat es ihm das elektrische Licht in O'Brians Büro gleich.

Noch immer an Paul gewandt, meinte O'Brian: »Sie sind außerdem noch Schriftsteller.«

»Ja.«

»Sie haben ein sehr erfolgreiches Handbuch für Kurse in amerikanischer Literatur geschrieben. Sie haben ein Dutzend Monographien über eine Vielfalt von Themen verfaßt und eine Geschichte des hiesigen Bezirks. Außerdem zwei Kinderbücher *und* einen Roman...«

»Der Roman hatte ungefähr so viel Erfolg wie ein Pferd auf dem Hochseil«, meinte Paul. »Der Kritiker von der *New York Times* hat gesagt, es sei ›ein perfektes Beispiel akademischer Aufgeblasenheit, vollgestopft mit Themen und Symbolen, völlig substanzlos und ohne erzählerischen Schwung, triefend von der Naivität des Elfenbeinturms‹.«

O'Brian lächelte. »Lernen alle Schriftsteller ihre Verrisse auswendig?«

»Ich glaube nicht. Aber mir hat sich diese Besprechung ins Gehirn eingegraben, weil beunruhigend viel Wahres daran ist.«

»Schreiben Sie gerade an einem neuen Roman? Ist das der Grund, warum Sie ein Freisemester genommen haben?«

Paul überraschte diese Frage nicht. Ganz offensichtlich verstand er jetzt, wonach O'Brian bohrte. »Ja, ich schreibe tatsächlich an einem neuen Roman. Und diesmal hat er sogar eine Handlung.« Er lachte mit lockerer Selbstironie.

»Sie sind außerdem noch sozial engagiert.«

»Nicht allzusehr.«

»Sogar ziemlich stark«, widersprach O'Brian. »Die Stiftung für das Kinderkrankenhaus, der Gemeindefonds, das Stipendienprogramm am College – all das noch zusätzlich zu Ihrer eigentlichen Arbeit und Ihrer Schriftstellerei. Und da glauben Sie immer noch nicht, daß Sie zu erfolgsorientiert sind?«

»Nein, das glaube ich wirklich nicht. Die Sozialarbeit macht nur ein paar Zusammenkünfte pro Monat aus. Das ist keine große Sache. Das ist das mindeste, was ich tun kann, wenn ich bedenke, wie gut es mir selbst geht.« Paul rutschte auf seinem Stuhl nach vorn. »Vielleicht haben Sie Bedenken, daß ich nicht genug Zeit für ein Kind habe; aber wenn es das ist, worüber Sie sich Sorgen machen, können Sie sich beruhigen. Ich werde mir die Zeit einfach nehmen. Diese Adoption ist außerordentlich wichtig für uns, Mr. O'Brian. Wir wünschen uns beide sehnlichst ein Kind, und wenn wir wirklich das Glück haben sollten, eins zu bekommen, werden wir es ganz sicherlich nicht vernachlässigen.«

»Oh, ich bin mir sicher, daß Sie das nicht werden«, erwiderte O'Brian schnell und hob dabei besänftigend die Hände. »Das wollte ich damit auch überhaupt nicht sagen. Nein, ganz gewiß nicht. Ich bin in dieser Angelegenheit ganz auf *Ihrer* Seite. Und ich meine das ganz ehrlich.« Er drehte sich um, bis er Carol genau gegenübersaß. »Dr. Tracy – die *zweite* Dr. Tracy – wie steht's mit Ihnen? Glauben Sie, daß Sie zu erfolgsorientiert sind?«

Wieder fuhr ein Blitz durch die Wolkenrüstung, diesmal näher als vorher; er schien nicht weiter als zwei Häuserblocks entfernt in den Boden zu schlagen. Das nachfolgende Krachen des Donners brachte die hohen Fenster zum Klappern.

Carol nutzte die Unterbrechung durch den Donnerschlag, um sich eine Antwort zurechtzulegen, und sie kam zu dem Schluß, daß O'Brian Aufrichtigkeit eher zu würdigen wußte als Bescheidenheit. »Ja. Ich würde sagen, daß ich zu erfolgsorientiert bin. Ich bin an zwei von den drei sozialen Projekten beteiligt, bei denen Paul mitmischt. Und ich weiß auch, daß ich noch ziemlich jung für eine so erfolgreiche Psychiaterpraxis wie die meine bin. Außerdem halte ich ziemlich regelmäßig am College Gastvorträge. Und ich bin im Graduiertenforschungsprogramm über autistische Kinder. Im Sommer kümmere ich mich um einen kleinen Gemüsegarten, und in den Wintermonaten sticke ich ein bißchen, und ich putze mir sogar *dreimal* täglich die Zähne, jeden Tag, ohne Ausnahme.«

O'Brian lachte. »Dreimal täglich, was? Tja, Sie sind ganz eindeutig zu erfolgsorientiert.«

Sein freundliches Lachen beruhigte Carol, und mit frischer Zuversicht sagte sie: »Ich glaube, ich weiß, worüber Sie sich Sorgen machen. Sie fragen sich, ob Paul und ich nicht vielleicht zuviel von unserem Kind erwarten werden.«

»Genau«, meinte O'Brian. Er entdeckte ein Fusselchen auf seinem Jackenärmel und zupfte es weg. »Eltern, die selber zuviel leisten, neigen dazu, ihre Kinder zu schnell, zu bald und zu sehr anzutreiben.«

Paul erwiderte: »Dieses Problem entsteht nur dann, wenn sich die Eltern dieser Gefahr nicht bewußt sind. Selbst wenn Carol und ich erfolgsorientiert sein sollten – was ich für meinen Teil immer noch nicht bereit bin zuzugestehen –, würden wir deshalb unsere Kinder noch lange nicht dazu drängen, mehr zu leisten als das, wozu sie in der Lage sind. Jeder muß seinen eigenen Rhythmus finden im Leben. Carol und mir ist es klar, daß man ein Kind zwar lenken, es aber nicht mit Gewalt in eine Form pressen sollte.«

»Genau«, stimmte Carol ein.

O'Brian schien das zu gefallen. »Ich wußte, daß Sie das sagen würden – oder doch zumindest etwas Ähnliches.«

Wieder zuckte ein Blitz auf. Diesmal schien er noch näher als vorher einzuschlagen, nur einen Häuserblock entfernt. Der Donner krachte und krachte noch einmal. Das Licht über ihnen wurde matt, flackerte und erlangte dann zögernd wieder seine volle Stärke.

»In meiner Psychiaterpraxis habe ich mit ganz unterschiedlichen Patienten zu tun, die alle möglichen Probleme haben«, sagte Carol zu O'Brian, »aber ich habe mich auf geistige und seelische Störungen bei Kindern und Jugendlichen spezialisiert. Sechzig oder siebzig Prozent meiner Patienten sind siebzehn oder noch jünger. Ich habe schon mehrfach Kinder mit schweren psychischen Schäden behandelt, die von Eltern verursacht worden sind, die zuviel verlangen, die sie in der Schule und in jedem Bereich ihrer geistigen und persönlichen Entwicklung zu sehr antreiben. Ich kenne die Wunden, Mr. O'Brian, und habe sie behandelt, so gut ich konnte, und aufgrund dieser Erfahrungen könnte ich mich jetzt wahrscheinlich nicht um hundertachtzig Grad drehen und meinen Kindern genau das antun, was ich bei anderen Eltern gesehen habe. Nicht etwa, daß ich keine Fehler machen werde. Ich bin mir ganz sicher, daß ich das werde. Ein gerüttelt Maß. Aber der, den Sie erwähnt haben, wird sicherlich nicht darunter sein.«

»Das klingt überzeugend«, meinte O'Brian und nickte. »Überzeugend und sehr gut formuliert. Wenn ich das, was Sie mir gerade gesagt haben, an den Adoptionsausschuß weitergebe, wird er hinsichtlich dieses Punktes völlig zufrieden sein, da bin ich mir sicher.« Er entdeckte ein weiteres winziges Fuselchen auf seinem Ärmel, entfernte es und runzelte dabei die Stirn, als wäre es keine Faser, sondern Abfall. »Noch eine Frage, die man mir bestimmt stellen wird: Nehmen wir einmal an, das Kind, das Sie adoptieren, erweist sich nicht nur als nicht besonders leistungsfähig, sondern ... nun ja ... als grundsätzlich weniger intelligent als Sie beide. Als Eltern, deren Leben so auf den geistigen Bereich ausgerichtet ist wie das Ihre, wären Sie da nicht etwas frustriert über ein Kind, das nur durchschnittlich – oder vielleicht sogar etwas weniger als durchschnittlich – intelligent ist?«

»Nun, sogar wenn wir ein eigenes Kind haben könnten«, meinte Paul, »hätten wir noch lange keine Garantie, daß es ein Wunderkind oder so etwas Ähnliches wäre. Aber selbst wenn es ... ein bißchen langsam ... wäre, würden wir es trotzdem lieben. Natürlich würden wir das. Und dasselbe gilt für jedes Kind, das wir vielleicht adoptieren.«

Carol sagte zu O'Brian: »Ich glaube, Sie haben eine zu hohe Meinung von uns. Wir sind beide keine *Genies*, in Gottes Namen! Wir haben unseren heutigen Standard hauptsächlich durch harte Arbeit und Beharrlichkeit erreicht, nicht etwa, weil wir besonders gescheit sind. Ich wünschte, es wäre tatsächlich so einfach gewesen, aber das war es beileibe nicht.«

»Außerdem«, sagte Paul, »liebt man jemanden nicht nur deswegen, weil er intelligent ist. Seine ganze Persönlichkeit zählt, alles, was dazugehört, und das sind eine Menge Faktoren, noch vieles andere außer dem Verstand.«

»Gut«, meinte O'Brian. »Es freut mich zu hören, daß Sie so denken. Der Ausschuß wird auf diese Antwort auch positiv reagieren.«

Während der letzten Sekunden hatte Carol das entfernte Heulen von Sirenen wahrgenommen. Feuerwehr. Jetzt waren sie nicht mehr so weit weg wie vorher; sie kamen rasch näher, wurden lauter.

»Einer von den beiden letzten Blitzen hat wohl wirklich Schaden angerichtet, als er eingeschlagen hat«, meinte Paul.

O'Brian schwang mit seinem Stuhl herum zum mittleren Fenster, das sich direkt hinter seinem Schreibtisch befand. »Es hat tatsächlich geklungen, wie wenn er ganz hier in der Nähe eingeschlagen hätte.«

Carol sah durch jedes der drei Fenster, aber sie konnte nirgends Rauch hinter den nächstgelegenen Dächern erkennen. Dann war die Aussicht wieder getrübt, und die Sicht verschlechterte sich durch die Wassertropfen an der Glasscheibe und durch die Schleier aus Dunst und grauem Regen, die jenseits des Glases dahinflackerten, peitschten und wogten.

Der Klang der Sirenen schwoll an.

»Mehr als ein Wagen«, meinte O'Brian.

Die Feuerwehrwagen befanden sich einen Augenblick lang direkt vor dem Büro – mindestens zwei, vielleicht sogar drei Fahrzeuge –, und dann fuhren sie vorbei und zum nächsten Häuserblock.

O'Brian erhob sich von seinem Stuhl und trat ans Fenster. Als die ersten Sirenen etwas leiser wurden, kreischten hinter ihnen schon wieder neue auf.

»Muß was Schlimmeres sein«, meinte Paul. »Klingt, als ob mindestens zwei Züge unterwegs wären.«

»Ich sehe Rauch«, sagte O'Brian.

Paul erhob sich von seinem Stuhl und ging ans Fenster, um besser zu sehen.

*Irgend etwas stimmt hier nicht.*

Dieser Gedanke schoß Carol plötzlich durch den Kopf und erschreckte sie wie das plötzliche Knallen einer Peitsche direkt vor ihrem Gesicht. Eine mächtige, unerklärliche Welle von Panik durchwogte sie, ließ sie erstarren. Sie packte die Lehnen ihres Stuhls so fest, daß einer ihrer Fingernägel abbrach.

*Irgend etwas ... stimmt ... hier ... überhaupt ... nicht ...*

Plötzlich war die Luft drückend schwer – heiß, dick wie ein beißendes, giftiges Gas, nicht mehr nur Luft. Sie versuchte zu atmen, schaffte es aber nicht. Ein unsichtbares, erdrückendes Gewicht legte sich auf ihre Brust.

*Geht von den Fenstern weg!*

Sie versuchte, diese Warnung hinauszuschreien, aber die Panik hatte ihr die Stimme geraubt. Paul und O'Brian standen an verschiedenen Fenstern, aber beide mit dem Rücken zu ihr, so daß keiner von ihnen sehen konnte, daß sie von plötzlicher, lähmender Angst ergriffen worden war.

Angst wovor? fragte sie sich. Wovor, um Gottes willen, habe ich solche Angst?

Sie kämpfte an gegen das blinde Entsetzen, das ihre Muskeln und Gelenke gefangenhielt. Sie wollte gerade von ihrem Stuhl aufstehen, als es passierte.

Ein mörderisches Blitzgewitter ging herunter wie eine Mörsersalve, sieben oder acht gewaltige Schläge, vielleicht sogar noch mehr – sie zählte sie nicht, konnte sie nicht zählen –, einer nach dem anderen, ohne wahrnehmbare Pause dazwischen, jeder heftige Knall überschnitt sich mit den vorhergehenden und nachfolgenden, und dennoch war jeder ganz klar lauter als seine Vorgänger, so laut, daß ihre Zähne und Knochen zu vibrieren anfingen; jeder Schlag ging deutlich näher bei dem Gebäude nieder als der vorhergehende, näher bei den zwei Meter hohen Fenstern – den gleißenden, blitzenden, klappernden, jetzt schwarzen, jetzt milchigen, jetzt leuchtenden, jetzt stumpfen, jetzt silbrigen, jetzt kupfernen Fenstern...

Das harte, berstende, purpur-weiße Licht erzeugte eine Reihe von flackernden, stroboskopischen Bildern, die sich auf ewig in Carols Gedächtnis einbrannten: Wie Paul und Brian dort standen, scharf konturiert vor diesem natürlichen Feuerwerk, wie klein und verletzlich sie aussahen; wie draußen der Regen scheinbar zögernd herabfiel; wie die windgepeitschten Bäume in flackernder Wut auf und ab wogten; wie der Blitz in einen jener Bäume schlug, einen großen Ahornbaum, und sich dann eine unheilverkündende dunkle Gestalt aus dem Zentrum des Einschlags erhob, ein torpedoähnliches Ding, das direkt auf das mittlere Fenster zuwirbelte (all das passierte innerhalb von nur einer oder zwei Sekunden, sah jedoch durch den flackernden Blitz merkwürdig verzögert, wie in Zeitlupe, aus, und einen Augenblick später verstärkte das Licht an der Decke diesen Eindruck noch, als es gleichfalls zu flakkern begann); wie O'Brian den Arm in einer Abfolge von, wie es wirkte, einem halben Dutzend abgehackter Bewegungen vors Gesicht riß; wie Paul sich zu O'Brian herüberdrehte und nach ihm griff, beide Männer wie Figuren auf einer Filmleinwand, wenn der Film im Projektor verrutscht und hängenbleibt; wie O'Brian zur Seite taumelte, Paul ihn am Ärmel seiner Jacke packte, zurück und in Sicherheit hinunterzog (nur den Bruchteil einer Sekunde, nachdem der Blitz den Ahornbaum zersplittert hatte); wie ein riesiger Ast durch das mittlere Fenster brach, gerade als Paul O'Brian von dort wegzog; wie ein Ast voller Blätter über O'Brians Kopf hinwegwischte, ihm die Brille herunterriß und sie in die Luft wirbelte – sein Gesicht, dachte Carol, seine *Augen!* –, und wie Paul und O'Brian dann zu Boden stürzten, aus ihrem Blickfeld heraus; wie der gewaltige Ast des zerschmetterten Ahornbaumes in einer Flut aus Wasser, Glas, Splittern des Fensterrahmens und rauchenden Rindenstückchen auf O'Brians Schreibtisch herunterkrachte; wie die Beine des Schreibtisches knirschten und unter dem grausamen Aufprall des zerstörten Baumes zusammenknickten.

Carol fand sich auf dem Boden wieder, neben ihrem umgestürzten Stuhl. Sie konnte sich nicht entsinnen, gefallen zu sein.

Die Neonleuchten flackerten und gingen völlig aus.

Sie lag auf dem Bauch, eine Wange gegen den Boden gepreßt, und starrte voller Schrecken auf die Glasscherben und die zerrissenen Ahornblätter, die über den Teppich verstreut lagen. Während weiterhin Blitze von dem aufgewühlten Himmel herunterstachen, brauste der Wind durch das zerborstene Fenster und wirbelte ein paar der losen Blätter in rasendem Derwischtanz auf; begleitet vom Mißklang der Sturmmusik wirbelten und sausten sie durch das Büro, auf eine Reihe grüner Aktenschränke zu. Ein Kalender flatterte von der Wand herunter und auf den Schwingen von Januar und Dezember im Sturzflug durchs Zimmer, schoß herab, erhob sich wieder in die Lüfte und glitt dahin, als wäre er eine Fledermaus. Zwei Gemälde klapperten an ihren Drahthaken und versuchten, sich loszureißen. Überall war Papier – Briefpapier, Formulare, kleine Blätter aus einem Notizblock, Rundschreiben, eine Zeitung – alles raschelte und sprang hierhin und dorthin, schwebte hinauf, tauchte hinunter, knüllte sich zusammen und glitt mit schlangenartigem Zischen über den Boden.

Carol hatte das unheimliche Gefühl, daß die ganze Bewegung in dem Zimmer nicht allein vom Wind herrührte, sondern zum Teil von einer ... Erscheinung ... verursacht wurde. Von etwas Bedrohlichem. Einem bösen Poltergeist. Dämonen schienen ihr Unwesen zu treiben in dem Büro, ihre gespenstischen Muskeln anzuspannen, Dinge von den Wänden herunterzustoßen und für kurze Zeit in einem Körper Wohnung zu nehmen, der nur aus Blättern und zerknittertem Zeitungspapier bestand.

Das war eine verrückte Idee, völlig ungewöhnlich für sie. Sie war überrascht und verwirrt durch den Schauder abergläubischer Angst, der sie durchlief.

Wieder flackerte ein Blitz auf. Und noch einer.

Sie zuckte unter dem schmerzend hohen Geräusch zusammen und fragte sich, ob ein Blitz durch ein offenes Fenster in einen Raum dringen konnte, und sie hob die Arme als schwachen Schutz über den Kopf.

Ihr Herz pochte, und ihr Mund war trocken.

Sie dachte an Paul, und ihr Herzschlag beschleunigte sich noch mehr. Er war dort drüben bei den Fenstern, auf der anderen Seite des Schreibtisches, außerhalb ihres Blickfeldes, unter den Ahornästen. Sie glaubte nicht, daß er tot war. Er war nicht direkt in der Fallinie des Baumes gestanden. O'Brian war vielleicht tot, ja, je nachdem, wie jener kleine Ast seinen Kopf getroffen hatte, je nachdem, ob er Glück gehabt hatte oder nicht, denn vielleicht hatte sich ja auch ein spitzer Zweig tief in Auge und Gehirn gebohrt, als seine Brille heruntergerissen wurde, aber Paul war sicher noch am Leben. Ganz sicher. Nichtsdestoweniger konnte er ernsthaft verletzt sein, bluten...

Carol begann, sich auf Hände und Knie zu erheben, bestrebt, Paul zu finden und die vielleicht nötige Erste Hilfe zu leisten. Aber wieder entlud sich direkt vor dem Gebäude ein blendender, ohrenbetäubender Blitz, und die Angst verwandelte ihre Muskeln in feuchte Lappen. Sie hatte nicht einmal die Kraft zum Kriechen, und ihre Schwäche machte sie rasend, denn sie war immer stolz gewesen auf ihre Stärke, ihre Entschlossenheit und unerschütterliche Willenskraft. Sie verfluchte sich selbst und sank auf den Boden zurück.

*Irgend etwas will uns daran hindern, ein Baby zu adoptieren.*

Dieser unglaubliche Gedanke durchzuckte sie mit derselben harten Kälte wie die Warnung vor dem Zerbersten des Fensters, die sie einen Augenblick, bevor sich der Blitz mit unglaublicher Macht im Hof entlud, erreicht hatte.

*Irgend etwas will uns daran hindern, ein Baby zu adoptieren.*

Nein. Das war lächerlich. Der Sturm, der Blitz – das waren ganz natürliche Phänomene. Sie waren nicht gegen O'Brian gerichtet, nur weil er ihnen dabei helfen würde, ein Kind zu adoptieren. Einfach absurd.

Wirklich? dachte sie, als der ohrenbetäubende Donner und das entsetzliche Licht des Sturms den Raum erfüllten. Natürliche Phänomene, ja? Wer hatte schon jemals zuvor *solche* Blitze gesehen?

Sie preßte sich gegen den Boden, zitternd und frierend, und sie hatte noch nie solche Angst gehabt, seit sie ein kleines Mädchen gewesen war. Sie versuchte sich einzureden, daß sie sich nur vor dem Blitz fürchtete, denn das war doch eine sehr gerechtfertigte, rationale Angst, aber sie wußte, daß sie sich belog. Es war *nicht* nur der Blitz, der ihr Schrecken einjagte. Er spielte in Wahrheit die geringste Rolle dabei. Da war noch etwas anderes, etwas, das sie nicht festmachen konnte, etwas Gestalt- und Namenloses in dem Zimmer, und seine bloße Gegenwart, was zum Teufel es auch immer sein mochte, löste tief in ihrem Innern einen Alarm aus, auf einer unterbewußten, animalischen Ebene; diese Furcht saß tief in ihren Gedärmen, war instinktiv.

Der Wind wirbelte einen Derwisch aus Blättern und Papieren über den Boden, direkt auf sie zu. Er war groß: eine Säule von mehr als einem halben Meter Durchmesser, über eineinhalb Meter hoch, zusammengesetzt aus hundert oder mehr Teilen. Sie hielt ganz knapp vor ihr, wand sich, wirbelte, zischte, veränderte ihre Form, schimmerte silbrig dunkel im flackernden Licht des Sturms, und sie fühlte sich davon bedroht. Während sie den Wirbelwind anstarrte, hatte sie das verrückte Gefühl, daß er auf sie herunterstarrte. Nach einem kurzen Augenblick bewegte er sich etwas nach links, kehrte wieder zurück, blieb wieder vor ihr stehen, zögerte, huschte dann geschäftig nach rechts, kam jedoch nochmals zurück und ragte über ihr auf, wie wenn er sich zu entscheiden versuchte, ob er sich auf sie stürzen, sie in Stücke reißen und sie zusammen mit den Blättern, Zeitungen, Briefumschlägen und dem anderen Strandgut, aus dem er sich selbst schuf, vor sich herfegen sollte oder nicht.

Das ist doch nur ein Wirbelwind aus leblosem Abfall! sagte sie sich ärgerlich.

Das Phantom, das der Wind geschaffen hatte, bewegte sich von ihr weg.

Siehst du? meinte sie verächtlich. Nur lebloser Abfall. Was ist bloß mit mir los? Bin ich dabei, den Verstand zu verlieren?

Sie erinnerte sich an den alten Lehrsatz, der in solchen Situationen Trost zu spenden pflegte: Wenn du glaubst, daß du verrückt wirst, mußt du einen völlig klaren Kopf haben, denn ein Wahnsinniger zweifelt nie an seinem Verstand. Als Psychiaterin wußte sie natürlich, daß diese alte Weisheit komplexe psychologische Prinzipien zu sehr vereinfachte, aber in ihrem Kern stimmte sie schon. Also war sie wohl bei klarem Verstand.

Nichtsdestoweniger kehrte jener erschreckende, irrationale Gedanke ungebeten und unerwünscht zurück: *Irgend etwas will uns daran hindern, ein Baby zu adoptieren.*

Wenn der Strudel, in dem sie sich befand, kein natürliches Phänomen war, was war er *dann*? Sollte sie etwa glauben, daß der Blitz mit der bewußten Absicht herabgesandt worden war, Mr. O'Brian in einen rauchenden Haufen verkohlten Fleisches zu verwandeln? Das war ganz sicher eine Schnapsidee. Wer konnte schon einen Blitz wie eine Pistole verwenden? Gott? Gott saß doch nicht droben im Himmel, zielte auf Mr. O'Brian und ballerte mit Blitzen auf ihn los, bloß um Carol und Tracy einen Strich durch die ganze Adoptionsrechnung zu machen. Der Teufel? Der aus den Tiefen der Hölle auf den armen Mr. O'Brian feuerte. *Das* war doch nun wirklich eine verrückte Idee. *Mein Gott!*

Sie war sich nicht mal sicher, daß sie an Gott glaubte, aber sie wußte jedenfalls ganz bestimmt, daß sie nicht an den Teufel glaubte.

Wieder zerbarst ein Fenster, und das Glas regnete auf sie herab.

Dann hörten die Blitze auf.

Der Donner schwächte sich von einem Krachen zu einem Grollen ab und schwand wie der Lärm eines vorbeifahrenden Güterzuges.

Es stank nach Ozon.

Noch immer strömte der Wind durch die zerbrochenen Fenster herein, jedoch ganz offensichtlich mit weniger Gewalt als noch vor einem Augenblick, denn die wirbelnden Säulen aus Blättern und Papieren senkten sich auf den Boden, flatterten und bebten, als wären sie erschöpft.

*Irgend etwas...*

*Irgend etwas...*

*Irgend etwas will uns daran hindern –*

Sie klemmte diesen unerwünschten Gedanken ab wie

eine sprudelnde Arterie. Sie war doch eine gebildete Frau, verdammt noch mal. Sie war stolz auf ihre Besonnenheit und ihren gesunden Menschenverstand. Sie konnte sich doch nicht einfach diesen beunruhigenden, für sie völlig untypischen, ganz und gar abergläubischen Ängsten hingeben.

Launiges Wetter – das war die Erklärung für die Blitze. Launiges Wetter. Man liest immer mal wieder in der Zeitung über solche Dinge. Eineinhalb Zentimeter Schnee in Beverly Hills. Ein Tag mit fast siebenundzwanzig Grad mitten im sonst eisigen Winter von Minnesota. Regenschauer aus einem anscheinend wolkenlos blauen Himmel. Auch wenn ein Blitzschlag von dieser Größe und Stärke zweifelsfrei ein seltenes Ereignis darstellte, war das wahrscheinlich schon irgendwann, irgendwo vorher mehr als einmal passiert. Natürlich. Natürlich. Wenn man eines jener beliebten Bücher zur Hand nahm, in denen die Autoren alle möglichen Weltrekorde sammelten, und wenn man das Kapitel übers Wetter aufschlug, und wenn man nach einem Unterkapitel »Blitz« suchte, würde man höchstwahrscheinlich eine beeindruckende Liste anderer Blitzserien finden, die diese in den Schatten stellten. Launiges Wetter. Das war es. Das war alles. Nichts Merkwürdigeres, nichts Schlimmeres.

Wenigstens vorläufig gelang es Carol, alle Gedanken an Geister und Dämonen und übelgesinnte Poltergeister und solchen Klimbim zu verdrängen.

In der vergleichsweisen Ruhe, die dem schnell schwindenden Donner folgte, spürte sie, wie ihre Kräfte wiederkehrten. Sie erhob sich vom Boden, kniete nun. Glasstückchen fielen mit dem leise klirrenden Geräusch eines sanft bewegten Windspiels von ihrem grauen Rock und der grünen Bluse; sie hatte sich nicht geschnitten, nicht einmal gekratzt. Sie war jedoch ein wenig betäubt, und einen Augenblick lang schien der Boden widerlich von einer Seite zur anderen zu schwanken, als wäre sie in der Luxuskabine eines Schiffes.

In dem Büro nebenan begann eine Frau hysterisch zu kreischen. Es waren Alarmschreie zu hören, und jemand fing an, nach Mr. O'Brian zu rufen. Bis jetzt war noch niemand in das Büro gestürzt, um zu sehen, was passiert war, was bedeutete, daß erst eine oder zwei Sekunden vergangen waren, seit die Blitze aufgehört hatten, auch wenn es Carol schien, als wären bereits eine oder zwei Minuten vergangen.

Drüben bei den Fenstern stöhnte jemand leise.

»Paul?« fragte sie.

Wenn tatsächlich eine Antwort kam, wurde sie durch einen plötzlichen Windstoß erstickt, der die Papiere und Blätter noch einmal kurz in Bewegung versetzte.

Sie erinnerte sich, wie jener Ast über O'Brians Kopf gekracht war, und sie erschauerte. Aber Paul hatte nichts abbekommen. Der Baum hatte ihn verfehlt. Oder?

»Paul!«

Die Angst stieg wieder in ihr auf, sie erhob sich, eilte um den Schreibtisch herum und kletterte dabei über gesplitterte Ahornäste und einen umgefallenen Abfallkorb.

## 2

An jenem Nachmittag ging Grace Mitowski in ihr Arbeitszimmer und rollte sich auf dem Sofa zusammen, um ein Stündchen zu schlafen, nachdem sie mittags eine Gemüsesuppe aus der Dose und ein Sandwich mit überbackenem Käse gegessen hatte. Sie legte sich nie im Schlafzimmer hin, weil die Sache dadurch irgendwie endgültigen Charakter annehmen würde, und obwohl sie nun schon seit etwa einem Jahr drei- bis viermal pro Woche so ein Schläfchen hielt, hatte sie sich noch immer nicht mit der Tatsache abgefunden, daß sie mittags ein wenig Ruhe brauchte. Ihrer Meinung nach war das etwas für Kinder und alte, verbrauchte, ausgelaugte Leute. Es war nicht mehr gerade ihr erster Frühling – nicht mal mehr der zweite –, und obwohl sie tatsächlich alt war, war sie ganz sicherlich nicht verbraucht oder ausgelaugt. Wenn sie sich mitten am Tag ins Bett legte, fühlte sie sich träge, und sie konnte Untätigkeit nicht ertragen, am wenigsten ihre eigene. Deshalb machte sie ihr Nickerchen auf dem Sofa im Arbeitszimmer, mit dem Rücken zu den Fenstern mit den Rolläden, eingelullt von dem eintönigen Ticken der Kaminuhr.

Mit siebzig war Grace *geistig* immer noch so wendig und voller Energie wie eh und je. Ihre grauen Gehirnzellen hatten noch keineswegs begonnen abzubauen; es war lediglich ihr treuloser Körper, der ihr Kummer machte und sie frustrierte. Sie hatte leichte Arthritis in den Händen, und wenn die Luftfeuchtigkeit hoch war – so wie heute –, litt sie zudem noch an einer Schleimbeutelentzündung, die ihr einen dumpfen, unablässigen Schmerz in den Schultern verursachte. Obwohl sie alle Übungen machte, die ihr der Arzt empfohlen hatte, und obwohl sie jeden Morgen etwa dreieinhalb Kilometer zu Fuß ging, fand sie es zunehmend schwieriger, ihre Muskeln in Form zu halten. Schon seit der Zeit, als sie noch ein kleines Mädchen war, und fast das ganze weitere Leben hindurch hatte sie Bücher geliebt, und sie hatte den ganzen Morgen, den ganzen Nachmittag und noch den größten Teil des Abends lesen können, ohne daß das ihre Augen belastet hätte; heute jedoch brannten und verklebten sie gewöhnlich schon nach ein paar Stunden. Sie betrachtete jedes ihrer Gebrechen mit außerordentlicher Empörung, und sie kämpfte gegen sie an, auch wenn sie wußte, daß sie diesen Kampf schließlich verlieren mußte.

An jenem Mittwochnachmittag nun legte sie vorübergehend die Waffen nieder und genoß eine kurze Zeit der Ruhe und Entspannung. Zwei Minuten, nachdem sie sich auf dem Sofa ausgestreckt hatte, schlief sie bereits.

Grace träumte nicht oft, und noch seltener plagten sie *böse* Träume. Aber an jenem Mittwochnachmittag in dem

Arbeitszimmer voller Bücher wurde ihr Schlaf ständig von Alpträumen gestört. Mehrere Male schreckte sie auf, erwachte halb und hörte sich selbst voll Panik nach Luft schnappen. Einmal, als sie gerade von einer gräßlichen, bedrohlichen Vision wieder in die Realität herauftrieb, hörte sie ihre eigene Stimme in wortlosem Entsetzen aufschreien, und ihr wurde bewußt, daß sie wild auf das Sofa einschlug und dabei ihre schmerzende Schulter verdrehte und quälte. Sie versuchte, vollends wach zu werden, es gelang ihr aber nicht; irgend etwas in dem Traum, etwas Dunkles und Bedrohliches, griff mit eisigen Händen nach ihr und zog sie wieder in den tiefen Schlaf hinab, tiefer und tiefer, bis hinunter an einen Ort ohne Licht, wo ein namenloses Ungeheuer mit schleimig-feuchter Stimme schnatterte und murmelte und in sich hineinkicherte.

Eine Stunde später, als sie schließlich erwachte und es ihr gelang, den hartnäckigen Traum abzuschütteln, stand sie inmitten des schattenverhangenen Raumes, etliche Schritte vom Sofa entfernt, aber sie konnte sich nicht entsinnen, aufgestanden zu sein. Sie zitterte und war schweißgebadet.

– *Ich muß es Carol Tracy sagen.*

– *Ihr was sagen?*

– *Sie warnen.*

– *Sie wovor warnen?*

– *Es kommt. Oh, mein Gott...*

– *Was kommt?*

– *Genau wie in dem Traum.*

– *Was ist mit dem Traum?*

Ihre Erinnerung an den Alptraum begann bereits, sich zu verflüchtigen; es blieben nur noch Bruchstücke davon zurück, und jedes dieser zusammenhanglosen Bilder verdampfte wie Trockeneis. Das einzige, woran sie sich noch erinnerte, war, daß Carol darin eine Rolle gespielt und sich in schrecklicher Gefahr befunden hatte. Und irgendwie wußte sie, daß der Traum mehr gewesen war als nur ein ganz normaler Traum...

Während der Alptraum verblaßte, wurde Grace unangenehm bewußt, wie düster das Arbeitszimmer war. Bevor sie sich zu ihrem Nickerchen hinlegte, hatte sie die Lampen ausgeschaltet. Die Fensterläden waren alle geschlossen, und zwischen den Holzleisten waren nur dünne Lichtstreifen zu sehen. Sie spürte eine irrationale, jedoch unerschütterliche Angst, daß ihr etwas aus dem Traum herauf gefolgt war, etwas Tückisches und Böses, das eine magische Metamorphose von einem Geschöpf der Fantasie zu einem aus Fleisch und Blut vollzogen hatte, etwas, das jetzt geduckt in einer Ecke saß, sie beobachtete, wartete...

– *Hör auf damit!*

– *Aber der Traum war...*

– *Nur ein Traum.*

An den Kanten der Rolläden hellten sich die straffen Lichtfäden plötzlich auf, verblaßten wieder und wurden wieder hell, als draußen ein Blitz aufflammte. Kurz darauf folgte ein Donnerschlag, der das Dach zum Klappern brachte, und noch mehr Blitze, unglaublich viele, eine blau-weiße Explosion nach der anderen, so daß die Ritzen in den Fensterläden mindestens eine halbe Minute lang wie zischende elektrische Drähte aussahen, weißglühend vor sprühendem Strom.

Noch immer vom Schlaf betäubt und leicht verwirrt, stand Grace mitten in dem dunklen Zimmer, wankte von einer Seite zur anderen, lauschte auf den Donner und den Wind und beobachtete den gewaltigen Pulsschlag des Blitzes. Die außerordentliche Heftigkeit des Sturmes schien unwirklich; sie schloß daraus, daß der Traum noch immer auf sie wirkte, und daß sie das, was sie sah, falsch deutete. Es konnte draußen einfach nicht so wild hergehen, wie es schien.

»*Grace*...« Sie glaubte, vom höchsten Bücherregal, direkt hinter ihr, etwas rufen zu hören. Der undeutlichen, verzerrten Aussprache nach zu schließen mußte der Mund stark mißgestaltet sein.

Hinter mir ist nichts! Nichts.

Trotzdem drehte sie sich nicht um.

Als es schließlich aufhörte zu blitzen und das langgezogene Crescendo des Donners nachließ, schien die Luft dicker als noch eine Minute zuvor. Das Atmen fiel ihr schwer. Auch das Zimmer war jetzt dunkler.

»Grace...«

Ein Gefühl der Klaustrophobie senkte sich wie ein hemmender Mantel über sie. Die Wände, die nur undeutlich zu sehen waren, schienen sich zu werfen und näher heranzurücken, ganz als ob das Zimmer um sie herum schrumpfen könnte, bis es genau die Größe und Form eines Sarges hatte.

»Grace...«

Sie stolperte zum nächsten Fenster, stieß dabei mit der Hüfte gegen den Schreibtisch und fiel fast über ein Lampenkabel. Sie hantierte an dem Hebel der Fensterläden herum, aber ihre Finger waren steif und wollten ihr nicht gehorchen. Endlich gingen die Läden weit auf; graues, jedoch willkommenes Licht ergoß sich in das Arbeitszimmer und zwang sie zu blinzeln, hob jedoch ihre Stimmung. Sie lehnte sich gegen die Fensterläden, starrte hinaus auf den wolkenbewehrten Himmel und widerstand dem wahnwitzigen Drang, über die Schulter zu schauen, um zu sehen, ob da wirklich etwas Ungeheueres mit hungrigem Grinsen im Gesicht lauerte. Sie atmete kurz und tief ein.

Grace' Haus stand auf einem niedrigen Hügel am Ende einer ruhigen Straße, im Schutz mehrerer großer Kiefern und einer gewaltigen Trauerweide; von dem Fenster ihres Arbeitszimmers aus konnte sie ein paar Kilometer entfernt den regenschwangeren Susquehanna sehen. Harrisburg, die Landeshauptstadt, schmiegte sich ernst und düster ans Ufer des Flusses. Die Wolken hingen tief über der Stadt und schleppten schmutzige Dunstbärte hinter sich her, die die obersten Stockwerke der höchsten Gebäude verhüllten.

44

Als sie die letzten Reste des Schlafes aus den Augen ge-
blinzelt, als ihre Nerven aufgehört hatten zu kreischen,
drehte sie sich und sah sich im Zimmer um. Ein Zittern der
Erleichterung durchfuhr sie und löste ihre Muskeln.

Sie war allein.

Als der Sturm sich vorübergehend legte, konnte sie die
Kaminuhr wieder hören. Das war das einzige Geräusch.

Ja, verdammt, du *bist* allein, sagte sie sich voller Verach-
tung. Was hast du denn erwartet? Einen grünen Kobold
mit drei Augen und einem Maul voll scharfer Zähne? Sieh
dich vor, Grace Louise Mitowski, oder du landest eines
Tages noch in einem Altersheim, sitzt den ganzen Tag im
Schaukelstuhl und plapperst fröhlich mit Geistern, während freundlich lächelnde Schwestern dir den Speichel
vom Kinn wischen.

Nachdem sie so viele Jahre lang ein reges geistiges Leben geführt hatte, fürchtete sie nichts so sehr wie die langsam heranschleichende Senilität. Sie wußte, daß sie noch
genauso wach und auf Draht war wie immer. Aber wie
würde das morgen und noch später aussehen? Weil sie
eine medizinische Ausbildung genossen und alles gelesen
hatte, was mit ihrem Beruf zu tun hatte, sogar, nachdem
sie ihre Psychiaterpraxis geschlossen hatte, war sie vertraut mit allen neuesten Erkenntnissen über die Senilität,
und sie wußte, daß nur fünfzehn Prozent aller älteren
Leute tatsächlich darunter litten. Sie wußte auch, daß
mehr als die Hälfte dieser Fälle mit richtiger Ernährung
und körperlicher Betätigung behandelt werden konnte.
Sie wußte, daß die Wahrscheinlichkeit eines völligen geistigen Verfalls gering war, nur etwa eins zu achtzehn.
Und obwohl sie sich bewußt war, daß sie in dieser Hinsicht überempfindlich reagierte, machte sie sich Sorgen.
Folglich war sie natürlich über diesen für sie untypischen
Gedanken besorgt, daß noch vor wenigen Augenblicken
etwas hier bei ihr im Arbeitszimmer gewesen war, etwas
Feindseliges und... Übernatürliches. Sie war ihr Leben
lang eine Skeptikerin gewesen, und als solche hatte sie

nur wenig oder gar keine Geduld Astrologen, Hellsehern und dergleichen gegenüber und konnte auch nicht den geringsten Funken Verständnis für solchen abergläubischen Unsinn aufbringen; ihrer Meinung nach war so etwas... nun ja... schwachsinnig.

Aber du lieber Gott, was war das für ein Alptraum gewesen!

Nie zuvor hatte sie einen Traum gehabt, der auch nur annähernd so schlimm gewesen wäre wie dieser. Obwohl die gräßlichen Einzelheiten inzwischen völlig verblaßt waren, konnte sie sich noch ganz genau an die Atmosphäre erinnern – den Schrecken, das Entsetzen, die jedes böse Bild, jedes hämmernde Geräusch durchdrungen hatten.

Sie erschauerte.

Der Schweiß, den der Traum auf ihre Haut getrieben hatte, fühlte sich langsam an wie eine dünne Eisdecke.

Das einzige aus dem Traum, woran sie sich sonst noch erinnerte, war Carol. Ihr Schreien. Ihre Hilferufe.

Bis jetzt war Carol noch nie in einem von Grace' seltenen Träumen erschienen, und das verführte sie dazu, ihr jetziges Auftauchen mit Beunruhigung zu betrachten, diesen Traum als böses Omen zu sehen. Aber natürlich überraschte es nicht, daß Carol irgendwann einmal eine Rolle in einem von Grace' Träumen spielen sollte, denn das Thema des geliebten Menschen in Not war ein ganz normales in Alpträumen. Jeder Psychologe würde das bestätigen, und Grace war Psychologin, noch dazu eine gute, auch wenn sie jetzt schon bald das dritte Jahr im Ruhestand war. Sie empfand eine tiefe Zuneigung für Carol. Wenn sie ein eigenes Kind gehabt hätte, hätte sie es auch nicht mehr lieben können als Carol.

Sie war dem Mädchen vor sechzehn Jahren zum erstenmal begegnet, als Carol noch eine zornige, laute, störrische fünfzehnjährige Aussteigerin gewesen war, die gerade einem Kind das Leben geschenkt hatte und dabei fast selbst umgekommen wäre, und die nach diesem traumatischen Erlebnis wegen des Besitzes von Marihuana und einer ganzen Reihe anderer Delikte in eine Anstalt für jugendliche Straftäter eingewiesen worden war. Damals hatte Grace zusätzlich zu ihrer privaten Psychiaterpraxis aus freien Stücken noch weitere acht Stunden wöchentlich in der Erziehungsanstalt gearbeitet, in der Carol sich befand, um das Personal dort zu entlasten. Carol war unverbesserlich, wild entschlossen, einem die Zähne einzutreten, wenn man sie anlächelte, aber sogar zu diesem Zeitpunkt konnte man ihre Intelligenz und angeborene Güte erkennen, wenn man nur genau genug hinsah und hinter die rauhe Fassade blickte. Grace hatte sehr genau hingeschaut und war beeindruckt, ja fasziniert gewesen. Die zwanghaft obszöne Sprache, die Bösartigkeit und die amoralische Pose des Mädchens waren nichts anderes gewesen als Abwehrmechanismen, Schutzschilde, mit denen sie sich vor den körperlichen und seelischen Mißhandlungen ihrer Eltern abgeschirmt hatte.

Als Grace Schritt für Schritt die grauenvolle Geschichte von Carols furchtbarem Familienleben freilegte, kam sie immer mehr zu der Überzeugung, daß die Erziehungsanstalt der falsche Ort für das Mädchen war. Sie machte ihren Einfluß bei Gericht geltend, um Carols Eltern das Sorgerecht für immer zu entziehen. Später wußte sie es einzurichten, daß sie Carols Pflegemutter wurde. Sie hatte gesehen, wie das Mädchen auf Liebe und Führung ansprach, hatte gesehen, wie sie sich von einem düsteren, selbstsüchtigen und selbstzerstörerischen Teenager in eine warme, selbstsichere, bewundernswerte junge Frau mit Hoffnungen und Träumen verwandelte, in eine Frau mit Charakter, eine einfühlsame Frau. Ihre Rolle in dieser aufregenden Wandlung hatte Grace die vielleicht tiefste Befriedigung verschafft, die sie je empfunden hatte.

Das einzige, was sie an ihrer Beziehung zu Carol bedauerte, war ihr Anteil daran, daß das Baby zur Adoption freigegeben wurde. Aber es hatte einfach keine vernünftige Alternative gegeben. Carol wäre weder finanziell noch gefühlsmäßig noch geistig in der Lage gewesen, für das Kind zu sorgen. Mit dieser Verantwortung hätte sie nie die Gelegenheit gehabt zu wachsen und sich zu verändern. Sie wäre ihr ganzes Leben lang unglücklich gewesen, und sie hätte auch ihr Kind unglücklich gemacht. Bedauerlicherweise hatte Carol selbst jetzt, noch sechzehn Jahre danach, Schuldgefühle, weil sie das Baby weggegeben hatte. Und diese Gefühle wurden jedesmal, wenn sich der Geburtstag des Kindes jährte, übermächtig. An jenem schwarzen Tag versank Carol immer in eine tiefe Depression und wurde – völlig untypisch für sie – schweigsam. Der übermäßige Schmerz, den sie an jenem einen Tag litt, gab Zeugnis von der tiefsitzenden, nicht lockerlassenden Schuld, die sie in geringerem Maße auch das restliche Jahr hindurch auf ihren Schultern trug. Grace wünschte, sie hätte diese Reaktion vorhergesehen, wünschte, sie hätte mehr getan, um Carols Schuldgefühle zu dämpfen.

Ich bin doch schließlich Psychologin, dachte sie. Ich hätte das eigentlich vorhersehen müssen.

Wenn Carol und Paul ein fremdes Kind adoptierten, würde Carol vielleicht endlich das Gefühl haben, daß das Schicksal wieder zu ihren Gunsten ausschlug. Die Adoption würde eines Tages vielleicht einen Teil der Schuld von ihr nehmen.

Grace hoffte das jedenfalls. Sie liebte Carol wie eine Tochter und wollte nur ihr Bestes.

Und natürlich konnte sie den Gedanken nicht ertragen, Carol zu verlieren. Deshalb war es kein bißchen rätselhaft, daß Carol in einem Alptraum auftauchte. Es war ganz bestimmt *kein* Omen.

Verklebt vom getrockneten Schweiß wandte sich Grace wieder dem Fenster des Arbeitszimmers zu, um Wärme und Licht zu suchen, aber der Tag war grau, kühl, abweisend. Der Wind drückte gegen das Glas und säuselte leise unter der Dachrinne im Stockwerk über ihr.

In der Stadt, nahe beim Fluß, erhob sich eine trübe Säule aus Rauch in den Regen und Dunst hinein. Vor einer Minute hatte sie sie noch nicht wahrgenommen, aber sie mußte schon dort gewesen sein; es war zuviel Rauch, als daß er innerhalb nur weniger Sekunden aufgetaucht sein konnte. Sogar aus dieser Entfernung konnte sie einen Feuerschein am Fuße der dunklen Säule sehen.

Sie fragte sich, ob das das düstere Werk eines Blitzes gewesen war. Sie erinnerte sich daran, wie der Sturm in jenen ersten Sekunden, nachdem sie erwacht war, mit außergewöhnlicher Macht heruntergefahren war und gedröhnt hatte. Zu diesem Zeitpunkt war sie noch benommen gewesen, hatte alles wie durch einen Schleier wahrgenommen und hatte gedacht, daß ihre vom Schlaf benebelten Sinne ihr einen Streich spielten, und daß die außerordentliche Gewalt des Blitzes trog, vielleicht sogar nur ihrer Fantasie entsprang. Konnte dieses unglaubliche, zerstörerische Tosen tatsächlich Wirklichkeit gewesen sein?

Sie warf einen Blick auf ihre Armbanduhr.

Ihr Lieblingssender im Radio würde in weniger als zehn Minuten die stündlichen Nachrichten ausstrahlen. Vielleicht gab es einen Bericht über das Feuer und den Blitz.

Nachdem sie die Sofakissen geglättet hatte, ging sie aus dem Arbeitszimmer und entdeckte Aristophanes am anderen Ende des unteren Ganges, in der Nähe der Eingangstür. Er saß groß und aufrecht da, den Schwanz nach vorne über die Vorderpfoten gelegt, den Kopf hoch erhoben, als wollte er sagen: »Es gibt nichts Schöneres als eine Siamkatze, und ich bin ein ausgesprochen attraktives Exemplar dieser Gattung, daß du mir das ja nicht vergißt!«

Grace streckte ihm eine Hand entgegen und rieb dabei Daumen und Zeigefinger schnell gegeneinander. »Mietz-mietz-mietz.«

Aristophanes rührte sich nicht.

»Mietz-mietz-mietz. Komm her, Ari. Na komm, mein Kleiner.«

Aristophanes erhob sich und ging durch den Bogen zu seiner Linken in das dunkle Wohnzimmer.

»Verdammte, sture Katze«, meinte sie liebevoll.

Sie ging ins untere Badezimmer, wusch sich das Gesicht

und kämmte sich die Haare. Diese ganz und gar irdische Betätigung der Körperpflege lenkte sie von dem Alptraum ab. Allmählich begann sie, sich zu entspannen. Ihre Augen tränten und waren blutunterlaufen. Sie spülte sie mit Augentropfen aus.

Als sie aus dem Bad kam, saß Aristophanes wieder im Gang und beobachtete sie.

»Mietz-mietz-mietz«, lockte sie.

Er starrte sie an, ohne mit der Wimper zu zucken.

»Mietz-mietz-mietz.«

Aristophanes erhob sich, legte den Kopf schräg und musterte sie mit neugierigen, glänzenden Augen. Als sie einen Schritt auf ihn zutrat, drehte er sich um, schlich sich schnell weg, warf nur einen schnellen Blick zurück und verschwand dann wieder im Wohnzimmer.

»Schon gut«, meinte Grace. »Schon gut, mein Lieber. Wie du willst. Ignorier mich ruhig, wenn du meinst. Aber sieh du nur zu, ob du heute abend dein Miau Mix in deiner Schüssel findest.«

In der Küche knipste sie zuerst das Licht und dann das Radio an. Sie bekam den Sender ziemlich gut herein, obwohl es wegen des Sturms ständig zu atmosphärischen Störungen kam.

Während sie Geschichten über Wirtschaftskrisen und atemberaubenden Berichten von Flugzeugentführungen und Kriegsgerüchten lauschte, steckte Grace einen frischen Papierfilter in die Kaffeemaschine, füllte ihn mit fein gemahlenem Kaffee aus Kolumbien und fügte einen halben Löffel Zichorie hinzu. Die Geschichte mit dem Feuer kam am Ende der Nachrichten; es war nur ein skizzenhafter Bericht. Der Reporter wußte auch nur, daß der Blitz in ein paar Gebäude im Stadtzentrum eingeschlagen hatte, und daß eines davon, eine Kirche, in Flammen stand. Er versprach weitere Einzelheiten für die nächste halbe Stunde.

Als der Kaffee fertig war, goß sich Grace ein wenig ein. Sie ging mit der Tasse zu dem kleinen Tisch bei dem einzigen Fenster der Küche, zog einen Stuhl darunter hervor und setzte sich.

Im Garten hinter dem Haus sahen die zahllosen Rosen – rot, rosa, orange, weiß, gelb – übernatürlich strahlend, fast schon phosphoreszierend aus vor dem aschfarbenen Regenvorhang.

Mit der Morgenpost waren zwei psychologische Fachzeitschriften angekommen. Grace schlug voll angenehmer Vorfreude eine davon auf.

Nachdem sie einen Artikel über neue Erkenntnisse auf dem Gebiet der Kriminalpsychologie halb gelesen und ihren ersten Becher Kaffee ausgetrunken hatte, gab es zwischen den Liedern im Radio eine Pause, einige Sekunden völliger Stille, und in jener kurzen Zeit der Ruhe hörte sie eine verstohlene Bewegung hinter sich. Sie drehte sich auf dem Stuhl um und sah Aristophanes.

»Willst du dich jetzt etwa entschuldigen?« fragte sie.

Dann kam ihr zu Bewußtsein, daß er sich offenbar an sie herangeschlichen hatte, und daß er jetzt, wo er sich ihr direkt gegenübersah, erstarrt war; jeder geschmeidige Muskel seines kleinen Körpers war zum Reißen gespannt, und sein Fell sträubte sich auf dem gekrümmten Rücken.

»Ari? Was ist denn los, du alberne Katze?«

Er wirbelte herum und rannte aus der Küche.

# 3

Carol saß auf einem Chromstuhl mit glänzendem schwarzem Vinylpolster; sie trank ihren Whiskey langsam und in kleinen Schlucken aus einem Pappbecher.

Paul saß zusammengesunken auf einem Stuhl neben dem ihren. Er trank seinen Whiskey nicht in kleinen Schlucken, sondern kippte das Zeug hinunter. Es war ein ausgezeichneter Bourbon, Jack Daniel's Black Label, für den ein Rechtsanwalt namens Marvin Shnaps, der seine

Büroräume auf demselben Gang wie Alfred O'Brian hatte und der erkannt hatte, daß eine Stärkung dringend nötig war, gesorgt hatte. Als Marvin Carol noch einen Bourbon einschenkte, sagte er: »Besser klappt's mit Schnaps«, was er wahrscheinlich schon zehntausendmal vorher gesagt hatte, aber er freute sich noch immer über seinen eigenen Scherz. »Besser klappt's mit Schnaps«, wiederholte er, als er Paul einen Doppelten einschenkte. Obwohl Paul gewöhnlich nicht viel trank, konnte er jetzt jeden Tropfen gebrauchen, den der Rechtsanwalt ihm gab. Seine Hände zitterten immer noch.

Das Empfangszimmer vor O'Brians Büro war nicht groß, aber die meisten Menschen, die im gleichen Stockwerk arbeiteten, hatten sich hier versammelt, um über den Blitz zu reden, der das Gebäude erschüttert hatte, um darüber zu staunen, daß es nicht Feuer gefangen hatte, Überraschung darüber auszudrücken, daß der elektrische Strom so schnell wieder angegangen war und um darauf zu warten, daß sie an die Reihe kamen, einen Blick auf Chaos und Zerstörung in O'Brians innerstem Heiligtum zu werfen. Das Gemurmel trug nicht eben dazu bei, Pauls Nerven zu beruhigen.

Etwa alle dreißig Sekunden wiederholte eine gebleichte Blondine mit schriller Stimme dieselben Worte des Erstaunens: »Ich kann's einfach nicht glauben, daß niemand dabei umgekommen ist! Ich kann's einfach nicht glauben, daß *niemand* umgekommen ist.« Jedesmal, wenn sie redete, egal wo sie sich gerade aufhielt, übertönte ihre Stimme das Getöse und ließ Paul zusammenzucken. »Ich kann's einfach nicht glauben, daß *niemand* umgekommen ist.« Sie klang ein wenig enttäuscht.

Alfred O'Brian saß an der Rezeption. Seine Sekretärin, eine korrekt wirkende Frau, deren Haar zu einem straffen Knoten gebunden war, versuchte, Jod auf ein halbes Dutzend Kratzer im Gesicht ihres Chefs zu tupfen, aber O'Brian schien sich mehr um den Zustand seines Anzuges zu sorgen als um sich selbst. Er zupfte und bürstete an dem Schmutz und den Fuselchen und kleinen Baumrindenstückchen herum, die an seinem Sakko hafteten.

Paul trank seinen Whiskey aus und schaute Carol an. Sie sah noch immer sehr mitgenommen aus. Im Vergleich zu ihrem glänzenden dunklen Haar wirkte ihr Gesicht sehr blaß.

Ganz offensichtlich bemerkte sie die Sorge in seinem Blick, denn sie nahm seine Hand, drückte sie und lächelte beruhigend. Das Lächeln fand jedoch keinen rechten Halt auf ihren Lippen, es zitterte.

Er beugte sich nah zu ihr herüber, so daß sie ihn über das aufgeregte Geschnatter der anderen hinweg verstehen konnte. »Wollen wir gehen?«

Sie nickte.

Drüben vom Fenster her rief jetzt ein junger Büroangestellter: »Hört mal! Hört mal alle her! Paßt lieber auf. Gerade sind die Leute von den Fernsehnachrichten drunten vor der Tür vorgefahren.«

»Wenn uns die Reporter zu fassen kriegen«, meinte Carol, »bleiben wir noch mal 'ne Stunde oder noch länger hier hängen.«

Sie gingen, ohne sich von O'Brian zu verabschieden. Im Gang schlüpften sie in ihre Regenmäntel, während sie sich auf einen der Seiteneingänge zubewegten. Draußen machte Paul den Regenschirm auf und legte einen Arm um Carols Taille. Sie eilten über den rutschigen Schotterparkplatz und wichen behutsam den riesigen Pfützen aus. Der böige Wind war kühl für Anfang September, und er wechselte ständig die Richtung, bis er schließlich unter den Schirm geriet und ihn umdrehte. Der kalte Regen, den der Wind herantrieb, war so stark, daß Pauls Gesicht schmerzte. Als sie das Auto schließlich erreicht hatten, klebten ihnen die Haare am Kopf, und eine Menge Wasser hatte den Weg in ihren Mantelkragen und ihren Rücken hinunter gefunden.

Paul erwartete fast, daß der Blitz Schaden an dem Pontiac angerichtet hatte, aber er stand noch genauso da, wie sie ihn verlassen hatten. Der Motor sprang ohne Schwierigkeiten an.

Als er aus dem Parkplatz herausfuhr, wollte er nach links abbiegen, trat jedoch auf die Bremse, als er sah, daß die Polizei- und Feuerwehrwagen, die sich nur einen halben Häuserblock entfernt befanden, die Straße abgesperrt hatten. Die Kirche brannte immer noch lichterloh, trotz des heftigen Regens und trotz der kräftigen Wasserströme, die die Feuerwehrleute gegen das Feuer einsetzten. Schwarze Rauchschwaden erhoben sich in den grauen Tag, und hinter den zerborstenen Fenstern spuckten und brodelten die Flammen. Die Kirche war mit Sicherheit nicht mehr zu retten.

Er bog statt dessen nach rechts ab und fuhr durch regenüberflutete Straßen nach Hause, in denen die Rinnsteine überliefen und wo jede Vertiefung im Pflaster sich in einen tückischen See verwandelt hatte, den man mit äußerster Vorsicht umgehen mußte, damit der Motor nicht absoff.

Carol saß zusammengesunken auf ihrem Sitz, gegen die Tür auf der Beifahrerseite gedrückt, und hielt die Arme um den Körper gepreßt. Obwohl die Heizung lief, fror sie ganz offensichtlich.

Auch Paul bemerkte, daß er mit den Zähnen klapperte.

Die Heimfahrt dauerte zehn Minuten, und die ganze Zeit über sagte keiner von ihnen ein Wort. Die einzigen Geräusche waren das flüsternde Zischen der Reifen auf dem nassen Pflaster und das metronomische Schaben der Scheibenwischer. Es war keine unbehagliche oder gespannte Stille, sondern sie war eigentümlich eindringlich, sie hatte eine Aura gewaltiger aufgestauter Energie. Paul hatte das Gefühl, daß Carol vor Überraschung geradewegs durch das Autodach schießen würde, wenn er tatsächlich etwas sagte.

Sie wohnten in einem Haus im Tudorstil, das sie mit viel Sorgfalt renoviert hatten, und wie jedesmal wieder erfüllte sein Anblick – die Natursteinauffahrt, die großen Eichentüren, die von Kutschenlampen eingerahmt wurden, die Bleiglasfenster, das Dach voller Giebel – Paul mit Befriedigung und gab ihm das behagliche Gefühl, daß er hierher gehörte. Die automatische Garagentür ging hoch, und er lenkte den Pontiac hinein, neben Carols roten VW Golf.

Auch im Haus schwiegen sie.

Pauls Haare waren naß, und seine Hosenbeine klebten feucht an ihm; sein Hemddrücken war noch immer durchgeweicht. Er vermutete, daß er sich eine ganz schöne Erkältung holen würde, wenn er nicht gleich trockene Kleider anzog. Offenbar dachte Carol dasselbe, und so gingen sie geradewegs nach oben ins Schlafzimmer. Sie öffneten die Schranktüren, und er knipste eine Nachttischlampe an. Zitternd schlüpften sie aus den nassen Kleidern.

Als sie fast ganz ausgezogen waren, sahen sie einander an. Ihre Blicke trafen sich.

Sie sprachen noch immer nicht. Das brauchten sie auch nicht.

Er nahm sie in die Arme, und sie küßten sich, sanft zuerst und zärtlich. Ihr Mund war warm und weich und schmeckte leicht nach Whiskey.

Sie umklammerte ihn, zog ihn näher zu sich heran, und ihre Fingerspitzen gruben sich in seine Rückenmuskeln. Sie preßte ihren Mund hart auf den seinen, ritzte seine Lippe mit ihren Zähnen, stieß ihre Zunge tief in seinen Mund, und unvermittelt wurden ihre Küsse heiß und fordernd.

In ihrem Verlangen lag plötzlich animalische Dringlichkeit. Es war etwas Hungriges, ja fast Rasendes in ihren Bewegungen, und sie streiften hastig auch noch die letzten Kleidungsstücke ab, liebkosten, drückten, streichelten sich. Sie kniff ihn mit den Zähnen in die Schulter. Er packte ihr Gesäß und knetete es mit für ihn untypischer Roheit, aber sie zuckte nicht zusammen und versuchte auch nicht, sich zu lösen; tatsächlich preßte sie sich nur noch fordernder gegen ihn, rieb ihre Brüste und ihre

Hüfte gegen seine. Ihre leisen Wimmerlaute waren nicht schmerzvoll; sie bewiesen ihre Begierde und ihr Bedürfnis. Im Bett steckte er voll manischer Energie, und sein Durchhaltevermögen erstaunte ihn selbst. Er war unersättlich, genauso wie sie. Sie preßten sich gegeneinander, bogen und krümmten sich in vollkommener Harmonie, als wären sie nicht nur miteinander verbunden, sondern verschmolzen, als wären sie ein einziger Organismus, der von denselben Reizen geleitet wurde, nicht von zwei verschiedenen. Jeder Rest von Zivilisation fiel von ihnen ab, und lange Zeit waren die einzigen Laute, die sie hervorbrachten, animalischer Natur: Keuchen; Stöhnen; kehliges Grunzen der Zufriedenheit; kurze, spitze Schreie der Erregung. Schließlich stieß Carol das erste Wort hervor, das zwischen ihnen fiel, seit sie O'Brians Büro verlassen hatten: »Ja.« Und wieder, indem sie ihren schlanken, zierlichen Körper krümmte und den Kopf auf dem Kissen hin und her warf: »Ja, ja!« Sie sagte nicht nur zu diesem Orgasmus ja, denn sie war schon ein paarmal gekommen und hatte das immer nur mit rauhem Atmen und leisem Wimmern angekündigt. Sie sagte ja zum Leben, ja dazu, daß sie noch immer existierte und nicht nur ein verkohlter, nasser Klumpen leblosen Fleisches war, ja zu dem Wunder, daß sie beide den Blitz und die tödlichen, gesplitterten Äste des fallenden Ahornbaumes überlebt hatten. Ihre ungehemmte, wilde und leidenschaftliche Paarung war ein Schlag ins Gesicht des Todes, eine vielleicht nicht völlig rationale, aber dennoch befriedigende Weigerung, die Existenz dieses finsteren Gespenstes anzuerkennen. Paul wiederholte das Wort, als singe er eine Beschwörungsformel – »Ja, ja, ja!« –, als er sich zum zweitenmal in sie entleerte, und es schien, als spritzte seine Todesangst zusammen mit seinem Samen aus ihm heraus.

Erschöpft lagen sie nun Seite an Seite auf dem zerwühlten Bett ausgestreckt auf dem Rücken. Lange Zeit lauschten sie dem Regen auf dem Dach und dem anhaltenden Donner, der nun nicht mehr laut genug war, die Fenster zum Klappern zu bringen.

Carol lag mit geschlossenen Augen und völlig entspanntem Gesicht da. Paul musterte sie, und wie schon unzählige Male vorher in den letzten vier Jahren fragte er sich, warum sie jemals eingewilligt hatte, ihn zu heiraten. Sie war schön. Und das war er nicht. Wenn jemand ein Wörterbuch zusammenstellen wollte, konnte ihm durchaus etwas Schlechteres einfallen, als ein Bild von seinem Gesicht als einzige Definition für das Wort *durchschnittlich* zu verwenden. Er hatte einmal im Scherz etwas Ähnliches über seine körperliche Erscheinung gesagt, und Carol war ihm daraufhin böse gewesen, weil er so über sich selbst redete. Aber es stimmte, und es machte ihm eigentlich auch nichts aus, daß er kein Burt Reynolds war, solange Carol den Unterschied nicht merkte. Sie war sich nicht nur seiner Durchschnittlichkeit nicht bewußt, sie sah auch ihre eigene Schönheit nicht, und sie bestand darauf, daß *sie* eigentlich diejenige war, die durchschnittlich aussah, oder doch zumindest nicht viel mehr als »ganz hübsch, nein, nicht mal hübsch, nur ganz nett, aber irgendwie lustig nett«. Ihre dunklen Haare – sogar jetzt, wo sie von Regen und Schweiß am Kopf klebten und sich kringelten – waren dicht, glänzend, einfach wunderschön. Ihre Haut war makellos, und ihre Backenknochen waren so ebenmäßig, daß es schwerfiel zu glauben, daß die ungeschickte Hand der Natur so etwas zustande gebracht haben konnte. Carol war der Typ Frau, den man sich am Arm eines großen, sonnengebräunten Adonis vorstellte, nicht neben einem Paul Tracy. Und doch war sie hier, und er war dankbar, sie neben sich zu haben. Es überraschte ihn immer wieder, daß sie in jeder Hinsicht zusammenpaßten – geistig, seelisch und körperlich.

Als der Regen jetzt anfing, mit neuer Kraft gegen Dach und Fenster zu schlagen, spürte Carol, daß er sie anstarrte, und sie öffnete die Augen. Sie waren so tiefbraun, daß sie aus mehr als ein paar Zentimetern Abstand schwarz aussahen. Sie lächelte. »Ich liebe dich.«

»Ich liebe dich«, antwortete er.

»Ich hab' gedacht, du wärst tot.«

»Nein.«

»Als es aufgehört hatte zu blitzen, hab' ich nach dir gerufen, aber du hast so schrecklich lang nicht geantwortet.«

»Ich hatte gerade ein Gespräch mit Chicago«, meinte er und grinste.

»Sei doch mal ernst.«

»Na gut. Es war San Francisco.«

»Ich hab' Angst gehabt.«

»Ich hab' dir nicht gleich antworten *können*«, meinte er besänftigend. »Falls du's vergessen hast, O'Brian ist auf mich drauf gefallen. Hat mir glatt den Atem genommen. Er schaut nicht so kräftig aus, aber er ist schwer wie ein Felsen. Ich glaub', er züchtet sich 'ne Menge Muskeln an, wenn er neun Stunden am Tag Fuselchen von seinem Anzug zupft und seine Schuhe poliert.«

»Du warst ganz schön mutig.«

»Weil ich dich geliebt habe? Nicht der Rede wert.«

Sie gab ihm spielerisch eine Ohrfeige. »Du weißt ganz genau, was ich meine. Du hast O'Brian das Leben gerettet.«

»Nee.«

»Oh doch. Er selbst denkt das auch.«

»Du meine Güte, ich hab' mich doch nicht vor ihn hingeworfen und ihn mit meinem eigenen wertvollen Körper vor dem Baum geschützt! Ich hab' ihn nur weggezogen. Das hätte doch jeder gemacht.«

Sie schüttelte den Kopf. »Falsch. Nicht jeder denkt so schnell wie du.«

»Bin also ein schneller Denker, was? Ja. Das geb' ich sogar zu. Ich denke vielleicht schnell, aber ich bin noch lange kein Held. *Das* Etikett drückst du mir lieber nicht auf, sonst erwartest du nämlich noch, daß ich mich auch wirklich so verhalte. Stell dir mal vor, Supermanns Leben wäre doch die Hölle auf Erden, wenn er Lois Lane tatsächlich heiraten würde. Sie hätte doch enorm hohe Erwartungen!«

»Egal«, meinte Carol, »auch wenn du's nicht zugibst, O'Brian weiß, daß du ihm das Leben gerettet hast, und das ist das einzige, was zählt.«

»Tatsächlich?«

»Na ja, ich war mir vorher schon ziemlich sicher, daß die Adoptionsstelle zustimmen würde. Aber jetzt gibt's auch nicht den geringsten Zweifel mehr.«

»Es gibt immer noch die kleine Möglichkeit...«

»Nein«, unterbrach sie ihn. »O'Brian wird dich jetzt nicht im Stich lassen, wo du ihm das Leben gerettet hast. Da besteht gar kein Zweifel. Er wird den Adoptionsausschuß um den Finger wickeln.«

Paul blinzelte, dann zog langsam ein Lächeln über sein Gesicht. »Verflucht noch mal. Daran hab' ich überhaupt nicht gedacht.«

»Also bist du doch ein Held, Papi.«

»Na ja... vielleicht, Mami.«

»Ich glaub', ich mag ›Mutti‹ lieber.«

»Und ich mag ›Vati‹ lieber.«

»Wie steht's mit ›Paps‹?«

»Paps ist doch kein Name. So klingt eher ein Sektkorken.«

»Denkst du etwa dran, ein bißchen zu feiern?« fragte sie.

»Ich hab' gedacht, wir könnten uns was anziehen, runter in die Küche spazieren und uns ein zeitiges Abendessen zusammenpanschen. Das heißt, wenn du Hunger hast.«

»Wie ein Wolf.«

»Du könntest einen Pilzsalat vorbereiten«, meinte er. »Dann mach ich meine berühmten Fettuccine Alfredo. Wir haben auch noch eine oder zwei Flaschen Mumm Extra Dry, die wir für eine besondere Gelegenheit aufgespart haben. Die köpfen wir, laden uns eine ordentliche Portion Fettuccine Alfredo und Pilze auf den Teller, kommen wieder hier rauf und essen im Bett.«

»Und schauen uns beim Essen die Nachrichten im Fernsehen an.«

»Und lassen dann den Abend mit Krimis und Sekt ausklingen, so lange, bis wir die Augen nicht mehr offenhalten können.«

»Klingt wunderbar, sündhaft faul«, meinte sie.

An den meisten anderen Abenden verbrachte er zwei Stunden damit, seinen Roman zu überarbeiten. Und es kam auch nicht oft vor, daß Carol abends keine Schreibarbeiten zu erledigen hatte.

Während sie Morgenmantel und Hausschuhe anzogen, meinte Paul: »Wir müssen lernen, die *meisten* Abende freizunehmen. Wir müssen viel Zeit mit dem Kind verbringen. Das sind wir ihm schuldig.«

»Oder ihr.«

»Oder ihnen«, meinte er.

Ihre Augen glänzten. »Glaubst du, sie lassen uns mehr als eines adoptieren?«

»Natürlich – wenn wir erst mal bewiesen haben, daß wir mit dem ersten fertig werden. Bin ich denn schließlich nicht der Held«, meinte er und machte sich dabei über sich selbst lustig, »der dem guten alten O'Brian das Leben gerettet hat?«

Auf dem Weg zur Küche, auf halbem Weg die Treppe hinunter, blieb sie stehen, wandte sich ihm zu und umarmte ihn. »Jetzt werden wir bald eine richtige Familie sein.«

»Sieht ganz so aus.«

»Oh, Paul, ich kann mich nicht erinnern, daß ich schon mal so glücklich gewesen bin. Sag, daß dieses Gefühl ewig anhält.«

Er hielt sie, und es war ein schönes Gefühl, sie im Arm zu haben. Wenn man es recht bedachte, war Zuneigung noch besser als Sex; geliebt und gebraucht zu werden, war besser als körperliche Liebe.

»Sag, daß nichts schiefgehen kann«, meinte sie.

»Es kann nichts schiefgehen, und dieses Gefühl wird ewig anhalten, und ich freue mich, daß du so glücklich bist. Na? Zufrieden?«

Sie küßte sein Kinn und seine Mundwinkel, und er küßte sie auf die Nase.

»Also«, sagte er, »können wir jetzt bitte die Fettuccine machen, bevor ich anfange, mir auf der Zunge rumzukauen?«

»Was bist du doch für ein Romantiker.«

»Sogar Romantiker haben manchmal Hunger.«

Als sie am Fuße der Treppe ankamen, schreckte sie ein plötzliches, laut hämmerndes Geräusch auf. Es war regelmäßig, aber nicht rhythmisch: *Klopf, klopf, klopf-klopf-klopf, klopf-klopf . . .*

Carol meinte: »Was zum Teufel ist denn das?«

»Das kommt von draußen . . . und von oben.«

Sie standen auf der letzten Stufe und schauten zurück, ins obere Stockwerk hinauf.

*Klopf, klopf-klopf, klopf, klopf . . .*

»Verdammt«, sagte Paul. »Ich wette, der Wind hat einen von den Fensterläden losgerissen.« Sie lauschten einen Augenblick, dann seufzte er. »Ich muß wohl raus und die Sache in Ordnung bringen.«

»Jetzt? Im Regen?«

»Wenn ich jetzt nichts unternehme, reißt der Wind ihn vielleicht noch ganz runter. Oder noch schlimmer, er könnte die ganze Nacht so dranhängen und klappern. Wir können dann nicht schlafen und die Nachbarn auch nicht.«

Sie runzelte die Stirn. »Aber die Blitze, Paul; nach allem, was passiert ist, solltest du's, glaube ich, nicht riskieren, mitten im Sturm auf einer Leiter rumzuklettern.«

Ihm gefiel der Gedanke auch nicht. Bei der Vorstellung, mitten in einem Gewitter hoch oben auf einer Leiter zu stehen, stellten sich ihm die Haare auf.

Sie sagte: »Ich will nicht, daß du da raus gehst, wenn . . .«

Das Hämmern hörte auf.

Sie warteten.

Wind. Das Prasseln des Regens. Leichtes Kratzen von Ästen an der Außenwand.

Schließlich meinte Paul: »Zu spät. Wenn's ein Fensterladen war, ist er jetzt wohl schon abgerissen.«

»Ich hab' ihn aber nicht runterfallen hören.«

»Der macht nicht viel Lärm, wenn er ins Gras oder ins Gebüsch gefallen ist.«

»Also mußt du doch nicht in den Regen raus«, meinte sie und durchquerte die Vorhalle bis zu dem kurzen Gang, der zur Küche führte.

Er folgte ihr. »Ja, aber jetzt gibt's 'ne größere Reparatur.«

Als sie in die Küche traten und ihre Schritte hohl auf dem Natursteinboden widerhallten, sagte sie: »Du mußt dich nicht vor morgen oder übermorgen drum kümmern. Im Moment mußt du dir nur um die Sauce für die Fettuccine Sorgen machen. Laß sie nicht klumpen.«

Er nahm einen Topf aus Kupfer von dem Regal mit blank poliertem Kochgeschirr, das über der Küchenzeile in der Mitte des Raumes hing, und tat so, als sei er wegen ihrer Bemerkung beleidigt. »Hab' ich schon *jemals* die Sauce für die Fettuccine klumpen lassen?«

»War das Zeug, als du's letztesmal gemacht hast, nicht...«

»*Nie!*«

»Ja«, meinte sie neckend. »Ja, letztesmal war's ganz eindeutig nicht sonderlich.« Sie nahm eine Plastiktüte mit Pilzen aus dem großen Edelstahlkühlschrank. »Auch wenn dir das das Herz bricht, das letztemal, wo du Fettuccine Alfredo gemacht hast, war die Sauce so klumpig wie die Matratze in einem Zehn-Dollar-Motel.«

»Was für eine gemeine Verleumdung! Außerdem, woher weißt du denn so genau Bescheid über Zehn-Dollar-Motels? Führst du etwa heimlich ein Doppelleben, von dem ich wissen sollte?«

Sie bereiteten das Essen gemeinsam zu, plauderten über dieses und jenes, scherzten viel, versuchten, sich gegenseitig zum Lachen zu bringen. Für Paul schrumpfte die Welt, bis es nur noch zwei Menschen gab. Das Universum umfaßte nur noch die warme, vertraute Küche.

Dann flackerte ein Blitz auf, und die heimelige Atmosphäre war zerstört. Es war ein sanfter Blitz, nichts Blendendes und Zerstörerisches mehr wie die Entladungen, die vor ein paar Stunden vor O'Brians Büro heruntergefahren waren. Nichtsdestoweniger hörte Paul mitten im Satz zu sprechen auf, seine Aufmerksamkeit war von dem Strahl gefangen, sein Blick auf das lange Butzenfenster hinter der Spüle geheftet. Auf dem Rasen hinter dem Haus schienen die Bäume sich zu krümmen, zu schimmern und sich im flackernden Licht des Sturmes zu kräuseln, so daß es wirkte, als sehe er nicht die Bäume selbst, sondern ihr Spiegelbild auf der Oberfläche eines Sees.

Plötzlich fesselte noch eine andere Bewegung seinen Blick, auch wenn er sich nicht sicher war, was er da eigentlich wirklich sah. Der Nachmittag, der von Anfang an grau und düster gewesen war, ging nun allmählich in eine frühe Nacht über, und dünner Nebel trieb herein. Überall lagen Schatten. Das schwache Tageslicht war trügerisch und trübe; es verzerrte eher die Dinge, die es erfaßte, als daß es sie erhellte. In jener Landschaft voller Halbschatten schoß plötzlich etwas hinter dem dicken Stamm einer Eiche hervor, überquerte den offenen Rasen und verschwand dann schnell hinter einem Fliederbusch.

Carol sagte: »Paul? Was ist los?«

»Da ist jemand draußen auf dem Rasen.«

»Bei diesem Regen? Wer denn?«

»Ich weiß es nicht.«

Sie stellte sich neben ihn ans Fenster. »Ich sehe niemanden.«

»Da ist jemand von der Eiche zum Fliederbusch gerannt. Er lief nach vorn gebeugt und ziemlich schnell.«

»Wie hat er ausgeschaut?«

»Kann ich nicht sagen. Ich bin mir nicht mal sicher, ob's ein Mann war. Könnte auch 'ne Frau gewesen sein.«

»Vielleicht war's nur ein Hund.«

»Zu groß.«

»Könnte Jasper gewesen sein.«

Jasper war die große dänische Dogge, die den Hanrahans gehörte, die drei Häuser weiter unten in der Straße wohnten. Er war ein großes, freundliches Tier mit durchdringendem Blick, das überraschend gut mit kleinen Kindern auskam und eine Vorliebe für Schokoladenkekse hatte.

»Die würden Jasper bei so 'nem Wetter nicht rauslassen«, meinte Paul. »Die verwöhnen diesen Köter doch nach Strich und Faden.«

Wieder pulsten sanfte Blitze herab, und ein heftiger Windstoß peitschte die Bäume hin und her; der Regen wurde noch stärker als vorher – und inmitten dieses Wirbels schoß etwas hinter dem Fliederbusch hervor.

»Da!« rief Paul.

Der Eindringling lief tief geduckt, verschwommen durch Regen und Dunst, ein Schatten unter Schatten. Er wurde so kurz und bizarr von den Blitzen erhellt, daß seine wahre Erscheinung quälend weit am Rande der Wahrnehmung verblieb. Er rannte auf die Ziegelmauer zu, die das Grundstück begrenzte, verschwand einen Augenblick lang in einem besonders dichten Nebelfleck, tauchte als körperlose schwarze Gestalt wieder auf, schlug eine andere Richtung ein und lief jetzt an der Mauer entlang zu dem Tor an der nordwestlichen Ecke des hinteren Rasens. Als wieder ein Blitz durch den dunkler werdenden Himmel zuckte, floh der Eindringling durch elektrisch blaue Strahlen durch das offene Tor auf die Straße und hinaus.

»Bloß der Hund«, meinte Carol.

Paul runzelte die Stirn. »Ich dachte, ich hätte...«

»Was?«

»Ein Gesicht gesehen. Eine Frau, die sich umschaut...
Nur eine Sekunde lang, als sie durchs Tor gelaufen ist.«

»Nein«, meinte Carol. »Das war Jasper.«

»Du hast ihn gesehen?«

»Ja.«

»Ganz deutlich?«

»Na ja, nein, nicht deutlich. Aber ich hab' genug gesehen, um sagen zu können, daß das ein Hund war so groß wie ein kleines Pony, und Jasper ist der einzige Köter hier in der Gegend, auf den diese Beschreibung paßt.«

»Dann muß Jasper aber ganz schön schlau geworden sein.«

Carol blinzelte. »Was meinst du damit?«

»Na ja, er hat den Riegel am Tor zurückschieben müssen, um in den Garten zu kommen. Und früher hat er das nie gekonnt.«

»Ach, das hat er natürlich auch nicht gemacht. Wir müssen das Tor offengelassen haben.«

Paul schüttelte den Kopf. »Ich bin mir sicher, daß es zugewesen ist, als wir heimgekommen sind.«

»Zu vielleicht schon – aber nicht verriegelt. Der Wind hat es aufgestoßen, und Jasper ist reingestreunt.«

Paul sah hinaus in den regengepeitschten Nebel, der trübe unter den letzten düsteren Strahlen des schwindenden Dämmerlichts erglühte. »Ich glaub', du hast recht«, meinte er, obwohl er noch nicht völlig überzeugt war. »Ich geh' lieber raus und schieb' den Riegel vor.«

»Nein, nein«, sagte Carol schnell. »Nicht, solange der Sturm nicht aufgehört hat.«

»Na komm, Liebes, ich werd' jetzt nicht einfach jedesmal, wenn's ein bißchen donnert, ins Bett springen und mich unter der Bettdecke verstecken – bloß weil das heute nachmittag passiert ist.«

»Das erwarte ich auch gar nicht«, meinte sie. »Aber bevor du anfängst, im Regen zu tanzen wie Gene Kelly, mußt du erst mal warten, bis *ich* mit der ganzen Geschichte fertig geworden bin. Es ist alles noch zu lebhaft in meiner Erinnerung, als daß ich einfach hier stehen und dir zuschauen könnte, wie du dich beim Licht der Blitze auf dem Rasen tummelst.«

»Es dauert doch nur einen Augenblick und...«

»Sag mal, willst du dich etwa davor drücken, die Fettuccine zu machen?« fragte sie, legte den Kopf schräg und sah ihn argwöhnisch an.

»Natürlich nicht. Ich mach' sie fertig, sobald das Tor zu ist.«

»Ich weiß schon, was du vorhast, mein Lieber«, sagte sie selbstzufrieden. »Du hoffst, daß dich der Blitz tatsächlich trifft, weil du *weißt*, daß deine Sauce klumpt, und so eine Erniedrigung kannst du einfach nicht ertragen.«

»Das ist aber ein plumpes Märchen«, meinte er und ging wieder auf ihr Spiel ein. »Ich mach' die geschmeidigsten Fettuccine Alfredo diesseits von Rom. Geschmeidiger als Sophia Lorens Schenkel.«

»Soweit ich weiß, war das Zeug das letztemal, wo du's gemacht hast, so klumpig wie eine Schüssel Haferbrei.«

»Ich hab' gedacht, du hättest gesagt, so klumpig wie 'ne Matratze in einem Zehn-Dollar-Motel.«

Sie hob stolz den Kopf. »Ich bin keine Frau, die nur für einen Vergleich gut ist, weißt du.«

»Und ob ich das weiß.«

»Also machst du jetzt die Fettuccine – oder drückst du dich wie ein Feigling und läßt dich vom Blitz erschlagen?«

»Ich stopf dir das, was du sagst, noch mal in den Hals«, sagte er.

Grinsend erwiderte sie: »Das ist immer noch besser, als deine klumpigen Fettuccine runterzuwürgen.«

Er lachte. »Schon gut, schon gut. Ich geb' mich geschlagen. Ich kann das Tor am Morgen immer noch verriegeln.«

Er kehrte zum Herd zurück und sie zum Schneidebrett, wo sie Petersilie und Schalotten für die Salatsauce hackte.

Er wußte, daß sie mit dem Eindringling wahrscheinlich recht hatte. Vermutlich war es tatsächlich Jasper gewesen,

66

der eine Katze gejagt oder nach Schokoladenkeksen gesucht hatte. Das, was er glaubte, gesehen zu haben – das leicht verzerrte, mondweiße Gesicht einer Frau, in deren Augen sich die Blitze spiegelten und deren Mund vor Haß oder Wut entstellt war – war sicherlich ein Streich, den ihm Licht und Schatten gespielt hatten. Und dennoch hinterließ der Vorfall ein Gefühl der Unsicherheit in ihm. Er konnte das warme, behagliche Gefühl, das er gehabt hatte, gerade, bevor er aus dem Fenster sah, nicht mehr so ganz zurückgewinnen.

Grace Mitowski füllte die gelbe Plastikschüssel mit Miau Mix und stellte sie in die Ecke neben der Küchentür.

»Mietz-mietz-mietz.«

Die Küche war nicht gerade Aris Lieblingsort im Haus, denn sie war der einzige Raum, in dem er nicht überall herumklettern durfte, wo er wollte. Er war ohnehin kein großer Kletterer. Ihm fehlte die Abenteuerlust, die vielen Katzen eigen ist, und gewöhnlich hielt er sich am Boden auf. Doch obwohl er nicht unbedingt darauf versessen war, auf die Küchenbüfetts hinaufzuspringen, wollte er doch nicht, daß ihm jemand sagte, er dürfe das nicht. Wie die meisten Katzen widersetzte er sich jeglicher Disziplin und mißachtete alle Regeln. Sowenig er jedoch die Küche leiden konnte, sowenig versäumte er es auch, zur Essenszeit dort aufzutauchen. Tatsächlich wartete er oft schon ungeduldig neben seiner Schüssel, wenn Grace kam, um sie zu füllen.

Sie lockte ein wenig lauter. »Mietz-mietz-mietz.«

Sie erhielt kein Miauen zur Antwort. Aristophanes kam nicht, wie erwartet, mit leicht gerolltem Schwanz und großem Heißhunger herangelaufen.

»Ari-Ari-Ari! Das Essen ist fertig, du alberne Katze.«

Sie stellte die Schachtel mit Katzenfutter weg und wusch sich die Hände im Waschbecken.

*Klopf, klopf-klopf!*

Das pochende Geräusch – ein heftiger Schlag, dem kurz

hintereinander zwei ebenso heftige folgten – setzte so laut und plötzlich ein, daß Grace vor Überraschung zusammenzuckte und fast das kleine Handtuch fallen ließ, an dem sie sich gerade die Hände abtrocknete. Der Lärm war von der Vorderseite des Hauses gekommen. Sie wartete einen Augenblick lang, hörte nur das Geräusch des Windes und des fallenden Regens, und dann –

*Klopf! Klopf!*

Sie hängte das Handtuch an den Haken und trat in den unteren Flur.

*Klopf-klopf-klopf!*

Sie ging den Flur zögernd bis zur Eingangstür entlang und knipste das Licht auf der Veranda an. Die Tür hatte ein Guckloch, durch das sie alles davor in Weitwinkelperspektive sehen konnte. Es war nichts zu erkennen; die Veranda schien völlig verlassen dazuliegen.

*KLOPF!*

Dieser Schlag war so heftig, daß Grace dachte, die Tür sei aus den Angeln gerissen worden. Als sie zurücksprang, hörte sie ein Splittern, und sie erwartete, daß gleich große Holzstücke aus der Tür brechen würden. Aber die Tür hing immer noch fest an ihrem Platz, auch wenn sie geräuschvoll in ihrem Rahmen erzitterte; der Riegel klapperte gegen das Schloß.

*KLOPF! KLOPF! KLOPF!*

»Schluß damit!« rief sie. »Wer seid ihr? Wer ist da?«

Das Hämmern hörte auf, und sie glaubte, das Lachen von Jugendlichen zu hören.

Sie wollte schon die Polizei rufen oder die Pistole holen, die sie im Nachtkästchen aufbewahrte, aber als sie das Lachen hörte, überlegte sie es sich anders. Sie würde doch nun wirklich ohne fremde Hilfe mit ein paar Kindern fertig werden. Sie war noch nicht so alt und gebrechlich, daß sie die Polizei holen mußte, um sich gegen einen Haufen rotzfrecher Gören zur Wehr zu setzen.

Sie zog vorsichtig den Vorhang vor dem langen, schmalen Fenster neben der Tür zurück. Angespannt und bereit,

schnell einen Schritt zur Seite zu treten, falls jemand eine
bedrohliche Bewegung auf die Scheibe zu machen sollte,
sah sie hinaus. Auf der Veranda war niemand.

Wieder hörte sie das Lachen. Es war hoch, melodisch,
mädchenhaft.

Sie ließ den Vorhang wieder zurückgleiten, wandte sich
zur Tür, sperrte sie auf und trat auf die Schwelle.

Der Nachtwind war rauh und feucht. Der Regen nieselte an der Dachrinne mit den muschelförmigen Verzie-
rungen herab.

Unmittelbar vor dem Haus boten sich Hunderte von
Verstecken für die Scherzbolde. Starres Gesträuch raschelte gleich hinter dem Geländer im Wind, und der
gelbliche Schein der Lampe, die die Insekten vom Haus
abhalten sollte, erleuchtete nur wenig mehr als die Mitte
der Veranda. Der Gehweg, der vom Fuße der Verandastufen zur Straße führte, war von Hecken eingesäumt, die in
der Dunkelheit blauschwarz aussahen. Unter den vielen
Schatten der Nacht war keiner der Scherzbolde zu sehen.

Grace wartete, lauschte.

Donner grollte in der Ferne, aber in der Dunkelheit war
kein Lachen, kein Kichern zu vernehmen.

– *Vielleicht waren's keine Kinder.*

– *Wer dann?*

– *Man sieht sie doch die ganze Zeit in den Fernsehnachrichten.
Die Kaltblütigen, die Menschen nur so zum Spaß erschießen, er-
stechen oder erwürgen. Die scheint's heute überall zu geben,
diese Außenseiter, diese Psychopathen.*

– *Das war nicht das Lachen von Erwachsenen. Dies ist das
Werk von Kindern.*

– *Aber vielleicht sollte ich doch lieber reingehen und die Tür
zusperren.*

– *Hör endlich auf, wie eine erschreckte Alte zu denken, verdammt noch mal!*

Es war schon merkwürdig, daß irgendeines der Nach-
barskinder sie ärgern sollte, denn sie verstand sich mit allen ausgezeichnet. Vielleicht waren das ja auch keine Kin-

der aus der unmittelbaren Nachbarschaft. Schon ein paar Straßen weiter kannte sie keinen mehr.

Sie wandte sich um und untersuchte die Außenseite der Eingangstür. Sie konnte keinerlei Anzeichen dafür finden, daß jemand erst vor wenigen Augenblicken wiederholt heftig dagegengeschlagen hatte. Das Holz war nicht gesplittert oder gesprungen; es war nicht einmal angekratzt.

Sie war erstaunt, denn sie war sich sicher, daß sie das Holz hatte splittern hören. Womit konnten Kinder wohl solch einen Lärm verursachen, ohne dabei Spuren an der Tür zu hinterlassen? Bohnensäckchen oder so etwas? Nein. Ein Bohnensäckchen hätte keinen solchen Höllenlärm gemacht; der Aufprall des Sacks auf der Tür mochte zwar laut sein, gewiß, sogar sehr laut, wenn man ihn mit genügend Wucht schwang, aber das Geräusch wäre nicht so hart, so klar gewesen.

Wieder wanderte ihr Blick langsam über den Hof. Nichts außer dem Laub, das der Wind bewegte, rührte sich da draußen.

Fast eine Minute lang spähte und lauschte sie. Sie hätte noch länger gewartet, selbst wenn es nur gewesen wäre, um etwaigen böswilligen Jugendlichen, die sie beobachteten, zu beweisen, daß sie keine verängstigte Alte war, die sich einfach so einschüchtern ließ; aber die Luft war feucht und kühl, und sie hatte langsam Angst, sich eine Erkältung zu holen.

Sie ging ins Haus und schloß die Tür.

Sie blieb stehen, die Hand auf dem Türknopf, und erwartete, daß die Kinder bald wiederkommen würden. Sobald sie gegen die Tür schlugen, würde sie sie aufreißen und sie auf frischer Tat ertappen, bevor sie von der Veranda hasten und sich verstecken konnten.

Zwei Minuten vergingen. Drei Minuten. Fünf.

Niemand hämmerte gegen die Tür, und das war ausgesprochen merkwürdig. Wenn einem jemand einen Streich spielen wollte, lag das Vergnügen nicht so sehr im ersten

Versuch, sondern vielmehr im zweiten und dritten und vierten; die Absicht war nicht zu erschrecken, sondern zu quälen.

Ganz offensichtlich hatte die trotzige Haltung, mit der sie in der Tür stand, sie entmutigt. Mit ziemlicher Wahrscheinlichkeit waren sie jetzt zu einem anderen Haus unterwegs und sahen sich nach einem schreckhafteren Opfer um.

Sie ließ das Schloß zuschnappen.

Was waren das nur für Eltern, die ihre Kinder draußen spielen ließen, wenn so ein Sturm wütete?

Grace schüttelte bestürzt den Kopf über die Verantwortungslosigkeit mancher Eltern und ging den Flur zurück; bei jedem Schritt erwartete sie fast, daß das Hämmern wieder beginnen würde. Das tat es aber nicht.

Sie hatte vorgehabt, sich ein leichtes, aber nahrhaftes Abendessen zu machen, gedünstetes, mit Cheddar überbackenes Gemüse und ein oder zwei Scheiben selbstgebackenes Maisbrot, aber sie hatte noch keinen Hunger. Sie beschloß, zuerst die ABC-Abendnachrichten im Fernsehen anzuschauen, bevor sie das Essen herrichtete – auch wenn sie wußte, daß diese Nachrichten ihr so, wie es um die Welt bestellt war, gut und gerne den Appetit verderben konnten.

Im Arbeitszimmer fand sie, noch bevor sie den Fernseher einschalten und die neuesten Greuelgeschichten hören konnte, den Sitz ihres großen Lehnstuhls in völligem Durcheinander vor. Einen Augenblick lang konnte sie nur ungläubig auf die Verwüstung starren: Hunderte von Federn; Stoffetzen; herausgezogene bunte Fäden, die einmal ein Handarbeitsmuster gebildet hatten, jetzt jedoch in einem leuchtenden, aufgelösten Knäuel inmitten von herumschwebenden Gänsedaunen lagen. Vor ein paar Jahren hatte Carol Tracy ihr drei kleine, wunderschön bestickte Sofakissen geschenkt. Eines davon lag nun in Stücke gerissen auf dem Lehnstuhl.

Aristophanes.

Ari hatte nichts Wichtiges mehr zerfetzt, seit er ganz klein war. Etwas so Zerstörerisches war ganz und gar untypisch für ihn, aber er mußte einfach der Schuldige sein. Sonst kam niemand in Betracht.

»Ari! Wo versteckst du dich, du feiger Siamese?«

Sie ging in die Küche.

Aristophanes stand an der gelben Schüssel und fraß gerade sein Miau Mix. Er schaute auf, als sie ins Zimmer kam.

»Du hinterlistige Bedrohung auf Pfoten«, meinte sie. »Was um Himmels willen ist heute bloß in dich gefahren?«

Aristophanes blinzelte, nieste, rieb sich mit einer Pfote die Schnauze und widmete sich zu ihrem größten Ärger und Erstaunen mit arroganter, typisch kätzischer Gleichgültigkeit wieder seinem Abendessen.

Später in jener Nacht starrte Carol Tracy in ihrem verdunkelten Schlafzimmer zu der Decke voller Schatten hoch und lauschte auf das leise, regelmäßige Atmen ihres Mannes. Er war erst vor ein paar Minuten eingeschlafen.

Es war eine ruhige Nacht. Es hatte aufgehört zu regnen, und der Donner ließ den Himmel nun nicht mehr erzittern. Ab und zu strich der Wind über das Schindeldach und seufzte müde an den Fenstern, aber die Wut war aus ihm gewichen.

Carol schwankte angenehm an der Schwelle zum Schlaf hin und her. Sie war etwas benommen von dem Sekt, den sie den ganzen Abend geschlürft hatte, und sie fühlte sich, als triebe sie in warmem Wasser dahin, als leckten sanfte Wellen an ihrem Körper.

Sie dachte verträumt an das Kind, das sie adoptieren würden, versuchte, sich vor ihrem geistigen Auge vorzustellen, wie es aussah. Eine ganze Galerie süßer junger Gesichter erfüllte ihre Fantasie. Wenn es ein Kleinkind, nicht schon drei oder vier Jahre alt wäre, würden sie ihm selbst einen Namen geben: Jason, wenn es ein Junge war; Julia für ein Mädchen. Carol wiegte sich auf dem schmalen Grat zwischen Wachen und Träumen, indem sie immer wieder jene zwei Namen im Geiste hin- und herrollte: *Jason, Julia, Jason, Julia, Jason...*

Als sie schließlich über die Klippe fiel und in den Tiefen des Schlafes versank, tauchte wieder jener häßliche, unerwünschte Gedanke auf, gegen den sie sich schon früher am Tag so zäh gewehrt hatte: *Irgend etwas will uns daran hindern, ein Baby zu adoptieren.*

Dann befand sie sich an einem merkwürdigen Ort, an dem es nicht viel Licht gab, wo irgend etwas knapp außerhalb ihres Blickfeldes düster zischte und murmelte, wo die purpur-bernsteinfarbenen Schatten Gestalt annahmen und sich drohend an sie herandrängten. An jenem fremden Ort entfaltete sich der Alptraum in dem rasenden, nervenzerreißenden Rhythmus eines elektrischen Klaviers.

Zuerst rannte sie in völliger Dunkelheit dahin, dann hastete sie plötzlich in einem großen Haus von einem Raum zum nächsten, schlängelte sich durch einen Wald aus Möbeln, warf eine Bodenlampe um, stieß mit der Hüfte gegen die scharfe Kante eines Büfetts, stolperte und fiel fast über den aufgeworfenen Saum eines orientalischen Teppichs. Sie stürzte durch einen Bogen in einen langen Gang, wandte sich um und sah zurück in den Raum, aus dem sie gekommen war, aber der Raum war nicht mehr dort. Das Haus existierte nur vor ihr; hinter ihr war vollkommene, formlose Schwärze. Schwärze... und dann funkelte etwas. Ein Glitzern. Ein Lichtschein. Ein silbriger, sich bewegender Gegenstand. Das Ding schwang hin und her, tauchte eine Sekunde später schimmernd auf, verschwand wieder, hin und her, hin und her, fast wie ein Pendel, nie lange genug sichtbar, um erkennbar zu sein. Obwohl sie nicht genau sehen konnte, was das silbrige Ding war, konnte sie doch sagen, daß es sich auf sie zubewegte, und sie wußte, daß sie ihm entkommen oder aber sterben mußte. Sie rannte den Gang entlang bis zum Fuß der Treppe und kletterte schnell in den ersten Stock hinauf. Sie warf einen Blick zurück und hinunter, aber die Treppe existierte nicht mehr. Nur noch eine pechschwarze Grube. Und dann das kurze Aufblitzen von etwas, das in dieser Grube hin- und herschwang... wieder... wieder... wie ein tickendes Metronom. Sie hastete ins Schlafzimmer, schlug die Tür zu, packte einen Stuhl, um ihn unter die Türklinke zu klemmen – und entdeckte, daß die Tür und mit ihr die Wand, in der sie sich befunden hatte, verschwunden war, während sie ihnen den Rücken zugekehrt hatte. Wo die Wand gewesen war, herrschte jetzt unterirdische Düsternis. Und da war noch ein silbriges Flackern. Ganz nah jetzt. Noch näher. Sie schrie, aber nichts war zu hören, und der geheimnisvoll schimmernde Gegenstand schwang über ihrem Kopf und –

*(Klopf!)*

– Das ist mehr als nur ein Traum, dachte sie verzweifelt. Viel mehr. Das ist eine Erinnerung, eine Prophezeiung, eine Warnung. Das ist...

*(Klopf!)*

– Jetzt rannte sie in einem anderen Haus, das sich völlig von dem ersten unterschied. Es war kleiner, die Einrichtung weniger üppig. Sie wußte nicht, wo sie sich befand, aber sie wußte, daß sie schon einmal hier gewesen war. Das Haus war ihr vertraut, genauso wie das erste. Sie eilte durch eine Tür in eine Küche. Zwei blutige, abgehackte Köpfe lagen auf dem Küchentisch. Der eine war ein Männerkopf, der andere der einer Frau. Sie erkannte sie, hatte das Gefühl, sie gut zu kennen, konnte sich aber nicht an ihre Namen erinnern. Die vier toten Augen waren weit aufgerissen, aber blind; die beiden Münder standen offen, die geschwollenen Zungen hingen über die purpurfarbenen Lippen. Während Carol wie erstarrt vor diesem gräßlichen Anblick stand, rollten die toten Augen in ihren Höhlen und richteten sich auf sie. Die kalten Lippen verzerrten sich zu einem frostigen Lächeln. Carol drehte sich um, wollte wegrennen, aber hinter ihr war nur das Nichts und ein Lichtschimmer, den die harte Oberfläche von etwas Silbrigem zurückwarf, und dann...

*(Klopf!)*

– Sie rannte jetzt im rötlichen Licht des späten Nachmittages über eine Gebirgswiese. Das Gras ging ihr bis zum Knie, und vor ihr ragten Bäume auf. Als sie über die Schulter zurückblickte, war die Wiese nicht mehr da. Nur Schwärze, wie vorher. Und das rhythmisch schwingende, schimmernde, ständig näher kommende Ding, dem sie einfach keinen Namen geben konnte. Keuchend, mit pochendem Herzen, rannte sie schneller, langte bei den Bäumen an, schaute noch einmal zurück, sah, daß sie bei weitem nicht schnell genug gelaufen war, um zu entkommen, schrie auf und...

*(Klopf!)*

Lange Zeit wechselte der Alptraum zwischen den drei Traumlandschaften hin und her – vom ersten Haus zur Wiese, zum zweiten Haus, zur Wiese und wieder zum ersten Haus –, bis sie schließlich mit einem stummen Schrei, der ihr im Halse steckengeblieben war, erwachte. Sie saß aufrecht im Bett und zitterte. Ihr war kalt, und doch glänzte der Schweiß auf ihrer Haut; sie schlief immer in T-Shirt und Slip, und beides klebte unangenehm an ihr. Das grausige Geräusch aus dem Alptraum klang noch immer in ihr nach – *klopf, klopf, klopf-klopf, klopf* –, und es wurde ihr klar, daß ihr Unterbewußtes dieses Geräusch aus der Wirklichkeit übernommen hatte, von dem Fensterladen, den der Wind abgerissen und der sie und Paul am frühen Abend erschreckt hatte. Allmählich wurde das pochende Geräusch schwächer und verschmolz mit dem Klopfen ihres Herzens.

Sie schlug die Decke zurück und schwang die nackten Beine aus dem Bett. Sie saß auf der Matratzenkante und schlang die Arme um ihren Körper.

Die Morgendämmerung war hereingebrochen. Graues Licht sickerte an den Rändern der Vorhänge herein; es war noch zu schwach, um die Einzelheiten der Möbel deutlich sichtbar zu machen, aber es war gerade hell genug, um die Schatten noch tiefer werden zu lassen und die Formen aller Dinge zu verzerren, so daß das Zimmer fremd wirkte.

Es hatte ein paar Stunden, bevor sie ins Bett gegangen war, zu regnen aufgehört, aber der Sturm war wiedergekehrt, während sie schlief. Regen prasselte aufs Dach und gurgelte durch die Dach- und Regenrinnen herunter. Leiser Donner grollte in der Ferne wie Kanonenfeuer.

Paul schlief noch und schnarchte leise.

Carol wußte, daß sie nicht mehr würde einschlafen können. Ob ihr das nun paßte oder nicht, ob sie ausgeruht war oder nicht, sie war jetzt jedenfalls völlig wach.

Ohne das Licht anzumachen ging sie ins Bad. Im schwachen Schimmer der Morgendämmerung zog sie das feuchte T-Shirt und den Slip aus. Während sie sich unter der Dusche einseifte, dachte sie über den Alptraum nach, der lebhafter gewesen war als jeder Traum, den sie jemals zuvor gehabt hatte.

Jenes merkwürdige, pochende Geräusch – *klopf, klopf* – war das Erschreckendste an dem Traum gewesen, und die Erinnerung daran ließ sie noch immer nicht los. Es war nicht nur ein ganz gewöhnlicher, hämmernder Lärm; es hatte einen merkwürdigen Nachklang, eine Härte und Schärfe, die sie irgendwie nicht einordnen konnte. Sie kam zu dem Schluß, daß nicht *nur* ihr Unterbewußtes den Lärm, den der Fensterladen früher am Tage gemacht hatte, übernommen hatte. Das furchtbare Geräusch in dem Traum wurde durch etwas weit Beunruhigenderes verursacht als durch das Klappern eines Fensterladens, der aus den Angeln gerissen war. Außerdem war sie sich sicher, daß sie *genau* das gleiche Geräusch schon einmal gehört hatte. Nicht in dem Alptraum. Im wirklichen Leben. An einem anderen Ort... vor langer Zeit...

Während sie das heiße Wasser über ihren Körper strömen ließ und die Seife abwusch, versuchte sie sich daran zu erinnern, wo und wann genau sie dieses beunruhigende Geräusch schon einmal gehört hatte; denn plötzlich erschien es ihr wichtig, es zu identifizieren. Ohne zu wissen warum, fühlte sie sich irgendwie bedroht, solange sie sich nicht auf die Quelle des Lärms besinnen konnte. Die Erinnerung schien zum Greifen nahe, wie der Titel eines quälend vertrauten Musikstückes, der einem nicht einfällt.

# 4

Um 8.45 Uhr, nach dem Frühstück, fuhr Carol zur Arbeit, und Paul ging in den ersten Stock ins hintere Schlafzimmer, das er zu seinem Arbeitszimmer umgebaut hatte. Er hatte sich eine spartanische Atmosphäre geschaffen, in der er schreiben konnte, ohne abgelenkt zu werden. Die cremeweißen Wände waren kahl, und kein einziges Gemälde zierte sie. In dem Raum befanden sich nur ein billiger Schreibtisch, ein Stuhl, eine elektrische Schreibmaschine, eine Dose voller Kugelschreiber und Bleistifte, eine tiefe Papierablage, in der jetzt fast zweihundert Manuskriptseiten des Romans lagen, mit dem er zu Beginn seines Freisemesters angefangen hatte, ein Telefon, ein Bücherregal mit drei Fächern, in dem Nachschlagewerke standen, in der Ecke ein Wasserspender und schließlich noch ein kleiner Tisch, auf dem eine Kaffeemaschine stand.

Auch an diesem Morgen machte er sich zuallererst eine Kanne Kaffee. Gerade als er den Schalter mit der Aufschrift KOCHEN drückte und Wasser oben in die Kaffeemaschine goß, klingelte das Telefon. Er saß auf der Schreibtischkante und nahm den Hörer ab. »Hallo.«

»Paul? Grace Mitowski am Apparat.«

»Guten Morgen. Wie geht's?«

»Na ja, meine alten Knochen mögen den Regen nicht sonderlich, aber ansonsten komm ich schon zurecht.«

Paul lächelte. »Hör mal, ich weiß ganz genau, daß du mir noch jederzeit davonläufst.«

»Unsinn. Du bist doch arbeitssüchtig und hast, wenn's um Freizeit geht, einen Schuldkomplex. Nicht mal ein Atomreaktor hat soviel Energie wie du.«

Er lachte. »Mach jetzt keine Psychoanalyse mit mir, Grace. Meine Frau versorgt mich schon bestens in dieser Hinsicht.«

»Wenn wir schon von ihr sprechen...«

»Tut mir leid, aber du hast sie grade verpaßt. In einer halben Stunde oder so müßtest du sie eigentlich im Büro erwischen.«

Grace zögerte.

Der heiße Kaffee begann, in die hitzebeständige Kanne durchzulaufen, und sein Aroma erfüllte schnell das Zimmer.

Da er die Anspannung in Grace' Zögern spürte, meinte Paul: »Was ist denn los?«

»Nun ja...« Sie räusperte sich nervös. »Paul, wie geht's ihr? Sie ist doch nicht krank oder so?«

»Carol? Nein. Natürlich nicht.«

»Bist du sicher? Ich meine, das Mädchen ist wie 'ne Tochter für mich. Wenn irgendwas nicht in Ordnung ist, würde ich's gern wissen.«

»Es geht ihr gut. Wirklich. Sie hat sich grade erst letzte Woche durchchecken lassen. Die Adoptionsstelle hat das verlangt. Und es war alles bestens bei uns beiden.«

Grace schwieg wieder.

Paul runzelte die Stirn und meinte: »Warum machst du dir denn plötzlich Sorgen?«

»Na ja... du denkst wahrscheinlich, daß die alte Grace langsam nicht mehr alle Tassen im Schrank hat, aber ich hab' zwei beunruhigende Träume gehabt, einen bei 'nem Nickerchen gestern, den andren heut nacht, und Carol ist in beiden vorgekommen. Ich träume selten, und wenn ich dann plötzlich *zwei* Alpträume habe und beide Male mit dem Gefühl aufwache, daß ich Carol warnen muß...«

»Vor was warnen?«

»Ich weiß es nicht. Das einzige, woran ich mich erinnere, ist, daß Carol in den Träumen war. Ich bin aufgewacht und hab' gedacht: *Es kommt. Ich muß Carol warnen, daß es kommt.* Ich weiß, daß das albern klingt. Und frag mich jetzt bitte nicht, was das ›Es‹ sein könnte. Ich kann mich nicht erinnern. Aber ich habe das Gefühl, daß Carol in Gefahr ist. Ich glaube bei Gott nicht an Vorahnungen und solchen Schrott. Jedenfalls *denke* ich, daß ich nicht dran glaube – und trotzdem ruf' ich dich nun deswegen an.«

Der Kaffee war fertig. Paul beugte sich hinüber und stellte die Maschine ab. »Das Merkwürdige dran ist – Carol und ich sind gestern bei einem seltsamen Unfall beinahe verletzt worden.« Er erzählte ihr von dem Schaden in O'Brians Büro.

»Du lieber Himmel«, meinte sie, »ich hab' den Blitz gesehen, als ich von meinem Nickerchen aufgewacht bin, aber es ist mir nie in den Sinn gekommen, daß du und Carol... daß der Blitz genau das sein könnte; was ich... genau, das, was mein *Traum*... zum Teufel! Ich hab' Angst, es zu sagen, weil ich mich dann vielleicht wie eine abergläubische alte Närrin anhöre, aber egal: War wirklich was Prophetisches an dem Traum? Hab' ich vorhergesehen, daß der Blitz ein paar Minuten später einschlagen würde?«

»Zumindest«, meinte Paul unsicher, »ist das ein bemerkenswerter Zufall.«

Sie schwiegen einen Augenblick, überlegten, und dann sagte sie: »Hör zu, Paul, ich kann mich nicht erinnern, daß wir je ausführlicher über dieses Thema gesprochen haben, aber sage mir – glaubst *du* an Vorahnungen, Hellseherei und solches Zeug?«

»Einerseits glaube ich's nicht, aber andererseits zweifle ich auch nicht unbedingt dran. Ich hab' mich nie richtig entscheiden können.«

»Ich bin da immer ziemlich hochnäsig gewesen. Hab'

immer gedacht, das ist doch bloß ein Haufen Lügen, Täuschung oder einfach Blödsinn. Aber jetzt...«

»Bist du ins Grübeln gekommen.«

»Sagen wir mal, ein klein bißchen zweifle ich jetzt schon. Und jetzt mach' ich mir noch mehr Sorgen um Carol als vor diesem Anruf.«

»Warum denn? Ich hab' dir doch gesagt, daß sie nicht mal 'nen Kratzer abgekriegt hat.«

»Sie ist vielleicht einmal davongekommen«, meinte Grace, »aber ich hab' *zwei* Träume gehabt, und einen davon erst Stunden nach den Blitzen. Vielleicht ist also das ›Es‹ etwas anderes. Ich meine, wenn an dem ersten Traum was Wahres dran war, dann gilt das vielleicht auch für den zweiten. Mein Gott, ist das nicht verrückt? Wenn man erst mal anfängt, auch nur ein bißchen von dem Blödsinn zu glauben, dann packt's einen ganz schön schnell. Aber ich kann nichts machen. Ich mach' mir immer noch Sorgen um sie.«

»Selbst wenn dein erster Traum eine Vorahnung gewesen ist«, meinte Paul, »war der zweite wahrscheinlich nur eine Wiederholung davon, ein Echo, nicht ein völlig neuer Traum.«

»Meinst du?«

»Klar. Das ist dir doch noch nie zuvor passiert, warum sollte es also wieder passieren? Höchstwahrscheinlich war die ganze Sache nur merkwürdig... wie der Blitz gestern.«

»Ja, wahrscheinlich hast du recht«, meinte sie und klang etwas erleichtert. »Vielleicht konnte das einmal passieren. Vielleicht kann ich das akzeptieren. Aber ich bin nicht Edgar Cayce oder Nostradamus. Und eins garantier' ich dir: Ich werde nie die wöchentlichen Vorhersagen für den *National Enquirer* schreiben.«

Paul lachte.

»Und trotzdem«, sagte sie, »wünschte ich, ich könnte mich genau dran erinnern, was in *beiden* Alpträumen passiert ist.«

Sie redeten noch ein bißchen weiter, und als Paul schließlich auflegte, starrte er den Hörer einen Augenblick lang an und runzelte die Stirn. Auch wenn er ziemlich überzeugt davon war, daß der Zeitpunkt von Grace' Traum nur ein merkwürdiger Zufall gewesen war, war er nichtsdestoweniger betroffen, stärker betroffen als angebracht.

*Es kommt.*

Als Grace diese zwei Worte ausgesprochen hatte, war es ihm bis tief ins Gedärm, bis tief in die Knochen kalt geworden.

*Es kommt.*

Zufall, sagte er sich. Reiner Zufall und Blödsinn. Vergiß es.

Langsam nahm er das volle Aroma des heißen Kaffees wieder wahr. Er erhob sich von der Schreibtischkante und füllte einen Becher mit dem dampfenden Gebräu.

Eine oder zwei Minuten lang stand er am Fenster hinter dem Schreibtisch, schlürfte den Kaffee und starrte auf die schmutzigen Wolken, die draußen dahinzogen, und auf den unaufhörlichen Regen. Schließlich senkte er den Blick, sah in den Garten hinter dem Haus hinunter und erinnerte sich sofort wieder an den Eindringling, den er gestern abend gesehen hatte, während er und Carol das Essen zubereitet hatten: jenes blasse, verzerrte Gesicht, das, vom Blitz erhellt, nur kurz zu sehen gewesen war; das Gesicht einer Frau; glänzende Augen; der Mund vor Haß oder Wut entstellt. Oder vielleicht war es doch nur Jasper gewesen, die große dänische Dogge, und eine Täuschung des Lichts.

*KLOPF!*

Das Geräusch war so laut und unerwartet, daß Paul vor Überraschung einen Sprung machte. Wenn sein Becher nicht halb leer gewesen wäre, hätte er den ganzen Kaffee über den Teppich verschüttet.

*KLOPF! KLOPF!*

Das konnte nicht derselbe Fensterladen sein, den sie

letzten Abend gehört hatten, denn der hätte sonst die ganze Nacht weitergeklappert. Was bedeutete, daß jetzt zwei davon zu reparieren waren.

Mein Gott, dachte er, die alte Burg fällt mir eines Tages noch unterm Hintern zusammen.

*KLOPF!*

Das Geräusch kam von ganz nahe; so nahe, daß es seinen Ursprung innerhalb des Zimmers zu haben schien.

Paul preßte die Stirn gegen das kühle Glas des Fensters, spähte nach links, dann nach rechts hinaus und versuchte zu sehen, ob dieses Paar Fensterläden noch an seinem Platz war. Soweit er sehen konnte, waren beide gut befestigt.

*Klopf, klopf-klopf, klopf, klopf* . . .

Das Geräusch wurde leiser, entwickelte sich jedoch zu einem regelmäßigen, rhythmischen Pochen, das ihn nervöser machte als die lauten Schläge. Und jetzt schien es aus einem anderen Teil des Hauses zu kommen.

Auch wenn er nicht auf eine Leiter klettern und im Regen einen Fensterladen reparieren wollte, war es genau das, was getan werden mußte; denn er konnte einfach nicht schreiben, wenn ihn dieses Klappern ständig ablenkte. Wenigstens hatte es diesen Morgen nicht geblitzt.

Er stellte seinen Becher auf den Schreibtisch und wollte gerade aus dem Zimmer gehen. Bevor er die Tür erreichte, klingelte jedoch das Telefon.

Wieder einer von diesen Tagen, dachte er resigniert.

Dann bemerkte er, daß der Fensterladen in dem Moment zu klappern aufgehört hatte, als das Telefon klingelte. Vielleicht hatte der Wind ihn vom Haus losgerissen, so daß er mit der Reparatur warten konnte, bis das Wetter wieder besser würde.

Er kehrte an seinen Schreibtisch zurück und hob ab. Es war Alfred O'Brian von der Adoptionsstelle. Anfangs war das Gespräch unangenehm, und Paul war es peinlich. O'Brian bestand darauf, seine Dankbarkeit auszudrükken: «Sie haben mir das Leben gerettet, wirklich!» Er bestand genausosehr darauf, sich wiederholt und ganz unnötig dafür zu entschuldigen, daß er sich nicht schon am Vortag bedankt hatte, gleich nach dem Vorfall in seinem Büro: »Aber ich war so mitgenommen, wie gelähmt, ich konnte einfach nicht klar genug denken, um Ihnen zu danken, und das war unverzeihlich.« Jedesmal, wenn Paul bei Worten wie »heldenhaft« und »mutig« protestierte, wurde O'Brian noch eindringlicher. Schließlich unterdrückte Paul seine Einwände und ließ O'Brian gewähren; er war offensichtlich entschlossen, sein Gewissen auf ganz ähnliche Weise zu reinigen, wie er an den winzigen Fuselchen auf seinem Sakko herumfummelte. Endlich jedoch schien er seine (zum größten Teil eingebildete) Gedankenlosigkeit wiedergutgemacht zu haben, und Paul war erleichtert, als das Gespräch eine andere Wendung nahm.

O'Brian hatte noch einen zweiten Grund, warum er anrief, und jetzt kam er auch ohne weitere Umschweife darauf zu sprechen, ganz als ob es ihm plötzlich ebenfalls peinlich wäre. Er konnte (erklärte er unter zahlreichen Entschuldigungen) das Antragsformular, das ihm die Tracys am vorigen Tag ins Büro gebracht hatten, einfach nicht mehr finden. »Natürlich, als der Baum durchs Fenster gekracht ist, hat er eine ganze Menge Papiere auf dem Boden verstreut. Ein furchtbares Durcheinander. Manche davon sind zerknittert und schmutzig gewesen, als wir sie zusammengesammelt haben, und viele waren feucht vom Regen. Aber trotzdem ist es Margie, meiner Sekretärin, gelungen, sie wieder in Ordnung zu bringen – abgesehen natürlich von Ihrem Antrag. Wir können ihn nirgends finden. Ich vermute, daß er durch eines der zerbrochenen Fenster hinausgeweht worden ist. Ich weiß nicht, warum ausgerechnet Ihre Papiere die einzigen sind, die abhanden gekommen sind, und natürlich müssen wir einen ausgefüllten, unterschriebenen Antrag haben, bevor wir dem Adoptionsausschuß Ihre Namen vorlegen. Ich bin untröstlich wegen dieser Unannehmlichkeit, Mr. Tracy, wirklich.«

»Das war doch nicht Ihre Schuld«, meinte Paul. »Ich komm' einfach heute noch vorbei und hol' einen neuen Antrag ab. Carol und ich können ihn dann heute abend ausfüllen und unterschreiben.«

»Gut«, sagte O'Brian. »Freut mich, das zu hören. Ich muß ihn morgen ziemlich früh wieder in Händen haben, wenn wir ihn noch bei der nächsten Sitzung des Ausschusses vorlegen wollen. Margie braucht drei volle Wochentage, um die Daten auf Ihrem Antrag zu überprüfen, und ziemlich genau die Zeit haben wir auch noch bis zur Sitzung des Ausschusses am kommenden Mittwoch. Wenn wir diese Sitzung verpassen, findet die nächste erst wieder in zwei Wochen statt.«

»Ich hol' das Formular noch vor Mittag ab«, versicherte Paul ihm. »Und ich bring's Ihnen gleich am Freitagmorgen wieder zurück.«

Sie verabschiedeten sich, und Paul legte auf.

*KLOPF!*

Als er das Geräusch hörte, sank er entmutigt in sich zusammen. Er mußte also doch noch einen Fensterladen reparieren. Und dann in die Stadt fahren, um den neuen Antrag zu holen. Und dann wieder heimfahren. Und wenn er das alles erledigt hatte, war schon der halbe Tag beim Teufel, und er hatte noch kein einziges Wort geschrieben.

*KLOPF! KLOPF!*

»Verdammt«, sagte er.

*Klopf, klopf-klopf, klopf-klopf...*

Er war sich jetzt ganz sicher, daß es wieder einer von diesen Tagen werden würde.

Er ging hinunter zur Garderobe im Flur, um Regenmantel und Gummistiefel zu holen.

Die Scheibenwischer peitschten hin und her, hin und her, mit kurzem, schrillem Quietschen, und Carol biß unwillkürlich die Zähne zusammen. Sie beugte sich etwas nach vorn über das Lenkrad und blinzelte durch den herabströmenden Regen.

Die Straßen glänzten; der Schotter war glatt und sah ölig aus. Schmutzwasser strömte die Gosse hinunter und bildete dreckige Pfützen um die verstopften Gullys herum.

Um zehn nach neun war die morgendliche Hauptverkehrszeit gerade vorbei. Obwohl es noch immer ganz schön lebhaft zuging auf den Straßen, war der Verkehrsfluß zügig und ohne Störungen. Eigentlich ging es Carol zu schnell, und sie blieb ein wenig zurück, vorsichtig und auf der Hut.

Zwei Häuserblocks von ihrer Praxis entfernt erwies sich ihre Vorsicht als gerechtfertigt, aber sie reichte immer noch nicht ganz, um das Unglück völlig abzuwenden. Ohne auf den entgegenkommenden Verkehr zu achten, trat eine blonde junge Frau zwischen zwei Lieferwagen hervor, direkt vor die Räder des VW Golf.

»Mein Gott!« rief Carol aus und trat mit dem Fuß so fest auf die Bremse, daß es sie aus dem Sitz hob.

Die blonde Frau sah auf und erstarrte mit weit aufgerissenen Augen.

Obwohl der VW nur etwa dreißig Stundenkilometer schnell war, bestand keinerlei Hoffnung, ihn rechtzeitig zum Stehen zu bringen. Die Bremsen kreischten. Die Reifen griffen – schlitterten jedoch auch – auf dem nassen Pflaster.

*Mein Gott, nein!* dachte Carol mit einem Gefühl der Übelkeit und Niedergeschlagenheit.

Das Auto erfaßte die blonde Frau und schleuderte sie vom Boden rückwärts auf die Kühlerhaube, und dann begann das hintere Ende des VW nach links wegzurutschen, auf einen entgegenkommenden Cadillac zu; der Caddy kam mit kreischenden Bremsen ins Schleudern, und der andere Fahrer drückte auf die Hupe, als ob er glaubte, daß ausreichende Lautstärke Carol wie durch Zauberhand sicher aus der Bahn schieben könnte, und einen Augenblick lang war sie sicher, daß sie zusammenstoßen würden. Aber der Caddy glitt vielleicht fünf Zentimeter von ihr entfernt an ihr vorbei, ohne sie zu schrammen – all das ge-

schah innerhalb von zwei oder drei oder vier Sekunden –
und zur selben Zeit rollte die blonde Frau von der Kühler-
haube nach rechts auf den Gehsteig zu, und der VW kam
nun völlig zum Stehen, stand quer über der Straße und
wippte auf seiner Federung, als wäre er das Holzpferd-
chen eines Kindes.

Keiner von den Fensterläden fehlte. Nicht ein einziger.
Keiner davon war lose und klapperte im Wind, wie Paul
gedacht hatte.

Mit Gummistiefeln und Regenmantel bekleidet, ging er
ganz ums Haus herum, schaute sich alle Fensterläden im
ersten und zweiten Stock an, konnte jedoch nicht einen
entdecken, der kaputt gewesen wäre. Nirgends war ein
Anzeichen für einen Sturmschaden zu entdecken.

Verwirrt umkreiste er das Haus noch einmal, und bei jedem Schritt auf dem regengesättigten Rasen, der wie ein
vollgesaugter Schwamm unter ihm nachgab, war ein
quietschendes Geräusch zu hören. Diesmal hielt er Aus-
schau nach abgebrochenen Ästen, die möglicherweise bei
einem Windstoß gegen die Wände schlugen. Die Bäume
waren alle unbeschädigt.

Er blieb eine oder zwei Minuten zitternd in der ungewöhnlich kalten Herbstluft auf dem Rasen stehen, legte
den Kopf nach rechts, dann nach links und lauschte auf
das Hämmern, das das Haus noch vor wenigen Augenblicken erfüllt hatte. Jetzt konnte er es nicht mehr hören.
Die einzigen Geräusche waren das Säuseln des Windes,
das Rauschen der Bäume und der Regen, der mit leisem,
beständigem Zischen auf den Rasen peitschte.

Schließlich, als sein Gesicht schon ganz gefühllos geworden war durch den kalten Wind und den Regen, der
ihm die Wärme aussaugte, beschloß er, seine Suche einzu-
stellen, bis das Hämmern von neuem beginnen und ihm
so einen Anhaltspunkt geben würde. In der Zwischenzeit
konnte er in die Stadt fahren und den Antrag bei der
Adoptionsstelle abholen. Er strich sich mit der Hand über

seine Bartstoppeln, erinnerte sich an O'Brians zwanghafte Gepflegtheit und dachte, daß er sich wohl besser rasierte, bevor er fuhr.

Er ging durch die hintere Veranda, die durch ein Fliegengitter geschützt wurde, wieder ins Haus, ließ seinen triefenden Mantel auf der vinylbezogenen Gartencouch liegen und zog seine Gummistiefel aus, bevor er in die Küche trat. Sobald er drinnen war, schloß er die Tür hinter sich und räkelte sich einen Augenblick lang in der warmen Luft.

*KLOPF! KLOPF! KLOPF!*

Das Haus erzitterte, als hätte die gewaltige Faust eines Riesen dreimal außerordentlich fest und schnell hintereinander dagegengeschlagen. Über der Küchenzeile in der Mitte der Küche, wo ein Regal für Kochgeschirr von der Decke hing, schwangen die Kupferpfannen und -töpfe an ihren Haken und schepperten gegeneinander.

*KLOPF!*

Die Wanduhr klapperte an ihrem Haken; wenn sie nicht so gut befestigt gewesen wäre, wäre sie von der Wand auf den Boden gefallen.

Paul ging zur Mitte des Raumes, um festzustellen, aus welcher Richtung das Hämmern kam.

*KLOPF! KLOPF!*

Die Ofentür klappte auf.

Die zwei Dutzend kleiner Gläser, die dicht an dicht auf dem Gewürzregal standen, begannen, gegeneinander zu klirren.

Was zum Teufel ist hier los? fragte er sich unsicher.

*KLOPF!*

Er wandte sich langsam um, horchte und suchte.

Die Töpfe und Pfannen schepperten wieder, und eine große Kelle rutschte von ihrem Haken und fiel klappernd auf die Arbeitsfläche darunter.

Paul sah zur Decke hoch, dem Geräusch auf der Spur.

*KLOPF!*

Er erwartete, daß bald Risse im Gips auftauchten, aber

das geschah nicht. Nichtsdestoweniger kam das Geräusch eindeutig von oben.

*Klopf, klopf-klopf, klopf...*

Das Hämmern wurde plötzlich leiser, verschwand aber nicht völlig. Zumindest hörte das Haus auf zu zittern, und auch die Küchengeräte schlugen nicht mehr gegeneinander.

Paul ging zur Treppe, entschlossen, die Ursache der Störung zu ergründen.

Die blonde Frau lag flach auf dem Rücken ausgestreckt in der Gosse, ein Arm stand seitlich ab, die Handfläche nach oben und die Hand selbst schlaff; der andere Arm lag locker über ihrem Bauch. Ihr goldenes Haar war schmutzig. Ein fast zehn Zentimeter tiefer Wasserlauf wogte um sie herum, trug Blätter und feinen Kies und Papierfetzen zum nächsten Abfluß; das lange Haar breitete sich um ihren Kopf herum aus wie ein Fächer und kräuselte sich seidig in jenem schmutzigen Strom.

Carol kniete neben der Frau und war schockiert, als sie sah, daß das Opfer eigentlich gar keine Frau war. Sie war noch ein Mädchen, nicht älter als vierzehn oder fünfzehn. Sie war außergewöhnlich hübsch, hatte feine Gesichtszüge, und jetzt war sie erschreckend blaß.

Sie hatte auch nicht das Richtige an für dieses unfreundliche Wetter. Sie trug weiße Tennisschuhe, Jeans und eine blau-weiß karierte Bluse. Sie hatte weder einen Regenmantel noch einen Schirm.

Mit zitternden Händen hob Carol den rechten Arm des Mädchens und fühlte den Puls. Sie fand ihn sofort; er war stark und regelmäßig.

»Gott sei Dank«, sagte Carol zittrig. »Gott sei Dank, Gott sei Dank.«

Sie begann, das Mädchen nach offenen Wunden abzusuchen. Sie schien keine ernsthaften Verletzungen davongetragen und nicht viel Blut verloren zu haben; sie hatte nur ein paar leichte Schnittverletzungen und Abschürfungen. Vorausgesetzt natürlich, daß es keine inneren Blutungen gab.

Der Fahrer des Cadillac, ein großer Mann mit Spitzbart, trat um das hintere Ende des VW Golf herum und sah auf das verletzte Mädchen hinunter. »Ist sie tot?«

»Nein«, sagte Carol. Sie hab vorsichtig zuerst eines der Augenlider des Mädchens, dann das andere. »Nur bewußtlos. Wahrscheinlich eine leichte Gehirnerschütterung. Hat irgend jemand einen Notarzt gerufen?«

»Ich weiß es nicht«, meinte er.

»Dann rufen Sie einen. Schnell.«

Er eilte weg und spritzte durch eine Pfütze, die ihm bis über die Schuhspitzen reichte.

Carol drückte dem Mädchen das Kinn herunter; der Kiefer war schlaff, und der Mund öffnete sich ganz leicht. Sie sah kein Hindernis, kein Blut, nichts, was ihr die Atemwege verstopfen konnte, und die Zunge befand sich in einer sicheren Lage.

Eine grauhaarige Frau in einem durchsichtigen Plastikregenmantel, die einen rot-orangefarbenen Schirm trug, tauchte aus dem Regen auf. »Es war nicht Ihre Schuld«, teilte sie Carol mit. »Ich hab's gesehen. Ich hab' alles gesehen. Das Kind ist Ihnen vors Auto geschossen, ohne zu schauen. Sie hatten überhaupt keine Möglichkeit, die Sache zu verhindern.«

»Ich hab's auch gesehen«, meinte ein korpulenter Mann, der nicht ganz unter seinen schwarzen Schirm paßte. »Ich hab' gesehen, wie das Kind wie in Trance oder so die Straße runtergegangen ist. Kein Mantel, kein Schirm. Der Blick irgendwie ausdruckslos. Sie ist zwischen diesen zwei Lieferwagen vom Gehsteig runter und ein paar Sekunden lang einfach so dagestanden, wie wenn sie bloß darauf gewartet hätte, daß jemand vorbeikommt und sie ihm vor die Räder laufen kann. Und genauso ist's dann auch passiert.«

»Sie ist nicht tot«, sagte Carol nicht völlig ohne Zittern in der Stimme. »Es liegt ein Erste-Hilfe-Kasten bei mir im

Auto auf dem Rücksitz. Könnte einer von Ihnen ihn mir holen?«

»Klar«, meinte der korpulente Mann und drehte sich zu dem VW um.

Der Erste-Hilfe-Kasten enthielt unter anderem eine Packung Mundspateln, und Carol wollte diese zur Hand haben. Obwohl das bewußtlose Mädchen nicht so aussah, als würde es gleich einen Krampf bekommen, wollte Carol doch auf den schlimmsten Fall vorbereitet sein.

Inzwischen versammelte sich langsam eine Menschenmenge um sie herum.

Ein paar Häuserblocks entfernt erklang eine Sirene, die rasch näherkam. Das war wahrscheinlich die Polizei; der Notarzt konnte nicht so schnell gewesen sein.

»So ein hübsches Kind«, sagte die grauhaarige Frau und schaute auf das angefahrene Mädchen hinunter.

Andere Passanten murmelten beifällig.

Carol stand auf und schlüpfte aus ihrem Regenmantel. Es hatte keinen Sinn, das Mädchen zuzudecken, denn sie war ohnehin schon so naß, wie sie nur irgend werden konnte. Statt dessen faltete Carol den Mantel, kniete wieder nieder und schob das Behelfskissen vorsichtig unter den Kopf des Opfers, so daß er ein wenig über das sprudelnde Wasser erhoben war.

Das Mädchen öffnete die Augen nicht und bewegte sich auch überhaupt nicht. Eine wirre Strähne ihres goldenen Haares lag über ihrem Gesicht, und Carol strich sie vorsichtig weg. Die Haut des Mädchens fühlte sich trotz des kalten Regens, der es benetzte, heiß und fiebrig an.

Plötzlich, während ihre Finger immer noch die Wange des Mädchens berührten, übermannte Carol ein Schwindelgefühl, und sie bekam keine Luft mehr. Einen Augenblick lang glaubte sie, sie würde die Besinnung verlieren und auf den bewußtlosen Teenager fallen. Hinter ihren Augen erhob sich eine schwarze Woge, und dann tauchte in jener Dunkelheit ein kurzer silbriger Strahl auf, ein Lichtschimmer, den ein bewegter Gegenstand zurückwarf, das rätselhafte Ding aus ihrem Alptraum.

Sie biß die Zähne zusammen, schüttelte den Kopf und wehrte sich dagegen, von jener dunklen Welle hinweggespült zu werden. Sie zog ihre Hand von der Wange des Mädchens weg und legte sie auf ihr eigenes Gesicht; der Schwindelanfall verging genauso schnell, wie er gekommen war. Bis der Notarzt kam, war sie verantwortlich für das verletzte Mädchen, und sie war entschlossen, dieser Verantwortung nachzukommen.

Leicht schnaufend eilte der beleibte Mann mit dem Erste-Hilfe-Kasten zurück. Carol nahm eine von den Mundspateln aus der starren Zellophanhülle – vorsichtshalber.

Ein Polizeiwagen bog um die Ecke und hielt hinter dem Volkswagen. Sein rotierendes Blinklicht spritzte rotes Licht über das nasse Pflaster und schien die Pfützen aus Regenwasser in Blutlachen zu verwandeln.

Als die Sirene des Einsatzwagens mit einem Brummen verstummte, wurde noch eine weiter entfernte Sirene hörbar. Für Carol war dieses jaulende hohe Heulen das schönste Geräusch der Welt.

Der Schrecken ist jetzt fast vorbei, dachte sie.

Aber dann sah sie das kreidebleiche Gesicht des Mädchens an, und ihre Erleichterung wurde von Zweifeln überschattet. Vielleicht war das Grauen doch noch nicht vorüber; vielleicht hatte es gerade erst begonnen.

Paul ging im oberen Stockwerk langsam von Raum zu Raum und lauschte auf das hämmernde Geräusch.

*Klopf... klopf...*

Es kam noch immer von oben. Vom Speicher. Oder vom Dach.

Die Speichertreppe befand sich hinter einer verkleideten Tür am Ende des Flurs im zweiten Stock. Sie war schmal, nicht lackiert, und sie knarrte, als Paul hinaufkletterte.

Obwohl der Speicher einen richtigen Fußboden hatte,

war er sonst nicht ausgebaut. Das Gebälk lag frei; die rosafarbene Fiberglasisolation, die entfernt rohem Fleisch ähnelte, und die in regelmäßigem Abstand angebrachten Stützpfosten, die aussahen wie ein Gerippe, waren sichtbar. Zwei nackte Hundert-Watt-Birnen lieferten Licht, und überall wanden sich Schatten, besonders um den Rand des Daches. Der Länge nach war der Speicher durchgehend hoch genug, daß Paul aufrecht darin gehen konnte, und der Breite nach zur Hälfte.

Das Prasseln des Regens auf dem Dach war hier oben mehr als nur ein Prasseln. Es war ein fortdauerndes Zischen, ein leises, alles durchdringendes Dröhnen.

Nichtsdestoweniger war auch das andere Geräusch durch das Trommeln des Regens hindurch zu vernehmen: *Klopf... klopf-klopf...*

Paul ging langsam an Stapeln von Pappkartons und anderen Gegenständen vorbei, die hier aufbewahrt wurden: ein Paar großer Reisekoffer; ein alter Kleiderständer mit sechs Haken; eine matte Bodenlampe aus Messing; zwei durchgebrochene Rattanstühle, die er eines Tages reparieren wollte. Eine dünne Schicht weißlichen Staubes lag wie ein Leichentuch über allem, was sich in dem Raum befand.

*Klopf... klopf...*

Er durchquerte den Speicher der Länge nach, kehrte dann langsam bis zur Mitte zurück und blieb dort stehen. Das Geräusch schien genau vor seiner Nase zu entstehen, nur ein paar Zentimeter entfernt. Aber hier gab es nichts, was die Störung verursachen konnte; nichts bewegte sich.

*Klopf... klopf... klopf... klopf...*

Obwohl das Hämmern jetzt etwas leiser war als noch vor ein paar Minuten, war es noch immer deutlich vernehmbar und kräftig; es hallte durch das ganze Haus. Das Pochen hatte überdies einen eintönig einfachen Rhythmus angenommen; jeder Schlag war von dem jeweils vorhergehenden und nachfolgenden gleich lang entfernt, wodurch sich ein Muster ergab, das dem des menschlichen Herzschlags nicht unähnlich war.

Paul stand im Speicher, im Staub, in dem muffigen Geruch, der allen Räumen eigen ist, die nicht benutzt werden, versuchte, das Geräusch zu lokalisieren; versuchte zu verstehen, wie es so einfach aus blauem Himmel entstehen konnte, und allmählich änderte sich seine Einstellung gegenüber der Störung. Bisher hatte er sie für nichts weiter gehalten als den hörbaren Beweis eines Sturmschadens am Haus – eine langwierige und vielleicht teure Reparatur, die erledigt werden mußte, etwas, das ihn vom Schreiben abhielt, eine Unannehmlichkeit, nichts sonst. Aber während er den Kopf hin und her wandte und in jeden Schatten hineinspähte, während er auf das unerbittliche dumpfe Pochen lauschte, wurde ihm plötzlich klar, daß etwas Unheilvolles in diesem Lärm war.

*Klopf... klopf... klopf...*

Aus Gründen, die er nicht erklären konnte, wirkte das Geräusch jetzt drohend und bösartig.

Es war ihm an diesem geschützten Ort nun kälter als vorher draußen in Wind und Regen.

Carol wollte das verletzte Mädchen im Notarztwagen ins Krankenhaus begleiten, aber sie wußte, daß sie nur stören würde. Außerdem mußte der erste Polizeibeamte, der am Schauplatz des Geschehens auftauchte, ein junger Mann mit Lockenkopf namens Tom Weatherby, ihre Aussage aufnehmen.

Sie saßen auf dem Vordersitz des Streifenwagens, der nach den Pfefferminzbonbons roch, die Weatherby lutschte. Schimmernde Regenströme hatten die Fenster trübe gemacht. Der Polizeifunk stotterte und knisterte.

Weatherby runzelte die Stirn. »Sie sind bis auf die Haut durchnäßt. Ich hab' eine Decke im Kofferraum. Ich hol' sie Ihnen.«

»Nein, nein«, meinte sie. »Lassen Sie nur.« Ihr grünes Strickkostüm war völlig durchweicht. Das regennasse

Haar klebte an ihrem Kopf und hing schlaff über ihre Schultern. Im Augenblick scherte sie sich jedoch nicht darum, wie sie aussah, und auch nicht um die Gänsehaut, die auf ihrem Körper prickelte. »Sehen wir zu, daß wir's hinter uns bringen.«

»Gut... wenn Sie sicher sind, daß Sie in Ordnung sind.«

»Ich bin mir sicher.«

Während er den Thermostat der Autoheizung hochdrehte, meinte Weatherby; »Kennen Sie zufällig das Mädchen, das Ihnen da vors Auto gelaufen ist?«

»Ob ich sie kenne? Nein. Natürlich nicht.«

»Sie hat keine Ausweispapiere bei sich. Haben Sie gesehen, ob sie eine Handtasche hatte, als sie auf die Straße getreten ist?«

»Das kann ich nicht mit Sicherheit sagen.«

»Versuchen Sie, sich zu erinnern.«

»Ich glaube, sie hatte keine.«

»Wahrscheinlich nicht«, meinte er. »Wenn sie bei so einem Sturm ohne Regenmantel oder Schirm aus dem Haus geht, warum sollte sie dann eine Handtasche mitnehmen? Wir suchen die Straße aber trotzdem ab. Vielleicht hat sie sie ja irgendwo verloren.«

»Was passiert, wenn Sie nicht herausfinden können, wer sie ist? Wie werden Sie Kontakt zu ihren Eltern bekommen? Ich meine, sie sollte jetzt nicht allein gelassen werden.«

»Kein Problem«, sagte Weatherby. »Sie wird uns ihren Namen schon sagen, wenn sie wieder bei Bewußtsein ist.«

»*Wenn* sie wieder zu Bewußtsein kommt.«

»Na, das wird sie. Darüber brauchen Sie sich keine Sorgen machen. Es sieht nicht so aus, als ob sie ernsthaft verletzt wäre.«

Carol machte sich trotzdem Sorgen.

Die nächsten zehn Minuten stellte Weatherby ihr Fragen, und sie beantwortete sie. Als er den Unfallbericht fertig ausgefüllt hatte, las sie ihn schnell durch und unterschrieb ihn dann.

»Sie sind völlig schuldlos«, meinte Weatherby. »Sie sind unter der Geschwindigkeitsbegrenzung geblieben, und drei Zeugen haben ausgesagt, daß das Mädchen direkt vor Ihnen aus dem toten Winkel auf die Straße getreten ist, ohne auf den Verkehr zu achten. Es war nicht Ihre Schuld.«

»Ich hätte vorsichtiger sein sollen.«

»Ich weiß nicht, was Sie sonst noch hätten tun können.«

»Irgend etwas. Ich hätte sicher irgend etwas tun können«, meinte sie unglücklich.

Er schüttelte den Kopf. »Nein. Hören Sie zu, Dr. Tracy, ich hab' so etwas schon öfter gesehen. Es passiert ein Unfall, jemand wird verletzt, niemand ist eigentlich schuld – und doch hat einer der Beteiligten das Gefühl, verantwortlich zu sein, das völlig fehl am Platze ist, und besteht darauf, sich schuldig zu fühlen. Und in unserem Fall – wenn überhaupt irgend jemand schuld ist – ist das Mädchen schuld, nicht Sie. Nach den Aussagen der Zeugen hat sie sich schon merkwürdig verhalten, bevor Sie um die Ecke gekommen sind, fast als hätte sie vorgehabt, sich überfahren zu lassen.«

»Aber warum will sich so ein hübsches Mädchen wohl vor ein Auto werfen?«

Weatherby zuckte mit den Achseln. »Sie haben gesagt, Sie sind Psychiaterin. Sie haben sich auf Kinder und Teenager spezialisiert, nicht wahr?«

»Ja.«

»Dann müssen Sie die möglichen Antworten doch besser kennen als ich. Warum könnte sie sich umbringen wollen? Könnte Ärger daheim sein – ein Vater, der zuviel trinkt und sein eigenes kleines Mädchen belästigt, eine Mutter, die nichts von ihr wissen will. Oder vielleicht ist sie grade von ihrem Freund sitzengelassen worden und denkt, daß das der Weltuntergang ist. Oder hat grade gemerkt, daß sie schwanger ist, und ist zu dem Schluß gekommen, daß sie das ihren Leuten nicht sagen kann. Es gibt wahrscheinlich Hunderte von Gründen, und ich bin mir sicher, daß Sie die meisten davon in Ihrem Beruf schon mal gehört haben.«

Was er sagte, stimmte, aber Carol fühlte sich deswegen auch nicht besser.

Wenn ich nur langsamer gefahren wäre, dachte sie. Wenn ich bloß schneller reagiert hätte, dann wäre das arme Mädchen jetzt vielleicht nicht im Krankenhaus.

»Vielleicht hat sie auch Drogen genommen«, meinte Weatherby. »Heutzutage spielen verdammt noch mal zu viele Kinder mit Rauschgift rum. Ich sag's Ihnen, manche davon schlucken einfach alles, was ihnen in die Finger kommt. Und wenn man's nicht schlucken kann, dann schnüffeln sie's oder spritzen sich's in 'ne Vene. Das Mädel, das Sie da angefahren haben, ist vielleicht so high gewesen, daß es nicht mal gewußt hat, wo es war, als es Ihnen vors Auto gelaufen ist. Und wenn das der Fall sein sollte, wollen Sie mir dann immer noch sagen, daß das ganze irgendwie Ihre Schuld ist?«

Carol lehnte sich in ihren Sitz zurück, schloß die Augen und atmete zitternd aus. »Mein Gott, ich weiß nicht, *was* ich Ihnen sagen soll. Das einzige, was ich weiß, ist... daß ich mich ausgelaugt fühle.«

»Das ist doch völlig natürlich, nach dem, was Sie grade durchgemacht haben. Aber es ist nicht natürlich, daß Sie sich deswegen schuldig fühlen. Es war nicht Ihre Schuld, also brüten Sie nicht drüber nach. Schließen Sie den Fall ab und konzentrieren Sie sich wieder auf das, was vor Ihnen liegt.«

Sie öffnete die Augen, sah ihn an und lächelte. »Wissen Sie was, Officer Weatherby, ich hab' so das Gefühl, daß Sie einen ziemlich guten Psychotherapeuten abgeben würden.«

Er grinste. »Oder einen fantastischen Barkeeper.«

Carol lachte.

»Geht's Ihnen jetzt besser?« fragte er.

»Ein bißchen.«

»Versprechen Sie mir, daß Sie sich deswegen keine schlaflosen Nächte machen werden.«

»Ich werd's versuchen«, sagte sie. »Aber ich mache mir immer noch Sorgen um das Mädchen. Wissen Sie, in welches Krankenhaus man sie eingeliefert hat?«

»Das kann ich rausfinden«, meinte er.

»Würden Sie das für mich tun? Ich würde gern mit dem Arzt sprechen, der sie behandelt. Wenn er mir sagt, daß alles in Ordnung ist, wird's mir sehr viel leichter fallen, Ihrem Ratschlag zu folgen, mich wieder auf die Zukunft zu konzentrieren.«

Weatherby nahm das Mikrofon und bat die Polizeizentrale herauszufinden, wo man das verletzte Mädchen hingebracht hatte.

*Die Fernsehantenne!*

Paul stand im Speicher, starrte zum Dach über ihm hinauf und lachte laut auf, als er merkte, was das hämmernde Geräusch verursachte. Es entstand nicht direkt vor seiner Nase, wie er einen beunruhigenden Augenblick lang gedacht hatte. Es kam vom Dach, wo die Fernsehantenne verankert war. Sie hatten vor einem Jahr auf Kabel umrüsten lassen, die alte Antenne aber noch nicht entfernt. Es war eine große, ferngesteuerte Richtantenne, die an einer schweren Platte befestigt war; die Platte war mit Bolzen durch die Schindeln hindurch direkt am Dachbalken verschraubt. Offensichtlich hatte sich eine Mutter oder irgendeine andere Halterung etwas gelöst, und nun zerrte der Wind an der Antenne, rüttelte an der Platte, die an einem der Bolzen hing, und schlug sie immer wieder gegen das Dach. Die Lösung des großen Rätsels war belustigend irdisch.

Oder doch nicht?

*Klopf... klopf... klopf.*

Das Geräusch war jetzt leiser als je zuvor, kaum noch zu hören bei dem Dröhnen des Regens auf dem Dach, und es war leicht einzusehen, daß die Antenne die Ursache sein konnte. Allmählich jedoch, während Paul noch über diese Antwort auf das Rätsel nachdachte, begann er daran zu zweifeln, daß das die *richtige* Antwort war. Er dachte daran, wie laut und heftig das Hämmern noch vor ein paar Minuten gewesen war, als er sich in der Küche aufhielt: wie das ganze Haus erschüttert wurde, die Ofentür aufklappte, die Gläser auf dem Gewürzregal klirrten. Konnte eine lose Antenne wirklich so viel Lärm und Schwingungen erzeugen?

*Klopf... klopf...*

Während er zur Decke hochstarrte, versuchte er, die Antennentheorie als die einzig richtige zu betrachten. Wenn sie den Dachbalken genau richtig, genau im richtigen Winkel, traf, so daß der Aufprall durchs ganze Haus weitergeleitet wurde, konnte eine lose Antenne vielleicht tatsächlich die Töpfe und Pfannen in der Küche gegeneinander scheppern und es so aussehen lassen, als würde die Decke gleich Risse bekommen. Wenn man genau die richtigen Schwingungen auf eine Hängebrücke aus Stahl einwirken ließ, konnte man sie in weniger als einer Minute zum Einsturz bringen, egal, wie viele Bolzen und Schweißnähte und Kabel sie zusammenhielten. Und obwohl Paul auch nicht im entferntesten daran glaubte, daß eine lose Antenne ein solches apokalyptisches Werk der Zerstörung an einem Holzhaus anrichten konnte, wußte er doch, daß selbst mäßige Kraft, die mit Berechnung und größter Genauigkeit eingesetzt wurde, eine Wirkung haben konnte, die in keinem Verhältnis zur aufgewendeten Energie stand. Außerdem *mußte* die Fernsehantenne einfach die Wurzel des Übels sein, denn das war die einzige Erklärung, die ihm noch blieb.

Das Hämmern wurde jetzt noch leiser und hörte schließlich ganz auf. Er wartete eine Minute oder zwei, aber das einzige Geräusch war das des Regens auf den Schindeln über ihm.

Der Wind mußte die Richtung geändert haben. Bald

würde er wieder aus derselben Richtung kommen, und die Antenne würde erneut anfangen, auf ihrer Platte hin und her zu rütteln, und das Hämmern würde von neuem beginnen.

Sobald der Sturm vorbei war, würde er die ausziehbare Leiter aus der Garage holen, aufs Dach hinaufklettern und die Antenne abmontieren müssen. Er hätte das gleich damals erledigen sollen, als sie auf Kabel umrüsten ließen. Jetzt würde er, weil er das damals versäumt hatte, wertvolle Zeit fürs Schreiben verlieren – und das an einer der schwierigsten und wesentlichsten Stellen des Manuskripts. Diese Aussicht frustrierte ihn und machte ihn nervös.

Er beschloß, sich zu rasieren, in die Stadt zu fahren und die neuen Anträge bei der Adoptionsstelle abzuholen. Vielleicht war der Sturm vorbei, bis er wieder zu Hause war. Wenn ja, und wenn er es schaffte, bis halb zwölf auf dem Dach zu sein, sollte er eigentlich die Antenne herunterreißen, dann einen Happen essen und schließlich den ganzen Nachmittag an seinem Buch arbeiten können, vorausgesetzt, es gab keine neuerlichen Störungen. Aber er hatte den Verdacht, daß es weitere Unterbrechungen geben *würde*. Er hatte sich bereits damit abgefunden, daß es einer von diesen Tagen war.

Als er den Speicher verließ und das Licht ausschaltete, erzitterte das Haus unter einem weiteren Schlag.

*KLOPF!*

Nur einer diesmal. Dann war alles wieder ruhig.

Der Besucherraum des Krankenhauses sah aus wie der Kleiderschrank eines Clowns, in dem gerade eine Bombe explodiert war. Die Wände waren kanariengelb, die Stühle leuchtend rot, der Teppich orange, die Zeitschriftenablagen und Beistelltische aus schwerem, purpurfarbenem Plastik, und die beiden großen abstrakten Gemälde waren hauptsächlich in Grün- und Blautönen gehalten.

Der Raum – ganz offensichtlich das Werk eines Innenarchitekten, der zuviel über die verschiedenen Farbtheorien in der Psychologie gelesen hatte – sollte positiv und lebensbejahend wirken. Er sollte die Laune der Besucher heben und sie davon ablenken, daß ihre Freunde krank waren oder daß ihre Verwandten im Sterben lagen. Bei Carol bewirkte diese Einrichtung, die so sehr darauf abzielte, heiter zu wirken, genau das Gegenteil. Der Raum strahlte eine Atmosphäre der Tollheit aus; er kratzte genauso wirkungsvoll an den Nerven wie Sandpapier ein Stück Butter abrieb.

Sie saß auf einem der roten Stühle und wartete auf den Arzt, der das verletzte Mädchen behandelte. Als er eintrat, kontrastierte sein starrer weißer Kittel so stark mit der schreienden Einrichtung, daß er eine heiligenähnliche Aura auszustrahlen schien.

Carol erhob sich, um ihn zu begrüßen; er fragte sie, ob sie Mrs. Tracy sei und stellte sich selbst als Sam Hannaport vor. Er war groß, massig, hatte ein grobes, rosiges Gesicht und war Anfang fünfzig. Er sah aus, als wäre er laut und bärbeißig, vielleicht sogar unangenehm, aber tatsächlich hatte er ein freundliches Wesen und schien wirklich besorgt darüber, welche Auswirkungen der Unfall sowohl körperlich als auch seelisch auf Carol gehabt hatte. Sie brauchte einige Minuten, um ihn davon zu überzeugen, daß sie in beiderlei Hinsicht in Ordnung war, dann setzten sie sich auf zwei rote Stühle, die sich gegenüberstanden.

Hannaport hob die buschigen Augenbrauen und meinte: »Sie sehen so aus, als ob Sie ein heißes Bad und ein großes Glas warmen Brandy vertragen könnten.«

»Ich war bis auf die Haut durchnäßt«, sagte sie, »aber jetzt bin ich fast schon wieder trocken. Wie geht's dem Mädchen?«

»Schnittverletzungen, Prellungen, Abschürfungen«, sagte er.

»Innere Blutungen?«

»Die Untersuchungen haben nichts ergeben.«

»Brüche?«

»Alle Knochen sind heil. Sie ist erstaunlich gut wegge-kommen. Sie können nicht sehr schnell gewesen sein, als Sie sie angefahren haben.«

»War ich auch nicht. Aber so wie sie mir auf die Kühler-haube gerutscht und dann in den Rinnstein gerollt ist, hab' ich gedacht, vielleicht...« Carol zitterte und wollte nicht aussprechen, was sie gedacht hatte.

»Jedenfalls geht's dem Mädel jetzt wieder gut. Sie ist im Notarztwagen zu Bewußtsein gekommen, und sie war schon wieder ganz munter, als ich sie gesehen habe.«

»Gott sei Dank.«

»Es deutet nichts darauf hin, daß sie auch nur eine leichte Gehirnerschütterung hat. Ich kann mir nicht vor-stellen, daß sie irgendwelche langfristigen Schäden da-vontragen wird.«

Erleichtert sank Carol auf ihren roten Stuhl zurück. »ich würde sie gern sehen, mit ihr sprechen.«

»Sie ruht sich gerade aus«, meinte Dr. Hannaport. »Ich möchte momentan nicht, daß sie gestört wird. Aber wenn Sie heute abend zur Besuchszeit wiederkommen würden, kann sie Sie sicherlich empfangen.«

»Das werde ich tun. Ganz bestimmt.« Sie blinzelte. »Meine Güte, ich hab' Sie nicht mal gefragt, wie sie heißt.«

Er zog die buschigen Augenbrauen wieder hoch. »Tja, da haben wir ein kleines Problem.«

»Problem?« Carol verkrampfte sich von neuem. »Was meinen Sie damit? Kann sie sich nicht mehr an ihren Na-men erinnern?«

»Bis jetzt noch nicht, aber...«

»Mein Gott.«

»...sie wird sich wieder erinnern.«

»Sie haben doch gesagt, sie hätte keine Gehirnerschüt-terung.«

»Ich schwöre Ihnen, es ist wirklich nichts Ernstes«, meinte Hannaport. Er nahm ihre Linke in seine großen, kräftigen Hände und hielt sie, als könnte sie jeden Augenblick zerbrechen und zerbröckeln. »Bitte, regen Sie sich deswegen nicht auf. Dem Mädchen wird's wieder gut gehn. Daß sie sich nicht an ihren Namen erinnern kann, deutet nicht auf eine schwere Gehirnerschütterung oder eine ernsthafte Schädigung des Gehirns hin; jedenfalls nicht bei ihr. Sie ist nicht verwirrt oder orientierungslos. Ihr Blickfeld ist normal, und ihre Tiefenwahrnehmung ist ausgezeichnet. Wir haben ihre Gehirnfunktionen mit Hilfe einiger mathematischer Probleme überprüft – Addition, Subtraktion, Multiplikation –, und sie hat alle richtig gelöst. Sie kann alle Wörter buchstabieren, die man ihr gibt; ja, sie kann's sogar höllisch gut. Also hat sie keine schwere Gehirnerschütterung. Es ist nur ein leichter Fall von Gedächtnisverlust. Es handelt sich um selektive Amnesie, müssen Sie wissen; sie hat nur ihre persönlichen Erinnerungen verloren, nicht ihre Fähigkeiten und Ausbildung oder ganze Einheiten sozialer Konzepte. Sie hat das Lesen und Schreiben nicht vergessen; sie hat nur vergessen, wer sie ist, woher sie kommt und wie sie hierhergekommen ist. Was ernster klingt, als es tatsächlich ist. Natürlich ist sie verwirrt und verängstigt. Aber selektive Amnesie ist die harmloseste Form von Gedächnisverlust.«

»Das weiß ich«, meinte Carol. »Aber irgendwie geht's mir deshalb auch nicht so wahnsinnig viel besser.«

Hannaport drückte ihre Hand fest aber sanft. »Diese Form der Amnesie ist nur ganz, ganz selten dauerhaft. Höchstwahrscheinlich erinnert sie sich noch vor dem Abendessen, wer sie ist.«

»Und wenn nicht?«

»Dann wird die Polizei rausfinden, wer sie ist, und sobald sie ihren Namen hört, werden sich die Nebel lichten.«

»Sie hatte keinerlei Ausweispapiere bei sich.«

»Ich weiß«, meinte er. »Ich habe schon mit der Polizei gesprochen.«

»Was passiert also, wenn die Polizei auch nicht rausfinden kann, wer sie ist?«

»Das wird sie aber.« Er tätschelte ihre Hand ein letztes Mal und ließ sie dann los.

»Ich verstehe nicht, wie Sie sich da so sicher sein können.«

»Ihre Eltern werden sie als vermißt melden. Sie haben sicher ein Foto von ihr. Und wenn die Polizei das Foto sieht, wird sie die nötige Verbindung herstellen. So einfach wird das gehen.«

Sie runzelte die Stirn. »Und was passiert, wenn ihre Eltern sie *nicht* als vermißt melden?«

»Warum sollten sie das?«

»Tja, wenn sie zum Beispiel eine Ausreißerin aus einem anderen Bundesstaat wäre? Sogar wenn ihre Eltern sie zu Hause in ihrem Heimatort als vermißt melden würden, bekäme die hiesige Polizei das nicht unbedingt mit.«

»Das letztemal, als ich was darüber gelesen habe, sind Ausreißer am liebsten nach New York City, Kalifornien oder Florida gefahren – fast überall hin lieber als nach Harrisburg in Pennsylvania.«

»Zu jeder Regel gibt's ne Ausnahme.«

Hannaport lachte sanft und schüttelte den Kopf. »Wenn Pessimismus eine Wettkampfsportart wäre, wären Sie ganz bestimmt Weltmeister.«

Sie blinzelte überrascht und lächelte dann. »Tut mir leid. Ich sehe die ganze Angelegenheit wahrscheinlich übertrieben düster.«

Er schaute auf die Uhr, stand von seinem Stuhl auf und meinte: »Ja, das glaube ich auch. Besonders wenn man bedenkt, wie gut das Mädchen bei der ganzen Sache davongekommen ist. Es hätte um etliches schlimmer ausgehen können.«

Carol stand ebenfalls auf. Plötzlich sprudelte es aus ihr heraus: »Wahrscheinlich beschäftigt mich das ganze so sehr, weil ich jeden Tag mit Problemkindern zu tun habe, und weil's mein Beruf ist, ihnen dabei zu helfen, daß sie wieder gesund werden, und das ist schon seit der High School immer mein größter Wunsch gewesen – mit kranken Kindern zu arbeiten, sie zu heilen –, aber jetzt bin ich verantwortlich für die Schmerzen, die das arme Mädchen aushalten muß.«

»Das dürfen Sie nicht so sehen. Sie haben sie doch nicht *absichtlich* verletzt.«

Carol nickte. »Ich weiß schon, daß ich da nicht so ganz rational reagiere, aber ich kann einfach nicht anders.«

»Ich muß bei ein paar Patienten vorbeischauen«, sagte Hannaport und sah wieder auf die Uhr. »Aber lassen Sie mich Ihnen noch etwas sagen, das Ihnen dabei helfen könnte, damit fertig zu werden.«

»Gerne.«

»Das Mädchen hat körperlich nur geringfügige Verletzungen. Ich will damit nicht sagen, daß sie völlig harmlos sind, aber das kommt den Tatsachen schon verdammt nahe. Also müssen Sie sich in dieser Hinsicht überhaupt nicht schuldig fühlen. Und was ihren Gedächtnisverlust angeht... na ja, vielleicht hatte der Unfall gar nichts damit zu tun.«

»Nichts damit zu tun? Aber ich hab' gedacht, daß sie, als sie mit dem Kopf auf dem Auto oder dem Pflaster aufgeschlagen ist...«

»Sie wissen doch sicher, daß ein Schlag auf den Kopf nicht unbedingt die einzige Ursache für Amnesie ist«, meinte Dr. Hannaport. »Das ist noch nicht mal der üblichste Auslöser in solchen Fällen. Streß, ein emotionaler Schock: auch sie können einen Verlust des Gedächtnisses zur Folge haben. Tatsächlich haben wir das menschliche Gehirn noch immer nicht gut genug begriffen, um in den meisten Fällen genau sagen zu können, was eine Amnesie verursacht. Was dieses Mädchen anbelangt, deutet alles darauf hin, daß sie sich schon in diesem Zustand befunden hat, als sie Ihnen ins Auto gelaufen ist.« Er unterstrich jedes Argument, das seine Theorie abstützte, indem er nacheinander die Finger seiner rechten Hand ausstreckte.

»Erstens: Sie hatte keinerlei Ausweispapiere bei sich. Zweitens: Sie ist ohne Mantel oder Regenschirm wie in Trance im strömenden Regen herumgelaufen. Drittens: Wenn ich richtig informiert bin, sagen die Zeugen, daß sie sich merkwürdig verhalten hat, noch bevor Sie auf der Bildfläche aufgetaucht sind.« Er wedelte mit seinen drei ausgestreckten Fingern vor ihrer Nase herum. »Drei sehr gute Gründe, warum Sie nicht so versessen darauf sein sollten, sich die Schuld für den Zustand des Kindes zuzuschreiben.«

»Vielleicht haben Sie ja recht, aber trotzdem...«

»Ich *habe* recht«, meinte er. »Da gibt's kein Vielleicht. So glauben Sie mir doch, Dr. Tracy.«

Eine scharfe, näselnde weibliche Stimme rief Dr. Hannaport über die blecherne Lautsprecheranlage des Krankenhauses aus.

»Danke, daß Sie sich so viel Zeit genommen haben«, meinte Carol. »Sie sind mehr als freundlich gewesen.«

»Kommen Sie heute abend wieder und sprechen Sie mit dem Mädchen, wenn Sie wollen. Ich bin sicher, daß sie Ihnen nicht die geringsten Vorwürfe machen wird.«

Er drehte sich um und eilte durch die schreiende Halle, um der Lautsprecherdurchsage zu folgen, und die Schöße seines weißen Kittels umflatterten ihn.

Carol ging zum Münzfernsprecher und rief in ihrer Praxis an. Sie erklärte ihrer Sekretärin Thelma die Situation und regelte die Termine mit den Patienten neu, die an jenem Tage kommen wollten. Dann rief sie zu Hause an, und Paul hob beim dritten Klingeln ab.

»Ich wollte grade zur Tür hinaus«, sagte er. »Ich muß ins Büro von O'Brian und noch mal die Anträge holen. Unsere sind bei dem Durcheinander gestern verlorengegangen. Bis jetzt hätte ich heute lieber im Bett bleiben sollen.«

»Gleichfalls«, meinte sie.

»Was ist denn los?«

Sie erzählte ihm von dem Unfall und faßte die Unterhaltung mit Dr. Hannaport kurz zusammen.

»Es hätte schlimmer ausgehen können«, meinte Paul. »Wenigstens können wir dankbar sein, daß niemand umgekommen oder zum Krüppel geworden ist.«

»Das erzählt mir jeder: ›Es hätte schlimmer ausgehen können, Carol.‹ Aber für mich ist die ganze Sache schon schlimm genug.«

»Bist du in Ordnung?«

»Ja. Hab' ich ja schon gesagt. Ich hab' nicht mal 'nen Kratzer abgekriegt.«

»Ich meine auch nicht körperlich. Ich meine, bist du psychisch okay? Du hörst dich zittrig an.«

»Bin ich auch. Ein klein bißchen.«

»Ich komme ins Krankenhaus«, sagte er.

»Nein, nein. Das ist nicht nötig.«

»Bist du sicher, daß du fahren kannst?«

»Ich bin nach dem Unfall ohne Probleme hierher gefahren, und jetzt fühle ich mich im Vergleich dazu schon wieder besser. Ich komm' schon zurecht. Ich werd' folgendes machen: Ich schau' bei Grace vorbei. Das ist bloß etwa eineinhalb Kilometer weg von hier; das ist einfacher als heimzufahren. Ich muß meine Kleider säubern, trocknen und bügeln. Außerdem muß ich mich duschen. Wahrscheinlich werd' ich mit Grace früh zu Abend essen, wenn ihr das recht ist, und dann komm ich am Abend zur Besuchszeit wieder hierher.«

»Wann bist du wieder daheim?«

»Wahrscheinlich nicht vor acht oder halb neun.«

»Du wirst mir abgehn.«

»Du mir auch.«

»Sag Grace einen schönen Gruß«, meinte er. »Und sag ihr auch, daß sie wahrscheinlich tatsächlich der nächste Nostradamus ist.«

»Was soll das denn heißen?«

»Grace hat vor 'ner Weile hier angerufen. Hat gesagt, daß sie kürzlich zwei Alpträume gehabt hat, und daß du in beiden vorgekommen bist. Sie hat Angst gehabt, daß dir etwas zustößt.«

»Im Ernst?«

»Ja. Es ist ihr peinlich gewesen. Hat wohl Angst gehabt, daß ich denke, sie wird senil oder so.«

»Du hast ihr von dem Blitz gestern erzählt?«

»Ja. Aber sie hat das Gefühl gehabt, daß noch was passieren würde, was Schlimmes.«

»Und das ist dann auch passiert.«

»Gruslig, was?«

»Allerdings«, meinte Carol. Sie erinnerte sich an ihren eigenen Alptraum: das schwarze Nichts; den blitzenden, silbrigen Gegenstand, der immer näherkam.

»Grace wird dir das sicher alles erzählen«, meinte Paul. »Und ich seh' dich dann heute abend.«

»Ich liebe dich«, sagte Carol.

»Ich liebe dich auch.«

Sie legte auf und ging auf den Parkplatz hinaus.

Grauschwarze Gewitterwolken türmten sich am Himmel auf, aber es regnete jetzt nur schwach. Der Wind ging noch immer kalt und scharf; er sang oben in den Stromleitungen wie ein Schwarm wütender Wespen.

Das zweite Bett in dem Zimmer war momentan nicht belegt. Und im Augenblick war auch keine Schwester da. Das Mädchen war allein.

Sie lag unter einem gestärkten weißen Bettuch und einer cremefarbenen Decke und starrte die Zimmerdecke an. Sie hatte Kopfschmerzen, und sie spürte jeden dumpf pochenden, brennenden Schnitt und jede Abschürfung an ihrem zerschundenen Körper, aber sie wußte, daß sie keine ernsten Verletzungen hatte.

Angst, nicht Schmerz, war ihr schlimmster Feind. Sie war besorgt darüber, sich nicht entsinnen zu können, wer sie war. Auf der anderen Seite quälte sie das unerklärliche, aber unerschütterliche Gefühl, daß es töricht und außerordentlich gefährlich sein würde, wenn sie sich an ihre Vergangenheit erinnerte. Ohne zu wissen warum, vermutete sie, sterben zu müssen, sobald sie das Gedächtnis wieder völlig zurückerlangte – eine merkwürdige Ansicht, die sie erschreckender fand als alles andere.

Sie wußte, daß sie das Gedächtnis nicht aufgrund des Unfalles verloren hatte. Sie erinnerte sich vage daran, eine oder zwei Minuten, bevor sie vor den Volkswagen gestolpert war, im Regen die Straße entlanggegangen zu sein. Bereits zu diesem Zeitpunkt war sie orientierungslos, verängstigt und unfähig gewesen, sich an ihren Namen zu erinnern. Sie war völlig fremd gewesen in jener Stadt und hatte nicht gewußt, wie sie dorthin gekommen war. Ihre Erinnerung hatte eindeutig schon vor dem Unfall begonnen zu verschwimmen.

Sie fragte sich, ob ihr Gedächtnisverlust wohl wie ein Schutzschild gegen etwas Furchtbares in der Vergangenheit wirkte. Bedeutete Vergessen vielleicht Sicherheit?

Warum? Sicherheit wovor?

Wovor bin ich wohl davongerannt? fragte sie sich.

Sie spürte, daß sie ihre Identität wiedererlangen konnte. Tatsächlich schienen ihre Erinnerungen zum Greifen nah. Sie hatte das Gefühl, als läge die Vergangenheit am Grunde eines dunklen Loches, zum Greifen nahe; sie mußte nur genug Stärke und Mut aufbringen, um ihre Hand in jenen Ort ohne Licht hineinzustrecken und nach der Wahrheit zu tasten, ohne Furcht davor, was sie da packen mochte.

Als sie sich jedoch anstrengte, sich zu erinnern, als sie sich in jenes Loch vortastete, wuchs ihre Angst immer mehr, so lange, bis es keine normale Angst mehr war; sie wurde zum lähmenden Schrecken. Ihr Magen krampfte sich zusammen, ihre Kehle schnürte sich zusammen, und sie brach in Schweiß aus; es wurde ihr so schwindlig, daß sie fast in Ohnmacht fiel.

An der Schwelle zur Bewußtlosigkeit sah und hörte sie etwas Beunruhigendes, Alarmierendes – ein verschwommenes Bruchstück eines Traumes, einer Vision –, das sie nicht ganz wiedererkannte, das sie aber trotzdem ängstigte. Diese Vision bestand aus einem einzigen Geräusch und einem einzigen rätselhaften Bild. Das Bild war hypnotisierend, aber denkbar einfach: ein kurzer Lichtstrahl, ein silbriger Schimmer von einem Gegenstand, der nicht so genau zu erkennen war und in tiefen Schatten vor und zurück schwang; vielleicht ein funkelndes Pendel. Das Geräusch war scharf und bedrohlich, jedoch nicht klar, ein lautes, hämmerndes Geräusch, aber auch noch mehr als das.

*Klopf! Klopf! Klopf!*

Sie zuckte zusammen, erzitterte, als hätte etwas sie geschlagen.

*Klopf!*

Sie wollte schreien, konnte aber nicht.

Sie bemerkte, daß sie die Hände zu Fäusten geballt hatte und daß sie das schweißdurchtränkte Laken darin zerknüllte.

*Klopf!*

Sie hörte auf, sich darin erinnern zu wollen, wer sie war.

Vielleicht ist es besser, wenn ich es nicht weiß, dachte sie.

Ihr Herzschlag normalisierte sich allmählich wieder, und sie konnte jetzt auch wieder einatmen, ohne dabei zu keuchen. Ihr Magen entkrampfte sich.

Das hämmernde Geräusch verklang.

Nach einer Weile sah sie zum Fenster hinüber. Ein Schwarm großer schwarzer Vögel taumelte über den aufgewühlten Himmel.

Was wird bloß werden? fragte sie sich.

Auch als die Schwester hereinkam, um nach ihr zu sehen, und dann sogar der Arzt einen Augenblick später erschien, fühlte sich das Mädchen deprimierend allein.

## 5

In Grace' Küche roch es nach Kaffee und warmem Gewürzkuchen. Regen lief am Fenster herunter und ver-
wischte die Aussicht auf den Rosengarten hinter dem
Haus.

»Ich hab' noch nie an Hellseherei und Vorahnungen geglaubt.«

»Ich auch nicht«, meinte Grace. »Aber jetzt kommen
mir Zweifel. Schließlich habe ich da zwei Alpträume, in
denen dir was zustößt, und als nächstes erfahre ich, daß
du zweimal gerade noch davongekommen bist, als ob du
dich genau nach einem Drehbuch oder so was richten
würdest.«

Sie saßen an dem kleinen Tisch beim Küchenfenster.
Carol trug einen von Grace' Morgenmänteln und ein Paar
von ihren Hausschuhen, während ihre Kleider noch
trockneten.

»Nur einmal«, berichtigte sie Grace. »Der Blitz. Da hat's
mir schon ganz schön im Magen gekribbelt. Aber heut
morgen bin ich eigentlich überhaupt nicht in Gefahr gewesen. Das arme Mädchen war diejenige von uns beiden,
die fast umgekommen wär.«

Grace schüttelte den Kopf. »Nein, du bist auch gerade
noch davongekommen. Du hast mir doch erzählt, daß du
auf den entgegenkommenden Verkehr zugeschlittert bist,
als du vor dem Mädchen gebremst hast, oder? Und du
hast auch gesagt, daß der Cadillac dich nur um ein paar
Zentimeter verfehlt hat. Also, was wär gewesen, wenn er
dich *nicht* verfehlt hätte? Wenn der Caddy deinen kleinen
VW gerammt hätte, wärst du sicher nicht so glimpflich davongekommen.«

Carol runzelte die Stirn und meinte: »So hab' ich die Sache bis jetzt noch nicht betrachtet.«

»Du bist so beschäftigt gewesen, dir Sorgen um das
Mädchen zu machen, daß du gar nicht dazugekommen
bist, an dich selbst zu denken.«

Carol aß einen Bissen von dem Gewürzkuchen und spülte ihn mit Kaffee hinunter. »Du bist nicht die einzige, die Alpträume hat.« Sie erzählte in kurzen Worten ihren eigenen Traum: die abgehackten Köpfe, die Häuser, die sich hinter ihr auflösten, während sie durch sie hindurchlief, der flackernde, silbrige Gegenstand.

Grace hielt ihre Kaffeetasse fest umklammert und saß über den Tisch gebeugt da. Ihre blauen Augen sahen besorgt aus. »Das ist wirklich ein übler Traum. Was für einen Reim kannst du dir darauf machen?«

»Ach, ich glaube nicht, daß das Hellseherei ist.«

»Warum nicht? Meine waren es offensichtlich auch.«

»Ja, aber daraus folgt noch lange nicht, daß wir jetzt beide zu Hellseherinnen werden. Außerdem hat mein Traum nicht sonderlich viel Sinn ergeben. Er ist einfach zu wirr gewesen, als daß man ihn ernst nehmen könnte. Ich meine, abgehackte Köpfe, die plötzlich zum Leben erwachen – so was passiert doch in Wirklichkeit nicht.«

»Und es könnte doch Hellseherei sein, wenn auch nicht im *wörtlichen* Sinn. Ich meine, das ganze könnte eine symbolische Warnung sein.«

»Wovor?«

»Ich kann mir auch keine einleuchtende Interpretation vorstellen. Aber ich glaube wirklich, daß du 'ne Weile besonders vorsichtig sein solltest. Mein Gott, ich weiß schon, daß ich mich jetzt langsam wie so eine Wahrsagerin bei den Zigeunern anhöre, wie Maria Uspenskija in den alten Monsterfilmen aus den Dreißigern; aber ich glaube immer noch, daß du das nicht so einfach als ganz normalen Traum abtun solltest. Besonders nach dem, was schon passiert ist.«

Später, nach dem Mittagessen, als Grace Spülmittel in das Waschbecken mit schmutzigem Geschirr spritzte, sagte sie: »Wie sieht's aus mit der Adoptionsstelle? Glaubst du, daß sie dir und Paul bald ein Kind zuweisen werden?«

Carol zögerte.

Grace sah sie an. »Ist irgendwas?«

Während sie das Geschirrtuch vom Haken nahm und auseinanderfaltete, sagte Carol: »Nein, eigentlich nicht. O'Brian meint, daß der Ausschuß mit uns einverstanden sein wird. Das ist ganz sicher, sagt er.«

»Aber du machst dir deswegen immer noch Sorgen.«

»Ja, schon ein bißchen«, gab Carol zu.

»Warum?«

»Ich weiß auch nicht so genau. Es ist nur... ich hab' so ein Gefühl...«

»Was für ein Gefühl?«

»Daß das nichts wird.«

»Und warum nicht?«

»Ich werd' den Gedanken einfach nicht los, daß uns jemand an der Adoption hindern will.«

»Wer denn?«

Carol zuckte mit den Achseln.

»O'Brian?« fragte Grace.

»Nein, nein. Der steht auf unserer Seite.«

»Jemand im Adoptionsausschuß?«

»Ich weiß es nicht. Ich habe eigentlich keinerlei Beweis dafür, daß irgend jemand Paul und mir etwas Böses will. Ich habe überhaupt nichts Konkretes.«

Grace spülte das Besteck ab, legte es zum Trocknen ins Gestell und sagte: »Du willst diese Adoption schon so lange, daß du jetzt nicht mehr glauben kannst, daß es tatsächlich noch damit klappt, deshalb suchst du nach Schwarzen Männern, wo gar keine sind.«

»Vielleicht.«

»Dir haben nur die Blitze von gestern und der Unfall heute einen Schrecken eingejagt.«

»Vielleicht.«

»Das ist verständlich. Es erschreckt mich auch. Aber die Adoption wird ganz glatt über die Bühne gehen.«

»Das hoffe ich«, meinte Carol. Aber sie dachte an die Antragsformulare, die verlorengegangen waren, und kam ins Grübeln.

Als Paul von der Adoptionsstelle zurück war, hatte es aufgehört zu regnen; es ging jedoch immer noch ein kalter und feuchter Wind.

Er holte die Leiter aus der Garage und kletterte auf den Teil des verwinkelten Daches, der am wenigsten steil war. Die nassen Schindeln quietschten unter seinen Füßen, als er sich vorsichtig über die Schräge zur Fernsehantenne hinüberbewegte, die neben einem Ziegelkamin verankert war.

Er bekam weiche Knie. Er litt etwas an Höhenangst, die ihn jedoch noch nie völlig in seiner Bewegungsfreiheit eingeschränkt hatte, weil er sich hin und wieder dazu zwang, diese Angst herauszufordern und sie zu überwinden, wie er es jetzt tat.

Als er am Kamin angelangt war, stützte er sich mit einer Hand daran ab und sah über die Dächer der benachbarten Häuser. Der dunkle, stürmische Septemberhimmel hatte sich immer tiefer herabgesenkt, so weit, daß er jetzt nur noch wenige Meter über den höchsten Häusern zu hängen schien. Er hatte das Gefühl, er könne den Arm ausstrecken, mit den Knöcheln gegen den Bauch der Wolken klopfen und ihnen ein hartes, eisernes Rasseln entlocken.

Er kauerte sich mit dem Rücken zum Kamin nieder und überprüfte die Fernsehantenne. Die Platte wurde von vier Bolzen festgehalten, die durch die Schindeln gingen, entweder direkt in einen Dachbalken oder in einen Pfosten, der zwei Balken miteinander verband. Keiner der Bolzen fehlte. Keiner davon war locker. Die Platte war fest mit dem Haus verbunden, und die Antenne war sicher in der Platte verankert. Sie war sicherlich nicht für das hämmernde Geräusch verantwortlich, das das Haus erschüttert hatte.

Nachdem sie abgespült hatten, gingen Grace und Carol ins Arbeitszimmer. Der Raum stank nach Katzenurin und -kot. Aristophanes hatte den Sitz des großen Lehnstuhls als Toilette benutzt.

Völlig verblüfft meinte Grace: »Ich kann das einfach nicht glauben. Ari geht *immer* aufs Katzenklo, genau wie er's gelernt hat. So was hat er noch nie gemacht.«

»Er ist doch immer schon ein wählerischer Kater gewesen, oder?«

»Genau. Aber sieh dir mal an, was er jetzt gemacht hat. Ich werd' den Stuhl neu beziehen lassen müssen. Ich werd' mir jetzt wohl am besten dieses alberne Tier vorknöpfen, ihm die Nase in den Dreck stecken und ihn runterputzen. Der soll sich das in Gottes Namen ja nicht angewöhnen.«

Sie schauten in jedes Zimmer, aber sie konnten Aristophanes nicht finden. Ganz offensichtlich war er durch die Katzentür in der Küche aus dem Haus geschlüpft.

Als sie mit Grace ins Arbeitszimmer zurückkehrte, meinte Carol: »Vorher hast du erwähnt, daß Ari ein paar Sachen zerfetzt hat.«

Grace zuckte zusammen. »Ja. Ich wollte dir das eigentlich nicht erzählen – aber er hat zwei von den hübschen kleinen bestickten Kissen in Stücke gerissen, die du für mich gemacht hast. Ich bin ganz unglücklich darüber. Nach der ganzen Arbeit, die du dir damit gemacht hast, und dann hat er einfach...«

»Mach dir deswegen mal keine Sorgen«, sagte Carol. »Ich mach' dir ein paar neue Kissen. Das mach' ich gern. Sticken entspannt mich. Ich hab' nur gefragt, weil ich mir gedacht habe, daß irgend etwas mit Ari vielleicht nicht so ganz stimmt, wenn er jetzt so vieles macht, was er sonst nicht tut.«

Grace runzelte die Stirn. »Er sieht ganz gesund aus. Sein Fell glänzt, und er ist zweifellos genauso lebhaft wie immer.«

»Tiere sind in mancher Hinsicht wie Menschen. Und wenn ein Mensch plötzlich anfängt, sich merkwürdig zu verhalten, *kann* das ein Anzeichen für eine Krankheit sein, und zwar für alles, von einem Gehirntumor bis zu unausgewogener Ernährung.«

»Ich glaube, ich sollte mal zum Tierarzt mit ihm.«

Carol meinte: »Es hat grade aufgehört zu regnen. Warum gehen wir nicht raus und schauen, ob wir ihn irgendwo aufspüren können?«

»Vergebliche Mühe. Wenn eine Katze nicht will, daß man sie findet, dann findet man sie auch nicht. Außerdem kommt er zur Essenszeit sowieso zurück. Ich laß ihn die ganze Nacht drinnen und bring' ihn am Morgen zum Tierarzt.« Grace sah auf den Dreck im Lehnstuhl, verzog das Gesicht und schüttelte den Kopf. »Das sieht meinem Ari gar nicht ähnlich«, meinte sie besorgt. »Ganz und gar nicht.«

Auf der geöffneten Tür stand die Nummer 316.

Carol trat zögernd in das blau-weiße Krankenzimmer und blieb gleich hinter der Schwelle stehen. Es roch leicht nach Lysol.

Das Mädchen saß in dem Bett gleich neben dem Fenster, das Gesicht von der Tür abgewandt, und starrte auf das Gelände vor dem Krankenhaus hinaus, das in Dämmerlicht gehüllt war. Sie wandte den Kopf, als sie merkte, daß sie nicht mehr allein war, und als sie Carol ansah, lag kein Zeichen des Erkennens in ihren blau-grauen Augen.

»Darf ich reinkommen?« fragte Carol.

»Klar.«

Carol ging zum Fußende des Bettes. »Wie geht's dir?«

»Ganz gut.«

»Mit den ganzen Kratzern und Schnitten und blauen Flecken ist es wohl nicht so bequem.«

»Mein Gott, so arg bin ich nun auch wieder nicht zugerichtet. Ich hab' nur ein bißchen Schmerzen. Das ganze wird mich schon nicht umbringen. Alle sind so nett zu mir; sie machen alle zuviel Wind um mich.«

»Wie geht's deinem Kopf?«

»Ich hab' Kopfweh gehabt, als ich wieder zu mir gekommen bin, aber das ist jetzt schon seit Stunden weg.«

»Siehst du doppelt?«

»Nein«, meinte das Mädchen. Eine Strähne ihres goldenen Haares löste sich hinter ihrem Ohr und fiel über ihre Wange; sie steckte sie wieder zurück, wohin sie gehörte. »Sind Sie Ärztin?«

»Ja«, sagte Carol. »Ich heiße Carol Tracy.«

»Sie können mich Jane nennen. Der Name steht auf meinem Krankenblatt. Jane Doe. Ist wohl genausogut wie jeder andere. Vielleicht ist er sogar viel netter als mein eigener. Vielleicht heiße ich wirklich Zelda oder Myrtle oder so ähnlich.« Sie hatte ein hübsches Lächeln. »Sie sind jetzt schon der xte Arzt, der nach mir sieht. Wie viele habe ich denn eigentlich?«

»Ich bin jedenfalls keiner davon«, sagte Carol. »Ich bin hier, weil... na ja... weil du *mir* ins Auto gelaufen bist.«

»Oh. Tja, hm, tut mir wahnsinnig leid. Ich hoffe, Sie haben keinen großen Schaden.«

Überrascht über diese Äußerung des Mädchens und den Ausdruck echter Sorge in ihrem Gesicht lachte Carol. »Um Himmels willen, Kleine, mach' dir mal keine Sorgen um mein Auto. Was zählt, ist deine Gesundheit, nicht der VW. Und eigentlich sollte *ich* mich entschuldigen. Ich hab' ein furchtbares Gefühl deswegen.«

»Das sollten Sie nicht«, meinte das Mädchen. »Ich hab' noch alle meine Zähne, ich hab' mir auch nichts gebrochen, und Dr. Hannaport sagt, daß sich die Jungs immer noch für mich interessieren werden.« Sie grinste verlegen.

»Mit den Jungs hat er sicher recht«, sagte Carol. »Du bist ein sehr hübsches Mädchen.«

Das Grinsen wurde zu einem schüchternen Lächeln, und sie sah errötend auf die Decke auf ihrem Schoß herunter.

Carol meinte: »Eigentlich hatte ich gehofft, daß deine Familie hier wäre.«

Das Mädchen versuchte, nach außen hin fröhlich zu bleiben, aber als sie hochsah, drangen Angst und Zweifel durch die Maske. »Ich nehme an, sie haben mich noch nicht als vermißt gemeldet. Aber das ist sicher nur eine Frage der Zeit.«

»Erinnerst du dich an irgend etwas aus deiner Vergangenheit?«

»Noch nicht. Aber ich werde mich erinnern.« Sie zog den Kragen ihres Nachthemds gerade und strich die Decke über ihrem Schoß glatt, während sie sprach. »Dr. Hannaport meint, daß ich mich wahrscheinlich wieder an alles erinnern werde, wenn ich nur nicht zu sehr darauf dränge. Er sagt, ich habe Glück, daß ich keine vollständige Amnesie habe. Da vergißt man sogar, wie man liest und schreibt. Mir geht's also gar nicht so schlecht. Wirklich nicht. Meine Güte, wär das nicht schlimm? Wenn ich noch mal ganz von vorn Lesen, Schreiben, Addieren, Subtrahieren, Multiplizieren und Dividieren und Buchstabieren lernen müßte? Wie langweilig!« Sie hörte auf, die Decke glattzustreichen und schaute wieder auf. »Außerdem werde ich höchstwahrscheinlich mein Gedächtnis sowieso in ein oder zwei Tagen wiederhaben.«

»Das glaube ich auch«, sagte Carol, obwohl sie sich dessen keineswegs sicher war. »Brauchst du irgendwas?«

»Nein. Ich bekomme hier alles. Sogar winzige Zahnpastatuben.«

»Und wie sieht's aus mit Büchern und Zeitschriften?«

Das Mädchen seufzte. »Ich hab' mich zu Tode gelangweilt heut nachmittag. Glauben Sie, daß es hier vielleicht irgendwo 'nen Stapel alte Zeitschriften für die Patienten gibt?«

»Wahrscheinlich schon. Was liest du denn gerne?«

»Alles. Ich lese *sehr* gern; daran kann ich mich noch erinnern. Aber ich weiß keine Bücher- oder Zeitschriftentitel mehr. Dieser Gedächtnisverlust ist doch witzig, was?«

»Unheimlich«, meinte Carol. »Bleib hier sitzen. Ich komm' gleich wieder.«

Im Schwesternzimmer am Ende des Flurs erklärte sie, wer sie war, und mietete einen kleinen Fernseher für Jane Does Zimmer. Ein Pfleger versprach, ihn sofort aufzustellen. Die diensthabende Oberschwester – eine untersetzte grauhaarige Frau, deren Brille an einer Kette von ihrem Hals baumelte – meinte: »Sie ist so ein nettes Mädchen. Einfach reizend. Beklagt sich nie und ist zu jedermann freundlich. Es gibt nicht viele Teenager, die so gelassen sind.«

Carol fuhr mit dem Aufzug ins Erdgeschoß hinunter und ging dort zum Zeitungsstand. Sie kaufte einen Schokolade- und einen Mandelriegel und sechs Zeitschriften, die so aussahen, als könnten sie einem jungen Mädchen gefallen. Als sie wieder in Zimmer 316 war, war der Pfleger gerade damit fertig, den Fernseher anzuschließen.

»Sie hätten das alles nicht machen sollen«, meinte das Mädchen. »Wenn meine Eltern auftauchen, werde ich darauf bestehen, daß sie Ihnen Ihr Geld zurückgeben.«

»Ich werde keinen Pfennig nehmen«, sagte Carol.

»Aber...«

»Kein aber.«

»Sie brauchen mich nicht zu verhätscheln. Mir geht's prima. Wirklich. Wenn Sie...«

»Ich verhätschle dich nicht, Kleine. Betrachte die Zeitschriften und den Fernseher einfach als eine Form der Therapie. Sie könnten tatsächlich genau die richtigen Hilfsmittel sein, damit du diese Amnesie durchbrichst.«

»Wie meinen Sie das?«

»Na ja, wenn du genug fernsiehst, ist vielleicht eine Sendung dabei, an die du dich erinnerst. Das könnte so eine Art Kettenreaktion von Erinnerungen auslösen.«

»Glauben Sie?«

»Es ist jedenfalls besser, als bloß dazusitzen und die Wände anzustarren oder aus dem Fenster zu schauen. Nichts hier wird deinem Gedächtnis einen Impuls geben, weil nichts davon mit deiner Vergangenheit zu tun hat. Aber es besteht eine Chance, daß das Fernsehen es schafft.«

Das Mädchen nahm die Fernbedienung, die ihr der

Pfleger gegeben hatte, und schaltete den Fernseher an. Es lief gerade eine bekannte Komödie.

»Kommt dir das bekannt vor?« fragte Carol.

Das Mädchen schüttelte den Kopf: nein. Tränen glitzerten in ihren Augenwinkeln.

»Na, nun laß dich doch nicht gleich aus der Fassung bringen«, meinte Carol. »Es wäre erstaunlich, wenn du dich schon an das erste, was du siehst, erinnern könntest. Das wird einfach seine Zeit dauern.«

Sie nickte, biß sich auf die Lippe und versuchte, nicht zu weinen.

Carol kam näher heran und nahm die Hand des Mädchens; sie war kalt.

»Kommen Sie morgen wieder?« fragte Jane zittrig.

»Natürlich.«

»Ich meine, wenn's kein Umweg ist.«

»Überhaupt nicht.«

»Manchmal...«

»Was?«

Das Mädchen zitterte. »Manchmal habe ich solche Angst.«

»Hab keine Angst, Kleines. Bitte. Es wird sich alles finden. Du wirst schon sehen. Du bist in null Komma nichts wieder auf dem richtigen Weg«, sagte Carol und wünschte, ihr fiele etwas Beruhigenderes ein als ein paar hohle Floskeln. Aber sie wußte, daß diese unpassende Antwort von ihren eigenen nagenden Zweifeln herrührte.

Das Mädchen zog ein Papiertaschentuch aus dem Spender, der seitlich in den hohen metallenen Nachttisch eingebaut war. Sie putzte sich die Nase und nahm ein zweites Taschentuch, um sich die Augen abzuwischen. Sie war zuvor auf ihrem Bett zusammengesunken gewesen; jetzt saß sie wieder aufrecht da, hob das Kinn, streckte die schmalen Schultern und rückte die Decke wieder zurecht. Als sie zu Carol hochsah, lächelte sie wieder. »Entschuldigung«, sagte sie. »Ich weiß nicht, was in mich gefahren ist. Heulen ist auch keine Lösung. Im übrigen haben Sie recht.

Meine Familie wird wahrscheinlich morgen auftauchen, und alles wird sich schon wieder einrenken. Schauen Sie, Dr. Tracy, wenn Sie mich morgen besuchen kommen...«

»Das werde ich.«

»Wenn Sie kommen, dann versprechen Sie mir bitte, keine Süßigkeiten oder Zeitschriften oder sonstwas zu bringen. Okay? Sie haben keinen Grund, Ihr Geld so zum Fenster rauszuwerfen. Sie haben ohnehin schon zuviel für mich getan. Außerdem war es das Beste, daß Sie überhaupt gekommen sind. Ich meine, es ist schön, wenn man weiß, daß jemand außerhalb des Krankenhauses an einen denkt. Es ist schön zu wissen, daß ich hier drin nicht verloren oder vergessen bin. Ja, klar, die Schwestern und die Ärzte sind prima. Das sind sie wirklich, und ich bin dankbar dafür; sie kümmern sich um mich, aber das ist sowieso ihr Job. Verstehen Sie? Also ist es doch nicht ganz dasselbe, nicht wahr?« Sie lachte nervös. »Ergibt das, was ich sage, Sinn?«

»Ich weiß genau, was du fühlst«, versicherte Carol ihr. Die tiefe Einsamkeit des Mädchens war ihr schmerzlich bewußt, denn auch sie war in jenem Alter einsam und verängstigt gewesen, bevor Grace Mitowski sie unter ihre Fittiche genommen und ihr viel Liebe und Führung hatte angedeihen lassen.

Sie blieb bei Jane, bis die Besuchszeit vorüber war. Bevor sie ging, küßte sie das Mädchen mütterlich auf die Stirn, und das war jetzt etwas ganz Natürliches, denn innerhalb erstaunlich kurzer Zeit war ein Band zwischen ihnen entstanden.

Draußen auf dem Parkplatz des Krankenhauses laugten die Natriumdampflampen die tatsächlichen Farben der Autos aus und ließen sie alle gelblich erscheinen.

Die Nacht war kühl. Obwohl es nachmittags und abends nicht geregnet hatte, war die Luft schwer und feucht. In der Ferne grollte der Donner, und ein neuer Sturm schien unterwegs zu sein.

Sie blieb einen Augenblick lang hinter dem Steuer des

VW sitzen und starrte hinauf zu dem Fenster des Mädchens im dritten Stock.

»Was für ein großartiges Kind«, sagte sie laut.

Sie hatte das Gefühl, daß ein ganz besonderer Mensch völlig unerwartet in ihr Leben getreten war.

Gegen Mitternacht kam ein naßkalter Wind aus Westen und ließ die Bäume tanzen. Die sternlose, mondlose, völlig lichtlose Nacht preßte sich eng an das Haus heran und wirkte auf Grace wie etwas Lebendiges; es schnaubte an den Türen und Fenstern.

Es begann zu regnen.

Sie ging ins Bett, als die Uhr im Flur zwölf schlug, und zwanzig Minuten später begann sie über die Schwelle zum Schlaf hinüberzutreiben, als wäre sie ein Blatt, das von kühlen Strömen auf einen großen Wasserfall zugetragen wird. Am Rande, als nur noch die Dunkelheit unter ihr brodelte, hörte sie eine Bewegung im Schlafzimmer und wurde sofort wieder wach.

Eine Reihe von verstohlenen Geräuschen. Leises Kratzen. Rasseln, das schon erstarb, als es begann. Seidenes Rascheln.

Sie setzte sich auf, ihr Pulsschlag beschleunigte sich, und sie öffnete die Schublade des Nachtkästchens. Mit der einen Hand tastete sie blind nach der 22er Pistole, die sie in der Schublade aufbewahrte, und mit der anderen suchte sie leise nach dem Schalter an der Lampe. Sie berührte die Waffe und die Lampe im selben Augenblick.

Bei Licht war die Ursache des Geräusches ganz deutlich zu sehen. Ari saß zusammengekauert oben auf der Kommode und starrte zu ihr herunter, wie wenn er gerade auf das Bett hätte herunterspringen wollen.

»Was machst du hier drin? Du kennst doch die Spielregeln.«

Er blinzelte, bewegte sich jedoch nicht von der Stelle. Seine Muskeln waren angespannt; die Rückenhaare standen ihm zu Berge.

Aus hygienischen Gründen erlaubte sie ihm weder, aufs Küchenbüfett noch in ihr Bett zu klettern; gewöhnlich hielt sie die Tür ihres Schlafzimmers lieber Tag und Nacht fest verschlossen, als ihn in Versuchung zu führen. Seinetwegen mußte sie ohnehin schon jede Woche ein paar Stunden zusätzlich putzen, denn sie wollte nicht, daß es in ihrem Haus auch nur das kleinste bißchen nach Katze roch; außerdem wollte sie ihren Gästen keine Möbel zumuten, die mit Katzenhaaren bedeckt waren. Sie liebte Ari und hatte ihn gern um sich, und im allgemeinen ließ sie ihn trotz der zusätzlichen Arbeit, die sie durch ihn hatte, frei im Haus herumlaufen. Aber sie wollte nicht mit Katzenhaaren im Essen oder im Bett leben.

Sie stand auf und schlüpfte in ihre Hausschuhe.

Ari beobachtete sie.

»Komm sofort da runter«, sagte Grace und schaute mit ihrem strengsten Blick zu ihm hinauf.

Seine Augen leuchteten so blau wie eine Gasflamme.

Grace ging zur Schlafzimmertür, öffnete sie, trat zur Seite und sagte: »Sch!«

Die Muskeln der Katze entspannten sich. Er fiel oben auf der Kommode zu einem pelzigen Klumpen zusammen, als wären seine Knochen geschmolzen. Er gähnte und begann, eine seiner schwarzen Pfoten zu lecken.

»He!« rief sie.

Aristophanes hob den Kopf gleichgültig und spähte zu ihr herunter.

»Raus«, sagte sie grob. »Sofort.«

Als er sich noch immer nicht rührte, ging sie auf die Kommode zu, und endlich brachte sie ihn dazu zu gehorchen. Er sprang herunter und schoß so schnell an ihr vorbei, daß sie keine Zeit hatte, ihm einen Klaps zu verpassen. Er verschwand im Flur, und sie schloß die Tür.

Als sie wieder im Bett lag und das Licht aus war, erinnerte sie sich daran, wie er ausgesehen hatte, als er dort oben auf der Kommode kauerte: Wie er ihr trotzte, auf sie *zielte* mit hochgezogenen Schultern, gesenktem Kopf, gespannten Flanken, aufgeladenem Fell und leuchtendem und fast wahnsinnig wirkendem Blick. Er hatte vorgehabt, auf ihr Bett zu springen und sie zu Tode zu erschrecken; da gab es keinen Zweifel. Aber das war eher die Spielerei eines kleinen Kätzchens; Ari war schon seit drei oder vier Jahren nicht mehr so verspielt, seit er zu einer eher trägen Reife herangewachsen war. Was um Himmels willen war bloß in ihn gefahren?

Jetzt gibt es keinen Zweifel mehr, sagte sie sich. Morgen früh gehen wir als erstes zum Tierarzt. Du lieber Himmel, vielleicht habe ich ja einen schizophrenen Kater im Haus!

Sie sehnte sich nach Ruhe und ließ sich wieder von der Nacht umfangen. Sie ließ sich dahintreiben vom fließenden Geräusch des säuselnden Windes. Schon nach wenigen Minuten wurde sie wieder auf den Wasserfall des Schlafes zugetrieben. Sie schwankte an seiner Schwelle, und es durchzuckte sie ein kurzes Gefühl des Unbehagens, ein Frösteln, das den Bann fast gebrochen hätte, aber dann fiel sie doch hinab in die Dunkelheit.

Sie träumte, daß sie sich langsam durch eine weite Unterwasserlandschaft mit leuchtend bunten Korallen und Seetang und merkwürdigen, hin und her wogenden Pflanzen bewegte. Eine Katze lauerte zwischen den Pflanzen, ein großes Tier, viel größer als ein Tiger, jedoch gefärbt wie eine Siamkatze. Sie sah, wie ihre Glotzaugen sie durch das trübe Meer zwischen wogenden Halmen von Meeresvegetation hindurch anstarrten. Sie hörte, wie ihr tiefes Schnurren durch das Wasser übertragen wurde. Sie hielt immer wieder an auf ihrer Reise unter dem Meer, um eine Reihe gelber Schüsseln mit großzügig bemessenen Portionen Miau Mix zu füllen, in der Hoffnung, die Katze so vielleicht zu besänftigen, aber sie wußte in ihrem tiefsten Inneren, daß das Tier nicht zufrieden sein würde, bevor es nicht seine Krallen in sie gegraben hatte. Sie bewegte sich gleichmäßig an Korallentürmen und Grotten vorbei, über weite Wasserwüsten aus treibendem Sand hinweg, und erwartete, daß die Katze jeden Augenblick fauchend aus ihrem Versteck springen würde, erwartete, daß sie ihr das Gesicht zerfetzen und die Augen aus den Höhlen kratzen würde...

Einmal wachte sie auf und glaubte zu hören, wie Aristophanes hartnäckig an der anderen Seite der geschlossenen Schlafzimmertür kratzte. Aber sie war benommen und konnte ihren Sinnen nicht trauen; sie war nicht in der Lage, sich dem Schlaf völlig zu entwinden, und nach ein paar Sekunden sank sie wieder in den Traum zurück.

Um ein Uhr morgens war der dritte Stock des Krankenhauses so still, daß Harriet Gilbey, die Oberschwester der Nachtschicht, das Gefühl hatte, tief unter der Erde zu sein, in irgendeiner militärischen Anlage, eingesperrt in den steinigen Wurzeln eines Berges, weit weg von der wirklichen Welt und den Alltagsgeräuschen des wirklichen Lebens. Die einzigen Geräusche waren das Flüstern des Heizsystems und das gelegentliche Quietschen der gummibesohlten Schwesternschuhe auf den blank polierten Böden.

Harriet – eine hübsche kleine Negerin in ordentlicher Uniform – war gerade im Schwesternzimmer hinter der Reihe von Aufzügen und trug Daten in die Krankenblätter der Patienten ein, als die Ruhe im dritten Stock unvermittelt durch einen spitzen Schrei erschüttert wurde. Sie kam hinter der Rezeption hervor und eilte den Gang hinunter, auf das schrille Kreischen zu. Es kam aus Zimmer 316. Als Harriet die Tür aufstieß, in den Raum trat und die Deckenlichter anknipste, hörte das Schreien genauso plötzlich wieder auf, wie es begonnen hatte.

Das Mädchen, das sie Jane Doe nannten, lag im Bett, flach auf dem Rücken, einen Arm erhoben und vor dem Gesicht abgewinkelt, als wehre sie einen Schlag ab, und die andere Hand ans Sicherheitsgitter geklammert. Sie hatte die Laken und die Decke zu einem wirren Bündel am Fußende des Bettes zusammengeknüllt, und das Nachthemd war ihr bis über die Hüften hinaufgerutscht. Sie warf den Kopf wild hin und her, schnappte nach Luft und flehte einen eingebildeten Angreifer an: »Nein... nein... nein. Nicht! Bring mich nicht um! Nein!«

Mit sanften Händen, sanfter Stimme und geduldiger Beharrlichkeit versuchte Harriet, das Mädchen zu beruhigen. Anfangs widersetzte sich Jane jeder Hilfe. Sie hatte früher am Abend ein Beruhigungsmittel bekommen. Jetzt fiel es ihr schwer aufzuwachen. Allmählich jedoch schüttelte sie den Alptraum ab und beruhigte sich.

Eine weitere Schwester, Kay Hamilton, tauchte neben Harriet auf. »Was ist passiert? Muß das halbe Stockwerk aufgeweckt haben.«

»Nur ein böser Traum«, meinte Harriet.

Jane blinzelte sie verschlafen an. »Sie hat versucht, mich umzubringen.«

»Immer mit der Ruhe«, sagte Harriet. »Es ist ja bloß ein Traum gewesen. Hier wird dir keiner was tun.«

»Ein Traum?« fragte Jane mit undeutlicher Stimme. »O ja. Nur ein Traum. Puh! Aber was für ein Traum.«

Das dünne weiße Nachthemd und die zerknüllten Laken des Mädchens waren schweißnaß. Harriet und Kay wechselten die Bettwäsche.

Sobald das Bett neu bezogen war, ergab sich Jane dem Beruhigungsmittel. Sie drehte sich zur Seite und murmelte glücklich im Schlaf; sie lächelte sogar.

»Sieht so aus, als ob sie jetzt ein besseres Programm eingeschaltet hätte«, meinte Harriet.

»Armes Kind. Nach allem, was sie durchgemacht hat, hätte sie wenigstens einen guten Schlaf verdient.«

Sie beobachteten sie noch eine Minute und verließen dann das Zimmer, löschten das Licht und schlossen die Tür.

Allein und in einem anderen Traum als dem, der ihr jene Schreie entlockt hatte, seufzte, lächelte und kicherte Jane leise im Tiefschlaf.

»Die Axt«, flüsterte sie im Schlaf. »Die Axt. Oh, die Axt. Ja. Ja.«

Ihre Hände wölbten sich leicht, als hielte sie einen festen, jedoch unsichtbaren Gegenstand umklammert.

»Die Axt«, flüsterte sie, und das zweite jener beiden Wörter hallte sanft durch das dunkle Zimmer.

*Klopf!*

Carol rannte durch das riesige Wohnzimmer, über den Orientteppich, und stieß mit der Hüfte gegen die Kante des Büfetts.

*Klopf! Klopf!*

Sie hastete durch den Bogen in einen langen Flur auf die Treppe zu, die zum ersten Stock führte. Als sie zurück schaute, sah sie, daß das Haus hinter ihr verschwunden und durch ein pechschwarzes Nichts ersetzt worden war, in dem etwas Silbriges hin und her flackerte, hin und her...

*Klopf!*

Plötzlich verstand sie; sie wußte jetzt, was der schimmernde Gegenstand war. Eine Axt. Die Klinge einer Axt. Die funkelte, während sie hin und her schwang.

*Klopf... klopf-klopf...*

Wimmernd kletterte sie die Stufen zum ersten Stock hinauf.

*Klopf... klopf...*

Manchmal schien die Klinge ins Holz zu dringen; es klang trocken und splitternd. Dann wieder klang es ein bißchen anders, als schnitte die Klinge brutal in einen viel weicheren Stoff als Holz, in etwas Feuchtes, Zartes.

In Fleisch?

*Klopf!*

Carol stöhnte im Schlaf, drehte sich ruhelos hin und her, strampelte die Laken von sich.

Dann rannte sie über die Wiese. Vor ihr die Bäume. Hinter ihr das Nichts. Und die Axt. Die Axt.

## 6

Am Freitagmorgen hörte es wieder auf zu regnen, aber alles war in Nebel gehüllt. Das Licht, das durch das Krankenhausfenster drang, war winterlich und öde.

Jane erinnerte sich nur noch undeutlich daran, daß die Schwestern in der Nacht ihr Bettzeug gewechselt und ihr ein frisches Nachthemd für das schweißdurchnäßte gegeben hatten. Ebenso verschwommen erinnerte sie sich daran, daß sie etwas Erschreckendes geträumt hatte, aber sie hatte keine einzige Einzelheit mehr im Kopf.

Sie wußte noch immer nicht ihren Namen oder irgend etwas anderes über sich selbst. Sie konnte sich bis zu dem Unfall am vergangenen Morgen zurückerinnern, vielleicht sogar bis eine oder zwei Minuten vor dem Unfall, aber dahinter war nur eine kahle Wand, wo eigentlich ihre Vergangenheit hätte sein sollen.

Beim Frühstück las sie einen Artikel in einer der Zeitschriften, die Carol Tracy ihr gekauft hatte. Obwohl die Besuchszeit erst am Nachmittag war, freute sich Jane bereits darauf, die Frau wiederzusehen. Dr. Hannaport und die Schwestern waren alle nett, aber keiner von ihnen machte einen so großen Eindruck auf sie wie Carol Tracy. Aus Gründen, die sie nicht verstand, fühlte sie sich bei Dr. Tracy sicherer, freier und weniger beunruhigt über ihren Gedächtnisverlust als bei den anderen. Vielleicht war es das, was man darunter verstand, wenn man sagte, ein Arzt hätte Einfühlungsvermögen.

Kurz nach neun Uhr, als Paul gerade auf der Autobahn in die Stadt fuhr, um die neuen Antragsformulare in O'Brians Büro abzuliefern, setzte der Motor des Pontiac aus. Er stotterte oder keuchte nicht; die Kolben hörten einfach auf zu zünden, während das Auto mit fast achtzig Stundenkilometern dahinsauste. Während die Geschwindigkeit des Pontiac rapide sank, begann die Servolenkung zu blockieren. Der Verkehr zischte rechts und links von ihm mit etwa hundert Sachen vorbei, schneller als die Geschwindigkeitsbegrenzung, zu schnell für das dunstige Wetter. Paul manövrierte den Wagen über zwei Spuren hinweg zum rechten Seitenstreifen der Straße. Jeden Augenblick erwartete er, das kurze Quietschen von Bremsen zu hören und den üblen Aufprall eines anderen Autos zu spüren, aber erstaunlicherweise gelang es ihm, einem Zusammenstoß auszuweichen. Er kämpfte mit dem blockierenden Steuer und brachte den Pontiac an der Böschung zum Stehen.

Er lehnte sich im Sitz zurück und schloß die Augen, bis er sich wieder gefangen hatte. Als er sich schließlich nach vorn beugte und den Zündschlüssel im Schloß drehte, reagierte der Anlasser überhaupt nicht; in der Batterie war kein Saft mehr. Er versuchte es noch ein paarmal und gab dann auf.

Direkt vor ihm war eine Ausfahrt, und weniger als einen Häuserblock davon entfernt befand sich eine Tankstelle. Paul war zu Fuß in zehn Minuten dort.

In der Tankstelle war viel Betrieb, und der Inhaber konnte seinen jungen Gehilfen – einen massigen, rothaarigen jungen Kerl mit offenem Gesicht, der Corky hieß – nicht entbehren, bis der Strom von Kunden sich kurz vor zehn Uhr zu einem Tröpfeln abschwächte. Dann fuhren Paul und Corky mit einem Abschleppwagen zu dem angeschlagenen Pontiac zurück.

Sie versuchten, den Wagen mit Starthilfe wieder flott zu bekommen, aber die Batterie ließ sich nicht aufladen. Sie mußten den Pontiac in die Tankstelle schleppen.

Corky wollte eigentlich innerhalb einer halben Stunde die Batterie ausgewechselt und den Wagen wieder fahrtüchtig gemacht haben. Aber es lag überhaupt nicht an der Batterie, und die Zeit, die für die Reparatur veranschlagt wurde, wurde immer länger. Schließlich fand Corky eine Störung im elektrischen System und beseitigte sie.

Paul saß drei Stunden lang fest und war sich die ganze

Zeit über sicher, daß er innerhalb der nächsten zwanzig oder dreißig Minuten wieder unterwegs sein würde. Aber es war ein Uhr dreißig, als er den Pontiac, den sie nun wieder zum Leben erweckt hatten, schließlich vor der Adoptionsstelle parkte.

Alfred O'Brian kam in die Empfangshalle, um Paul zu begrüßen. Er trug einen gut geschnittenen braunen Anzug, ein ordentlich gebügeltes, cremefarbenes Hemd, ein hübsch zurechtgezupftes Einstecktuch in der Brusttasche seines Jackets und ein Paar blank polierter, brauner, spitzer Schuhe. Er nahm den Antrag entgegen, aber er war nicht sehr zuversichtlich, daß alle erforderlichen Überprüfungen vor dem Treffen des Adoptionsausschusses am kommenden Mittwochmorgen durchgeführt werden könnten.

»Wir werden versuchen, Ihre Papiere im Schnellverfahren zu überprüfen«, teilte er Paul mit. »Wenigstens das bin ich Ihnen schuldig! Aber um die Bestätigungen zu bekommen, müssen wir uns auch an Leute außerhalb dieses Büros wenden, und manche werden die Papiere nicht sofort wieder zurückleiten oder sich nicht antreiben lassen wollen. Es dauert immer mindestens drei volle Werktage, um eine Prüfung vollständig durchzuführen, manchmal vier oder fünf Tage, ja manchmal sogar noch länger. Ich bezweifle also sehr stark, daß wir diese Sitzung des Adoptionsausschusses noch schaffen werden, auch wenn ich das gern täte. Wir müssen Ihren Antrag wahrscheinlich beim zweiten Septembertreffen am Ende des Monats vorlegen. Ich habe ein furchtbar schlechtes Gewissen deswegen, Mr. Tracy. Ich kann Ihnen gar nicht sagen, wie leid mir das tut. Wirklich. Wenn wir die Papiere in dem Durcheinander gestern nicht verloren hätten . . .«

»Machen Sie sich deshalb keine Sorgen«, meinte Paul. »Für den Blitz könnten Sie nichts, und für die Geschichte mit meinem Auto auch nicht. Carol und ich warten jetzt schon so lange darauf, ein Kind zu adoptieren. Da machen noch mal zwei Wochen nun auch nicht mehr viel aus.«

»Sobald Ihre Papiere dem Ausschuß erst einmal vorliegen, wird man den Antrag schnell befürworten«, sagte O'Brian. »Ich bin mir noch bei keinem Paar so sicher gewesen wie bei Ihnen. Und das werde ich auch dem Ausschuß sagen.«

»Das weiß ich zu schätzen«, meinte Paul.

»Wenn wir die Sitzung am Mittwoch nicht schaffen – und ich versichere Ihnen, daß wir unser Möglichstes versuchen werden –, dann bedeutet das nur eine kleine vorübergehende Verzögerung. Nichts, worüber man sich Sorgen machen müßte. Einfach nur Pech.«

Dr. Brad Templeton war ein guter Tierarzt. Grace schien er jedoch immer fehl am Platze, wenn er eine Katze oder einen Hund behandelte. Er war ein massiger Mann, zu dem es wahrscheinlich besser gepaßt hätte, Pferde und Farmtiere in einer Praxis auf dem Lande zu versorgen, wo seine breiten Schultern und muskulösen Arme nützlicher gewesen wären. Er war wohl an die zwei Meter groß, wog um die hundert Kilo und hatte ein rosiges und runzliges, aber liebenswürdiges Gesicht. Als er Aristophanes aus dem gepolsterten Reisekorb herauszog, wirkte die Katze in seinen gewaltigen Händen wie ein Spielzeug.

»Er sieht ganz gesund aus«, meinte Brad und setzte Ari auf den Edelstahltisch in der Mitte der blitzblanken Praxis.

»Er hat sonst noch nie die Möbel zerfetzt, jedenfalls nicht mehr, seit er noch ganz klein war«, sagte Grace. »Er ist auch noch nie ein großer Kletterer gewesen. Aber jetzt hockt er jedesmal, wenn ich mich umdrehe, irgendwo oben drauf und starrt auf mich runter.«

Brad untersuchte Ari, tastete nach angeschwollenen Drüsen und vergrößerten Gelenken. Die Katze ließ all das mit sich geschehen, sogar als Brad ein Rektalthermometer verwendete. »Temperatur normal.«

»*Irgendwas* ist nicht in Ordnung«, meinte Grace eindringlich.

Aristophanes schnurrte, rollte sich auf den Rücken und wollte am Bauch gekrault werden.

Brad kraulte ihn und wurde mit noch lauterem Schnurren belohnt. »Frißt er schlecht?«

»Nein«, sagte Grace. »Er frißt recht gut.«

»Bricht er?«

»Nein.«

»Durchfall?«

»Nein. Keine solchen Symptome. Er ist nur einfach... anders. Er ist überhaupt nicht mehr wie früher. Alle Symptome, die ich aufzählen kann, sind Anzeichen für eine *Persönlichkeits*veränderung, nicht für körperlichen Verfall. Zum Beispiel, daß er die Kissen zerfetzt. Den Dreck auf dem Lehnstuhl hinterläßt. Sein plötzliches Interesse am Klettern. Und in letzter Zeit ist er recht hinterhältig geworden, schleicht die ganze Zeit herum, versteckt sich vor mir und beobachtet mich, wenn er denkt, daß ich ihn nicht sehe.«

»Alle Katzen schleichen gern herum«, sagte Brad und runzelte die Stirn. »Das liegt in ihrer Natur.«

»Ari ist früher nicht rumgeschlichen«, meinte Grace. »Jedenfalls nicht so wie in den vergangenen paar Tagen. Und er ist nicht mehr so zutraulich wie früher. In den letzten zwei Tagen wollte er sich nicht hätscheln oder streicheln lassen.«

Brad runzelte noch immer die Stirn, hob den Blick von der Katze und sah Grace in die Augen. »Aber meine Liebe, sehen Sie ihn sich doch jetzt an.«

Ari lag noch immer auf dem Rücken, ließ sich den Bauch kraulen und genoß es ganz offensichtlich, daß sich alles um ihn drehte. Sein Schwanz wischte über den Stahltisch hin und her. Er hob eine Pfote und tappte spielerisch nach der großen, ledrigen Hand des Arztes.

Seufzend meinte Grace: »Ich weiß schon, was Sie denken. Ich bin eine alte Frau. Und alte Frauen haben manchmal komische Einfälle.«

»Nein, nein, nein. Das habe ich nicht gedacht.«

»Alte Frauen hängen krankhaft an ihren Haustieren,

weil sie manchmal die einzige Gesellschaft sind, die sie haben, ihre einzigen Freunde.«

»Ich bin mir völlig im klaren, daß das auf Sie nicht zutrifft, Grace. Bei all den Freunden, die Sie hier in der Stadt haben. Ich wollte nur...«

Sie lächelte und tätschelte ihm die Wange. »Widersprechen Sie nicht zu heftig, Brad. Ich weiß schon, was Ihnen durch den Kopf geht. Manche alten Frauen haben solche Angst, ihre Haustiere zu verlieren, daß sie glauben, Anzeichen für Krankheiten zu sehen, wo gar keine sind. Ihre Reaktion ist verständlich. Sie beleidigen mich deshalb nicht. Aber es *frustriert* mich, weil ich weiß, daß irgend etwas nicht in Ordnung ist mit Ari.«

Brad sah wieder auf die Katze hinunter, streichelte weiterhin ihren Bauch und fragte: »Bekommt er irgendein neues Futter?«

»Nein. Er bekommt dieselbe Marke Katzenfutter, zu denselben Tageszeiten, und dieselben Mengen, die er immer schon gekriegt hat.«

»Hat die Herstellerfirma in letzter Zeit irgend etwas an dem Produkt verändert?«

»Wie meinen Sie das?«

»Na ja, steht auf der Packung jetzt ›neu, besser‹ oder ›vollerer Geschmack‹ oder so was?«

Sie dachte einen Augenblick nach und schüttelte dann den Kopf. »Ich glaube nicht.«

»Manchmal, wenn die Zusammensetzung sich ändert, kommt ein neues Konservierungsmittel oder ein neuer künstlicher Geschmacks- oder Farbstoff dazu, und manche Tiere reagieren allergisch darauf.«

»Aber wäre das denn keine körperliche Reaktion? Wie ich schon gesagt habe, hier scheint es sich ausschließlich um eine Persönlichkeitsveränderung zu handeln.«

Brad nickte. »Sie wissen sicher, daß Nahrungszusätze bei manchen Kindern Verhaltensprobleme auslösen können. Einige hyperaktive Kinder werden ruhiger, wenn sie nur noch Nahrung ohne die gebräuchlichsten Zusätze bekommen. Auch Tiere können von so etwas betroffen werden. Nach allem, was Sie mir erzählt haben, scheint Aristophanes periodisch hyperaktiv zu sein und auf eine geringfügige Veränderung in der Zusammensetzung seiner Katzennahrung zu reagieren. Wechseln Sie zu einer anderen Marke, warten Sie eine Woche, bis sein Körper von allen Zusätzen gereinigt ist, die ihm vielleicht geschadet haben, dann ist er wahrscheinlich bald wieder ganz der alte Ari.«

»Und wenn nicht?«

»Dann bringen Sie ihn hierher, lassen ihn ein paar Tage bei mir, und ich untersuche ihn dann von oben bis unten. Aber ich rate Ihnen, daß wir es zuerst mit einem Futterwechsel versuchen, bevor wir uns diese ganzen Mühen und Kosten machen.«

Du denkst also doch, na, laß sie mal machen, dachte Grace. Schmeichelst einer alten Dame, damit sie Ruhe gibt.

»Na gut«, meinte sie. »Ich werd's damit versuchen, ihm anderes Futter zu geben. Aber wenn er in einer Woche immer noch nicht wieder der Alte ist, will ich, daß Sie ihn von Kopf bis Fuß durchchecken.«

»Natürlich.«

»Ich will wissen, was los ist.«

Aristophanes schnurrte auf dem Edelstahltisch vor sich hin, zuckte glücklich mit dem Schwanz und sah absolut *normal* aus.

Als Grace später zu Hause gleich hinter der Eingangstür den Verschluß des gepolsterten Reisekorbs aufmachte und den Deckel öffnete, stürzte Aristophanes zischend und fauchend, mit aufgestellten Haaren, zurückgelegten Ohren und wildem Blick aus seinem Gefängnis. Er zerkratzte ihr die Hand und kreischte, als sie ihn wegstieß. Er raste den Flur hinunter und verschwand in der Küche, wo er durch die Katzentür in den Garten hinter dem Haus schlüpfte.

Grace starrte ihre Hand schockiert an. Aris Krallen hatten drei kurze Furchen in den fleischigen Rand ihrer Handfläche gezogen. Blut drang daraus und begann, ihr Handgelenk hinabzutröpfeln.

Carols letzter Termin am Freitag war um ein Uhr: eine fünfzigminütige Sitzung mit Kathy Lombino, einer Fünfzehnjährigen, die dabei war, langsam ihre Magersucht zu überwinden. Vor fünf Monaten, als sie das erstemal zu Carol gekommen war, hatte Kathy nur knappe fünfunddreißig Kilo gewogen, also mindestens fünfzehn Kilo unter dem Idealgewicht. Sie war knapp vor dem Verhungern gewesen; angewidert durch den Anblick, ja schon den Gedanken an Nahrung, hatte sie sich hartnäckig geweigert, mehr als nur hin und wieder einen ungesalzenen Cracker oder eine Scheibe Brot zu essen, und hatte sogar oft noch an diesen kargen Bissen herumgewürgt. Wenn man sie vor einen Spiegel stellte und dazu zwang, sich dem jämmerlichen Anblick ihres ausgezehrten Körpers auszusetzen, meinte sie noch immer, zu dick zu sein, und konnte nicht davon überzeugt werden, daß sie tatsächlich beängstigend dünn war. Ihre Aussichten zu überleben schienen nicht sehr groß. Jetzt wog sie um die vierzig Kilo, also fünf Kilo mehr, zwar immer noch weit unter dem gesunden Gewicht eines Mädchens mit ihrer Größe und ihrem Knochenbau, aber wenigstens bestand jetzt keine Gefahr mehr, daß sie sterben würde. Mangelnde Selbstachtung und zu wenig Selbstbewußtsein waren fast immer der Ursprung von Magersucht, und Kathy begann nun langsam wieder, sich zu mögen – ein sicheres Zeichen dafür, daß sie sich vom Abgrund weg bewegte. Sie hatte noch nicht wieder normalen Appetit; noch immer empfand sie beim Anblick und Geschmack von Nahrung einen leichten Ekel; aber ihre Einstellung hatte sich inzwischen entschieden gebessert, denn jetzt erkannte sie die *Notwendigkeit* des Essens an, auch wenn sie kein Bedürfnis danach hatte. Das Mädchen hatte noch einen langen Weg bis zur völligen Wiederherstellung vor sich, aber das Schlimmste war jetzt vorbei; bald würde sie lernen, das Essen wieder zu genießen, und sie würde schneller zunehmen, als sie es bisher getan hatte und sich auf vielleicht fünfzig Kilo einpendeln. Kathys Fortschritte waren ungeheuer befriedigend für Carol gewesen, und die heutige Sitzung verstärkte diese Befriedigung nur noch. Wie es Sitte geworden war zwischen ihnen, umarmten sie sich am Ende der Sitzung, und Kathy hielt sie länger und enger als gewöhnlich umfaßt. Als das Mädchen das Büro verließ, lächelte sie.

Ein paar Minuten später, um zwei Uhr, fuhr Carol ins Krankenhaus. In dem Geschenkeladen im Foyer kaufte sie ein Set Spielkarten und ein Mini-Damebrett mit pfenniggroßen Steinen, die alle genau in eine Tragebox aus Vinyl paßten.

Droben im Zimmer 316 lief der Fernseher, und Jane las eine Zeitschrift. Sie sah hoch, als Carol eintrat und sagte: »Sie sind tatsächlich gekommen.«

»Hab' ich doch gesagt, oder?«

»Was haben Sie denn da?«

»Karten und ein Damespiel. Ich hab' mir gedacht, die helfen dir vielleicht dabei, die Zeit totzuschlagen.«

»Sie haben doch versprochen, nichts mehr zu kaufen.«

»Hör mal, hab' ich etwa gesagt, daß ich dir die Sachen *schenke*? Nee. Glaubst du vielleicht, daß ich 'ne Memme bin oder was? Ich *leih* sie dir, Kleine. Ich will sie wieder zurück. Und wenn du sie zurückgibst, siehst du besser zu, daß ich sie in genau demselben Zustand wiederkriege, wie sie jetzt sind, sonst zerr' ich dich vors höchste Gericht und verlange Schadenersatz.«

Jane grinste. »Meine Güte, Sie sind ganz schön hart.«

»Ich freß Nägel zum Frühstück.«

»Bleiben Sie denn nicht zwischen den Zähnen stekken?«

»Ich zieh' sie mit ner Zange wieder raus.«

»Haben Sie schon mal Stacheldraht probiert?«

»Noch nie zum Frühstück. Aber ab und zu zum Mittagessen.«

Sie mußten beide lachen, und Carol meinte: »Also, spielst du nun Dame?«

»Ich weiß nicht. Ich kann mich nicht erinnern.«

»Karten?« Das Mädchen zuckte mit den Achseln.

»Du kannst dich immer noch an nichts erinnern?« fragte Carol.

»An gar nichts.«

»Mach dir keine Sorgen. Das kommt schon noch.«

»Meine Familie ist auch noch nicht aufgetaucht.«

»Na ja, du bist ja auch erst seit einem Tag vermißt. Gib ihnen Zeit, dich zu finden. Es ist noch zu früh, um sich darüber Sorgen zu machen.«

Sie spielten dreimal Dame. Jane erinnerte sich an alle Regeln, wußte jedoch nicht mehr, wo oder mit wem sie es früher schon gespielt hatte.

Der Nachmittag verging schnell, und Carol genoß jede Minute. Jane war charmant, intelligent und mit einem guten Sinn für Humor gesegnet. Egal, ob das Spiel Dame, Herz oder Rommé hieß, sie spielte, um zu gewinnen, schmollte aber nie, wenn sie verlor. Es machte Spaß, mit ihr zusammen zu sein.

Der Charme und das angenehme Wesen des Mädchens machten es höchst unwahrscheinlich, daß nicht bald jemand nach ihr fragte. Manche Teenager sind so egoistisch, ständig bekifft, stur und zerstörerisch, daß in manchem Fall der Entschluß auszureißen Vater und Mutter nur einen Seufzer der Erleichterung entlockt. Wenn jedoch ein nettes Kind wie Jane Doe verschwindet, schlagen viele Leute Alarm.

Es muß eine Familie geben, die sie liebt, dachte Carol. Sie ist wahrscheinlich schon ganz verrückt vor Sorge um sie. Über kurz oder lang wird sie auftauchen, vor Erleichterung gleichzeitig weinen und lachen, daß man das Mädchen lebend gefunden hat. Warum aber nicht schon früher? Wo *ist* diese Familie?

Genau um drei Uhr dreißig klingelte es. Als Paul an die Tür ging, traf er dort einen blassen, grauäugigen Mann um die fünfzig an. Er trug eine weite graue Hose, ein fahlgraues Hemd und einen dunkelgrauen Pullover.

»Mr. Tracy?«

»Ja. Kommen Sie von der Firma Sicheres Haus?«

»Genau«, sagte der graue Mann. »Heiße Bill Alsgood. Ich *bin* praktisch das Sichere Haus. Hab' die Firma vor zwei Jahren aus der Taufe gehoben.«

Sie schüttelten sich die Hände, Alsgood trat ein und betrachtete interessiert das Innere des Hauses. »Hübsch. Sie haben Glück, daß ich heute noch gekommen bin. Normalerweise bin ich drei Tage im voraus ausgebucht. Aber als Sie heut morgen angerufen und gesagt haben, daß es ein Notfall ist, hat mir gerade jemand abgesagt.«

»Sie sind Gebäudeprüfer?« fragte Paul, während er die Tür schloß.

»Bauingenieur, um genau zu sein. Unsere Firma schaut sich das Haus an, bevor es verkauft wird, gewöhnlich im Interesse des Käufers und auf seine Kosten. Wir sagen ihm dann, ob er dabei ist, ein Verdrußobjekt zu kaufen – ein undichtes Dach, einen Keller, der ständig unter Wasser steht, ein bröckelndes Fundament, fehlerhaft verlegte elektrische Leitungen, mangelhafte Rohre und solche Sachen. Wir sind voll abgesichert; wenn wir also irgend etwas übersehen sollten, ist unser Kunde sogar dann noch geschützt. Sind Sie Käufer oder Verkäufer?«

»Weder noch«, meinte Paul. »Das Haus gehört mir und meiner Frau, aber wir wollen es nicht verkaufen. Wir haben da so ein Problem mit dem Haus, und ich kann die Ursache einfach nicht genau feststellen. Ich hab' mir gedacht, vielleicht können Sie mir helfen.«

Alsgood hob eine graue Augenbraue. »Wenn ich etwas sagen darf: Sie brauchen eigentlich einen guten Handwerker. Der wäre wesentlich billiger, und wenn er mal rausgefunden hat, was los ist, könnte er es auch gleich selbst wieder in Ordnung bringen. Wir machen keine Reparaturen, wissen Sie. Wir überprüfen nur.«

»Das ist mir schon klar. Ich bin selber nicht ganz ungeschickt, aber ich hab' bis jetzt noch nicht rausfinden können, was los ist oder wie man es wieder in Ordnung bringen könnte. Ich glaube, ich brauche einen fachmännischen Rat, den mir kein Handwerker geben kann.«

»Sie wissen, daß wir zweihundertfünfzig Dollar pro Inspektion berechnen?«

»Ja«, meinte Paul. »Aber es handelt sich um ein außerordentlich ärgerliches Problem, und es könnte ernsthaften Schaden an der Konstruktion des Hauses verursachen.«

»Worum handelt es sich?«

Paul erzählte ihm von den hämmernden Geräuschen, die gelegentlich das Haus erschütterten.

»Das ist aber verdammt merkwürdig«, meinte Alsgood. »Von so einem Problem hab' ich bis jetzt noch nicht gehört.« Er dachte einen Augenblick nach und sagte dann: »Wo befindet sich Ihr Heizkessel?«

»Im Keller.«

»Vielleicht handelt es sich um ein Problem im Heizungsschacht. Ist zwar unwahrscheinlich. Aber wir können da unten anfangen und uns bis zum Dach hocharbeiten, bis wir den Grund gefunden haben.«

Die nächsten beiden Stunden schaute Alsgood in jede Ritze des Hauses, stocherte und tastete und klopfte und untersuchte jeden Quadratzentimeter des Inneren mit den Augen, dann jeden Quadratzentimeter des Daches, während Paul hinter ihm herlief und half, wo er konnte. Als sie noch auf dem Dach waren, begann es, leicht zu regnen, und als sie ihre Arbeit schließlich beendet hatten und herunterkletterten, waren sie beide bis auf die Haut durchnäßt. Alsgood rutschte mit dem linken Fuß auf der letzten Sprosse der Leiter aus, gerade als er auf den vollgesogenen Rasen treten wollte, und er verstauchte sich den Knöchel auf schmerzhafte Weise. Und das ganze Risiko und die Unannehmlichkeiten waren umsonst, weil Alsgood nichts Ungewöhnliches fand.

Um fünf Uhr dreißig wärmten sie sich in der Küche mit Kaffee auf, während Alsgood sein Gutachten ausfüllte. Durchnäßt und verdreckt sah er noch bleicher aus als im ersten Moment, wo Paul ihn gesehen hatte. Der Regen hatte seine grauen Kleider – die einst verschiedene Farbtöne gehabt hatten – in einen einzigen düsteren Schatten verwandelt, so daß er eine schlammfarbene Uniform zu tragen schien. »Im wesentlichen ist es ein solides Haus, Mr. Tracy, der Zustand ist wirklich eins a.«

»Und wo zum Teufel ist dann dieses Geräusch hergekommen? Und warum hat es das ganze Haus erschüttert?«

»Ich wünschte, ich hätte es gehört.«

»Ich war mir sicher, daß es mindestens einmal anfangen würde, während Sie hier sind.«

Alsgood schlürfte seinen Kaffee, aber auch das warme Gebräu verlieh seinen Wangen keine Farbe. »Was die Konstruktion betrifft, fehlt rein gar nichts an dem Haus. Das werde ich auch in mein Gutachten schreiben, und darauf wette ich meinen Ruf.«

»Womit ich wieder bei Null wäre«, meinte Paul und wölbte die Hände um die Kaffeetasse.

»Es tut mir leid, daß Sie jetzt das ganze Geld ausgeben, ohne eigentlich eine Antwort zu bekommen«, meinte Alsgood. »Ich hab' wirklich ein schlechtes Gewissen deswegen.«

»Das ist nicht Ihre Schuld. Ich bin überzeugt, daß Sie gründlich gearbeitet haben. Wenn's jemals so weit kommen sollte, daß ich ein anderes Haus kaufe, werde ich Sie bestimmt beauftragen, es zuerst zu überprüfen. Wenigstens weiß ich jetzt, daß das Problem nicht an der Konstruktion liegt, und das schränkt die Nachforschungsmöglichkeiten immerhin schon ein.«

»Vielleicht hören Sie's ja nicht wieder. Es könnte genauso plötzlich wieder aufhören, wie es angefangen hat.«

»Irgendwie habe ich das Gefühl, daß Sie da unrecht haben«, meinte Paul.

Als Alsgood später ging, sagte er an der Eingangstür: »Mir ist da so ein Gedanke gekommen, aber ich habe meine Bedenken, ihn auszusprechen.«

»Warum?«

»Sie könnten denken, daß das ganze ein bißchen abwegig ist.«

»Mr. Alsgood, ich weiß mir nicht mehr zu helfen. Ich bin bereit, alles in Betracht zu ziehen, egal wie weit hergeholt es auch ist.«

Alsgood sah zur Decke, dann auf den Boden, dann den Flur hinunter, der hinter Paul lag, dann auf seine eigenen Füße. »Ein Geist«, sagte er leise.

Paul starrte ihn überrascht an.

Alsgood räusperte sich nervös, senkte den Blick wieder auf den Boden, erhob ihn dann schließlich und sah Paul in die Augen. »Vielleicht glauben Sie ja nicht an Geister.«

»Tun Sie's denn?« fragte Paul.

»Ja. Ich interessier' mich schon fast mein ganzes Leben für dieses Thema. Ich habe eine große Sammlung von Veröffentlichungen über alle möglichen Arten von Spiritualismus. Ich hab' auch schon selbst ein paar Erlebnisse in Spukhäusern gehabt.«

»Sie haben einen Geist gesehen?«

»Ja, das glaube ich, und zwar viermal. Ektoplasmische Erscheinungen, körperlose, menschenähnliche Formen, die in der Luft dahingetrieben sind. Ich bin auch zweimal Zeuge bei den Auftritten eines Poltergeistes gewesen. Was dieses Haus anbelangt...« Seine Stimme wurde leiser, und er leckte sich nervös die Lippen. »Wenn Sie das ganze für langweilig und albern halten, möchte ich Ihnen natürlich nicht die Zeit stehlen.«

»Ganz offen gestanden«, meinte Paul, »kann ich mir nicht vorstellen, wie ich wegen der ganzen Sache einen Exorzisten zu Rate ziehe. Aber so ganz ablehnend bin ich auch wieder nicht, wenn's um Geister geht. Ich habe zwar meine Schwierigkeiten, das ganze zu glauben, aber ich bin jedenfalls bereit zuzuhören.«

»Das klingt recht vernünftig«, sagte Alsgood. Zum erstenmal, seit er vor mehr als zwei Stunden geklingelt hatte, stieg Farbe in sein milchiges Gesicht, und seine wässrigen Augen strahlten vor Begeisterung. »Also gut. Wir müssen etwas bedenken. Aus dem, was Sie mir erzählt haben, schließe ich, daß hier vielleicht ein Poltergeist sein Unwesen treibt. Natürlich hat hier kein unsichtbarer Geist Gegenstände durch die Luft geschleudert, nichts ist kaputtgegangen, und Poltergeister lieben es über alles, Sachen zu zerstören. Aber daß das Haus gebebt hat, daß Töpfe und Pfannen geklappert haben, daß die kleinen Gläser auf dem Gewürzbord gegeneinander geklirrt sind – das sind alles Anzeichen dafür, daß da ein Poltergeist am Werk ist, und zwar einer, der gerade erst seine Kraft ausprobiert. Wenn es tatsächlich ein Poltergeist ist, können Sie sich noch auf Schlimmeres gefaßt machen. O ja. Ganz bestimmt. Möbel, die sich ganz von allein über den Boden bewegen. Bilder, die von den Wänden fallen, Lampen, die heruntergeworfen werden und kaputtgehen. Geschirr, das durch die Luft fliegt wie Vögel.« Vor Erregung nahm sein bleiches Antlitz plötzlich Farbe an, als er sich dieses übernatürliche Werk der Zerstörung vorstellte. »Schwere Gegenstände wie Sofas und Betten und Kühlschränke schweben umher. Und es gibt auch einige bezeugte Fälle von Leuten, die von *wohlgesonnenen* Poltergeistern heimgesucht werden, die nicht viel kaputt machen; aber der überwiegende Teil von ihnen ist bösartig, und damit müssen Sie sich höchstwahrscheinlich auch auseinandersetzen – wenn Sie tatsächlich einen hier haben sollten.« Er hatte sich jetzt heiß geredet und endete fast atemlos mit dem folgenden Wortschwall: »Auch ein wohlgesonnener Poltergeist kann einen Haushalt völlig aus dem Gleichgewicht bringen, wenn er sehr aktiv ist; er kann Ihren Schlaf stören und Sie so nervös machen, daß Sie nicht mehr wissen, wo Ihnen der Kopf steht.«

Durch diese leidenschaftliche Rede Alsgoods und dieses merkwürdige neue Licht in seinen Augen verschreckt, meinte Paul: »Na ja, so schlimm ist es eigentlich gar nicht. Bei weitem nicht so schlimm. Bloß ein hämmerndes Geräusch und...«

»Es ist *noch* nicht so schlimm«, sagte Alsgood unheilvoll. »Aber wenn Sie hier wirklich einen Poltergeist haben, könnte sich die Lage rapide verschlechtern. Wenn Sie noch nie einen erlebt haben, Mr. Tracy, dann können Sie einfach nicht verstehen, wie das ist.«

Paul bestürzte die Veränderung, die in dem Mann vor sich gegangen war. Er hatte das Gefühl, daß er einem Mann mit gesundem Menschenverstand die Tür aufgemacht hatte, der ihm dann plötzlich wirre religiöse Flugblätter in die Hand drückte und in demselben sprudelnden, unterhaltsamen Tonfall das Nahen des Jüngsten Gerichts verkündete, in dem Donny Osmond wahrscheinlich seine süße kleine Schwester Marie einem lechzenden Publikum von Osmond-Fans vorstellte. Es lag ein beunruhigender Eifer in Alsgoods Benehmen.

»Wenn es sich tatsächlich als Poltergeist erweist«, meinte Alsgood, »wenn sich die Sache tatsächlich deutlich verschlimmert, würden Sie mich dann bitte sofort rufen? Ich habe wie gesagt schon zwei Poltergeister beobachten können. Und ich würde jetzt ausgesprochen gerne sehen, wie noch ein dritter seinen Schabernack treibt. So eine Gelegenheit hat man nicht sehr oft.«

»Das glaube ich Ihnen«, meinte Paul.

»Also rufen Sie mich an?«

»Ich bezweifle sehr, daß hier ein Poltergeist im Spiel ist, Mr. Alsgood. Wenn ich nur lange und gründlich genug suche, werde ich sicher eine völlig logische Erklärung für das finden, was hier vorgeht. Aber für den Fall, daß es doch ein bösartiger Geist sein sollte, können Sie sicher sein: Ich rufe Sie auf der Stelle, wenn der erste Kühlschrank oder das erste Büfett zu schweben anfängt.«

Alsgood konnte nichts Lustiges an ihrer Unterhaltung

finden. Er runzelte die Stirn, als er bemerkte, wie leichtfertig Paul von der Sache sprach, und meinte: »Ich habe auch gar nicht erwartet, daß Sie mich ernst nehmen.«

»Oh, bitte, glauben Sie nicht, daß ich nicht dankbar bin für...«

»Nein, nein«, sagte Alsgood und winkte ab. »Ich verstehe schon. Ich bin Ihnen deswegen nicht böse.« Die Erregung war aus seinen wässrigen Augen verschwunden. »Sie sind dazu erzogen worden, nur an die Wissenschaft zu glauben. Man hat Ihnen beigebracht, nur auf Dinge zu bauen, die man sehen und berühren und messen kann. Das ist eben das moderne Leben.« Er stand mit eingefallenen Schultern da. Die Farbe wich aus seinem Gesicht, und seine Haut wurde wieder fahl, gräulich und schlaff wie vor ein paar Minuten. »Wenn ich von Ihnen verlange, daß Sie dieser Geisterfrage aufgeschlossen gegenüberstehen, ist das genauso sinnlos, wie wenn ich versuche, ein Geschöpf aus den Tiefen des Meeres davon zu überzeugen, daß es so etwas wie Vögel gibt. Das ist traurig, aber wahr, und ich habe keinen Grund, deswegen verärgert zu sein.« Er öffnete die Eingangstür, und das Geräusch des Regens wurde lauter. »Aber egal; in Ihrem Interesse hoffe ich, daß das, was Sie hier haben, kein Poltergeist ist. Ich hoffe, daß Sie die logische Erklärung finden, nach der Sie suchen. Das meine ich ernst, Mr. Tracy.«

Bevor Paul etwas erwidern konnte, drehte sich Alsgood um und trat in den Regen hinaus. Er wirkte jetzt nicht mehr wie ein Fanatiker; keine Spur von Leidenschaft war mehr in ihm. Er war nur noch ein dünner, grauer Mann, der durch den grauen Dunst schlurfte, den Kopf leicht gegen den grauen Regen gebeugt, vom grauen Licht des Sturms beleuchtet; er wirkte fast selbst wie ein Geist.

Paul schloß die Tür, drehte sich um, ließ den Blick über den Flur schweifen und sah durch den Bogen, der ins Wohnzimmer führte. Poltergeist? Hörte sich nicht so wahnsinnig wahrscheinlich an.

Ihm gefiel Alsgoods zweiter Vorschlag besser: daß das

Hämmern vielleicht genauso plötzlich und unerwartet wieder aufhören würde, wie es angefangen hatte, ohne daß die Ursache jemals ergründet wurde.

Er sah auf die Uhr. 6.06 Uhr.

Carol hatte gesagt, daß sie bis acht Uhr im Krankenhaus bleiben und dann spät zum Abendessen heimkommen würde. Das gab ihm noch eine Stunde oder zwei, die er an seinem Roman arbeiten konnte, bevor er anfangen mußte, das Abendessen zu kochen – gebratene Hühnerbrust, gedünstetes Gemüse und Reis mit grünen Paprika.

Er ging hinauf ins Arbeitszimmer und setzte sich an die Schreibmaschine. Er nahm die letzte Seite, die er geschrieben hatte, weil er sie ein paarmal lesen und wieder in Stimmung und Atmosphäre der Geschichte kommen wollte, die er erzählte.

*KLOPF! KLOPF!*

Das Haus erzitterte. Die Fenster klapperten.

Er schoß von seinem Stuhl hoch.

*KLOPF!*

Auf seinem Schreibtisch fiel der Krug mit den Kugelschreibern und Bleistiften um, zerbarst in mehrere Stücke, und der Inhalt ergoß sich über den Boden.

Stille.

Er wartete. Eine Minute. Zwei Minuten.

Nichts.

Es war nichts zu hören außer dem Regen, der gegen die Fenster klatschte und aufs Dach trommelte.

Diesmal nur drei hämmernde Schläge. Stärkere als jemals zuvor. Aber nur drei. Fast als ob jemand da mit ihm ein Spielchen spielte, sich über ihn lustig machte.

Kurz vor Mitternacht lachte das Mädchen in Zimmer 316 leise im Schlaf.

Draußen vor dem Fenster zuckten Blitze, und die Nacht flackerte, und die Dunkelheit schien einen Augenblick lang dahinzugaloppieren, als wäre sie ein riesiges, ungeduldiges Tier.

Das Mädchen drehte sich auf den Bauch, ohne aufzuwachen und murmelte etwas in die Kissen. »Die Axt«, sagte sie mit sehnsüchtigem Seufzen. »Die Axt...«

Genau um Mitternacht, gerade vierzig Minuten, nachdem sie eingeschlafen war, saß Carol kerzengerade im Bett und zitterte heftig. Während sie noch versuchte, sich aus den Klauen des Alptraumes zu befreien, hörte sie jemanden sagen: »Es kommt! Es kommt!« Sie starrte wild in das dunkle Zimmer, ohne etwas zu sehen, bis ihr bewußt wurde, daß jene Stimme voller Panik ihre eigene gewesen war.

Plötzlich konnte sie die Dunkelheit keine Sekunde mehr länger ertragen. Sie tastete verzweifelt nach dem Schalter an der Nachttischlampe, fand ihn und sank vor Erleichterung in sich zusammen.

Das Licht störte Paul nicht. Er murmelte etwas im Schlaf, wachte aber nicht auf.

Carol lehnte sich gegen das Brett am Kopfende des Bettes und lauschte auf ihren rasenden Pulsschlag, der sich langsam wieder normalisierte.

Ihre Hände waren eisig. Sie steckte sie unter die Decke und wölbte sie zu wärmenden Fäusten.

Diese Alpträume müssen aufhören, sagte sie sich. Das kann ich nicht jede Nacht durchmachen. Ich brauche meinen Schlaf.

Vielleicht war ein Urlaub jetzt das richtige. Sie hatte zu lange zu hart gearbeitet. Wahrscheinlich war aufgestaute Müdigkeit schuld an ihren schlechten Träumen. Sie hatte in letzter Zeit auch unter einer Menge unüblichem Streß gelitten: die Adoption, die noch in der Schwebe war, die Ereignisse, die sich am Mittwoch in O'Brians Büro zugetragen hatten und fast tragisch ausgegangen wären, der Unfall vom gestrigen Morgen, der Gedächtnisverlust des Mädchens, für den sie sich verantwortlich fühlte... Wenn man unter zu großer Anspannung lebte, konnte das außerordentlich lebhafte Alpträume von der Art hervorrufen, wie sie sie erfuhr. Eine Woche in den Bergen, weit weg von den Alltagsproblemen, schien das perfekte Heilmittel.

Noch zusätzlich zu all dem anderen Streß stand *jener* Tag bevor, der Geburtstag des Kindes, das sie zur Adoption freigegeben hatte. Morgen in einer Woche, am übernächsten Samstag, würden es sechzehn Jahre sein, daß sie auf das Baby verzichtet hatte. Schon acht Tage vor diesem Jahrestag lastete die Schuld wie ein schwerer Mantel auf ihren Schultern. Wenn der nächste Samstag schließlich kam, war sie höchstwahrscheinlich zutiefst deprimiert, wie jedesmal. Eine Woche in den Bergen, weit weg von den Alltagsproblemen, war vielleicht auch für *jenes* Leiden das perfekte Heilmittel.

Im vergangenen Jahr hatten sie und Paul eine Ferienhütte mit einem Morgen Wald in den Bergen gekauft. Es war gemütlich dort – zwei Schlafzimmer, ein Bad, ein Wohnzimmer mit einem großen Steinkamin und eine voll ausgestattete Küche; ein Zufluchtsort, der alle Annehmlichkeiten der Zivilisation mit denen vereinte, die man in der Stadt nicht finden konnte, frischer Luft, wundervoller Landschaft und Ruhe.

Sie hatten eigentlich vorgehabt, im Sommer mindestens zwei Wochenenden pro Monat zu der Hütte zu fahren, aber sie hatten es in den vergangenen vier Monaten nur dreimal geschafft, nur halb so oft, wie sie gehofft hatten. Paul hatte hart gearbeitet, um eine Reihe von Zielen zu erreichen, die er sich für seinen Roman gesteckt hatte, und sie hatte noch mehr Patienten angenommen – ein paar Kinder mit wirklichen Sorgen, die man einfach nicht abweisen konnte; sowohl bei Paul als auch bei ihr selbst füllte die Arbeit inzwischen jeden freien Augenblick aus. Vielleicht leisteten sie wirklich zuviel, wie O'Brian vermutete.

Aber wir werden das ändern, wenn wir erst ein Kind haben, sagte sich Carol. Wir schaufeln uns eine Menge Zeit frei und machen Familienausflüge, weil wir uns auf die Aufgabe, für unser Kind die bestmögliche Umgebung zu schaffen, viel mehr freuen als auf jede andere.

Als sie so aufrecht im Bett saß und den gräßlichen Alptraum noch lebhaft in Erinnerung hatte, beschloß sie, ihr Leben sofort zu verändern. Sie *würden* sich ein paar Tage frei nehmen, vielleicht sogar eine ganze Woche, und noch vor der Sitzung des Adoptionsausschusses Ende dieses Monats in die Berge fahren, so daß sie ausgeruht und gefaßt wären, wenn sie endlich dem Kind gegenüberstanden, das von nun an das ihre sein würde. Sie würde etwas Zeit brauchen, um ihre Termine neu zu organisieren. Außerdem wollte sie die Stadt nicht verlassen, bevor Jane Does Eltern auftauchten und das Mädchen ordnungsgemäß identifizierten; das würde vielleicht noch ein paar Tage dauern. Aber sie konnten eine große Scheibe Zeit aus der übernächsten Woche herausschneiden; und sie beschloß, Paul deswegen sofort am nächsten Morgen anzutreiben.

Als sie diesen Beschluß gefaßt hatte, fühlte sie sich besser. Allein schon die Aussicht auf Urlaub, wenn auch nur kurzen, nahm viel von ihrer Spannung.

Sie sah Paul an und sagte: »Ich liebe dich.«

Er schnarchte leise weiter.

Lächelnd knipste sie das Licht aus und machte es sich wieder unter der Decke bequem. Sie lauschte ein paar Minuten lang auf den Regen und auf das rhythmische Atmen ihres Mannes; dann verfiel sie in gesunden, erholsamen Schlaf.

Den ganzen Samstag fiel Regen und rundete eine monotone, wässrige sonnenlose Woche ab. Es war ein kühler Tag, und es blies ein schneidender Wind.

Carol besuchte Jane am Samstagnachmittag im Krankenhaus. Sie spielten Karten und unterhielten sich über einige Artikel, die das Mädchen in den Magazinen gelesen hatte, die ihr Carol gekauft hatte. In jeder Unterhaltung, egal, worum es ging, arbeitete Carol fortwährend, jedoch mit Feingefühl daran, die Amnesie des Mädchens abzubauen, und regte ihr Gedächtnis an, ohne sie erkennen zu lassen, daß sie angeregt wurde. Aber es war alles vergebene Liebesmühe, denn Jane hatte keinen Zugriff zu ihrer Vergangenheit.

Am Ende der nachmittäglichen Besuchszeit, als Carol gerade auf die Aufzüge im dritten Stock zuging, traf sie Dr. Hannaport im Flur.

»Hat die Polizei bis jetzt denn noch keinerlei Hinweise?« fragte sie.

Er zog die breiten Schultern hoch. »Noch nicht.«

»Der Unfall ist jetzt schon über zwei Tage her.«

»Das ist noch nicht so lang.«

»Für das arme Kind da drinnen ist das wie eine Ewigkeit«, meinte Carol und zeigte dabei auf die Tür von Zimmer 316.

»Ich weiß«, sagte Hannaport. »Und mir tut das genauso leid wie Ihnen. Aber es ist noch zu früh, um pessimistisch zu sein.«

»Wenn *ich* so ein Mädchen hätte, und wenn *mein* Kind nur einen einzigen Tag vermißt wäre, würde ich der Polizei schon Beine machen; ich würde verdammt noch mal dafür sorgen, daß die Geschichte in allen Zeitungen wäre, und ich würde an alle Türen klopfen und allen Leuten in der Stadt auf die Nerven fallen.«

Hannaport nickte. »Das weiß ich. Ich habe gesehen, wie Sie vorgehen, und das bewundere ich. Und glauben Sie mir, daß Sie das Mädchen besuchen, trägt 'ne Menge dazu bei, daß sie die gute Laune nicht verliert. Es ist nett von Ihnen, daß Sie sich so viel Zeit für sie nehmen.«

»Na ja, ich bin nicht auf ein Dankesessen aus«, meinte Carol. »Ich glaube nicht, daß ich mehr tue, als ich sollte. Ich meine, ich bin hier verantwortlich.«

Eine Schwester schob einen Patienten im Rollstuhl vorbei. Carol und Hannaport traten zur Seite.

»Wenigstens scheint Jane in guter körperlicher Verfassung zu sein«, sagte Carol.

»Wie ich Ihnen schon am Mittwoch gesagt habe – sie hat keine ernsthaften Verletzungen. Gerade weil sie in so guter Verfassung ist, stellt sie für uns ein Problem dar. Eigentlich gehört sie nicht ins Krankenhaus. Ich hoffe nur, daß ihre Eltern auftauchen, bevor ich gezwungen bin, sie zu entlassen.«

»Sie zu entlassen? Aber das können Sie doch nicht machen, wenn sie nirgendwo hin kann. Sie kommt draußen doch nicht zurecht. In Gottes Namen, sie weiß doch nicht einmal, wer sie ist!«

»Natürlich behalte ich sie solange hier, wie ich nur irgend kann. Aber heute am späten Abend oder morgen früh werden wahrscheinlich alle unsere Betten belegt sein. Und wenn dann die Anzahl der eingelieferten Notfälle die der bereits geplanten Entlassungen übersteigt, müssen wir nach ein paar anderen Patienten suchen, die ohne Problem entlassen werden können. Und Jane gehört ganz sicher dazu. Wenn irgendeiner hier eingeliefert wird, der sich bei einem Autounfall den Schädel gebrochen hat, oder wenn ein Notarztwagen eine Frau bringt, die von ihrem eifersüchtigen Freund niedergestochen worden ist, kann ich es nicht verantworten, ernsthaft verletzte Leute abzuweisen, während ich ein vollkommen gesundes Mädchen hier behalte, die bloß eine Prellung an der linken Schulter hat.«

»Aber ihr Gedächtnisverlust...«

»Ist etwas, was wir ohnehin nicht behandeln können.«

»Aber sie kann doch nirgends hin«, meinte Carol. »Was passiert denn dann mit ihr?«

Hannaport sagte mit seiner leisen, beruhigenden Stimme: »Es wird schon für sie gesorgt. Wirklich. Wir lassen sie nicht so einfach im Stich. Wir beantragen, daß ein Vormund für sie bestellt wird, bis ihre Eltern auftauchen. Und in der Zwischenzeit wird man sich in einem Heim mit medizinischer Versorgung genauso gut um sie kümmern wie hier.«

»Von was für einem Heim sprechen Sie?«

»Nur drei Häuserblocks von hier entfernt gibt es ein Mädchenheim für Ausreißer und schwangere Teenager, und das ist weit sauberer und besser geführt als die normalen staatlichen Heime.«

»Das Polmar-Haus«, meinte Carol, »das kenne ich.«

»Dann wissen Sie auch, daß es weder ein Verlies noch eine Bruchbude ist.«

»Mir gefällt es aber trotzdem nicht, daß sie hier weg soll«, meinte Carol. »Sie wird das Gefühl haben, daß man sie einfach abschiebt, vergißt und verkommen läßt. Sie ist jetzt ohnehin schon ziemlich wackelig. Und das wird sie halb zu Tode erschrecken.«

Hannaport runzelte die Stirn und meinte: »Mir gefällt das auch nicht sehr, aber ich habe wirklich keine Wahl. Wenn wir zu wenige Betten haben, schreibt das Gesetz vor, daß wir die Notlage in unsere Überlegungen einbeziehen und jene Patienten aufnehmen, die am schlimmsten dran sind. Ich bin in einer Zwickmühle.«

»Ich verstehe. Ich mache Ihnen ja auch keine Vorwürfe. Verdammt noch mal, wenn doch nur jemand von ihrer Familie auftauchen würde!«

»Das kann doch auch jede Minute passieren.«

Carol schüttelte den Kopf. »Nein, ich habe das Gefühl, daß es nicht so einfach sein wird. Haben Sie es Jane schon gesagt?«

»Nein. Wir reichen den Antrag nicht vor Montag bei Gericht ein, also kann ich genausogut noch bis morgen warten, um es ihr zu erklären. Vielleicht geschieht bis dahin noch etwas, wodurch das sowieso unnötig wird. Hat keinen Sinn, sie zu beunruhigen, bevor es nicht unbedingt sein muß.«

Carol war deprimiert und erinnerte sich an ihre eigene Zeit in einem staatlichen Heim, bevor Grace gekommen war und sie gerettet hatte. Sie war ein robustes Kind gewesen, war auf der Straße daheim gewesen, aber diese Erfahrungen hatten trotzdem Narben hinterlassen. Jane war intelligent und lebhaft und stark und lieb, aber sie war nicht robust, nicht wie es Carol in ihrem Alter gewesen war. Was würde ihr das Heimleben antun, wenn sie es mehr als ein oder zwei Tage ertragen mußte? Wenn man sie einfach zu Kindern steckte, die sich tatsächlich auf der Straße zu Hause fühlten, zu Kindern, die Drogen- und Verhaltensprobleme hatten, würde sie höchstwahrscheinlich das Opfer spielen müssen, vielleicht sogar auf gewaltsame Art. Was sie brauchte, war ein richtiges Zuhause, Liebe, Führung...

»Natürlich!« meinte Carol und grinste.

Hannaport sah sie fragend an.

»Warum kann sie nicht mit *mir* mitkommen?« fragte Carol.

»Was?«

»Sehen Sie, Dr. Hannaport, wenn es Paul, meinem Mann, nichts ausmacht, warum könnten Sie dem Gericht nicht vorschlagen, daß man mir vorübergehend das Sorgerecht für Jane zuerkennt, bis jemand auftaucht, der sie identifizieren kann?«

»Überlegen Sie sich das lieber gründlich«, meinte Hannaport. »Wenn Sie sie aufnehmen und Ihr eigenes Leben damit umkrempeln...«

»Das werden wir schon nicht«, antwortete Carol. »Es wird uns ein Vergnügen sein. Sie ist ein reizendes Kind.«

Hannaport starrte sie einen langen Augenblick an und musterte ihre Augen und ihr Gesicht.

»Schließlich«, argumentierte Carol so überzeugend weiter, wie sie nur konnte, »ist doch der einzige Arzt, der Janes Gedächtnisverlust heilen könnte, ein Psychiater. Und falls Sie es vergessen haben, genau das bin ich. Ich könnte ihr nicht nur ein anständiges Zuhause bieten; ich könnte sie auch intensiv behandeln.«

Schließlich lächelte Hannaport. »Ich denke, das ist ein großartiges und großzügiges Angebot, Dr. Tracy.«

»Dann empfehlen Sie uns also dem Gericht?«

»Ja. Natürlich können Sie nie sicher sein, was ein Richter macht. Aber ich denke, es besteht eine ziemlich gute

Chance, daß er sieht, wo die Interessen des Mädchens am besten gewahrt werden.«

Ein paar Minuten später telefonierte Carol von einer Telefonzelle im Krankenhausfoyer aus mit Paul. Sie erzählte ihm von der Unterhaltung mit Dr. Hannaport, aber noch bevor sie bei der großen Frage angelangt war, unterbrach Paul sie. »Du willst Jane bei uns aufnehmen«, sagte er.

Überrascht meinte Carol »Wie hast du das erraten?«

Er lachte. »Ich kenn' dich doch, Süßes. Wenn's um Kinder geht, wird dein Herz weich wie Vanillepudding.«

»Sie wird dir nicht im Weg sein«, sagte Carol schnell. »Sie wird dich nicht vom Schreiben abhalten. Und jetzt, wo O'Brian unseren Adoptionsantrag nicht vor Ende des Monats vorlegen kann, besteht keine Gefahr, daß wir uns um *zwei* Kinder kümmern müssen. Vielleicht war die Verzögerung bei der Agentur ja sogar ein Wink des Schicksals – damit wir einen Platz für Jane haben, bis ihre Leute auftauchen. Es ist nur vorübergehend, Paul. Wirklich. Und wir...«

»Schon gut, schon gut«, meinte er. »Du mußt mir die ganze Sache nicht aufschwatzen. Ich bin einverstanden mit dem Plan.«

»Wenn du gern zuerst herkommen und Jane kennenlernen willst, ist das...«

»Nein, nein. Ich bin sicher, daß sie genauso ist, wie du sie beschrieben hast. Vergiß aber nicht, daß du in einer Woche oder so in die Berge fahren wolltest.«

»Vielleicht ist Jane nicht mal so lange bei uns. Und wenn doch, können wir sie wahrscheinlich mitnehmen, wenn wir dem Gericht zuerst mitteilen, wohin wir fahren.«

»Wann müssen wir vor Gericht erscheinen?«

»Das weiß ich nicht. Wahrscheinlich Montag oder Dienstag.«

»Dann werd' ich dort mein bestes Benehmen zur Schau stellen«, meinte Paul.

»Und wasch dich hinter den Ohren, ja?«

»Gut. Und ich werde sogar Schuhe tragen.«

Grinsend meinte Carol: »Und bohr vor dem Richter nicht in der Nase.«

»Nur wenn er selbst damit anfängt.«

Sie meinte: »Ich liebe dich, Dr. Tracy.«

»Und ich liebe *dich*, Dr. Tracy.«

Als sie den Hörer auflegte und sich von der Telefonzelle abwandte, fühlte sie sich wundervoll. Nicht einmal die schreiende Inneneinrichtung des Besucherfoyers konnte ihr jetzt noch auf die Nerven gehen.

In jener Nacht war kein hämmerndes Geräusch im Haus der Tracys zu hören, kein Anzeichen des Poltergeistes, vor dem Mr. Alsgood Paul gewarnt hatte. Auch am nächsten Tag gab es keine Störung und ebensowenig am folgenden Tag. Das merkwürdige Geräusch und die Erschütterungen hatten auf genauso unerklärliche Weise aufgehört, wie sie begonnen hatten.

Carol hatte auch keine Alpträume mehr. Sie schlief tief und friedlich und ohne Unterbrechung. Bald hatte sie die funkelnde Schneide der Axt vergessen, die in jenem merkwürdigen Nichts hin- und herschwang.

Sogar das Wetter wurde besser. Die Wolken lösten sich am Sonntag auf. Der Montag war sommerlich und blau.

Am Dienstagnachmittag, während Paul und Carol bei Gericht waren, um vorübergehend das Sorgerecht für Jane Doe zu erhalten, putzte Grace Mitowski gerade ihre Küche. Sie hatte soeben den Kühlschrank oben abgewischt, als das Telefon klingelte.

»Hallo.«

Keine Antwort.

»Hallo«, sagte sie noch einmal.

Die dünne, flüsternde Stimme eines Mannes sagte: »Gracie...«

»Ja?«

Seine Worte klangen gedämpft, und es hallte wider in der Leitung, als redete er in eine Blechdose hinein.

»Ich kann Sie nicht verstehen«, sagte sie. »Könnten Sie etwas lauter sprechen?«

Er versuchte es, aber wieder verloren sich die Worte. Sie schienen aus gewaltiger Entfernung zu kommen, über einen unvorstellbar weiten Abgrund.

»Die Verbindung ist furchtbar«, sagte sie. »Sie müssen lauter sprechen.«

»Grace«, sagte er, und die Stimme war nur wenig lauter. »Grace... es ist fast schon zu spät. Du mußt... schnell machen. Du mußt... verhindern, daß es... wieder passiert.« Es war eine trockene, spröde Stimme; sie brach wiederholt, wie tote Herbstblätter, die man zertritt. »Es ist fast schon zu spät... zu spät...«

Sie erkannte die Stimme und erstarrte. Ihre Hand krampfte sich um den Hörer, und sie bekam keine Luft mehr.

»Gracie... das kann nicht ewig so weitergehen. Du mußt dem ganzen... ein Ende machen. Beschütze sie, Gracie. Beschütze sie...«

Die Stimme verlor sich.

Es herrschte Stille. Aber nicht die Stille einer freien Telefonleitung. Es war keinerlei Rauschen zu hören. Kein elektronisches Piepen im Hintergrund. Es war eine vollkommene Stille, die nicht einmal vom leisesten Klicken oder Pfeifen in den elektrischen Leitungen gestört wurde. Eine ungeheuere Stille. Endlos.

Sie legte den Hörer auf.

Sie begann zu zittern.

Sie ging zum Schrank und holte die Flasche Scotch heraus, die sie dort für Gäste aufbewahrte. Sie goß sich einen Doppelten ein und setzte sich an den Küchentisch.

Der Alkohol wärmte sie nicht. Es fröstelte sie noch immer.

Die Stimme am Telefon war die Leonards gewesen. Ihres Mannes. Er war seit achtzehn Jahren tot.

# TEIL ZWEI

# Das Böse weilt unter uns...

Das Böse ist kein Fremder ohne Gesicht,
der in der Ferne lebt.
Das Böse hat ein nettes, vertrautes Gesicht
mit fröhlichen Augen und offenem Lächeln.
Das Böse weilt unter uns, trägt eine Maske,
die aussieht wie unser aller Gesicht.

*Das Buch der Klagen*

# 7

Am Dienstag kehrte Paul, nachdem sie das vorläufige Sorgerecht für Jane Doe erhalten hatten, nach Hause zurück, um an seinem Roman zu arbeiten, und Carol ging mit dem Mädchen zum Einkaufen. Weil Jane keine anderen Kleider hatte als die, die sie getragen hatte, als sie am vergangenen Donnerstagmorgen vor die Räder des Volkswagens gelaufen war, brauchte sie eine Menge Sachen, selbst wenn es nur für ein paar Tage war. Es war ihr peinlich, Carols Geld auszugeben, und am Anfang zögerte sie zuzugeben, daß ihr etwas, das sie sah, gefiel oder daß irgend etwas ihr wirklich gut paßte.

Schließlich meinte Carol: »Kleines, du *brauchst* das Zeug, also entspann dich und laß es mich für dich kaufen. Okay? Auf lange Sicht werde ich's sowieso nicht bezahlen. Ich werde es höchstwahrscheinlich entweder von deinen Eltern, dem Pflegekinderprogramm oder von irgendeiner anderen Stelle unseres Kreises zurückbekommen.«

Dieses Argument wirkte. Nun erwarben sie schnell ein paar Jeans, einige Blusen, Unterwäsche, ein gutes Paar Turnschuhe, Socken, einen Pullover und eine Windjacke.

Als sie nach Hause kamen, war Jane beeindruckt von dem Tudor-Haus mit den Bleiglasfenstern, dem Dach mit den vielen Giebeln und dem Mauerwerk. Sie verliebte sich sofort in das Gästezimmer, in dem sie bleiben sollte. Es hatte eine gewölbte Decke, eine lange Fensterbank, die ein Erkerfenster säumte, und eine Wand mit einem Spiegelschrank. Es war ganz in tiefblau und hellbeige gehalten und mit polierten Kirschholzmöbeln aus der Zeit Queen Annes ausgestattet. »Ist das wirklich bloß ein Gästezimmer?« fragte Jane ungläubig. »Ihr benutzt es nicht regelmäßig? Mann, wenn das mein Haus wäre, würde ich mich die ganze Zeit hier aufhalten! Ich würde nur dasitzen und jeden Tag ein bißchen lesen – dort im Fenster sitzen und lesen und die Atmosphäre einsaugen.«

Carol hatte das Zimmer immer gemocht, aber mit Janes Augen sah sie es ganz anders und wußte es neu zu schätzen. Während sie das Mädchen beobachtete, wie sie die Dinge untersuchte – die Schranktüren aufschob, den Ausblick von jedem Winkel des Erkerfensters aus überprüfte, ausprobierte, wie hart die Matratze auf dem französischen Bett war –, kam Carol zu Bewußtsein, daß es mit zu den Vorteilen gehörte, Kinder zu haben, wie ihre unschuldigen, spontanen Reaktionen auf alles auch ihre Eltern jung und aufgeschlossen erhalten konnten.

An jenem Abend kochten Carol, Paul und Jane gemeinsam das Abendessen. Das Mädchen paßte sich ohne Schwierigkeiten sofort an, auch wenn sie noch etwas scheu war. In der Küche und am Eßtisch gab es viel zu lachen.

Nach dem Essen begann Jane abzuwaschen, während Carol und Paul den Tisch abräumten. Als sie einen Augenblick lang allein im Eßzimmer waren, meinte Paul leise: »Sie ist ein tolles Kind.«

»Hab' ich dir das nicht gleich gesagt?«

»Ist trotzdem seltsam.«

»Was?«

»Seit ich sie heute nachmittag vor dem Gerichtssaal gesehen habe«, meinte Paul, »habe ich das Gefühl, daß ich sie irgendwoher kenne.«

»Woher?«

Er schüttelte den Kopf. »Wenn ich das verdammt noch mal wüßte. Aber ihr Gesicht kommt mir irgendwie bekannt vor.«

Den ganzen Dienstagnachmittag rechnete Grace damit, daß das Telefon wieder klingeln würde.

Sie hatte Angst davor abzuheben.

Sie versuchte, ihre Nervosität abzureagieren, indem sie das Haus putzte. Sie schrubbte den Küchenboden, staubte die Möbel in allen Räumen ab und kehrte alle Teppiche.

Aber sie mußte immer an den Anruf denken: die Stimme, die so trocken wie Papier und durch das Echo verzerrt gewesen war und geklungen hatte wie Leonard; die merkwürdigen Dinge, die er gesagt hatte; die unheimliche Stille, nachdem er aufgehört hatte zu sprechen; das beunruhigende Gefühl gewaltiger Entfernung, ein unvorstellbar weiter Abgrund in Zeit und Raum...

Es mußte ein Scherz gewesen sein. Aber wer war wohl dafür verantwortlich? Und warum sollte jemand sie quälen, indem er Leonards Stimme nachahmte, achtzehn Jahre, nachdem der Mann gestorben war? Worin lag der Sinn, *jetzt* so ein Spielchen mit ihr zu treiben, wo schon so viel Zeit vergangen war?

Sie versuchte, sich von dem Anruf abzulenken, indem sie Apfelküchlein backte. Dicke, knusprige Küchlein – mit Zimt, Milch und ein wenig Zucker – waren ihr Lieblingsnachtessen, denn sie war in Lancaster geboren und aufgewachsen, im Herzen des Dutch County in Pennsylvania, wo man diese Speise als eigenständige Mahlzeit betrachtete. Aber an jenem Dienstagabend hatte sie keinen Appetit, nicht einmal auf Küchlein. Sie aß ein paar Bissen, aber sie schaffte nicht einmal ein halbes Küchlein, obwohl sie normalerweise zwei ganze pro Mahlzeit aß.

Sie stocherte noch immer gleichgültig in ihrem Essen herum, als das Telefon klingelte.

Ihr Kopf fuhr mit einem Ruck hoch. Sie starrte auf das Telefon, das über dem kleinen, eingebauten Arbeitstisch neben dem Kühlschrank angebracht war.

Es klingelte wieder. Und wieder.

Zitternd stand sie auf, ging zum Telefon und hob den Hörer ab.

»Gracie...«

Die Stimme war schwach, aber zu verstehen.

»Gracie... es ist fast schon zu spät.«

Es war er. Leonard. Oder jemand, der genauso klang, wie Leonard damals geklungen hatte.

Sie konnte ihm nicht antworten. Die Kehle schnürte sich ihr zu.

»Gracie...«

Die Beine schienen unter ihr wegzuschmelzen. Sie zog den Stuhl unter dem Tisch hervor und setzte sich schnell hin.

»Gracie... du mußt verhindern, daß es wieder passiert. Es darf nicht... immer... so weitergehen... jedesmal wieder... das Blut... der Mord...«

Sie schloß die Augen, zwang sich zu sprechen. Ihre Stimme klang schwach und zittrig. Sie erkannte sie selbst nicht wieder. Es war die Stimme einer Fremden – einer müden, erschreckten, schwachen alten Frau. »Wer spricht da?«

Die wispernde, vibrierende Stimme am Telefon sagte: »Beschütze sie, Gracie.«

»Was wollen Sie von mir?«

»Beschütze sie.«

»Warum tun Sie das?«

»Beschütze sie.«

»Beschütze wen?« fragte sie.

»Willa. Beschütze Willa.«

Sie war noch immer verängstigt und verwirrt, aber nun begann sie auch, ärgerlich zu werden. »Ich *kenne* niemanden, der Willa heißt, verdammt noch mal! Wer spricht denn da?«

»Leonard.«

»Nein! Glauben Sie vielleicht, ich bin eine tattrige, altersschwache Närrin? Leonard ist tot. Schon seit achtzehn Jahren! Sie sind nicht Leonard. Was für ein Spielchen spielen Sie da mit mir?«

Sie wollte auflegen, und sie wußte auch, daß das das Beste war bei so einem komischen Kauz, aber sie schaffte es einfach nicht. Er klang so sehr wie Leonard, daß sie durch seine Stimme wie hypnotisiert war.

Nun sprach er wieder, viel leiser als vorher, aber sie konnte ihn noch immer hören. »Beschütze Willa.«

»Ich sage Ihnen doch, ich kenne sie nicht. Und wenn Sie mich weiterhin wegen dieses Blödsinns anrufen, werde ich der Polizei sagen, daß so ein Scherzbold...«

»Carol... Carol«, sagte der Mann, und seine Stimme wurde mit jeder Silbe leiser. »Willa... aber ihr nennt sie... Carol.«

»Was zum Teufel geht hier vor?«

»Sieh dich vor... die Katze.«

»Was?«

Die Stimme war jetzt so weit entfernt, daß sie sich anstrengen mußte, sie zu verstehen. »Die... Katze...«

»Aristophanes? Was ist mit ihm? Haben Sie etwas mit ihm angestellt? Haben Sie ihm Gift ins Fressen getan? Ist er deswegen in letzter Zeit so komisch?«

Keine Antwort.

»Sind Sie noch dran?«

Nichts.

»Was ist mit der Katze?« fragte sie.

Keine Antwort.

Sie lauschte auf die vollkommene Stille, und sie begann so heftig zu zittern, daß sie Schwierigkeiten hatte, den Hörer zu halten. »Wer sind Sie? Warum quälen Sie mich so? Warum wollen Sie Aristophanes etwas antun?«

Weit, weit entfernt stieß die schmerzlich vertraute Stimme ihres längst verstorbenen Mannes schließlich einige fast unverständliche Worte hervor. »Ich wünschte... ich könnte da sein... und Apfelküchlein essen.«

Sie hatten vergessen, einen Pyjama für Jane zu kaufen. Also ging sie mit Kniestrümpfen, Slip und einem von Carols T-Shirts, das ihr ein bißchen zu groß war, schlafen.

»Was steht morgen auf dem Programm?« fragte sie, nachdem sie ins Bett gesteckt worden war und ihr Kopf auf einem dicken Kissen ruhte.

Carol saß auf der Bettkante. »Ich hab' mir gedacht, wir

könnten mit einem Behandlungsprogramm anfangen, das dazu dient, deinen Gedächtnisblock aufzubrechen.«

»Was für eine Behandlung?«

»Weißt du, was hypnotische Regressionstherapie bedeutet?«

Jane hatte plötzlich Angst. Sie hatte schon mehrmals seit dem Unfall den bewußten und überlegten Versuch unternommen, sich daran zu erinnern, wer sie war, aber jedesmal, wenn sie spürte, daß sie sich einer beunruhigenden Offenbarung näherte, war es ihr schwindlig geworden, hatte sie sich orientierungslos gefühlt und voller Panik. Wenn sie ihren Verstand zurück zwang, zurück, zurück zur Wahrheit, schnitt ein psychologischer Schutzmechanismus ihre Neugierde genauso unvermittelt ab wie ein Würger ihr die Luft abgeschnitten hätte. Und jedesmal sah sie an der Klippe zum Unterbewußten einen silbrigen Gegenstand, der durch die Schwärze hin- und herschwang, eine völlig unerklärliche Vision, die ihr jedoch das Blut in den Adern gefrieren ließ. Sie ahnte, daß es etwas Gräßliches in ihrer Vergangenheit geben mußte, etwas, das so furchtbar war, daß es besser war, sich *nicht* daran zu erinnern. Sie hatte sich gerade mehr oder minder dafür entschieden, nicht nach dem zu suchen, was sie verloren hatte, und ihr neues Leben als namenlose Waise zu akzeptieren, auch wenn es vielleicht voller Mühsal sein würde. Aber durch die hypnotische Regressionstherapie konnte sie vielleicht dazu gezwungen werden, sich mit dem Gespenst ihrer Vergangenheit auseinanderzusetzen, ob sie das nun wollte oder nicht. Und diese Aussicht erfüllte sie mit Grauen.

»Bist du in Ordnung?« fragte Carol.

Das Mädchen blinzelte, leckte sich die Lippen. »Ja. Ich hab' nur grade drüber nachgedacht, was du gesagt hast. Hypnotische Regression. Bedeutet das, daß du mich in eine Trance versetzt und mich dann dazu bringst, mich an alles zu erinnern?«

»Na ja, ganz so einfach ist das nicht, Kleines. Ich kann

nicht garantieren, daß es funktioniert. Ich werde dich hypnotisieren und dich bitten, bis zu dem Unfall am Donnerstagmorgen zurückzudenken; dann werde ich dich immer weiter in die Vergangenheit zurückschubsen. Wenn du gut ansprichst, wirst du dich vielleicht daran erinnern, wer du bist und woher du kommst. Hypnotische Regression ist ein Werkzeug, das sich manchmal als nützlich erweist, wenn ich versuche, einen Patienten dazu zu bringen, daß er ein tief verborgenes und verschüttetes Trauma von neuem durchlebt. Ich habe diese Technik noch nie bei einem Patienten mit Gedächtnisverlust ausprobiert, aber ich weiß, daß sie in einer Situation wie der deinen anwendbar ist. Natürlich funktioniert sie nur in der Hälfte der Fälle. Und wenn sie tatsächlich funktioniert, sind mehr als nur ein oder zwei Sitzungen nötig. Das kann ein langwieriger, frustrierender Prozeß werden. Morgen werden wir nicht weit kommen, und höchstwahrscheinlich tauchen deine Eltern sowieso auf, noch bevor ich dir dabei helfen kann, dich zu erinnern. Aber wir können trotzdem anfangen. Das heißt, wenn du einverstanden bist.«

Sie wollte nicht, daß Carol ihre Angst, sich zu erinnern, bemerkte; also sagte sie: »Ja, klar! Das klingt faszinierend!«

»Ich habe morgen vier Patienten, aber ich kann dich um elf Uhr einschieben. Du wirst vor und nach der Sitzung lange Zeit im Wartezimmer verbringen müssen, also schauen wir gleich morgen früh, daß wir ein Buch für dich finden, das du mitnehmen kannst. Magst du Kriminalgeschichten?«

»Ich glaub' schon.«

»Agatha Christie?«

»Der Name sagt mir etwas, aber ich weiß nicht, ob ich jemals eines von ihren Büchern gelesen habe.«

»Du kannst es ja morgen mal mit einem versuchen. Wenn du tatsächlich ein großer Krimifan sein solltest, ist es möglich, daß Agatha Christie dir deine Erinnerung aufschließt. Jeder Reiz, jede Verbindung mit deiner Vergangenheit kann als Pforte dienen.« Sie beugte sich herunter und küßte Janes Stirn. »Aber mach dir jetzt keine Sorgen darüber. Schlaf erst mal gut heute nacht, Kleines.«

Nachdem Carol das Zimmer verlassen und die Schlafzimmertür hinter sich geschlossen hatte, schaltete Jane das Licht nicht sofort aus. Sie ließ den Blick langsam über den Raum wandern, und ihre Augen verweilten auf jedem einzelnen der schönen Dinge.

Bitte, lieber Gott, dachte sie, laß mich hier bleiben. Irgendwie, auf irgendeine Weise, laß mich für immer und ewig in diesem Haus bleiben. Laß mich nicht dahin zurückgehen, wo ich hergekommen bin, wo das auch immer sein mag. Hier ist der Ort, wo ich leben möchte. Hier ist der Ort, wo ich *sterben* möchte, es ist so schön.

Schließlich streckte sie die Hand aus und knipste die Nachttischlampe aus.

Dunkelheit senkte sich herab wie die Schwingen einer Fledermaus.


Mit einer Hartfaserplatte und vier Nägeln verschloß Grace Mitowski die Katzentür fürs erste von innen.

Aristophanes stand mitten in der Küche, den Kopf zur Seite gelegt, und beobachtete sie voller Interesse mit leuchtenden Augen. Alle paar Sekunden miaute er in scheinbar fragendem Tonfall.

Als der letzte Nagel eingeschlagen war, meinte Grace: »Okay, Katze. Vorerst ist deine Bewegungsfreiheit erst mal beschnitten. Es könnte da draußen jemanden geben, der dir irgendwelche Drogen oder Gift ins Fressen tut, und vielleicht ist das ja der Grund für dein schlechtes Benehmen. Wir müssen einfach abwarten, ob du dich besserst. Bist du etwa die ganze Zeit über high gewesen, du alberne Katze?«

Aristophanes miaute fragend.

»Ja«, sagte Grace. »Ich weiß schon, daß das grotesk klingt. Aber wenn's kein Verrückter ist, mit dem ich's hier zu tun habe, dann muß das am Telefon wirklich Leonard gewesen sein. Und das wäre doch noch grotesker, oder?«

Der Kater drehte den Kopf auf die andere Seite, als ob er wirklich versuchte, sich einen Reim auf das zu machen, was sie da sagte.

Grace hielt inne, streckte die Hand aus und rieb Daumen und Zeigefinger gegeneinander. »Komm, Mietze. Komm, mietz-mietz-mietz.«

Aristophanes zischte, fauchte, drehte sich um und rannte davon.

Zur Abwechslung liebten sie sich im Dunkeln. Er spürte Carols Atem heiß an seinem Nacken. Sie preßte sich eng an ihn, wiegte sich und spannte sich an und krümmte und bog sich in vollkommener Harmonie mit ihm; ihre feinen, elastischen Bewegungen waren so fließend wie Strömungen in einem warmen Fluß. Sie krümmte ihren zierlichen Rücken, hob und senkte sich im Takt mit seinen gleichmäßigen Stößen. Sie war so geschmeidig, so seiden und so allumschließend wie die Dunkelheit.

Danach hielten sie sich an den Händen, sprachen über Belanglosigkeiten und wurden dabei immer schläfriger. Carol schlief ein, während Paul noch redete. Als sie auf eine seiner Fragen nicht mehr antwortete, entwand er sanft seine Hand der ihrigen.

Er war müde, konnte aber nicht so schnell einschlafen wie sie. Er mußte über das Mädchen nachdenken. Er war sich sicher, daß er sie schon einmal gesehen hatte, bevor er sie am Morgen vor dem Gerichtssaal getroffen hatte. Während des Abendessens war ihm ihr Gesicht immer vertrauter vorgekommen. Es verfolgte ihn noch immer. Aber egal, wie sehr er sich auch abmühte, er konnte sich nicht daran erinnern, wo er sie schon einmal gesehen hatte.

Während er in dem dunklen Schlafzimmer lag und sein Gedächtnis durchforstete, wurde er allmählich unsicher. Er begann – völlig ohne Grund – das Gefühl zu haben, daß seine frühere Begegnung mit Jane merkwürdig, ja vielleicht sogar unangenehm gewesen war. Dann fragte er sich, ob das Mädchen möglicherweise wirklich irgendeine Art von Bedrohung für Carol und ihn selbst darstellte.

Aber das ist absurd, dachte er. Das ergibt überhaupt keinen Sinn. Ich muß noch müder sein, als ich gedacht hatte. Die Logik scheint sich jetzt irgendwie selbständig zu machen. Was für eine Bedrohung könnte Jane schon darstellen? Sie ist ein außergewöhnlich nettes Kind.

Er seufzte, rollte sich herum und dachte an die Handlung seines ersten Romanes (des Reinfalls), und darüber schlief er sehr schnell ein.

Um ein Uhr morgens saß Grace Mitowski im Bett und schaute sich einen Spätfilm auf ihrem tragbaren Sony an. Sie nahm verschwommen wahr, daß Humphrey Bogart und Laureen Bacall gerade in einen geschliffenen Schlagabtausch verwickelt waren, aber sie hörte eigentlich nicht so richtig, was sie sagten. Sie hatte schon wenige Minuten, nachdem sie den Fernseher eingeschaltet hatte, den roten Faden des Films verloren.

Sie dachte an Leonard, ihren Ehemann, der vor achtzehn Jahren an Krebs gestorben war. Er war ein guter Mensch gewesen, hatte hart gearbeitet, war großzügig gewesen, hatte sie geliebt und war ein glänzender Unterhalter gewesen. Sie hatte ihn sehr geliebt.

Aber nicht *alle* hatten Leonard gemocht. Er hatte natürlich seine Fehler. Das schlimmste an ihm war seine Ungeduld gewesen – und die spitze Zunge, die das Ergebnis seiner Ungeduld war. Er konnte Leute nicht ertragen, die träge oder apathisch oder unwissend oder töricht waren. »Was zwei Drittel der Menschheit ausmacht«, wie er oft sagte, wenn er besonders griesgrämig war. Weil er ein ehrlicher und verdammt undiplomatischer Mensch war, hatte er anderen immer gesagt, was er von ihnen hielt. Als Folge davon hatte er ein Leben geführt, in dem es erstaunlich wenig Täuschung, dafür aber genügend Feinde gab.

Sie fragte sich, ob es einer jener Feinde gewesen war, der sie angerufen und vorgegeben hatte, Leonard zu sein. Jemandem, der psychisch krank war, machte es vielleicht genauso viel Spaß, Leonards Witwe zu quälen, wie Leonard selbst. Es erregte ihn vielleicht, ihre Katze zu vergiften und sie mit merkwürdigen Telefonanrufen zu belästigen.

Aber nach *achtzehn Jahren*? Wer erinnerte sich wohl noch so genau an Leonards Stimme, daß er sie nach so langer Zeit noch perfekt nachahmen konnte? Sie war sicherlich der einzige Mensch auf der Welt, der jene Stimme noch erkennen konnte, nachdem sie nur eines oder zwei Worte gesprochen hatte. Und was hatte Carol wohl damit zu tun? Leonard war drei Jahre, bevor Carol in Graces Leben getreten war, gestorben; er hatte das Mädchen nie gekannt. Seine Feinde konnten doch überhaupt nichts gegen Carol haben. Was hatte der Anrufer wohl gemeint, als er Carol ›Willa‹ nannte? Und, was am allerbeunruhigendsten war, woher konnte der Anrufer wissen, daß sie gerade Apfelküchlein gemacht hatte?

Es gab tatsächlich noch eine andere Erklärung, auch wenn sie sie nur mit Widerwillen erwog. Vielleicht war der Anrufer gar kein alter Feind von Leonard gewesen. Vielleicht war der Anruf tatsächlich von Leonard selbst gekommen. Von einem Toten.

– *Nein. Unmöglich.*

– *Viele Leute glauben an Geister.*

– *Aber ich nicht.*

Sie dachte an die merkwürdigen Träume, die sie in der vergangenen Woche gehabt hatte. Sie hatte damals nicht an Traumprophezeiungen geglaubt. Jetzt jedoch tat sie es. Also warum nicht auch an Geister?

Nein. Sie war eine besonnene Frau, die ein ausgeglichenes, vom Verstand geleitetes Leben geführt hatte, die eine akademische Ausbildung genossen und immer geglaubt hatte, daß die Wissenschaft alle Antworten bereithielt. Und jetzt, wo sie siebzig Jahre alt war, öffnete sie vielleicht dem Wahnsinn Tür und Tor, wenn sie neben ihrer ansonsten rationalen Philosophie Geistern eine Existenzberechtigung zusprach. Wenn man wirklich an Geister glaubte, was war dann wohl das nächste? Vampire? Mußte man dann überall, wo man hinging, einen spitzen Holzpfahl und ein Kruzifix mitnehmen? Werwölfe? Da war es wohl das Beste, wenn sie sich gleich eine Schachtel mit Kugeln aus Silber kaufte! Böse Kobolde, die in der Erdmitte lebten und Erdbeben und Vulkanausbrüche verursachten? Klar! Warum nicht?

Grace lachte bitter.

Sie konnte nicht plötzlich an Geister glauben, denn wenn sie diesen Aberglauben hinnahm, mußte sie vielleicht auch noch zahllose andere hinnehmen. Sie war zu alt, zu zufrieden mit der Art, wie sie lebte, zu gewöhnt an ihre vertraute Umgebung, um ihre ganze Lebensauffassung zu überdenken. Und sie würde ganz sicherlich keine solche umfassende Umwertung in Betracht ziehen, nur weil sie zwei merkwürdige Telefonanrufe erhalten hatte.

Also mußte sie nur noch eine Entscheidung treffen: und zwar, ob sie Carol mitteilen sollte, daß jemand sie belästigt und dabei Carols Namen erwähnt hat oder nicht. Sie versuchte zu hören, wie es klang, wenn sie die Telefonate erklärte und wenn sie ihre Theorie vorstellte, daß Aristophanes mit Drogen oder Gift vollgestopft wurde. Sie konnte nicht hoffen, so wie die Grace Mitowski zu klingen, die jeder kannte. Sie würde sich anhören wie eine hysterische alte Frau, die hinter jeder Tür und unter jedem Bett Verschwörer vermutete, die überhaupt nicht existierten.

Sie würden vielleicht sogar denken, daß sie jetzt senil wurde.

Werde ich das vielleicht tatsächlich? fragte sie sich. Habe ich mir die Telefonanrufe nur eingebildet? Nein. Ganz bestimmt nicht.

Und sie bildete sich auch Aristophanes' verändertes Wesen nicht ein. Sie sah auf die Spuren, die seine Krallen auf ihrer Handfläche hinterlassen hatten; auch wenn sie nun schon verheilten, waren sie noch immer rot und geschwollen. Ein Beweis. Diese Spuren waren ein Beweis, daß *irgend etwas* nicht stimmte.

Ich bin nicht senil, sagte sie sich. Nicht mal ein bißchen. Aber ich will Carol oder Paul ganz sicher nicht davon überzeugen müssen, daß ich noch alle Tassen im Schrank habe, sobald ich ihnen erst mal gesagt habe, daß Leonard mich anruft. Gehen wir's erst mal locker an. Warten wir's ab. Sehen wir, was als nächstes passiert. Jedenfalls kann ich die Sache allein ausfechten. Ich werd' schon damit fertig.

Auf dem Sony grinsten Bogart und Bacall einander an.

Als Jane mitten in der Nacht aufwachte, bemerkte sie, daß sie schlafgewandelt war. Sie befand sich in der Küche, aber sie konnte sich nicht mehr daran erinnern, wie sie aus dem Bett und die Treppe hinunter gekommen war.

Es war still in der Küche. Das einzige Geräusch kam von dem leise brummenden Kühlschrank. Das einzige Licht war das des Mondes, aber weil Vollmond war und die Küche ein paar Fenster hatte, war es hell genug, um zu sehen.

Jane stand am Arbeitstisch beim Waschbecken. Sie hatte eine der Schubladen geöffnet und ein Metzgermesser herausgenommen.

Sie starrte das Messer an und war erschreckt darüber, es in ihrer Hand zu sehen.

Fahles Mondlicht schimmerte auf der kalten Schneide.

Sie steckte das Messer in die Schublade zurück.

Schloß die Schublade.

Sie hatte das Messer so fest gepackt, daß ihre Hand nun schmerzte.

*Was wollte ich mit dem Messer?*

Ein Frösteln lief ihren Rücken herunter wie ein Tausendfüßler.

Auf ihren nackten Armen und Beinen breitete sich

plötzlich eine Gänsehaut aus, und sie bemerkte mit einem Male, daß sie nur ein T-Shirt, einen Slip und Kniestrümpfe trug.

Der Motor des Kühlschranks hörte mit trockenem Röcheln auf zu laufen, was sie aufschreckte und dazu brachte kehrtzumachen.

Jetzt war das Haus unnatürlich ruhig. Fast glaubte sie, taub geworden zu sein.

*Was wollte ich mit dem Messer?*

Sie schlang die Arme um ihren Körper, um das Frösteln abzuwehren, das sich durch sie hindurchwand.

Vielleicht hatte sie vom Essen geträumt und war hier heruntergekommen, um sich ein Sandwich zu machen. Ja. Das war es wahrscheinlich gewesen. Sie war tatsächlich ein bißchen hungrig. Also hatte sie das Messer aus der Schublade genommen, um etwas Roastbeef für ein Sandwich abzuschneiden. Es war noch ein Rest davon im Kühlschrank. Das hatte sie vorher gesehen, als sie Carol und Paul bei der Zubereitung des Essens geholfen hatte.

Jetzt glaubte sie jedoch nicht mehr, noch ein Sandwich oder etwas anderes essen zu können. Ihre nackten Beine wurden mit jedem Augenblick kälter, und sie fühlte sich nackt und ungeschützt in ihrem dünnen Slip und T-Shirt. Sie wollte jetzt nur wieder zurück ins Bett, unter die Decke.

Als sie die Stufen im Dunkeln hinaufging, hielt sie sich dicht an der Wand, wo die Bretter wahrscheinlich weniger leicht knarrten. Sie kehrte in ihr Zimmer zurück, ohne jemanden aufzuwecken.

Draußen heulte in der Ferne ein Hund.

Jane vergrub sich tiefer unter die Decke.

Eine Weile hatte sie Schwierigkeiten einzuschlafen, weil sie Schuldgefühle hatte, durchs Haus zu schleichen, während die Tracys schliefen. Sie fühlte sich wie ein Dieb. Sie hatte das Gefühl, daß sie ihre Gastfreundschaft ausnützte.

Das war natürlich albern. Sie hatte ja nicht absichtlich

herumgeschnüffelt. Sie war schlafgewandelt, und niemand hatte so etwas unter Kontrolle.

War nur schlafgewandelt.

# 8

In Carol Tracys Büro drehte sich alles um Mickey Mouse. Die eine Längsseite des Raumes war voller Regale, auf denen Kuriosa aufgestellt waren, die mit Mickey Mouse zu tun hatten. Es gab Mickey-Mouse-Buttons, Mickey-Mouse-Anstecknadeln, eine Armbanduhr, Gürtelschnallen, ein Mickey-Mouse-Telefon, Trinkgläser mit dem Kopf der berühmten Maus, einen Bierkrug, auf dem eine Abbildung von Mickey in Lederhosen und Tirolerhut zu sehen war. Aber am häufigsten waren Figuren des Comic-Stars: Mickey neben einem kleinen roten Auto; Mickey schlafend zusammengerollt im gestreiften Pyjama. Mickey tanzend; Mickey mit Minnie; Mickey mit Goofy; Mickey mit Hanteln; Mickey mit Pluto; Mickey und Donald Duck, die sich gegenseitig den Arm um die Schulter legten und aussahen wie die dicksten Freunde; Mickey zu Pferde, mit einem Cowboyhut in der einen vierfingrigen Hand mit dem weißen Handschuh; Mickey gekleidet wie ein Soldat, ein Seemann, ein Arzt; Mickey in Badehose, ein Surfbrett unter dem Arm. Es gab Mickey-Figuren aus Holz, Metall, Kreide, Porzellan, Plastik, Glas und Ton; manche davon waren dreißig Zentimeter groß, andere nicht höher als vielleicht zweieinhalb Zentimeter, obwohl die meisten dazwischen lagen. Das einzige, was diese Hunderte von Mickeys gemein hatten, war, daß jeder von ihnen ein breites Grinsen im Gesicht trug.

Diese Sammlung brach das Eis bei Patienten jeden Alters. Niemand konnte Mickey Mouse widerstehen.

Jane reagierte wie schon Scharen von Patienten vor ihr. Sie sagte ein ums andere Mal »oooh« und »aaah«, und sie lachte glücklich. Als sie schließlich die Sammlung bewundert und auf einem der großen Ledersessel Platz genommen hatte, war sie bereit für die Therapiesitzung; Anspannung und Sorge waren verschwunden. Mickey hatte wie üblich Wunder gewirkt.

Carol hatte keine Psychiatercouch in ihrer Praxis. Sie führte die Sitzungen lieber von einem großen Ohrensessel aus durch, und der Patient saß dabei auf einem identischen Sessel auf der anderen Seite des achteckigen Kaffeetisches. Die Vorhänge blieben immer fest zugezogen; abgedeckte Bodenlampen spendeten sanftes, goldenes Licht. Abgesehen von der Wand mit den Mickey-Mouse-Figuren herrschte in dem Raum eine Atmosphäre wie im neunzehnten Jahrhundert. Sie plauderten ein paar Minuten über die Sammlung, dann meinte Carol: »Okay, Kleines. Ich glaube, wir sollten anfangen.«

Kummerfalten tauchten auf der Stirn des Mädchens auf. »Und du glaubst wirklich, daß diese Hypnose eine gute Idee ist?«

»Ja. Ich glaube, daß sie das beste Werkzeug ist, um dein Erinnerungsvermögen wiederherzustellen. Mach dir keine Sorgen. Es geht alles ganz einfach. Entspann dich einfach und laß dich treiben. Okay?«

»Na ja... gut.«

Carol stand auf und ging um den Kaffeetisch herum; Jane wollte ebenfalls aufstehen. »Nein, bleib du ruhig sitzen«, sagte Carol. Sie trat hinter den Ohrensessel und legte ihre Fingerspitzen auf die Schläfen des Mädchens. »Entspann dich, Kleines. Lehn dich zurück. Hände in den Schoß. Handflächen nach oben, Finger ganz locker. So ist's recht. Jetzt mach die Augen zu. Sind sie zu?«

»Ja.«

»Gut. Sehr gut. Jetzt möchte ich, daß du an einen Drachen denkst. Einen großen Drachen in der Form eines Diamanten. Stell ihn dir vor deinem geistigen Auge vor. Es ist ein gewaltiger blauer Drachen, der hoch am blauen Himmel dahinsegelt. Kannst du ihn sehen?«

Nach kurzem Zögern meinte das Mädchen: »Ja.«

»Schau dem Drachen zu, Kleines. Schau, wie sanft er mit den Strömungen der Luft steigt und fällt. Steigt und fällt, auf und ab, auf und ab, hin und her, so anmutig dahinsegelt, hoch über der Erde, auf halber Höhe zwischen Erde und Wolken, hoch über deinem Kopf«, sagte Carol mit sanfter, beruhigender, rhythmischer Stimme, während sie auf das dichte blonde Haar des Mädchens herabstarrte. »Während du dem Drachen zuschaust, wirst du allmählich genauso leicht und frei wie er. Du lernst, immer, immer höher hinaufzuschweben in den blauen Himmel, genau wie der Drachen.« Sie zeichnete mit den Fingerspitzen leichte Kreise auf die Schläfen des Mädchens. »Alle Anspannung fällt von dir ab, aller Kummer und alle Sorgen treiben weit, weit weg, bis der einzige Gedanke in deinem Kopf der Drachen ist, der Drachen, der am blauen Himmel dahinsegelt. Ein großes Gewicht ist von deinem Kopf genommen worden, von deiner Stirn und von deinen Schläfen. Du fühlst dich schon viel leichter.« Sie bewegte die Hände zum Nacken des Mädchens hinunteer. »Deine Nackenmuskeln entspannen sich jetzt. Die Anspannung fällt von dir ab. Ein großes Gewicht fällt von dir ab. Du bist jetzt so viel leichter, daß du fast spüren kannst, wie du selbst zu dem Drachen hinaufsteigst ... fast ... fast ...« Sie bewegte die Hände weiter hinunter, berührte die Schulter des Mädchens. »Entspann dich. Laß die Anspannung von dir abfallen. Wie Betonklötze. Du wirst leichter und leichter. Auch von deiner Brust löst sich ein Gewicht. Und jetzt schwebst du dahin. Nur ein paar Zentimeter über dem Erdboden, aber du schwebst tatsächlich.«

»Ja ... ich schwebe dahin ...«, sagte sie mit belegter Stimme.

»Der Drachen gleitet jetzt hoch über dir, aber du bewegst dich ganz, ganz langsam zu ihm hinauf ...«

Sie sprach eine Minute so weiter, kehrte dann zu ihrem eigenen Stuhl zurück und setzte sich.

Jane saß zusammengesunken in dem anderen Ohrensessel, den Kopf auf eine Seite geneigt, die Augen geschlossen, das Gesicht weich und entspannt, und sie atmete leise.

»Du schläfst jetzt sehr, sehr tief«, sagte Carol. »Ganz entspannt und sehr, sehr tief. Verstehst du?«

»Ja«, murmelte das Mädchen.

»Du wirst mir jetzt ein paar Fragen beantworten.«

»Okay.«

»Du schläfst weiterhin tief, und du beantwortest meine Fragen so lange, bis ich dir sage, daß du aufwachen kannst. Verstehst du?«

»Ja.«

»Gut. Sehr gut. Jetzt sag mir: Wie heißt du?«

Das Mädchen schwieg.

»Wie heißt du, Kleines?«

»Jane.«

»Ist das dein richtiger Name?«

»Nein.«

»Wie heißt du wirklich?«

Jane runzelte die Stirn. »Ich kann... mich nicht erinnern.«

»Woher kommst du?«

»Aus dem Krankenhaus.«

»Und davor?«

»Nirgendwoher.«

Ein Speicheltropfen schimmerte im Mundwinkel des Mädchens. Sie leckte ihn gleichgültig weg, bevor er ihr Kinn hinuntertröpfeln konnte.

Carol sagte: »Kleines, erinnerst du dich noch an die Mickey-Mouse-Uhr, die du vor ein paar Minuten gesehen hast?«

»Ja.«

»Also, ich hab' die Uhr jetzt vom Regal genommen«, sagte Carol, obwohl sie sich nicht von ihrem Stuhl weg bewegt hatte. »Und jetzt drehe ich ihre Zeiger rückwärts, immer wieder rund um das Zifferblatt, immer zurück.

Kannst du sehen, wie sich die Zeiger auf der Mickey-Mouse-Uhr rückwärts bewegen?«

»Ja.«

»Und jetzt passiert etwas Erstaunliches. Während ich diese Zeiger immer weiter zurückdrehe, fängt die Zeit selbst an, nach rückwärts zu fließen. Es ist jetzt nicht mehr Viertel nach elf. Es ist elf Uhr. Das ist eine Zauberuhr. Sie bestimmt, wie die Zeit vergeht. Und jetzt ist es zehn Uhr morgens... neun Uhr... acht Uhr... Schau dich um. Wo bist du jetzt?«

Das Mädchen schlug die Augen auf. Sie waren auf einen Punkt in der Ferne gerichtet. Sie sagte: »Hmmm... in der Küche. Ja. In der Eßecke. Mann, der Speck ist vielleicht lecker und knusprig.«

Allmählich führte Carol sie durch die Zeit zurück, durch jene Tage, die sie im Krankenhaus verbracht hatte, und erreichte langsam den Unfall am vergangenen Donnerstagmorgen. Das Mädchen zuckte zusammen, als sie den Moment des Aufpralls noch einmal durchlebte, und schrie auf, und Carol beruhigte sie, und dann gingen sie noch ein paar Minuten zurück.

»Du stehst an der Bordsteinkante«, sagte Carol. »Du hast nur Bluse und Jeans an. Es regnet und ist kalt.«

Das Mädchen schloß die Augen wieder. Sie zitterte.

»Wie hießt du?« fragte Carol.

Schweigen.

»Wie heißt du, Kleines?«

»Ich weiß es nicht.«

»Wo kommst du gerade her?«

»Von nirgends.«

»Du meinst, du leidest unter Gedächtnisverlust?«

»Ja.«

»Sogar schon vor dem Unfall?«

»Ja.«

Obwohl sie sich noch immer große Sorgen um das Mädchen machte, war Carol erleichtert zu hören, daß sie nicht für Janes Zustand verantwortlich war. Einen Augenblick lang fühlte sie sich wie jener blaue Drachen, als wäre sie in der Lage, sich in die Lüfte zu erheben und davonzusegeln. Dann meinte sie: »Okay. Du willst gerade auf die Straße treten. Willst du sie nur überqueren oder hast du vor, in ein Auto zu laufen?«

»Ich... weiß es... nicht.«

»Wie fühlst du dich? Glücklich? Deprimiert? Gleichgültig?«

»Ich hab' Angst«, sagte das Mädchen mit leiser, zittriger Stimme.

»Wovor hast du Angst?«

Schweigen.

»Wovor hast du Angst?«

»Es kommt.«

»Was kommt?«

»Hinter mir!«

»Was ist hinter dir?«

Das Mädchen öffnete die Augen wieder. Sie starrte noch immer auf einen Punkt in der Ferne, aber jetzt war blankes Entsetzen in ihrem Blick.

»Was ist hinter dir?« fragte Carol wieder.

»O Gott«, sagte das Mädchen mit elender Stimme.

»Was ist es?«

»Nein, nein.« Sie schüttelte den Kopf. Aus ihrem Gesicht war alles Blut gewichen.

Carol beugte sich auf ihrem Stuhl vor. »Entspann dich, Kleines. Du wirst dich jetzt entspannen und ganz ruhig werden. Mach die Augen zu. Ruhig... wie der Drachen... hoch über allem... alles fließt... ist warm.«

Die Anspannung wich aus Janes Gesicht.

»Gut«, meinte Carol. »Du wirst jetzt die ganze Zeit so ruhig bleiben, ganz entspannt und ruhig, und mir sagen, wovor du Angst hast.«

Das Mädchen sagte nichts.

»Kleines, wovor hast du Angst? Was ist hinter dir?«

»Etwas...«

»Was?«

»Etwas...«

Geduldig meinte Carol: »Sag mir's genauer.«

»Ich... weiß nicht, was es ist... aber es kommt... und ich hab' Angst davor.«

»Okay. Gehen wir noch ein bißchen weiter zurück.« Mit Hilfe des Bildes von den Zeigern der Mickey-Mouse-Armbanduhr, die sich rückwärts bewegten, führte sie das Mädchen noch einen weiteren vollen Tag in die Vergangenheit zurück. »Schau dich jetzt um. Wo bist du?«

»Nirgends.«

»Was siehst du?«

»Nichts.«

»Du mußt aber doch etwas sehen, Kleines.«

»Dunkelheit.«

»Bist du in einem dunklen Zimmer?«

»Nein.«

»Gibt es Wände in der Dunkelheit?«

»Nein.«

»Bist du draußen, ist es Nacht?«

»Nein.«

Sie führte das Mädchen noch einen weiteren Tag zurück. »Was siehst du jetzt?«

»Nur Dunkelheit.«

»Es muß doch noch etwas anderes geben.«

»Nein.«

»Mach die Augen auf, Kleines.«

Das Mädchen gehorchte. Ihr Blick schweifte in die Ferne und war glasig. »Nichts.«

Carol runzelte die Stirn. »Stehst du oder sitzt du an diesem dunklen Ort?«

»Ich weiß es nicht.«

»Was spürst du unter dir? Einen Stuhl? Einen Boden? Ein Bett?«

»Nichts.«

»Streck die Hand aus. Berühre den Boden.«

»Es gibt keinen Boden.«

Unsicher darüber, welche Richtung diese Sitzung nun

nehmen sollte, rutschte Carol auf dem Stuhl herum, starrte das Mädchen eine Weile an und fragte sich, was sie wohl als nächstes versuchen sollte.

Nach ein paar Sekunden zitterten Janes Augenlider und schlossen sich.

Schließlich meinte Carol: »Gut, ich drehe jetzt die Zeiger weiter gegen den Uhrzeigersinn. Die Zeit fließt wieder rückwärts. Sie wird weiter rückwärts gehen, Stunde um Stunde, Tag um Tag, immer schneller, bis du mich anhältst. Ich will, daß du mich erst dann anhältst, wenn du aus der Dunkelheit herauskommst und mir sagen kannst, wo du bist. Ich drehe die Zeiger jetzt. Rückwärts... rückwärts...«

Zehn Sekunden vergingen schweigend. Zwanzig. Dreißig. Nach einer vollen Minute sagte Carol: »Wo bist du?«

»Noch immer nirgends.«

»Geh weiter. Rückwärts... in der Zeit zurück...«

Nach einer weiteren Minute bekam Carol allmählich das beunruhigende Gefühl, daß etwas nicht stimmte, daß ihr langsam die Zügel entglitten und sie ihre Patientin in eine Gefahr brachte, die sich nicht abschätzen konnte. Aber gerade, als sie die Reise in die Vergangenheit beenden und das Mädchen wieder nach vorne führen wollte, sagte Jane endlich etwas.

Das Mädchen schoß von ihrem Stuhl in die Höhe, sprang auf die Füße, schlug wild um sich und schrie: »So helft mir doch! Mami! Tante Rachael! Um Himmels willen, so helft mir doch!«

Das war nicht Janes Stimme. Sie kam zwar aus ihrem Munde, von ihrer Zunge und ihren Lippen, aber sie klang überhaupt nicht wie sie. Sie war nicht nur durch den Schrecken verzerrt. Es war eine völlig andere Stimme als die Janes. Sie hatte ihr ganz eigenes Wesen, ihren eigenen Klang und Tonfall.

»Ich werd' hier sterben! Hilfe! Holt mich hier raus!«

Carol war jetzt auch aufgesprungen. »Kleines, hör auf. Beruhige dich.«

»Ich brenne! Ich brenne!« kreischte das Mädchen, und sie schlug auf ihre Kleider, wie wenn sie versuchte, die Flammen zu löschen.

»Nein!« sagte Carol in scharfem Tonfall. Sie trat um den Kaffeetisch herum, und es gelang ihr, den Arm des Mädchens zu packen, wobei sie selbst mehrere Schläge abbekam.

Jane schlug um sich und versuchte, sich loszureißen.

Carol hielt sie fest und begann, leise aber eindringlich mit ihr zu sprechen und beruhigte sie allmählich.

Jane hörte auf, sich zu sträuben, aber jetzt fing sie an, nach Luft zu schnappen und zu keuchen. »Rauch«, sagte sie würgend. »So viel Rauch.«

Carol redete ihr auch das aus, und allmählich gelang es ihr, sie wieder vom Gipfel der Hysterie herunterzubringen.

Schließlich sank Jane in den Ohrensessel zurück. Sie war matt, und auf ihrer Stirn standen Schweißperlen. Ihre blauen Augen, die irgendwohin in Zeit und Raum starrten, wirkten gehetzt.

Carol kniete neben dem Stuhl nieder und hielt die Hand des Mädchens. »Kleines, kannst du mich hören?«

»Ja.«

»Bist du in Ordnung?«

»Ich hab' Angst...«

»Es brennt doch gar nicht.«

»Aber es hat gebrannt. Überall«, meinte das Mädchen, immer noch mit jener fremden Stimme.

»Aber jetzt nicht mehr. Nirgends mehr Feuer.«

»Wenn du meinst.«

»Ja. Das meine ich. Jetzt sag mir, wie du heißt.«

»Laura.«

»Kannst du dich noch an deinen Familiennamen erinnern?«

»Laura Havenswood.«

Freudenröte stieg Carol in die Wangen. »Sehr gut. Sehr gut. Wo wohnst du, Laura?«

»Shippensburg.«

Shippensburg war eine kleine Stadt, die weniger als eine Stunde von Harrisburg entfernt lag. Es war ruhig und angenehm dort, und der Ort versorgte ein aufstrebendes staatliches College und eine große Anzahl umliegender Farmen.

»Weißt du deine Adresse in Shippensburg?« fragte Carol.

»Die Straße hat keinen Namen. Es ist eine Farm. Gleich außerhalb der Stadt, bei der Walnut Bottom Road.«

»Also könntest du mich hinbringen, wenn du müßtest?«

»O ja. Es ist schön dort. Am Rand der Landstraße stehen zwei steinerne Torpfosten; sie markieren den Eingang zu unserem Grundstück. Und dann folgt eine lange Auffahrt mit Ahornbäumen; ums Haus herum stehen große Eichen. Im Sommer ist es wegen der ganzen Bäume, die Schatten spenden, kühl und luftig.«

»Wie heißt dein Vater mit Vornamen?«

»Nicholas.«

»Und seine Telefonnummer?«

Das Mädchen runzelte die Stirn. »Seine was?«

»Eure Telefonnummer.«

Das Mädchen schüttelte den Kopf. »Ich weiß nicht, was du meinst.«

»Habt ihr denn kein Telefon?«

»Was *ist* ein Telefon?« fragte das Mädchen.

Carol starrte sie völlig verwirrt an. Es war unmöglich, daß jemand, der unter Hypnose stand, mit der Wahrheit hinter dem Berg hielt oder solche Scherze machte. Während sie noch ihre nächsten Schritte überlegte, sah sie, daß Laura langsam wieder erregt wurde. Tiefe Furchen durchzogen ihre Stirn, und ihre Augen weiteten sich. Sie fing wieder an, schwer zu atmen.

»Laura, hör' mir zu. Du wirst jetzt ganz ruhig. Du wirst dich entspannen und...«

Das Mädchen krümmte sich völlig unkontrolliert auf

dem Stuhl. Schreiend und keuchend rutschte sie herunter, rollte auf den Boden, schlug gegen den Kaffeetisch und stieß ihn beiseite. Sie krümmte sich und zitterte und wand sich, als hätte sie einen schweren epileptischen Anfall; sie wischte wie wild an ihrem Körper herum, denn wiederum schien sie zu glauben, daß sie brannte. Sie rief nach jemandem namens Rachael und würgte an Rauch, den es nicht gab.

Carol brauchte fast eine Minute, um sie wieder zu beruhigen, was bedeutete, daß ihr die Situation ziemlich außer Kontrolle geraten war; ein Hypnotiseur konnte seinen Patienten gewöhnlich innerhalb von Sekunden besänftigen. Ganz offensichtlich hatte Laura ein ungewöhnlich traumatisches Feuer durchlebt oder einen geliebten Menschen in einer Feuersbrunst verloren. Carol wollte der Sache auf den Grund gehen und erfahren, was dahintersteckte, aber jetzt war nicht der richtige Zeitpunkt dafür. Nachdem sie so lange gebraucht hatte, um die Patientin zu beruhigen, mußte sie die Sitzung schnell zu Ende bringen, das wußte sie.

Als Laura wieder in dem Ohrensessel saß, beugte sich Carol zu ihr herab und befahl ihr, sich an alles zu erinnern, was während der Sitzung geschehen oder gesagt worden war. Dann führte sie das Mädchen wieder durch die Zeit zurück und aus der Trance heraus.

Das Mädchen rieb sich die feuchten Augenwinkel, schüttelte den Kopf, räusperte sich. Sie sah Carol an und meinte: »Ich vermute, es hat nicht funktioniert, oder?« Jetzt klang sie wieder wie Jane; die Stimme Lauras war verschwunden.

Aber warum zum Teufel hatte sich ihre Stimme überhaupt verändert? fragte sich Carol.

»Du erinnerst dich nicht mehr daran, was passiert ist?« fragte Carol.

»Woran sollte ich mich erinnern? Das ganze Gerede über den blauen Drachen? Ich habe gesehen, worauf du hinaus wolltest, wie du versucht hast, mich in eine Trance zu lullen; also nehme ich an, daß es deshalb nicht geklappt hat.«

»Aber es *hat* geklappt«, versicherte Carol ihr. »Und eigentlich solltest du in der Lage sein, dich an alles zu erinnern.«

Das Mädchen sah skeptisch aus. »Was alles? Was ist passiert? Was hast du herausgefunden?«

Carol starrte sie an. »Laura.«

Das Mädchen zuckte nicht einmal mit der Wimper. Sie sah nur verwirrt aus.

»Du heißt Laura.«

»Wer sagt das?«

»Du.«

»Laura? Nein. Das glaube ich nicht.«

»Laura Havenswood«, sagte Carol.

Das Mädchen runzelte die Stirn. »Das kommt mir überhaupt nicht bekannt vor.«

Überrascht meinte Carol: »Du hast mir gesagt, daß du in Shippensburg wohnst.«

»Wo ist das denn?«

»Ungefähr eine Stunde von hier.«

»Ich hab' noch nie davon gehört.«

»Du wohnst auf einer Farm. Steinerne Torpfosten markieren den Eingang zum Besitz deines Vaters, und dahinter liegt eine lange Auffahrt, die von Ahornbäumen eingesäumt wird. Das hast du mir erzählt, und ich bin mir sicher, daß es genauso sein wird, wie du gesagt hast. Es ist praktisch nicht möglich, unter Hypnose falsche oder irreführende Antworten zu geben. Außerdem hast du keinerlei Grund, warum du mich täuschen solltest. Du hast nichts zu verlieren und alles zu gewinnen, wenn wir durch diese Erinnerungssperre brechen.«

»Vielleicht bin ich tatsächlich Laura Havenswood«, meinte das Mädchen. »Vielleicht war das, was ich dir in der Trance erzählt habe, wahr. Aber ich kann mich nicht mehr daran erinnern, und wenn du mir sagst, wer ich bin, bedeutet mir das überhaupt nichts. Mann, und ich hab' gedacht, wenn ich mich bloß wieder an meinen Namen erinnern könnte, dann würde alles sich schon wieder finden. Aber es ist immer noch alles schwarz. Laura, Shippensburg, eine Farm – ich kann mich an überhaupt nichts erinnern.«

Carol hockte noch immer neben dem Sessel des Mädchens. Jetzt erhob sie sich und streckte ihre steifen Beine. »So etwas ist mir noch nie untergekommen. Und soweit ich weiß, ist auch in keiner Psychologiezeitschrift jemals etwas über eine ähnliche Reaktion berichtet worden. Wenn ein Patient überhaupt auf Hypnose anspricht, und wenn der Patient überhaupt bis zu einem traumatischen Augenblick zurückgeführt werden kann, hat das immer eine tiefgreifende Wirkung. Und trotzdem hat dich das nicht im geringsten berührt. Sehr merkwürdig. Wenn du dich erinnert hast, während du unter Hypnose gewesen bist, dann müßtest du dich auch jetzt noch daran erinnern. Und allein die Tatsache, daß du deinen Namen hörst, sollte alle möglichen Türen aufstoßen.«

»Tut es aber nicht.«

»Merkwürdig…«

Das Mädchen sah hoch. »Und was jetzt?«

Carol dachte einen Augenblick lang nach und meinte dann: »Ich denke, wir sollten die Behörden bitten, deine Havenswood-Identität zu überprüfen.«

Sie ging an den Schreibtisch, nahm den Hörer von der Gabel und rief die Polizei in Harrisburg an.

Die Polizeizentrale verband sie mit Detective Lincoln Werth, der auch den Fall Jane Doe bearbeitete. Er hörte Carols Geschichte interessiert an, versprach, ihr auf der Stelle nachzugehen, und sagte, er würde sie sofort zurückrufen, wenn er die Havenswood-Identität bestätigen könnte.

Vier Stunden später, um 3.55 Uhr, nach Carols letztem Termin an diesem Tag, als sie und das Mädchen gerade das Büro verlassen und nach Hause gehen wollten, rief

Lincoln Werth zurück, wie er es versprochen hatte. Carol nahm den Anruf am Schreibtisch entgegen; das Mädchen saß auf der Kante des Tisches und beobachtete sie ganz offensichtlich ein wenig angespannt.

»Dr. Tracy«, sagte Werth, »ich hab' den ganzen Nachmittag mit der Polizei in Shippensburg und mit der Kreispolizei hier bei uns telefoniert. Ich fürchte, ich muß Ihnen mitteilen, daß wir da einem Phantom nachgejagt haben.«

»Sie müssen sich irren.«

»Nein. Wir können weder in Shippensburg noch im ganzen umliegenden Bezirk jemanden finden, der Havenswood heißt. Niemand dieses Namens hat ein Telefon, und...«

»Vielleicht haben sie nur kein Telefon.«

»Natürlich haben wir diese Möglichkeit auch in Betracht gezogen«, sagte Werth. »Wir haben nichts überstürzt, glauben Sie mir das. Als wir zum Beispiel bei der Stromgesellschaft angefragt haben, haben wir herausgefunden, daß sie nirgends im ganzen Bezirk Cumberland einen Kunden mit dem Namen Havenswood hat, aber dadurch haben wir uns auch nicht entmutigen lassen. Wir haben uns gedacht, daß die Leute, nach denen wir suchen, vielleicht zu den Amish People gehören. Wir haben jede Menge davon hier in der Gegend. Wenn sie tatsächlich Amish People wären, hätten sie keinen Strom im Haus. Also haben wir uns als nächstes die Grundsteuerverzeichnisse hier oben in den Bezirksbehörden angesehen. Wir haben herausgefunden, daß niemand mit dem Namen Havenswood in der ganzen Gegend ein Haus hat, geschweige denn eine Farm.«

»Sie könnten sie gepachtet haben.«

»Natürlich. Aber eigentlich glaube ich eher, daß es sie gar nicht gibt. Das Mädchen muß gelogen haben.«

»Warum sollte sie das?«

»Das weiß ich auch nicht. Vielleicht ist die ganze Sache mit dem Gedächtnisverlust ein Scherz. Vielleicht ist sie nur ein ganz gewöhnlicher Ausreißer.«

»Nein. Ganz bestimmt nicht.« Carol sah hoch zu Laura – nein, sie hieß noch immer Jane –, sah in jene klaren, unergründlich blauen Augen. Zu Werth sagte sie: »Außerdem ist es völlig unmöglich, unter Hypnose so gut oder so offensichtlich zu lügen.«

Obwohl Jane nur die Hälfte dieser Unterhaltung hören konnte, wurde ihr langsam klar, daß der Name Havenswood wohl nicht der richtige war. Ihr Gesicht umwölkte sich. Sie stand auf und ging hinüber zu den Regalen, um die Mickey-Mouse-Figuren anzusehen.

»Es ist tatsächlich was verdammt Merkwürdiges an der ganzen Sache«, sagte Lincoln Werth.

»Merkwürdig?« fragte Carol.

»Na ja, als ich die Beschreibung der Farm, die das Mädchen gegeben hat – diese steinernen Torpfosten, die lange Auffahrt mit den Ahornbäumen – weitergegeben und gesagt habe, daß sie bei der Walnut Bottom Road ist, haben der Sheriff vom Bezirks Cumberland und die verschiedenen Polizisten von Shippensburg, mit denen ich gesprochen habe, den Ort alle auf der Stelle erkannt. Es gibt ihn tatsächlich.«

»Ja dann...«

»Aber niemand mit dem Namen Havenswood lebt dort«, meinte Detective Werth. »Das Stück Land gehört der Familie Ohlmeyer. Ziemlich bekannt dort in der Gegend. Und angesehen. Oren Ohlmeyer, seine Frau und ihre zwei Söhne. Haben nie eine Tochter gehabt, hat man mir gesagt. Vor Oren hat die Farm seinem Vater gehört, der sie vor siebzig Jahren gekauft hat. Einer von den Leuten des Sheriffs ist rausgefahren und hat die Ohlmeyers gefragt, ob sie jemals was von einem Mädchen mit dem Namen Laura Havenswood oder etwas Ähnlichem gehört hätten. Und das hatten sie nicht. Wußten auch nichts über jemanden, auf den die Beschreibung unserer Jane Doe zugetroffen hätte.«

»Und doch gibt's die Farm, genau wie sie gesagt hat.«

»Ja«, meinte Werth. »Komisch, was?«

Während sie in dem Volkswagen auf den sonnendurchfluteten, herbstlichen Straßen von der Praxis nach Hause fuhren, meinte das Mädchen: »Glaubst du, daß ich nur so getan habe, als ob ich in Trance wäre?«

»Um Himmels willen, nein! Du warst sogar ganz *weit* weg. Und ich bin mir ziemlich sicher, daß du nicht gut genug im Schauspielern bist, um mir die Geschichte mit dem Feuer vorzumachen.«

»Feuer?«

»Ich vermute, du erinnerst dich daran auch nicht mehr.« Carol erzählte ihr von dem Schreikrampf, den Laura bekommen hatte, von ihren verzweifelten Hilferufen. »Dein Entsetzen ist echt gewesen. Du hast das wirklich erlebt. Da würde ich alles drauf wetten.«

»Ich erinnere mich überhaupt nicht daran. Du glaubst also, daß ich wirklich mal ein Feuer erlebt habe?«

»Möglicherweise.« Die Ampel vor ihnen wurde rot. Carol hielt den Wagen an und sah Jane an. »Du hast keinerlei körperliche Narben; wenn du also ein Feuer miterlebt hast, mußt du ohne Schaden davongekommen sein. Natürlich kann es auch sein, daß du jemanden bei einem Brand verloren hast, jemanden, den du sehr geliebt hast, und vielleicht hast du selbst gar kein Feuer miterlebt. Wenn das der Fall ist, dann hast du während der Hypnose möglicherweise deine Angst um jenen Menschen mit der Angst um dein eigenes Leben verwechselt. Drücke ich mich klar genug aus?«

»Ich denke, ich verstehe, was du meinst. Also ist vielleicht das Feuer – der *Schock* darüber – für meinen Gedächtnisverlust verantwortlich. Und vielleicht sind meine Eltern deshalb nicht aufgetaucht, um mich abzuholen, weil sie... tot sind, verbrannt.«

Carol nahm die Hand des Mädchens. »Mach dir jetzt keine Sorgen darüber, Kleines. Vielleicht habe ich ja auch völlig unrecht. Sehr wahrscheinlich sogar. Aber ich denke, das ist eine Möglichkeit, auf die du gefaßt sein solltest.«

Das Mädchen nagte an ihrer Lippe und nickte. »Dieser Gedanke erschreckt mich ein bißchen. Aber ich bin nicht unbedingt traurig. Ich meine, ich erinnere mich überhaupt nicht an meine Familie, das heißt also, wenn ich sie verliere, verliere ich eigentlich nur Fremde.«

Hinter ihnen drückte der Fahrer eines grünen Datsun auf die Hupe.

Die Ampel stand jetzt auf Grün. Carol ließ die Hand des Mädchens los und drückte aufs Gas. »Wir werden in der morgigen Sitzung die Sache mit dem Feuer näher untersuchen.«

»Du glaubst also immer noch, daß ich tatsächlich Laura Havenswood bin?«

»Na ja, vorerst werden wir dich weiterhin Jane nennen. Aber ich sehe keinen Grund, warum du den Namen Laura erwähnen solltest, wenn er nicht deiner wäre.«

»Aber diese Identität hat sich nicht als die richtige erwiesen«, wandte das Mädchen ein.

Carol schüttelte den Kopf. »Das stimmt nicht ganz. Wir haben die Havenswood-Identität bisher weder bewiesen noch widerlegt. Das einzige, was wir sicher wissen, ist, daß du nie in Shippensburg gelebt hast. Aber du mußt mindestens einmal dort gewesen sein, weil es die Farm wirklich gibt; du hast sie gesehen, wenn vielleicht auch nur im Vorüberfahren. Ganz offensichtlich ist deine Erinnerung sogar unter Hypnose verwirrt, sogar wenn du bis zu dem Zeitpunkt, wo dein Gedächtnisverlust eingesetzt hat, zurückgeführt wirst. Ich weiß nicht, wie oder warum das möglich ist. Mir ist so was noch nie untergekommen. Aber wir werden hart daran arbeiten, diese Erinnerungen für dich zu entwirren. Das Problem liegt vielleicht in den Fragen, die ich dir gestellt habe, und wie ich sie gestellt habe. Wir müssen einfach abwarten.«

Sie fuhren eine Weile schweigend weiter, dann meinte das Mädchen: »Ich hab' irgendwie fast die Hoffnung, daß sich die Dinge nicht so schnell entwirren. Seit du mir von eurer Hütte in den Bergen erzählt hast, habe ich mich die ganze Zeit wirklich darauf gefreut, da raufzufahren.«

»Oh, da kommst du schon hin. Mach dir deshalb keine Sorgen. Wir fahren am Freitag, und selbst wenn die Sitzung morgen gut läuft, werden wir diese Angelegenheit mit Laura Havenswood nicht *so* schnell entwirren können. Ich hab' dich ja gewarnt, daß das ganze langsam, kompliziert und frustrierend werden könnte. Ich bin ohnehin überrascht, daß wir heute überhaupt Fortschritte gemacht haben, und werde wahrscheinlich noch mal so überrascht sein, wenn wir morgen nur halb so weit vorankommen.«

»Ich vermute, du wirst mich noch eine Weile am Hals haben.«

Carol seufzte und tat so, als sei sie müde. »Sieht ganz so aus. Ach, du bist ja so eine entsetzliche, entsetzliche Last. Man kann dich einfach nicht ertragen.« Sie nahm eine Hand vom Steuer, gerade lange genug, um sie mit melodramatischer Geste gegen ihr Herz zu pressen, was Jane zum Kichern brachte. »Kann man einfach nicht! Ach, ach!«

»Weißt du was?« fragte das Mädchen.

»Was?«

»Ich mag dich auch.«

Sie sahen einander an und grinsten.

Bei der nächsten roten Ampel sagte Jane: »Ich hab' irgendwie so ein komisches Gefühl wegen der Berge.«

»Was?«

»Ich hab' so das komische Gefühl, daß wir 'ne Menge Spaß haben werden dort oben. Wird wirklich aufregend. Was Besonderes. Ein richtiges Abenteuer.« Ihre blauen Augen waren noch strahlender als sonst.

Nach dem Essen schlug Paul vor, Scrabble zu spielen. Er legte das Brett auf den Spieltisch im Wohnzimmer, während Carol Jane die Regeln erklärte, die sich nicht daran erinnern konnte, ob sie es schon jemals gespielt hatte.

Nachdem sie die Auslosung am Anfang gewonnen hatte, ging Jane mit einem Zweiundzwanzig-Punkte-Wort in Führung, das ein Feld mit doppelter Bewertung ausnützte, außerdem bekam sie automatisch die doppelte Punktzahl für das erste Wort des Spiels.

## KLINGE

»Nicht schlecht für den Anfang«, meinte Paul. Er hoffte, daß das Mädchen gewinnen würde, weil ihr kleine Dinge eine solche Freude machten. Das geringste Kompliment, der bescheidenste Erfolg entzückten sie. Aber er würde ihr das Spiel nicht einfach überlassen, nur um ihr eine Freude zu machen; sie würde es sich schon verdienen müssen. Er brachte es einfach nicht fertig, ein Spiel zu verschenken. Ganz egal, um welche Art von Spiel es sich handelte, er steckte immer genauso viel Anstrengung und Hingabe hinein wie in seine Arbeit. Er gab sich Freizeitbeschäftigungen nicht hin; er nahm sie in Angriff. Zu Jane sagte er: »Ich hab' so das Gefühl, daß du eins von den Mädchen bist, die sagen, daß sie noch nie zuvor Poker gespielt haben – und dann den ganzen Gewinn in die Tasche stecken.«

»Kann man bei Scrabble auch um Geld spielen?« fragte Jane.

»Das kann man schon, aber wir werden's nicht tun«, sagte Paul.

»Angst?«

»Ganz schrecklich. Am Schluß gehört dir noch das ganze Haus.«

»Ich würd' euch weiter hier wohnen lassen.«

»Wie anständig von dir.«

»Spottbillig natürlich.«

»Ach, dieses Kind hat doch wirklich ein Herz aus Gold!«

Während er mit Jane schäkerte, sah Carol ihre eigene Buchstabenfolge an. »He«, sagte sie, »ich hab' ein Wort, das direkt zu dem von Jane paßt.« Sie kombinierte B.UT mit dem L von KLINGE, so daß sich BLUT ergab.

»Wenn ich mir eure Wörter so anschaue«, meinte Paul, »glaube ich fast, daß ihr ein Halsabschneiderspiel spielen wollt.«

Carol und Jane stöhnten pflichtschuldig über seinen lahmen Witz und füllten ihren Buchstabenvorrat aus dem Deckel der Spieleschachtel neu auf.

Als Paul auf seine eigenen sieben Buchstaben sah, stellte er zu seiner Überraschung fest, daß er ein Wort hatte, mit dem er das grauenhafte Thema fortsetzen konnte, das sie begonnen hatten. Er fügte TO an das Ende von Blut und schuf so TOT.

»Merkwürdig«, meinte Carol.

»Und hier ist noch was Merkwürdigeres«, sagte Jane und begann die zweite Runde, indem sie RAB an das G von KLINGE fügte.

B<br>
KLINGE<br>
U   R<br>
TOT  A<br>
B

Paul starrte das Brett an. Er fühlte sich plötzlich unsicher.

Wie standen wohl die Chancen, daß die ersten vier Wörter bei einem Spiel thematisch so nahe beieinander lagen?

Zehntausend zu eins? Nein. Wahrscheinlich viel geringer.

Hunderttausend zu eins? Eine Million zu eins?

Carol sah von ihren ungewöhnlichen Buchstaben hoch. »*Das* werdet ihr jetzt sicher nicht mehr glauben.« Sie fügte vier Buchstaben hinzu.

```
             B
      KLINGE
         U        R
      TOT          A
      Ö            B
      T
      E
      N
```

»›Töten‹?« fragte Paul. »Ach, komm. Jetzt reicht's aber. Nimm das weg und bilde ein neues Wort.«

»Kann ich nicht«, meinte Carol. »Das ist alles, was ich habe. Die übrigen Buchstaben kann ich nicht gebrauchen.«

»Aber du hättest doch ›Nöt‹ über das ›e‹ in ›Klinge‹ setzen können«, meinte Paul. »Du hättest ›Nöte‹ statt ›töten‹ schreiben können.«

»Klar hätte ich das machen können, aber dafür hätte ich weniger Punkte bekommen. Siehst du? Da oben ist kein Feld mit doppelter Punktzahl.«

Während Paul Carols Erklärung zuhörte, bekam er ein merkwürdiges Gefühl. Bitterkalt tief drinnen. Hohl. Als ob er auf einem Hochseil balancierte und wußte, daß er fallen würde, immer tiefer fallen...

Ein Gefühl des Déjà-vu packte ihn, ein so außerordentlich mächtiges Bewußtsein, diese Szene schon einmal erlebt zu haben, daß sein Herzschlag einen Augenblick lang auszusetzen schien. Und dennoch war nie zuvor in irgendeinem anderen Scrabblespiel, das er jemals gespielt hatte, so etwas passiert. Warum war er sich also so sicher, daß er genau das gleiche früher schon einmal erlebt hatte? Noch während er sich diese Frage stellte, kam ihm die Antwort. Das Déjá-vu-Gefühl bezog sich nicht auf die Worte auf dem Scrabblebrett, jedenfalls nicht unmittelbar. Das, was ihm so erschreckend vertraut vorkam, war das ungewöhnliche, erschütternde Gefühl, das das zufällige Zusammentreffen jener Worte in ihm erweckte; die Eiseskälte, die eher von innen als von außen kam; die furchtbare Leere tief in seinem Magen; das Übelkeit erzeugende Gefühl, auf einem hohen Draht zu schwanken und unter sich nur unendliche Dunkelheit zu haben. Er hatte sich letzte Woche im Speicher ganz genauso gefühlt, als das rätselhafte, hämmernde Geräusch aus dem Nichts direkt vor seiner Nase zu kommen schien, als jedes *Klopf!* geklungen hatte, als würde es von einem Vorschlaghammer und einem Amboß in einer anderen zeitlichen und räumlichen Dimension erzeugt. Genauso fühlte er sich jetzt am Scrabblebrett: als sehe er sich etwas Außergewöhnlichem, Unnatürlichem, vielleicht sogar Übernatürlichem gegenüber.

Zu Carol sagte er: »Schau, warum nimmst du nicht einfach die drei letzten Buchstaben wieder vom Brett, legst sie in die Schachtel zurück, nimmst dir drei völlig neue und bildest irgendein anderes Wort statt ›töten‹.«

Er konnte sehen, daß sein Vorschlag sie sehr überraschte.

Sie meinte: »Und warum sollte ich das machen?«

Paul runzelte die Stirn. »Klinge, Blut, tot, Grab, töten – was sind denn das für Wörter für ein nettes, freundliches, friedliches Scrabblespiel?«

Sie starrte ihn einen Augenblick lang an, und ihr durchdringender Blick gab ihm ein etwas unbehagliches Gefühl. »Es ist doch nur Zufall«, sagte sie, ganz offensichtlich verwirrt durch seine Angespanntheit.

»Ich *weiß*, daß es nur Zufall ist«, sagte er, obwohl er das nicht wußte. Er konnte nur einfach jenes unheimliche Gefühl verstandesmäßig nicht erklären, daß die Wörter auf dem Brett das Werk einer Macht waren, die weit stärker als bloßer Zufall war, das Werk von etwas Schlimmerem. »Ich krieg' trotzdem 'ne Gänsehaut deswegen«, meinte er lahm. Er wandte sich auf der Suche nach einem Verbündeten an Jane. »Kriegst du denn deswegen keine Gänsehaut?«

»Ja. Doch. Ein bißchen«, stimmte das Mädchen zu.

»Aber das Ganze ist auch irgendwie faszinierend. Ich frage mich, wie lange wir mit Wörtern weitermachen können, die ins Muster passen.«

»Das frage ich mich auch«, sagte Carol. Sie schlug Paul spielerisch auf die Schulter. »Weißt du, was dein Problem ist, Baby? Dir fehlt einfach die wissenschaftliche Neugierde. Jetzt komm schon. Du bist dran.«

Nachdem er TOT gesetzt hatte, hatte er seine Buchstaben nicht wieder aufgefüllt. Er zog zwei der kleinen hölzernen Plättchen aus dem Deckel der Spieleschachtel und legte sie auf den Ständer vor ihm.

Und erstarrte.

*Mein Gott.*

Er war jetzt wieder auf dem Hochseil und schwankte über einem tiefen Abgrund.

»Also?« fragte Carol.

Zufall. Es *mußte* einfach Zufall sein.

»Also?«

Er sah sie an.

»Was hast du zu bieten?« fragte sie.

Wie betäubt sah er jetzt zu dem Mädchen hinüber.

Sie saß über den Tisch gebeugt, genauso begierig darauf, seine Antwort zu hören, wie Carol, begierig darauf zu sehen, ob sich das makabre Muster fortsetzen würde.

Paul senkte den Blick auf die Buchstabenfolge auf dem hölzernen Gestell. Das Wort war noch immer da. Unmöglich. Aber trotzdem war es da, möglich oder nicht.

»Paul?«

Er machte eine so schnelle und unerwartete Bewegung, daß Carol und Jane aufsprangen. Er schob die Buchstaben auf seinem Gestell zusammen und warf sie fast in den Deckel der Spieleschachtel zurück. Er wischte die fünf üblen Wörter vom Brett, bevor noch jemand dagegen protestieren konnte, und steckte diese achtzehn Steinchen wieder zu den anderen in die Schachtel zurück.

»Paul, na hör mal!«

»Wir fangen ein neues Spiel an«, sagte er. »Vielleicht

haben euch ja diese Wörter nichts ausgemacht, mir aber schon. Ich bin hier, weil ich ausspannen will. Wenn ich was über Blut und Tod und Töten hören will, brauche ich nur die Nachrichten einzuschalten.«

Carol fragte: »Welches Wort hast du gehabt?«

»Ich weiß es nicht«, log er. »Ich hab' die Buchstaben nicht mehr angeordnet, um das rauszufinden. Kommt. Wir fangen von vorn an.«

»Du *hast* ein Wort gehabt«, sagte sie.

»Nein.«

»Es hat aber so ausgesehen«, meinte Jane.

»Rück schon raus mit der Sprache«, sagte Carol.

»Schon gut, schon gut. Ich hab' ein Wort gehabt. Es ist obszön gewesen. Nichts, was ein Gentleman wie ich in einem feinen Spiel wie Scrabble verwenden würde, wenn Damen anwesend sind.«

Janes Augen funkelten boshaft. »Wirklich? Sag's uns. Sei nicht so prüde.«

»Prüde? Haben Sie denn keine Manieren, meine junge Dame?«

»Nicht die geringsten.«

»Können Sie sich nicht mäßigen?«

»Nee.«

»Sind Sie vielleicht einfach nur ein ganz gewöhnliches *Marktweib?*«

»Gewöhnlich«, sagte sie und nickte heftig. »Durch und durch gewöhnlich. Also, jetzt sag schon, was für ein Wort du gehabt hast.«

»Schande, Schande, Schande«, sagte er. Nach und nach brachte er sie dazu, mit ihrem Fragen aufzuhören. Sie fingen ein neues Spiel an. Diesmal waren es ganz normale Wörter, und sie erschienen auch nicht in beunruhigender, zusammengehöriger Folge.

Später, als sie im Bett waren, schlief er mit Carol. Er war eigentlich nicht besonders scharf. Er wollte ihr nur so nahe sein, wie es ging.

Als das Liebesgemurmel sich schließlich in behaglicher Stille verlor, fragte sie: »Und wie *hat* das Wort nun geheißen?«

»Hmmmm?« antwortete er und tat so, als wüßte er nicht, was sie meinte.

»Dein obszönes Wort in dem Scrabblespiel. Versuch mir nicht zu erzählen, daß du's vergessen hast.«

»Nichts Wichtiges.«

Sie lachte. »Nach allem, was wir gerade in diesem Bett gemacht haben, glaubst du doch sicher nicht, daß ich beschützt werden muß, oder?«

»Es ist kein obszönes Wort gewesen.« Was stimmte. »Ich hab' überhaupt kein Wort gehabt.« Was nicht stimmte. »Es ist nur ... ich hab' gedacht, die ersten fünf Wörter auf dem Brett sind nicht gut für Jane.«

»Nicht gut für sie?«

»Ich. Ich meine, du hast mir gesagt, daß sie möglicherweise ein oder vielleicht sogar beide Elternteile bei einem Brand verloren hat. Sie könnte jetzt gerade an der Schwelle stehen, etwas über eine furchtbare Tragödie in ihrer jüngsten Vergangenheit zu erfahren oder sich daran zu erinnern. Heute abend sollte sie sich einfach entspannen, ein bißchen lachen. Und wie sollte das Spiel ihr Spaß machen, wenn die Wörter auf dem Brett sie daran erinnern, daß ihre Eltern möglicherweise tot sind?«

Carol drehte sich auf die Seite, erhob sich ein wenig, beugte sich über ihn, so daß ihr nackter Busen seine Brust streifte, und sah ihn mit unverwandtem Blick an. »Ist das wirklich der einzige Grund, warum du so außer dir warst?«

»Glaubst du nicht, daß ich recht gehabt habe? Hab' ich übertrieben reagiert?«

»Vielleicht schon. Vielleicht auch nicht. Es ist jedenfalls gruslig gewesen.« Sie küßte ihn auf die Nase. »Weißt du, warum ich dich so liebe?«

»Weil ich so ein großartiger Liebhaber bin?«

»Das bist du tatsächlich, aber das ist nicht der Grund, warum ich dich liebe.«

»Weil ich so einen knackigen Hintern hab'?«

»Nicht deswegen.«

»Weil meine Fingernägel so gepflegt und sauber sind?«

»Nicht deswegen.«

»Dann geb' ich's auf.«

»Du bist so verdammt sensibel, sorgst dich so sehr um andere. Wie typisch von meinem Paul, daß es dich beschäftigt, ob das Scrabblespiel Jane Spaß macht. *Deswegen* lieb' ich dich.«

»Und ich hab' gedacht, es wären meine haselnußbraunen Augen.«

»Nee.«

»Mein klassisches Profil.«

»Nimmst du mich wirklich auf den Arm?«

»Oder wie der dritte Zeh an meinem linken Fuß halb unter dem zweiten liegt.«

»Oh, das hatte ich vergessen. Hmmmm. Du hast recht. *Deswegen* liebe ich dich. Nicht weil du sensibel bist. Deine *Zehen* machen mich ganz wild.«

Ihre Neckereien führten zu Liebkosungen, und die Liebkosungen führten zu Küssen, und die Küsse führten zu neuerlicher Leidenschaft. Sie erreichte ihren Höhepunkt nur wenige Sekunden, bevor er sich tief in ihr verströmte, und als sie sich schließlich voneinander lösten, fühlte er sich angenehm ausgelaugt.

Trotzdem schlief sie schneller ein als er. Er starrte die dunkle Decke des dunklen Schlafzimmers an und dachte an das Scrabblespiel.

KLINGE, BLUT, TOT, GRAB, TÖTEN...

Er dachte an das Wort, das er vor Carol und Jane verborgen hatte, das Wort, das ihn dazu gezwungen hatte, dieses Spiel zu beenden und ein neues zu beginnen. Nachdem er TO an das T in Blut angefügt hatte, waren noch fünf Buchstabenplättchen auf seinem Gestell übrig: X, U, R, L und C. Das X und das U spielten bei dem, was folgte, keine Rolle. Als er jedoch zwei neue Buchstaben zog, hatten sich diese beunruhigend gut mit dem C, R und L verbunden. Zuerst bekam er ein A. Und er wußte, was passieren würde. Er wollte nicht weitermachen; er erwog bereits zu diesem Zeitpunkt, alle Steinchen in die Schachtel zurückzuwerfen, denn er hatte Angst davor, das Wort zu sehen, das sich – das wußte er – zusammen mit den anderen Buchstaben ergeben würde. Aber er hörte nicht auf. Er war zu neugierig aufzuhören. Er zog noch ein zweites Plättchen, das ein O war.

C... A... O... L

KLINGE, BLUT, TOT, GRAB, TÖTEN, CAROL.

Natürlich, selbst wenn er es einfügen konnte, hätte er CAROL nicht legen dürfen, denn das war ein Eigenname, und die Regeln ließen keine Eigennamen zu. Darüber konnte man sich jedoch streiten. Wesentlich war, daß sich ihr Name so reibungslos ergeben hatte, daß er so deutlich auf seinem Gestell stand, daß es unheimlich war. Wie hoch standen die Chancen für so etwas wohl?

Es schien ein Omen zu sein. Eine Warnung, daß Carol etwas zustoßen würde. Genauso, wie sich Grace Mitowskis zwei Alpträume als prophetisch erwiesen hatten.

Er dachte an die anderen merkwürdigen Ereignisse, die in letzter Zeit vorgefallen waren: die unnatürlich heftigen Blitzschläge in O'Brians Büro; das hämmernde Geräusch, das das Haus erschüttert hatte; der Eindringling auf dem Rasen hinter dem Haus während des Unwetters. Er hatte das Gefühl, daß all das miteinander in Verbindung stand. Aber um Himmels willen, *wie?*

KLINGE, BLUT.

TOT, GRAB.

TÖTEN, CAROL.

Wenn die Wortreihe auf den Scrabblesteinchen eine prophetische Warnung darstellte, was sollte er dann dagegen tun? Das Omen, wenn es überhaupt ein Omen war, war zu unklar, um irgendeinen Wert zu haben. Es gab nichts Greifbares, gegen das man sich hätte rüsten können. Er konnte Carol nicht beschützen, so lange er nicht wußte, woher die Gefahr drohte. Ein Autounfall? Ein Flugzeugabsturz? Ein Überfall? Krebs? Es konnte alles sein. Er sah keinen Nutzen darin, Carol zu sagen, daß sich ihr Name auf seinem Gestell mit den Scrabblesteinchen ergeben hatte; sie konnte auch nichts anderes tun, als sich darüber Sorgen machen.

Und das wollte er nicht.

Statt dessen machte *er* sich in der Dunkelheit Sorgen um *sie* und fröstelte sogar noch unter der Bettdecke.

Um zwei Uhr morgens las Grace immer noch in ihrem Arbeitszimmer. Es hatte keinen Zweck, schon in den nächsten ein oder zwei Stunden ins Bett zu gehen. Die Ereignisse der letzten Woche hatten ihr Schlaflosigkeit beschert.

Der eben vergangene Tag war relativ ereignislos verlaufen. Aristophanes verhielt sich noch immer merkwürdig, versteckte sich vor ihr, schlich herum, beobachtete sie, wenn er glaubte, sie wüßte nicht, daß er dort war. Aber er hatte keine Kissen oder Möbel mehr zerfetzt, und er hatte sein Katzenklo benutzt, wie er es sollte; all das schien ermutigend. Sie hatte keine Telefonanrufe mehr von dem Mann erhalten, der so getan hatte, als sei er Leonard, und dafür war sie dankbar. Ja, es war im großen und ganzen ein ziemlich normaler Tag gewesen.

Und dennoch...

Sie war noch immer angespannt und konnte nicht schlafen, weil sie das Gefühl hatte, sich im Zentrum eines Wirbelsturms aufzuhalten. Sie hatte das Gefühl, daß die Ruhe und der Frieden in ihrem Haus trügerisch waren, daß Blitz und Donner rund um sie herum wüteten, daß sie sie nur gerade nicht hören oder sehen konnte. Sie erwartete, jeden Augenblick in den Sturm zurückgeschleudert zu werden, und diese Erwartung machte es ihr unmöglich, sich zu entspannen.

Sie hörte ein verstohlenes Geräusch und sah von dem Roman auf, den sie gerade las.

Aristophanes tauchte an der offenen Tür zum Arbeitszimmer auf und spähte vom Flur herein. Nur sein eleganter Siamesenkopf war zu sehen, als er ihn vorsichtig um den Türrahmen herum streckte.

Ihre Blicke trafen sich. Einen Augenblick lang hatte Grace das Gefühl, daß sie nicht in die Augen eines unwissenden Tieres sah. Es schien Intelligenz darin zu liegen. Klugheit. Erfahrung. Mehr als nur animalische Entschlossenheit und Zielstrebigkeit.

Aristophanes zischte.

Sein Blick war kalt. Zwei Kugeln aus kristallklarem, blau-grünem Eis.

»Was willst du denn, Katze?«

Er brach ihren Wettkampf ab und sah weg. Er wandte sich mit hochmütiger Gleichgültigkeit von ihr ab, tappte an der Tür vorbei, langsam den Flur hinunter und tat so, als hätte er ihr nicht nachspioniert; obwohl sie beide wußten, daß er genau das getan hatte.

Nachspioniert? dachte sie. Bin ich denn verrückt? Für wen würde eine Katze wohl spionieren? Katzsylvanien? Großkätzchen? Schnurrien?

Es fielen ihr noch weitere Wortspiele ein, aber keines davon entlockte ihr ein Lächeln.

Statt dessen saß sie mit dem Buch auf dem Schoß da und fragte sich, ob sie noch ganz richtig im Kopf war.

## 9

Donnerstag nachmittag.

Die Vorhänge in der Praxis waren ganz zugezogen, wie immer. Das Licht der beiden Bodenlampen war golden und diffus. Mickey Mouse grinste noch immer breit in all seinen Formen.

Carol und Jane saßen in den Ohrensesseln.

Das Mädchen glitt mit nur geringer Hilfe von Carol in Trance. Die meisten Patienten sprachen beim zweitenmal besser auf Hypnose an, und Jane bildete da keine Ausnahme.

Wieder verwendete Carol die Zeiger der imaginären Armbanduhr, drehte die Zeit und damit Jane in die Vergangenheit zurück. Diesmal brauchte das Mädchen keine zwei Minuten, um über die Schwelle ihres Gedächtnisverlustes hinauszugelangen. Innerhalb von nur zwanzig oder dreißig Sekunden kam sie an den Punkt, wo für sie Erinnerungen existierten.

Sie erschauerte und saß dann plötzlich kerzengerade auf ihrem Stuhl. Ihre Augen klappten auf wie die Augen einer Puppe; sie sah durch Carol *hindurch*. Ihr Gesicht war vor Schrecken verzerrt.

»Laura?« fragte Carol.

Das Mädchen faßte sich mit den Händen an den Hals, schnappte nach Luft, würgte und verzog das Gesicht vor Schmerz. Sie schien wieder dasselbe Trauma zu durchleben, das sie in den Sitzungen des vergangenen Tages in Panik versetzt hatte, aber heute schrie sie nicht.

»Du spürst das Feuer nicht«, sagte Carol. »Es tut nicht weh, Kleines. Entspanne dich. Beruhige dich. Du riechst den Rauch auch nicht. Er stört dich überhaupt nicht. Atme ganz ruhig und normal. Sei ruhig und entspanne dich.«

Das Mädchen gehorchte nicht. Sie zitterte und bekam einen Schweißausbruch. Sie würgte immer wieder trocken und heftig, jedoch fast ohne ein Geräusch.

Carol hatte Angst, wieder die Kontrolle verloren zu haben, und verdoppelte ihre Bemühungen, ihre Patientin zu beruhigen, jedoch ohne Erfolg.

Jane begann, wild zu gestikulieren, und ihre Hände schnitten heftig durch die Luft, stießen und zerrten und hämmerten.

Plötzlich kam Carol zu Bewußtsein, daß das Mädchen

zu sprechen versuchte, jedoch aus irgendeinem Grunde die Stimme verloren hatte.

Jane traten Tränen in die Augen; sie liefen ihr Gesicht hinunter. Sie bewegte den Mund ohne den geringsten Erfolg und versuchte verzweifelt, Worte herauszupressen, die nicht herauswollten. Zusätzlich zu dem Schrekken stand ihr jetzt auch noch Frustration in den Augen.

Carol holte schnell ein Notizbuch und einen Filzstift von ihrem Schreibtisch. Sie legte das Notizbuch auf Janes Schoß und drückte ihr den Stift in die Hand.

»Schreib mir's auf, Kleines.«

Das Mädchen hielt den Stift so verkrampft, daß die Knöchel so weiß und spitz hervorstanden wie die Knöchel der fleischlosen Hand eines Skeletts. Sie schaute auf das Notizbuch herunter. Sie hörte auf zu würgen, zitterte jedoch weiterhin.

Carol kauerte neben dem Ohrensessel nieder, wo sie in das Notizbuch sehen konnte. »Was möchtest du mir sagen?«

Mit der zittrigen Hand einer alten Frau kritzelte Jane hastig zwei Wörter nieder, die kaum zu lesen waren: *Hilf mir.*

»Warum brauchst du Hilfe?«

Wieder: *Hilf mir.*

»Warum kannst du nicht sprechen?«

*Kopf.*

»Genauer.«

*Mein Kopf.*

»Was ist mit deinem Kopf?«

Die Hand des Mädchens begann, einen Buchstaben zu formen, rutschte dann in die nächste Zeile und fing wieder falsch an, rutschte in eine dritte Zeile – als ob sie nicht wüßte, wie sie das, was sie sagen wollte, ausdrücken sollte. Schließlich fing sie an, wie toll mit dem Filzstift auf das Papier einzustechen, so daß es schließlich voller kreuz und quer verlaufender schwarzer Linien war, die keinen Sinn ergaben.

»Hör auf!« sagte Carol. »Du *wirst* dich jetzt entspannen, verdammt noch mal. Beruhige dich.«

Jane hörte auf, auf das Papier einzustechen. Sie war jetzt still und starrte auf das Notizbuch auf ihrem Schoß.

Carol riß die verschmierte Seite heraus und warf sie auf den Boden. »Also gut. Jetzt wirst du meine Fragen ruhig und so vollständig du kannst beantworten. Wie heißt du?«

*Millie.*

Carol starrte den handgeschriebenen Namen an und fragte sich, was wohl aus Laura Havenswood geworden war. »Millie? Bist du sicher, daß du so heißt?«

*Millicent Parker.*

»Wo ist Laura?«

*Wer ist Laura?*

Carol starrte das verzerrte Gesicht des Mädchens an. Der Schweiß begann nun, auf ihrer porzellanglatten Haut zu trocknen. Ihr Blick war leer, in die Ferne gerichtet. Der Mund hing schlaff herunter.

Carol wischte unvermittelt mit der Hand vor dem Gesicht des Mädchens vorbei. Jane zuckte nicht einmal zusammen. Sie täuschte die Trance nicht vor.

»Wo wohnst du, Millicent?«

*Harrisburg.*

»Direkt hier in der Stadt. Deine Adresse?«

*Front Street.*

»Am Fluß? Weißt du die Nummer?«

Das Mädchen schrieb sie auf.

»Wie heißt dein Vater?«

*Randolph Parker.*

»Wie heißt deine Mutter?«

Der Stift kritzelte einen bedeutungslosen Kringel auf die Seite des Notizbuches.

»Wie heißt deine Mutter?« fragte Carol noch einmal.

Wieder durchbebte ein krampfhaftes Zittern das Mädchen. Sie würgte lautlos und griff sich wieder an den Hals. Der Filzstift hinterließ einen schwarzen Fahrer an der Unterseite ihres Kinns.

Ganz offensichtlich verängstigte sie schon die bloße Erwähnung ihrer Mutter. Hier war etwas, das es zu erforschen galt, wenn auch nicht jetzt.

Carol redete auf sie ein, beruhigte sie und fragte etwas anderes. »Wie alt bist du, Millie?«

*Morgen ist mein Geburtstag.*

»Tatsächlich? Und wie alt wirst du?«

*Ich werd's nicht schaffen.*

»Was wirst du nicht schaffen?«

*Sechzehn.*

»Bist du jetzt fünfzehn?«

*Ja.*

Und du glaubst, daß du nicht sechzehn werden wirst? Ist es das?«

*Werde nicht mehr leben.*

»Warum nicht?«

Der schimmernde Schweiß auf dem Gesicht des Mädchens war fast schon verdunstet gewesen; nun traten jedoch am Haaransatz wieder Schweißperlen auf ihre Stirn.

»Warum wirst du deinen Geburtstag nicht mehr erleben?« fragte Carol hartnäckig.

Wie vorher stach das Mädchen nun wieder wütend mit dem Filzstift auf das Notizbuch ein.

»Hör auf damit«, sagte Carol mit fester Stimme. »Entspanne dich, beruhige dich und beantworte meine Frage.« Sie riß die zerfetzte Seite aus dem Buch, warf sie weg und meinte dann: »Warum wirst du deinen sechzehnten Geburtstag nicht mehr erleben, Millie?«

*Kopf.*

Jetzt sind wir also wieder da angelangt, dachte Carol. Sie sagte: »Was ist mit deinem Kopf? Was ist los damit?«

*Abgehackt.*

Carol starrte dieses Wort einen Augenblick lang an und sah dann hinauf in das Gesicht des Mädchens.

Millie-Jane riß sich zusammen, ruhig zu bleiben, genauso, wie Carol es ihr gesagt hatte. Aber ihre Augen flakkerten nervös, und es lag Schrecken in ihnen. Ihre Lippen waren völlig farblos und bebten. Unter den Strömen von Schweiß, die sich über ihre Stirn ergossen, war ihre Haut wächsern und mehlig weiß.

Sie kritzelte weiterhin wie wild in das Notizbuch, immer wieder dasselbe Wort: *Abgehackt, abgehackt, abgehackt, abgehackt* . . . Sie drückte mit so großem Druck auf das Blatt, daß die Spitze des Filzstiftes nun zu formlosem Brei zerquetscht war.

Mein Gott, dachte Carol, das ist wie ein Live-Bericht aus den Tiefen der Hölle.

Laura Havenswood. Millicent Parker. Das eine Mädchen schrie vor Schmerz, als die Flammen sie verzehrten, das andere war Opfer eine Enthauptung. Was hatten die zwei Mädchen mit Jane Doe zu tun? Sie konnte nicht gleichzeitig alle *beide* sein. Vielleicht war sie keine davon. Waren das Menschen, die sie gekannt hatte? Oder entsprangen sie gänzlich ihrer Fantasie?

*Was um Himmels willen geht hier vor sich?* fragte sich Carol.

Sie legte ihre eigene Hand über die schreibende Hand des Mädchens und brachte den quietschenden Stift zum Halten. Mit sanfter, rhythmischer Stimme sagte sie Millie-Jane, daß alles in Ordnung war, daß sie völlig sicher war, und daß sie sich entspannen mußte.

Die Augen des Mädchens hörten auf zu flackern. Sie sank in ihrem Stuhl zurück.

»Gut«, sagte Carol. »Ich glaube, das ist genug für heute, Kleines.«

Mit Hilfe der imaginären Armbanduhr bewegte sie das Mädchen wieder auf die Gegenwart zu.

Ein paar Sekunden lang ging alles gut, aber dann schoß Jane ohne Vorwarnung vom Stuhl hoch, wischte das Notizbuch vom Schoß und schleuderte den Stift quer durchs Zimmer. Ihr blasses Gesicht rötete sich, und ihr ruhiger Gesichtsausdruck wich blanker Wut.

Carol erhob sich aus ihrer Position neben dem Stuhl des Mädchens und trat vor sie. »Kleines, was ist los?«

Der Blick des Mädchens hatte etwas Wildes. Sie begann mit solcher Kraft zu schreien, daß sie Carol anspuckte. »Scheiße! Die Hexe hat's getan! Die verdammte, gemeine Hexe!«

Das war nicht Janes Stimme.

Und auch nicht Lauras.

Es war eine neue Stimme, eine dritte, die ihren ganz eigenen Charakter hatte, und Carol hatte so eine Ahnung, daß es nicht die von Millicent Parker, der Stummen war. Sie vermutete, daß da eine völlig neue Identität an die Oberfläche gedrungen war.

Das Mädchen stand sehr steif und aufrecht da, die Hände neben dem Körper zu Fäusten geballt, und starrte in die Unendlichkeit. Ihr Gesicht war vor Wut verzerrt. »Die gemeine Hexe hat's getan! Sie hat mir's *wieder* angetan!«

Das Mädchen schrie weiterhin, so laut sie konnte, und die Hälfte der Wörter, die sie ausstieß, war obszön. Carol versuchte, sie zu besänftigen, aber diesmal war es nicht leicht. Mindestens eine Minute lang heulte und fluchte das Mädchen weiter. Endlich jedoch, auf Carols Drängen hin, bekam sie sich wieder unter Kontrolle. Sie hörte auf zu schreien, aber in ihrem Gesicht stand immer noch die Wut.

Carol hielt das Mädchen bei den Schultern gepackt, sah ihr direkt in die Augen und fragte: »Wie heißt du?«
»Linda.«

»Und der Familienname?«

»Bektermann.«

Es war wieder eine neue Identität, genau wie Carol befürchtet hatte. Sie ließ sie den Namen buchstabieren.

Dann: »Wo wohnst du, Linda?«

»Zweite Straße.«

»In Harrisburg?«

»Ja.«

Carol fragte nach der genauen Adresse, und das Mädchen gab sie ihr. Es war nur wenige Häuserblocks von der

Adresse in der Front Street entfernt, die Millicent Parker ihr genannt hatte.

»Wie heißt dein Vater, Linda?«

»Herbert Bektermann.«

»Wie heißt deine Mutter?«

Die Frage bewirkte bei Linda das gleiche wie vorher bei Millie. Sie wurde schnell unruhig und begann wieder zu schreien. »Die Hexe! Mein Gott, was sie mir *angetan* hat. Die widerliche, gemeine Hexe! Ich hasse sie. Ich hasse sie!«

Carol fröstelte bei der Verbindung von Wut und Schmerz in der gequälten Stimme des Mädchens, und sie beruhigte sie schnell.

Dann: »Wie alt bist du, Linda?«

»Morgen ist mein Geburtstag.«

Carol runzelte die Stirn. »Rede ich jetzt mit Millicent?«

»Wer ist Millicent?«

»Rede ich immer noch mit Linda?«

»Ja.«

»Und dein Geburtstag ist morgen?«

»Ja.«

»Wie alt wirst du?«

»Ich werd's nicht schaffen.«

Carol blinzelte. »Du meinst, du wirst deinen Geburtstag nicht erleben?«

»Genau.«

»Ist es dein sechzehnter Geburtstag?«

»Ja.«

»Und du bist jetzt fünfzehn?«

»Ja.«

»Warum machst du dir Gedanken, daß du sterben wirst?«

»Weil ich es weiß.«

»Woher?«

»Weil ich's schon bin.«

»Du bist schon am Sterben?«

»Tot.«

»Du bist schon tot?«

»Ich werd's sein.«

»Sei bitte genauer. Willst du mir sagen, daß du schon tot bist? Oder sagst du, daß du nur Angst hast, daß du bald sterben wirst?«

»Ja.«

»Welches von beiden?«

»Beides.«

Carol hatte das Gefühl, als befinde sie sich inmitten der Teegesellschaft aus ›Alice im Wunderland‹.

»Wie, glaubt du, wirst du sterben, Linda?«

»Sie wird mich umbringen.«

»Wer?«

»Die Hexe.«

»Deine Mutter?«

Das Mädchen krümmte sich und hielt sich die Seite, als hätte man sie geschlagen. Sie schrie, drehte sich herum, stolperte zwei Schritte und fiel krachend hin. Auf dem Boden hielt sie sich noch immer die Seite, und sie strampelte mit den Beinen und wand sich. Sie hatte offensichtlich unerträgliche Schmerzen. Natürlich waren das nur eingebildete Schmerzen, aber das Mädchen konnte sie nicht von wirklichen unterscheiden.

Voller Schrecken kniete Carol neben ihr nieder, hielt ihre Hand und drängte sie, sich zu beruhigen. Als das Mädchen sich schließlich entspannte, brachte Carol sie schnell bis ganz zur Gegenwart zurück und aus der Trance heraus.

Jane blinzelte, starrte zu Carol hoch und legte eine Hand neben sich auf den Boden, wie um die Wahrheit dessen zu überprüfen, was ihre Augen ihr mitteilten. »Mensch, was mache ich denn hier unten?«

Carol half ihr auf die Beine. »Ich nehme an, du erinnerst dich nicht?«

»Nein. Hab' ich dir was Neues über mich erzählt?«

»Nein. Ich glaube nicht. Du hast mir erzählt, du bist ein Mädchen namens Millicent Parker, und dann hast du mir erzählt, du bist ein Mädchen namens Linda Bektermann, aber ganz offensichtlich kannst du nicht *beide und* noch obendrein Laura sein. Also vermute ich, daß du keine von beiden bist.«

»Das glaube ich auch«, meinte Jane. »Diese beiden neuen Namen sagen mir auch nicht mehr als der von Laura Havenswood. Aber wer *sind* diese ganzen Leute? Woher habe ich ihre Namen, und warum hab' ich dir gesagt, daß ich irgend jemand von ihnen bin?«

»Wenn ich das bloß wüßte«, meinte Carol. »Aber über kurz oder lang kriegen wir das schon raus. Wir gehen der ganzen Sache auf den Grund, Kleines. Das versprech' ich dir.«

Aber was in Gottes Namen werden wir dort auf dem Grunde finden, dort unten in der Dunkelheit? fragte Carol sich. Wird es etwas sein, von dem wir wünschen, wir hätten es lieber für alle Ewigkeit ruhen lassen?

Am Donnerstag nachmittag arbeitete Grace Mitowski in dem Rosengarten hinter ihrem Haus. Es war ein warmer und klarer Tag, und sie hatte das Gefühl, sie müßte sich körperlich betätigen. Außerdem würde sie das Telefon vom Garten aus nicht hören und deshalb auch nicht in Versuchung geführt werden abzuheben. Und das war gut so, weil sie seelisch noch nicht darauf eingestellt war; sie war noch zu keinem Schluß gekommen, wie sie das nächstemal, wenn der Scherzbold anrief und so tat, als sei er ihr längst verstorbener Mann, mit ihm umgehen sollte.

Aufgrund der sintflutartigen Regenfälle der vergangenen Woche waren die Rosen schon verwelkt. Die letzten Blumen der Saison hätten eigentlich genau jetzt in voller Blüte stehen müssen, viele hatten jedoch durch den windgepeitschten Regen ein Fünftel oder gar ein Viertel ihrer Blätter verloren. Trotzdem war der Garten noch immer ein bunter und heiterer Anblick.

Sie hatte Aristophanes ins Freie gelassen, damit er ein wenig Auslauf hatte. Sie behielt ihn im Auge und wollte ihn sofort zurückrufen, wenn er ihren Garten verließ. Sie war entschlossen, ihn von demjenigen fernzuhalten, der ihm Gift oder Drogen gegeben hatte. Er schien jedoch nicht zum Herumstromern aufgelegt zu sein; er blieb in der Nähe, schlich zwischen den Rosen herum, schreckte eine Motte oder zwei auf und jagte sie mit kätzischer Verbissenheit.

Grace kniete gerade vor einer Reihe von gelben, blutroten und orangefarbenen Blumen und hob die Erde mit einer Gartenkelle aus, als jemand meinte: »Sie haben einen großartigen Garten.«

Sie schaute überrascht auf und sah einen dünnen Mann mit gelbsüchtiger Haut und zerknittertem blauem Anzug, der schon seit vielen Jahren aus der Mode war. Auch Hemd und Krawatte waren hoffnungslos veraltet. Er sah aus, als wäre er geradewegs aus einem Foto aus den vierziger Jahren herausgetreten. Er hatte ausdünnendes, sandfarbenes Haar, und seine Augen hatten einen ungewöhnlich sanften Braunton, der fast schon beige war. Sein Gesicht bestand gänzlich aus schmalen Zügen und scharfen Kanten, die ihm halb das Aussehen eines Habichts und halb das eines geizigen Geldverleihers aus einem Roman von Charles Dickens gaben. Er wirkte wie Anfang bis Mitte fünfzig.

Grace warf einen Blick zu dem Tor in dem weißen Bretterzaun hinüber, der ihren Grund von der Straße trennte. Es stand weit offen. Ganz offensichtlich war der Mann vorbeispaziert, hatte die Rosen durch eine Lücke in der Pappelhecke gesehen, die vor dem Zaun wuchs, und hatte beschlossen hereinzukommen und sie sich näher anzusehen.

Er lächelte freundlich, auch in seinem Blick lag Wärme; er wirkte nicht wie ein Eindringling, obwohl er das eigentlich war. »Sie müssen hier ja zwei Dutzend verschiedene Rosensorten haben.«

»Drei Dutzend«, sagte sie.

»Wirklich großartig«, meinte er und nickte beifällig.

Seine Stimme war nicht dünn und spitz wie alles andere an ihm. Sie war tief, voll und freundlich und hätte besser zu einem muskulösen, kräftigen Kerl gepaßt, der eineinhalbmal so groß gewesen wäre. »Sie halten den ganzen Garten allein in Ordnung?«

Grace setzte sich auf die Fersen und hielt noch immer die Gartenkelle in der behandschuhten Hand. »Klar. Ich genieße das. Und irgendwie... es wäre einfach nicht *mein* Garten, wenn ich jemanden anstellen würde, der mir dabei hilft.«

»Genau!« sagte der Fremde. »Ja, ich kann verstehen, was Sie meinen.«

»Sind Sie neu hier?« fragte Grace.

»Nein, nein. Hab' früher nur einen Häuserblock von hier gewohnt, aber das ist lang, lang her.« Er atmete tief ein und lächelte wieder. »Ach, der wundervolle Duft der Rosen! Es gibt nichts, was auch nur halb so gut riecht. Ja, Sie haben da einen prächtigen Garten. Wirklich prächtig.«

»Danke.«

Er schnippte mit den Fingern, als ihm ein Einfall kam. »Ich sollte was darüber schreiben. Das könnte eine erstklassige Geschichte für die Spalte ›Menschliches – allzu Menschliches‹ werden. Dieses Märchenland, das da in einem ganz normalen Garten hinter dem Haus versteckt liegt. Ja, ich bin mir sicher, genau das wär's. Mal 'ne schöne Abwechslung für mich.«

»Sind Sie Schriftsteller?«

»Reporter«, sagte er, während er noch immer tief einatmete und den Duft der Blüten genoß.

»Sind Sie bei einem Lokalblatt?«

»Bei der *Morning News*. Ich heiße Palmer Wainwright.«

»Grace Mitowski.«

»Ich hatte gehofft, Sie würden meinen Namen vielleicht kennen«, meinte Wainwright grinsend.

»Tut mir leid. Ich lese die *Morning News* nicht. Ich kriege jeden Morgen die *Patriot News* vom Zeitungsjungen zugestellt.«

»Na ja, was soll's«, meinte er achselzuckend, »das ist auch 'ne gute Zeitung. Aber wenn Sie die *Morning News* nicht lesen, haben Sie natürlich auch nie meine Geschichte über den Fall Bektermann gelesen.«

Als Grace klarwurde, daß Wainwright vorhatte, noch eine Weile dazubleiben, stand sie aus der Hocke auf und streckte ihre nun schon schnell erstarrenden Beine. »Der Fall Bektermann? Das kommt mir bekannt vor.«

»Natürlich haben alle Zeitungen darüber berichtet. Aber ich habe 'ne fünfteilige Serie geschrieben. Und sogar 'ne ganz gute, auch wenn ich das selbst behaupte. Ich bin deswegen für den Pulitzerpreis nominiert worden. Haben Sie das gewußt? Eine echte Pulitzerpreisnominierung.«

»Tatsächlich? Meine Güte, das ist ja toll«, meinte Grace und wußte nicht recht, ob sie ihn ernst nehmen sollte; sie wollte ihn aber auch nicht verletzen. »Das ist *wirklich* toll. Das muß man sich mal vorstellen. Eine Nominierung für den Pulitzerpreis.«

Sie hatte den Eindruck, daß die Unterhaltung plötzlich eine merkwürdige Wendung genommen hatte. Sie war nun nicht mehr oberflächlich. Sie hatte das Gefühl, daß Wainwright nicht in den Garten gekommen war, um ihre Rosen zu bewundern und freundlich mit ihr zu plaudern, sondern um ihr, einer völlig Fremden, von seiner Nominierung für den Pulitzerpreis zu erzählen.

»Hab' ihn aber nicht bekommen«, sagte Wainwright. »Aber so wie ich die Sache sehe, ist eine Nominierung fast so gut wie der Preis selbst. Ich will sagen, von den Zehntausenden von Zeitungsartikeln, die in einem Jahr veröffentlicht werden, kommt nur eine Handvoll in Frage.«

»Helfen Sie mir doch bitte auf die Sprünge«, meinte Grace. »Worum ging's in dem Fall Bektermann?«

Er lachte gutmütig und schüttelte den Kopf. »Ging nicht um das, was ich *dachte*. Soviel ist jedenfalls sicher. Ich hab' das Ganze als verworrenes Freudsches Puzzle interpretiert. Sie wissen schon – der eiserne Vater, der sich vielleicht widernatürlich zu seiner Tochter hingezogen fühlt, die Mutter hat Alkoholprobleme, und das arme Mädchen zwischendrin. Das Mädchen wird Opfer abscheulichen psychologischen Drucks, den sie nicht versteht und nicht ertragen kann, bis sie schließlich – *überschnappt*. So habe ich die Sache gesehen. So habe ich es aufgeschrieben. Ich dachte, ich bin ein glänzender Detektiv und grabe bis zu den tiefsten Wurzeln der Tragödie um die Bektermanns. Aber ich bin nur bis zur Fassade vorgedrungen. Die tatsächliche Geschichte ist noch weit merkwürdiger gewesen, als ich mir jemals ausgemalt hatte. Teufel noch mal, sie ist so merkwürdig gewesen, daß ein ernsthafter Reporter nicht riskieren konnte, sie herauszubringen. Keine Zeitung mit Ruf hätte das als Nachricht gedruckt. Wenn ich die Wahrheit gekannt *hätte*, und wenn es mir irgendwie gelungen *wäre*, sie zu veröffentlichen, hätte ich damit meine Karriere ruiniert.«

Was zum Teufel geht hier vor sich? fragte sich Grace. Er scheint ganz versessen darauf zu sein, mir diese ganze Angelegenheit haarklein zu erzählen, scheint sogar wie unter einem Zwang zu stehen, obwohl er mich noch nie zuvor gesehen hat. Ahmt das Leben hier die Kunst nach – mein Rosengarten als Bühne für Coleridges Gedicht? Bin ich der Gast und Wainwright der Ancient Mariner?

Als sie in Wainwrights beigefarbene Augen sah, kam ihr plötzlich zu Bewußtsein, wie allein sie war, sogar hier im Garten. Ihr Grund war eingesäumt von Bäumen, geschützt, privat.

»War es ein Mordfall?« fragte sie.

»War und ist«, sagte Wainwright. »Es hat mit den Bektermanns noch nicht aufgehört. Es geht immer noch weiter. Diese verdammte endlose Jagd. Sie geht immer noch weiter, und diesmal muß dem Ganzen ein Ende gemacht werden. Deshalb bin ich hier. Ich bin gekommen, um Ihnen zu sagen, daß Ihre Carol da mittendrin steckt. Mittendrin. Sie müssen ihr helfen. Holen Sie sie weg von dem Mädchen.«

Grace starrte ihn an, unwillig zu glauben, was sie gehört hatte.

»Es gibt gewisse Mächte, dunkle und starke Mächte«, sagte Wainwright ruhig, »die wollen...«

Mit wütendem Kreischen sprang Aristophanes ihn wie ein Berserker an. Er landete auf der Brust des Mannes und kletterte zu seinem Gesicht hoch.

Grace schrie und sprang voller Entsetzen zurück.

Wainwright stolperte zur Seite, packte die Katze mit beiden Händen und versuchte, sie ohne Erfolg von seinem Gesicht wegzuzerren.

»Ari!« kreischte Grace. »Hör auf damit!«

Aristophanes hatte sich in den Nacken des Mannes verkrallt und biß ihn in die Wange.

Wainwright schrie nicht, wie man es eigentlich erwartet hätte. Er war schaurig still, während er mit der Katze rang, obwohl das Wesen entschlossen schien, ihm das Gesicht zu zerfetzen.

Grace ging auf Wainwright zu und wollte ihm helfen, auch wenn sie nicht wußte wie.

Die Katze kreischte. Sie riß Wainwright einen Fetzen Fleisch aus der Wange.

*O mein Gott, nein!*

Grace näherte sich nun schnell, hob die Gartenkelle, zögerte jedoch. Sie hatte Angst, statt der Katze den Mann zu treffen.

Wainwright wandte sich plötzlich von ihr ab und stolperte durch die Rosensträucher, an weißen und gelben Blüten vorbei, und die Katze klammerte sich noch immer an ihn. Er bewegte sich auf eine hüfthohe Hecke zu, fiel durch sie hindurch auf den Rasen auf der anderen Seite und war nicht mehr zu sehen.

Grace eilte zum Ende der Hecke, ging mit pochendem Herzen darum herum und stellte fest, daß Wainwright verschwunden war. Nur die Katze war dort, und sie schoß an ihr vorbei; quer durch den Garten, die Treppe zur hinteren Veranda hinauf und durch die halb geöffnete Hintertür ins Haus.

Wo war Wainwright? War er benommen und verletzt

davongekrochen? War er in einem geschützten Winkel des Gartens in Ohnmacht gefallen und verblutete nun langsam?

In dem Garten gab es ein halbes Dutzend Sträucher, die groß und dicht genug waren, um den Körper eines Mannes von Wainwrights Größe zu verbergen. Sie untersuchte alle, konnte jedoch von dem Reporter keine Spur finden.

Sie sah zum Gartentor hinüber, das auf die Straße führte. Nein. Er konnte nicht so weit gegangen sein, ohne daß sie es gemerkt hatte.

Verängstigt und verwirrt blinzelte Grace über den sonnengesprenkelten Garten und versuchte zu verstehen.

Im Telefonbuch von Harrisburg war weder ein Eintrag für Mr. Randolph Parker noch einer für Herbert Bektermann. Carol war verwirrt, jedoch nicht überrascht.

Nach dem letzten Patienten des Tages fuhren sie und Jane zu der Adresse in der Front Street, wo Millicent Parker behauptet hatte, gewohnt zu haben. Es war ein riesiges, eindrucksvolles viktorianisches Herrenhaus, war aber schon seit langem nicht mehr bewohnt. Der Rasen vor dem Haus war jetzt gepflastert und diente als Parkplatz. Neben der Einfahrt befand sich ein kleines geschmackvolles Schild:

## MAUGHAM & CRICHTON
## ÄRZTEHAUS

Vor vielen Jahren war dieser Teil der Front Street eine der elegantesten Gegenden in Pennsylvanias Hauptstadt gewesen. In den letzten paar Jahrzehnten waren jedoch viele der großen alten Häuser an der Flußpromenade abgerissen worden und hatten sterilen modernen Bürogebäuden Platz gemacht. Einige der verstreuten Häuser waren renoviert worden, wenigstens bis zu einem gewissen Grad – die Fassade war wunderschön restauriert, das Innere umgebaut und verschiedenen kommerziellen Zwekken angepaßt worden. Weiter im Norden gab es einen Teil der Front Street, der noch immer ein begehrtes Wohnviertel war, jedoch nicht hier, wohin Millicent Parker sie geschickt hatte.

Maugham & Crichton waren eine Gemeinschaftspraxis mit sieben Ärzten: zwei Internisten und fünf andere Spezialisten. Carol plauderte kurz mit der Dame an der Rezeption, einer Frau mit hennafarbenem Haar namens Polly, die ihr mitteilte, daß keiner der Ärzte Parker hieß. Außerdem gab es auch keine Schwester und keinen Angehörigen des geistlichen Personals mit diesem Namen. Darüber hinaus waren Maugham & Crichton nun schon seit fast siebzehn Jahren hier ansässig.

Es war Carol in den Sinn gekommen, daß Jane vielleicht einmal bei einem von Maugham & Crichtons Ärzten in Behandlung gewesen war und da ihr Unterbewußtes sich der Adresse der Praxis bedient hatte, um der Identität von Millicent Parker Gestalt zu geben. Aber Polly, die schon für Maugham & Crichton arbeitete, seit diese ihre Tore geöffnet hatten, war sich sicher, daß sie das Mädchen noch nie gesehen hatte. Da sie von Janes Gedächtnisverlust gefesselt und von Natur aus mitfühlend war, erklärte sich Polly bereit, die Akten durchzugehen, um festzustellen, ob Maugham & Crichton jemals jemanden mit dem Namen Laura Havenswood, Millicent Parker oder Linda Bektermann behandelt hatten. Die Suche verlief ergebnislos; keiner jener Namen tauchte in den Krankenakten auf.

Grace trat durch das Tor auf die Straße und sah nach links und rechts. Nirgends ein Zeichen von Palmer Wainwright.

Sie ging wieder in ihren eigenen Garten zurück, schloß und versperrte das Tor und ging auf das Haus zu.

Wainwright saß auf der Verandatreppe und wartete auf sie.

Sie blieb etwa fünf Meter vor ihm stehen, erstaunt, verwirrt.

Er stand von den Stufen auf.

»Ihr Gesicht«, meinte sie benommen.

Sein Gesicht hatte keinen einzigen Kratzer.

Er lächelte, als wäre nichts geschehen, und ging zwei Schritte auf sie zu. »Grace...«

»Die Katze«, sagte sie. »Ich habe Ihre Wange gesehen... Ihren Nacken... die Krallen haben...«

»Hören Sie zu«, sagte er und ging einen weiteren Schritt auf sie zu, »es gibt gewisse Mächte, dunkle und starke Mächte, die wollen, daß dieses Spiel falsch gespielt wird. Dunkle Mächte, die sich an Tragödien ergötzen. Sie wollen, daß das Ganze in sinnloser Gewalt und Blutvergießen endet. Das darf nicht geschehen, Grace. Nicht noch einmal. Sie müssen Carol von dem Mädchen weghalten, das ist besser für Sie und auch für das Mädchen.«

Grace starrte ihn an. »Wer zum Teufel sind Sie?«

»Wer sind *Sie*?« fragte Wainwright und zog dabei eine Augenbraue fragend hoch. »*Das* ist jetzt die entscheidende Frage. Sie sind nicht nur diejenige, die Sie glauben zu sein. Sie sind nicht nur Grace Mitowski.«

Er ist verrückt, dachte sie. Oder ich bin verrückt. Oder wir sind's beide. Ganz und gar verrückt.

Sie sagte: »Sie sind der Mensch vom Telefon. Sie sind der Verrückte, der Leonards Stimme nachmacht.«

»Nein«, sagte er. »Ich bin...«

»Kein Wunder, daß Ari Sie angefallen hat. Sie sind der, der ihm die ganze Zeit Drogen oder Gift oder so was unters Futter gemischt hat. Sie sind's, und er hat's *gewußt*.«

Aber was war mit den Verletzungen im Gesicht, dem zerfetzten Nacken? fragte sie sich. Wie um Himmels willen konnten diese Verletzungen so schnell heilen?

*Wie?*

Sie verdrängte diese Gedanken und weigerte sich, über derartige Dinge nachzudenken. Sie mußte sich geirrt haben. Sie mußte sich eingebildet haben, daß Ari den Mann tatsächlich verletzt hatte.

»Ja«, sagte sie, »Sie stecken hinter den ganzen unheimlichen Dingen, die in letzter Zeit passiert sind. Verschwinden Sie von meinem Grund und Boden, Sie verdammter Hurensohn.«

»Grace, gewisse Mächte haben sich zusammengetan...« Er sah jetzt nicht anders aus als vor ein paar Minuten, als er angefangen hatte, mit ihr zu reden. Er hatte zu jenem Zeitpunkt nicht verrückt gewirkt; und er wirkte auch jetzt nicht so. Er sah nicht gefährlich aus, und dennoch schwatzte er weiter etwas von dunklen Mächten. »...Gut und Böse, richtig und falsch. Sie sind auf der richtigen Seite, Grace. Aber die Katze – ach, mit der Katze ist das etwas anderes. Sie müssen immer auf der Hut sein vor der Katze.«

»Gehen Sie mir aus dem Weg«, sagte sie.

Er ging einen Schritt auf sie zu.

Sie schlug mit der Gartenkelle nach ihm und verfehlte sein Gesicht nur um wenige Zentimeter. Sie schlug immer wieder zu, zerschnitt dabei nur die leere Luft und wollte auch nichts anderes zerschneiden, und sie hoffte, ihn sich so lange vom Leibe halten zu können, bis sie an ihm vorbeischlüpfen konnte, denn er stand zwischen ihr und dem Haus. Und dann *war* sie schließlich an ihm vorbei; sie drehte sich um und rannte zur Küchentür, und dabei war ihr schmerzlich bewußt, daß ihre Beine alt und arthritisch waren. Sie ging nur ein paar Schritte, bevor ihr klarwurde, daß sie dem Wahnsinnigen nicht hätte den Rücken zudrehen sollen, und sie wirbelte keuchend herum, um ihm in die Augen zu sehen; sie war sicher, daß er sich gerade auf sie stürzen wollte, vielleicht mit einem Messer in der Hand...

Aber er war verschwunden.

Verschwunden. Wieder.

Er hatte keine Zeit gehabt, bis zu einem der Sträucher zu gelangen, die groß genug waren, um einen Mann zu verbergen, jedenfalls nicht in jenem Sekundenbruchteil, in dem sie ihm den Rücken zugekehrt hatte. Selbst wenn er viel jünger und in bester Verfassung, ein trainierter Läufer, gewesen wäre – selbst dann hätte er es in so kurzer Zeit nicht weiter als bis halb zum Tor geschafft.

Wo war er also?

*Wo war er?*

Von der Praxis von Maugham & Crichton in der Front Street aus fuhren Carol und Jane ein paar Häuserblocks weiter zu der Adresse in der Second Street, wo Linda Bektermann angeblich wohnte. Es war ein nettes Landhaus im französischen Stil in einer guten Gegend, mindestens fünfzig Jahre alt und in gutem Zustand. Es war niemand zu Haus, der Name auf dem Briefkasten lautete jedoch Nicholson, nicht Bektermann.

Sie klingelten nebenan und sprachen mit einer Nachbarin namens Jean Gunther, die bestätigte, daß das französische Landhaus der Familie Nicholson gehörte, die auch darin lebte.

»Mein Mann und ich wohnen jetzt schon seit sechs Jahren hier«, meinte Mrs. Gunther, »und die Nicholsons sind schon dagewesen, als wir hier eingezogen sind. Sie haben, glaube ich, mal erwähnt, daß sie seit 1965 in diesem Haus wohnen.«

Der Name Bektermann sagte Jean Gunther nichts.

Wieder im Auto und auf dem Weg nach Hause meinte Jane: »Du hast wirklich 'ne Menge Unannehmlichkeiten wegen mir.«

»Unsinn«, sagte Carol. »Irgendwie spiele ich gern Detektiv. Außerdem, wenn ich dir dabei helfen kann, diese Erinnerungssperre zu durchbrechen, wenn ich die Wahrheit hinter diesen ganzen Schnippchen, die dir dein Unterbewußtes schlägt, herausfinden kann, dann kann ich mir die psychologische Fachzeitschrift raussuchen, in der ich diesen Fall diskutieren will. Dadurch werd' ich mir zweifellos einen Namen in meinem Beruf machen. Vielleicht bring' ich sogar ein Buch darüber raus. Du siehst also, Kleines, daß ich wegen dir eines Tages reich und berühmt werden könnte.«

»Wirst du dann noch mit mir reden, wenn du reich und berühmt bist?« neckte das Mädchen sie.

»Klar. Du mußt natürlich eine Woche vorher einen Termin vereinbaren.«

Sie grinsten einander an.

Grace rief die *Morning News* von dem Telefon in ihrer Küche aus an.

Die Frau in der Vermittlung hatte keine Durchwahlnummer für Palmer Wainwright. Sie meinte: »Soweit ich weiß, arbeitet er nicht mal hier. Und ich bin sicher, daß er kein Reporter ist. Vielleicht einer von den neuen Redakteuren oder so.«

»Könnten Sie mich mit dem Büro des Chefredakteurs verbinden?« fragte Grace.

»Das ist Mr. Quincy«, sagte die Frau in der Vermittlung. Sie stellte zur richtigen Nummer durch.

Quincy war nicht im Büro, und seine Sekretärin wußte nicht, ob die Zeitung einen Mann namens Palmer Wainwright beschäftigte oder nicht. »Ich bin neu hier«, meinte sie entschuldigend. »Ich arbeite erst seit Montag für Mr. Quincy, deshalb kenne ich noch nicht alle. Wenn Sie mir Ihren Namen und Ihre Nummer geben, sage ich Mr. Quincy, daß er Sie zurückrufen soll.«

Grace gab ihr die Nummer und sagte: »Sagen Sie ihm, daß Dr. Grace Mitowski gerne mit ihm sprechen würde. Ich werde nur ein paar Minuten seiner Zeit in Anspruch nehmen.« Sie verwendete den Titel nur selten, aber in Fällen wie diesem kam er sehr gelegen, denn jemand mit Doktortitel wurde *immer* zurückgerufen.

»Handelt es sich um einen Notfall, Dr. Mitowski? Ich glaube nicht, daß Mr. Quincy vor morgen früh zurück sein wird.«

»Das ist schon in Ordnung«, sagte sie. »Sagen Sie ihm,

er soll mich sofort anrufen, egal, wie früh er ins Büro kommt.«

Nachdem sie aufgelegt hatte, ging sie ans Küchenfenster und starrte in den Rosengarten hinaus.

Wie konnte Wainwright einfach so verschwinden?


Paul und Carol und Jane kochten nun schon den dritten Abend hintereinander gemeinsam das Abendessen. Das Mädchen lebte sich Tag für Tag besser ein.

Wenn sie noch eine Woche länger bei uns ist, dachte Paul, wird es sein, als wäre sie schon *immer* hier gewesen.

Sie machten einen Eissalat mit Palmenherzen. Der zweite Gang waren Auberginen Parmigiana und Spaghetti.

Als sie mit dem Nachtisch anfingen – kleine Teller mit köstlichen Spumoni – fragte Paul: »Besteht eine Möglichkeit, die Fahrt in die Berge noch zwei Tage zu verschieben?«

»Warum?« fragte Carol.

»Ich bin ein bißchen in Verzug mit meinem Zeitplan, und ich bin jetzt an einer ganz entscheidenden Stelle des Buches angelangt«, sagte er. »Ich hab' zwei Drittel der schwierigsten Szene in der Geschichte geschrieben, und ich würd' sie ungern liegenlassen, bloß um in Urlaub zu gehen. Ich hätte sicher keinen Spaß dran. Wenn wir Sonntag statt morgen fahren würden, hätte ich Zeit, das Kapitelende noch zu überarbeiten. Und wir hätten immer noch acht Tage in der Hütte.«

»Schau nicht mich an«, meinte Jane. »Ich bin nur Ballast. Ich gehe mit, egal, wohin oder wann ihr geht.«

Carol schüttelte den Kopf. »Noch vor einer Woche, als Mr. O'Brian gesagt hat, daß wir zu erfolgsorientiert sind, haben wir da nicht beschlossen, uns zu ändern? Wir *müssen* einfach lernen, uns freie Zeit zu nehmen und die Arbeit nicht immer überhandnehmen zu lassen.«

»Du hast recht«, meinte Paul. »Aber nur dieses eine Mal . . .« Er brach mitten im Satz ab, weil er sah, daß Carol nicht mehr umzustimmen war. Sie war nur selten stur, aber wenn sie tatsächlich beschloß, keinen Kompromiß einzugehen, konnte man sie ungefähr genauso leicht bewegen wie den Felsen von Gibraltar. Er seufzte. »Na gut. Du hast gewonnen. Wir fahren morgen früh. Ich nehm' einfach Schreibmaschine und Manuskript mit. Ich kann die Szene oben in der Hütte fertigschreiben und...«

»Nichts zu machen«, meinte Carol und unterstrich jedes Wort, indem sie mit dem Löffel gegen ihren Eisbecher klopfte. »Wenn du die Sachen mitnimmst, hörst du nicht auf, wenn du mit der Szene fertig bist, an der du jetzt arbeitest. Du machst einfach weiter. Das *weißt* du genau. Wenn du die Schreibmaschine griffbereit hast, ist die Versuchung einfach zu groß. Du kannst sicher nicht widerstehen. Und dann geht der ganze Urlaub den Bach runter.«

»Aber ich *kann* diese Szene einfach nicht zehn Tage auf Eis legen«, meinte er flehend. »Bis ich mich wieder dransetze, ist die ganze Atmosphäre und Spontaneität verloren.«

Carol aß einen Löffel Eis und sagte: »Also gut. Wir werden folgendes machen: Jane und ich fahren gleich morgen früh in die Berge, genau wie wir's geplant haben. Und du bleibst hier, schreibst deine Szene fertig und fährst dann zu uns hoch, wenn du soweit bist.«

Er runzelte die Stirn. »Ich bin mir nicht so sicher, ob das eine gute Idee ist.«

»Warum nicht?«

»Na ja, ist das wirklich so gut, wenn ihr zwei allein da hinfahrt? Ich meine, die Sommersaison ist vorbei. Jetzt gibt's nicht mehr viele Leute, die in den Wäldern zelten, und die meisten anderen Hütten stehen sicher leer.«

»Mein Gott«, meinte Carol, »in den Bergen schleicht sicher kein Schneemensch herum, Paul. Wir sind in Pennsylvania, nicht in Tibet.« Sie lächelte. »Schön zu wissen, daß du dir solche Sorgen um uns machst, Liebling. Aber wir sind völlig sicher dort.«

Später, nachdem Jane ins Bett gegangen war, unternahm Paul einen letzten Versuch, Carol umzustimmen, obwohl er wußte, daß das vergebene Liebesmüh war.

Er lehnte am Rahmen der Schranktür und sah Carol dabei zu, wie sie die Kleider auswählte, die sie mitnehmen wollte. »Hör zu, sei ehrlich, ja?«

»Bin ich das nicht immer? Ehrlich in welcher Hinsicht?«

»Wegen des Mädchens. Kann es sein, daß sie irgendwie gefährlich ist?«

Carol wandte sich vom Schrank ab und starrte ihn an, ganz offensichtlich erstaunt über seine Frage. »Jane? Gefährlich? Na ja, so ein hübsches Mädchen wird wahrscheinlich im Lauf der Jahre schon eine Menge Herzen brechen. Und wenn es tödlich wäre, daß sie so hübsch ist, dann wären sicherlich alle Straßen, auf denen sie geht, mit Leichen übersät.«

Er wollte nicht darüber lachen. »Du sollst nicht leichtfertig über die Sache reden. Ich glaube, es ist wichtig. Ich will, daß du genau darüber nachdenkst.«

»Ich *brauche* nicht lang darüber nachzudenken, Paul. Klar, sie hat das Gedächtnis verloren. Aber sie ist ausgeglichen und psychisch gesund. Man muß nämlich schon eine *erstaunlich* ausgeglichene Persönlichkeit haben, um mit einer Amnesie so umzugehen wie sie. Ich weiß nicht, ob ich auch nur halb so gut mit der Angelegenheit fertig würde, wenn ich jetzt in ihrer Haut stecken würde. Ich wäre wahrscheinlich ein Nervenbündel oder würde bis zum Hals in Depressionen waten. Sie ist voller Elan und anpassungsfähig. Anpassungsfähige Menschen voller Elan sind nicht gefährlich.«

»Nie?«

»Kaum. Es sind gewöhnlich die Unbeweglichen, die überschnappen.«

»Aber ist es nach allem, was in deinen Therapiesitzungen mit ihr passiert ist, nicht vernünftig, sich zu fragen, wozu sie fähig sein könnte?« fragte er.

»Sie wird von irgend etwas gequält. Ich vermute, daß

sie etwas wirklich Schreckliches durchgemacht hat, etwas so Furchtbares, daß sie sich weigert, es noch einmal zu durchleben, nicht einmal unter Hypnose. Sie verwirrt, lenkt ab und hält wichtige Informationen zurück, aber das bedeutet noch lange nicht, daß sie irgendwie gefährlich ist. Nur verängstigt. Ich bin mir ziemlich sicher, daß sie irgendwann in ihrem Leben das Opfer körperlicher oder seelischer Gewalt geworden ist. Das *Opfer*, Paul, nicht der Täter.«

Sie trug einige Jeans zu den Koffern hinüber, die offen auf dem Bett lagen.

Paul folgte ihr. »Wirst du mit ihrer Therapie weitermachen, während ihr in der Hütte seid?«

»Ja. Ich glaube, es ist das beste, wenn man weiter an der Mauer aus Verwirrung herumkratzt, die sie sich da aufgebaut hat.«

»Ist nicht fair.«

»Was?«

»Das ist Arbeit«, meinte er. »Ich darf *meine* Arbeit nicht mit rauf in die Hütte nehmen, aber *du* arbeitest. So was nennt man mit zwei verschiedenen Ellen messen, Dr. Tracy.«

»Zum Teufel mit deinen zwei verschiedenen Ellen, Dr. Tracy. Ich brauch' nur eine halbe Stunde pro Tag für Janes Therapie. Das ist was anderes, wie wenn du deine IBM Selectric in die Kiefernwälder schleppst und zehn Stunden am Tag in die Tasten haust. Verstehst du denn nicht, daß sich die ganzen Eichhörnchen und das Rotwild und die kleinen Häschen über den Lärm beklagen würden?«

Noch später, als sie im Bett waren und das Licht ausgeschaltet hatten, meinte er: »Zum Teufel, ich lasse es einfach zu, daß dieses Buch mich völlig einnimmt. Warum *kann* ich die Szene nicht zehn Tage liegenlassen? Vielleicht wird sie sogar besser, wenn ich mir die Zeit nehme, darüber nachzudenken. Ich komme morgen mit dir und

Jane mit, und ich nehme die Schreibmaschine nicht mit. In Ordnung? Ich nehme nicht mal einen Stift mit.«

»Nein«, sagte Carol.

»Nein?«

»Wenn du tatsächlich in die Berge fährst, möchte ich, daß du ganz aufhören kannst, an das Buch zu denken. Ich möchte, daß wir lange Spaziergänge im Wald machen. Ich möchte, daß wir auf dem See Boot fahren und angeln und ein paar Bücher lesen und uns wie Vagabunden benehmen, die das Wort ›Arbeit‹ noch nie in ihrem Leben gehört haben. Wenn du diese Szene nicht fertigschreibst, bevor du fährst, brütest du die ganzen Ferien darüber. Du hast keinen Augenblick richtige Ruhe, was soviel heißt wie: *Ich* habe auch keinen Augenblick Ruhe. Und sag jetzt ja nicht, daß ich nicht recht habe. Ich kenne dich besser als mich selbst, mein Lieber. Du bleibst hier, schreibst diese Szene zu Ende und kommst dann am Sonntag.«

Sie gab ihm einen Gutenachtkuß, schüttelte ihr Kissen auf und machte es sich zum Schlafen bequem.

Er lag im Dunkeln und dachte an die Worte in dem gestrigen Scrabblespiel.

```
          B
     KLINGE
          U    R
     TOT   A
          Ö    B
          T
          E
          N
```

Und das eine Wort, das er nicht hatte aufdecken wollen: CAROL...

Er glaubte noch immer nicht, daß es Sinn hatte, ihr zu sagen, wie das letzte jener sechs Wörter gelautet hatte. Was konnte sie tun, als sich Sorgen zu machen? Nichts. Sie konnte nichts tun, und er konnte auch nichts tun. Außer abwarten und sehen, was kam. Eine Bedrohung – wenn tatsächlich eine auftauchte – konnte aus irgendeiner von zehntausend oder hunderttausend Quellen kommen. Sie konnte immer und überall kommen. Zu Hause oder in den Bergen. Der eine Ort war so sicher – oder so gefährlich – wie der andere.

Vielleicht war das Auftauchen jener sechs Wörter ja auch wirklich bloßer Zufall gewesen. Ein unglaublicher, jedoch bedeutungsloser Zufall.

Er starrte in die Dunkelheit und versuchte angestrengt, sich davon zu überzeugen, daß es Dinge wie Geisterbotschaften, Omen und Prophezeiungen nicht gab. Noch vor einer Woche hätte es solcher Überzeugungsversuche gar nicht *bedurft*.

Blut.

Kratz es ab, schrubb es ab, jeden klebrigen Tropfen davon, wasch es ab, schnell, schnell, weg damit in den Ausguß, jeden belastenden Tropfen, bevor es jemand herausfindet, bevor es jemand sieht und weiß, was geschehen ist, wasch es ab, ab...

Das Mädchen wachte im Bad auf, im gleißenden Neonlicht. Sie war wieder schlafgewandelt.

Sie war erstaunt festzustellen, daß sie nackt war. Ihre Kniestrümpfe, ihr Slip und T-Shirt waren um sie herum auf dem Boden verstreut.

Sie stand vor dem Waschbecken und schrubbte sich mit einem feuchten Lappen ab. Als sie ihr Spiegelbild sah, war sie für einen kurzen Augenblick durch den Anblick wie gelähmt.

Ihr Gesicht war blutverschmiert.

Ihre Arme waren blutbespritzt.

Ihre anmutig nach oben gereckten nackten Brüste glänzten vor Blut.

Und sie wußte sofort, daß es nicht ihr eigenes war. Man hatte nicht auf sie eingehauen oder eingestochen. *Sie* war diejenige, die gehauen und gestochen hatte.

*O Gott.*

Sie starrte ihr schauriges Spiegelbild an, krankhaft gefesselt vom Anblick ihrer blutfeuchten Lippen.

*Was habe ich getan?*

Sie senkte langsam den Blick, ihren blutroten Hals entlang, sah herunter auf das Spiegelbild ihrer rechten Brustwarze, an der ein fettes, karminrotes Tröpfchen hing. Die schimmernde Blutperle zitterte einen Augenblick lang an der Spitze ihrer aufgerichteten Brustwarze; dann ergab sie sich der Schwerkraft und fiel herab.

Sie riß ihren Blick vom Spiegel los und senkte den Kopf, um zu sehen, wo das Tröpfchen auf den Boden aufgekommen war.

Dort war kein Blut zu sehen.

Als sie sich direkt ansah, nicht ihr Spiegelbild, stellte sie fest, daß ihr Körper doch nicht blutbedeckt war. Sie berührte ihre nackten Brüste. Sie waren feucht, weil sie mit dem Waschlappen daran herumgeschrubbt hatte, aber die Feuchtigkeit stammte nur vom Wasser. Auch ihre Arme waren nicht blutbespritzt.

Sie drückte den Waschlappen aus. Klares Wasser tropfte daraus; der Lappen hatte keine gräßlichen Flekken.

Verwirrt hob sie den Blick wieder zum Spiegel und sah das Blut, genau wie vorher.

Sie streckte die Hand aus. In Wirklichkeit war sie nicht blutig, aber im Spiegel war sie von einem Handschuh aus Blut eingehüllt.

Eine Vision, dachte sie. Ein unheimliches Trugbild. Das ist alles. Ich habe niemanden verletzt. Ich habe niemandes Blut vergossen.

Als sie noch verzweifelt versuchte zu verstehen, was sich da abspielte, verschwand ihr Spiegelbild, und das Glas vor ihr wurde schwarz. Es schien sich in ein Fenster in eine andere Dimension verwandelt zu haben, denn es spiegelte nichts wider, was sich im Bad befand.

Das ist ein Traum, dachte sie. Ich liege eigentlich ganz

behaglich im Bett, wo ich hingehöre. Ich träume nur, daß ich im Bad bin. Ich kann dem Ganzen ein Ende machen, indem ich einfach aufwache.

Andererseits, wenn es tatsächlich ein Traum war, wie konnte sie dann so deutlich den kalten Keramikboden unter ihren nackten Füßen spüren wie jetzt? Wenn es wirklich nur ein Traum war, wäre sie sich dann des kalten Wassers auf ihren nackten Brüsten bewußt?

Sie zitterte.

In dem lichtlosen Nichts auf der anderen Seite des Spiegels flackerte etwas weit draußen in der Dunkelheit.

*Wach auf!*

Etwas Silbriges. Es flackerte immer wieder, hin und her, und das Bild wurde immer größer.

*Um Himmels willen, wach auf!*

Sie wollte rennen. Konnte es nicht.

Sie wollte schreien. Tat es nicht.

Innerhalb weniger Sekunden füllte der flackernde Gegenstand den Spiegel aus, drängte die Dunkelheit, aus der er gekommen war, zurück, und dann brach er irgendwie aus dem Spiegel, ohne das Glas zu zersplittern, barst mit letztem mörderischem Schwung aus dem Nichts und ins Bad, und sie sah, daß es eine Axt war, die auf ihr Gesicht niedersauste, und die Stahlklinge gleißte in dem Neonlicht wie feinstes Silber. Als die messerscharfe Schneide der Axt unerbittlich auf ihren Kopf zu zischte, knickten ihre Knie unter ihr weg, und sie verlor das Bewußtsein.

Kurz vor Tagesanbruch wachte Jane wieder auf.

Sie war im Bett. Sie war nackt.

Sie schlug die Decke zurück, setzte sich auf und sah ihr T-Shirt, ihren Slip und die Kniestrümpfe auf dem Boden neben dem Bett. Sie zog sich schnell an.

Es war ruhig im Haus. Die Tracys waren noch nicht auf.

Jane eilte leise den Flur zum Gästebad hinunter, zögerte auf der Schwelle, trat dann ein und knipste das Licht an.

Es war nirgends Blut, und der Spiegel über dem Waschbecken war ein ganz normaler Spiegel, der ihr besorgtes Gesicht zurückwarf, aber selbst keine fantastischen Bilder erzeugte.

Na gut, dachte sie, vielleicht bin ich tatsächlich schlafgewandelt. Und vielleicht bin ich tatsächlich völlig nackt hier gewesen und habe versucht, mir Blut vom Leib zu schrubben, das gar nicht existiert. Aber alles andere war nur ein Teil des Alptraumes. Es ist nicht passiert. Das konnte es nicht. Unmöglich. Der Spiegel konnte sich doch nicht einfach so *verändern*.

Sie starrte in ihre eigenen blauen Augen. Sie war sich nicht sicher, was sie darin sah.

»Wer bin ich?« fragte sie leise.


Die ganze Woche hatte Grace in den wenigen Ruhephasen, die ihre Schlaflosigkeit unterbrachen, nichts geträumt. Diese Nacht wälzte sie sich jedoch unter den Laken hin und her und versuchte, sich den Weg aus einem Alptraum freizukämpfen, der eine Ewigkeit zu dauern schien.

In dem Traum brannte ein Haus. Ein großes viktorianisches Haus mit schönen Ornamenten. Sie stand außerhalb des brennenden Gebäudes, hämmerte gegen zwei schräge Kellertüren und rief immer wieder einen Namen. »Laura! Laura!« Sie wußte, daß Laura in dem Keller des brennenden Hauses gefangen war und daß diese Türen der einzige Fluchtweg waren, aber sie waren von innen verriegelt. Sie hämmerte mit bloßen Fäusten gegen das Holz, bis schließlich bei jedem Schlag ein grausamer Schmerz ihre Arme hinaufstrahlte, dann durch die Schultern und hinauf in ihren Nacken. Sie wünschte sich verzweifelt eine Axt oder ein Stemmeisen oder irgendein anderes Werkzeug, mit dem sie die Kellertüren einschlagen konnte, aber sie hatte nur ihre Fäuste, also hämmerte und hämmerte sie, bis ihre Haut ganz zerschlagen war, platzte und blutete, und sogar dann hämmerte sie weiter und schrie die ganze Zeit nach Laura. Fenster zerbarsten im ersten Stock, und das Glas ergoß sich über sie, aber sie bewegte sich nicht weg von den Kellertüren; sie rannte nicht weg. Sie schlug weiterhin mit ihren blutigen Fäusten gegen das Holz und betete, daß das Mädchen jeden Augenblick antworten würde. Sie ignorierte die Funken, die sich über sie ergossen und drohten, ihr Baumwollkleid in Brand zu setzen. Sie weinte, und sie hustete, wenn der Wind den beißenden Rauch in ihre Richtung trieb; und sie verfluchte das Holz, das ihren wilden, jedoch wirkungslosen Angriffen so mühelos standhielt.

Der Alptraum hatte keinen Höhepunkt, keinen äußersten Schrecken. Er ging einfach die ganze Nacht in unveränderlich atemloser Geschwindigkeit weiter, bis Grace sich endlich, wenige Minuten nach Tagesanbruch, aus den heißen, klammernden Armen des Schlafes wand, mit einem wortlosen Schrei erwachte und auf die Matratze eindrosch.

Sie setzte sich auf die Bettkante und stützte ihren Kopf, in dem es wild pochte, mit den Händen. Sie hatte den Geschmack von Asche und Galle im Mund.

Der Traum war so lebhaft gewesen, daß sie sogar gespürt hatte, wie das hochgeschlossene, langärmlige, blauweiße Baumwollkleid sie an Schultern und Brust einschnitt, während sie gegen die Kellertüren hämmerte. Jetzt, wo sie hellwach war, spürte sie *noch immer*, wie das Kleid einschnitt, obwohl sie ein weites Nachthemd trug und obwohl sie noch nie in ihrem ganzen Leben so ein Kleid getragen hatte.

Und was noch schlimmer war: Sie roch, wie das Haus brannte.

Der Geruch von Rauch hielt sich, auch nachdem sie aufgewacht war, noch so lange, daß sie nun überzeugt war, ihr eigenes Haus stünde in Flammen. Sie zog schnell einen Morgenmantel an, schlüpfte in ihre Hausschuhe und ging auf der Suche nach dem Feuer von einem Raum zum anderen.

Es brannte nirgends.

Und dennoch wich der Gestank brennenden Holzes und Teers fast eine ganze Stunde nicht mehr.

# 10

Am Freitag morgen um neun Uhr setzte sich Paul an den Schreibtisch, hob den Hörer ab und rief Lincoln Werth, den Polizeibeamten, der den Fall Jane Doe bearbeitete, an. Er teilte Werth mit, daß Carol mit dem Mädchen ein paar Tage aus der Stadt wegfuhr, um sich zu erholen.

»Das kann sie gerne«, meinte Werth. »Wir haben keinerlei Hinweise, und ich bin mir ziemlich sicher, daß sich die Sache nicht so bald klären wird. Wir dehnen das Gebiet, in dem wir suchen, natürlich ständig weiter aus. Zuerst haben wir Foto und Beschreibung des Mädchens nur den Behörden der umliegenden Bezirke geschickt. Als das nichts geholfen hat, haben wir alle Polizeistationen im ganzen Bundesstaat antelegrafiert. Gestern morgen haben wir einen weiteren Schritt unternommen und dieselben Daten an sieben benachbarte Staaten telegrafiert. Aber ich will Ihnen mal was sagen, so ganz unter uns: Selbst wenn wir das Suchgebiet bis nach Hongkong ausweiten, hab’ ich nicht das Gefühl, daß wir jemanden finden werden, der das Mädel kennt. Das Gefühl hab’ ich einfach irgendwie. Wir werden da wohl leer ausgehen.«

Nach dem Gespräch mit Werth ging Paul hinunter in die Garage, wo Carol und Jane gerade ihre Sachen im Kofferraum des Volkswagens verstauten. Um dem Mädchen Kummer zu ersparen, gab Paul Werths pessimistische Einschätzung der Situation nicht weiter. »Er hat gesagt, es ist schon in Ordnung, wenn ihr ein paar Tage aus der Stadt wegfahrt. Das Gericht hat nicht gesagt, daß ihr in Harrisburg bleiben müßt. Ich habe ihm erklärt, wo die Hütte ist, wenn also irgend jemand hier auftaucht und unser Mädchen will, setzt sich die Harrisburger Polizei mit dem Bezirkssheriff dort in Verbindung, und der oder einer seiner Stellvertreter kommt dann bei der Hütte vorbei und sagt euch, daß ihr wieder zurückmüßt.«

Carol gab ihm einen Abschiedskuß. Auch Jane küßte ihn scheu und keusch auf die Wange, und als sie ins Auto stieg, errötete sie tief.

Er stand vor dem Haus und sah ihnen nach, bis der VW Golf nicht mehr zu sehen war.

Nach fast einer Woche blauen Himmels waren wieder Wolken heraufgezogen. Sie waren flach und schiefergrau. Sie paßten zu Pauls Stimmung.


Als das Telefon in der Küche klingelte, rüstete Grace sich, den Klang von Leonards Stimme zu hören. Sie setzte sich auf den Stuhl an dem kleinen eingebauten Tisch, streckte die Hand aus und legte sie auf den Hörer, der an der Wand angebracht war, ließ es noch einmal klingeln und hob dann ab. Zu ihrer Erleichterung war es Ross Quincy, der Chefredakteur der *Morning News*, der auf ihren Anruf vom vergangenen Spätnachmittag antwortete.

»Sie hatten nach einem unserer Reporter gefragt, Dr. Mitowski?«

»Ja. Palmer Wainwright.«

Quincy schwieg.

»Er arbeitet doch für sie, oder?« fragte Grace.

»Tja... Palmer Wainwright ist tatsächlich mal bei der *Morning News* beschäftigt gewesen, ja.«

»Ich glaube, er hätte fast den Pulitzerpreis bekommen.«

»Ja. Aber das ist... natürlich schon eine ganze Weile her.«

»Ja?«

»Nun ja, wenn Sie von der Nominierung für den Pulitzerpreis wissen, dann wissen Sie sicher auch, daß sie für die Serie war, die er über die Bektermann-Morde geschrieben hat.«

»Ja.«

»Und das war im Jahre 1943.«

»Schon so lang her?«

»Tja... Dr. Mitowski, was genau wollten Sie denn über Palmer Wainwright wissen?«

»Ich würde gern mit ihm sprechen«, meinte sie. »Wir sind uns begegnet, und da ist noch eine Sache zu klären, die ich gern erledigt hätte. Es ist... was Persönliches.«

Quincy zögerte. Dann sagte er: »Sind Sie eine verschollene Verwandte?«

»Von Mr. Wainwright? O nein.«

»Eine verschollene Freundin?«

»Nein. Auch nicht.«

»Gut, dann muß ich hier wohl auch nicht allzuviel Takt walten lassen. Dr. Mitowski, ich fürchte, Palmer Wainwright ist tot.«

»Tot!« meinte sie bestürzt.

»Nun, Sie haben diese Möglichkeit doch sicher auch schon in Betracht gezogen. Er ist gesundheitlich nie so gut beisammen gewesen; genauer gesagt, er war ein kranker Mann. Und Sie haben offenbar schon lange keinen Kontakt mehr zu ihm gehabt.«

»So lange auch wieder nicht.«

»Müssen mindestens fünfunddreißig Jahre sein«, meinte Quincy. »Er ist schon 1946 gestorben.«

Die Luft, die Grace an ihrem Rücken spürte, schien plötzlich kälter als noch vor wenigen Augenblicken – als hätte ein Toter ihren Nacken mit seinem eisigen Atem angehaucht.

»Einunddreißig Jahre«, sagte sie benommen. »Sie müssen sich irren.«

»Keineswegs. Ich bin damals noch ein Grünschnabel gewesen, ein Laufbursche. Palmer Wainwright war eins meiner Idole. Es hat mich ziemlich getroffen, als er gestorben ist.«

»Reden wir auch über ein und denselben Mann?« fragte Grace. »Er war recht dünn, hatte scharfe Gesichtszüge, hellbraune Augen und eine ziemlich kränkliche Gesichtsfarbe. Seine Stimme war um etliches tiefer, als man auf-grund seines Aussehens erwartet hätte.«

»Das war schon Palmer.«

»Ungefähr fünfundfünfzig?«

»Er war sechsunddreißig, als er gestorben ist, aber er hat tatsächlich zwanzig Jahre *älter* ausgesehen«, meinte Quincy. »Das haben diese unaufhörlichen Krankheiten bewirkt, und am Schluß hatte er dann Krebs. Das hat ihn einfach ausgelaugt; er ist viel zu früh gealtert. Er ist eine Kämpfernatur gewesen, aber er hat's einfach nicht mehr länger geschafft.«

Schon einunddreißig Jahre unter der Erde? dachte sie. Aber ich hab' ihn doch gestern noch gesehen. Wir haben diese merkwürdige Unterhaltung im Rosengarten ge-führt. Was sagen Sie *dazu*, Mr. Quincy?

»Dr. Mitowski? Sind Sie noch dran?«

»Ja. Tut mir leid. Hören Sie, Mr. Quincy, ich stehle Ih-nen nur ungern Ihre wertvolle Zeit, aber es ist wirklich wichtig. Ich vermute, daß der Fall Bektermann mit der persönlichen Angelegenheit zu tun hat, die ich mit Mr. Wainwright besprechen wollte. Aber ich weiß eigentlich nichts über diese Morde. Könnten Sie mir vielleicht sagen, was da genau passiert ist?«

»Familientragödie«, meinte Quincy. »Die Tochter der Bektermanns ist einen Tag vor ihrem sechzehnten Ge-burtstag Amok gelaufen. Sie ist einfach übergeschnappt. Ganz offensichtlich hat sie die fixe Idee gehabt, daß ihre Mutter sie umbringen wollte, bevor sie sechzehn wurde – was natürlich nicht stimmte. Aber sie hat es *geglaubt*, und da ist sie mit der Axt auf ihre Mutter losgegangen. Ihr Va-ter und ein Cousin, der gerade zu Besuch da war, sind ihr in die Quere gekommen, da hat sie sie umgebracht. Ihrer Mutter ist es dann tatsächlich gelungen, dem Mädchen die Axt aus der Hand zu reißen. Aber das hat das Mäd-chen nicht aufgehalten. Sie hat einfach einen Schürhaken gepackt und ist wieder auf sie losgegangen. Als sie Mrs. Bektermann in die Ecke gedrängt hatte und ihr gerade den

Kopf mit dem Haken einschlagen wollte, hat die Mutter keine andere Wahl mehr gehabt, als mit der Axt nach ihrer Tochter auszuholen. Sie hat das Mädchen einmal an der Seite getroffen. Ziemlich tief. Das Mädchen ist am nächsten Tag im Krankenhaus gestorben. Mrs. Bektermann hat in Notwehr getötet, und man hat keine Anklage gegen sie erhoben, aber sie hat solche Schuldgefühle bekommen, weil sie ihr eigenes Kind umgebracht hat, daß sie völlig zusammengebrochen und schließlich in einer Anstalt gelandet ist.«

»Und das ist die Geschichte, für die Mr. Wainwright seine Pulitzerpreisnominierung bekommen hat?«

»Ja. Die meisten Reporter hätten das Ganze einfach in einer sensationellen Geschichte verbraten. Aber Palmer war gut. Er hat eine einfühlsame, gut recherchierte Studie über eine Familie mit schwerwiegenden emotionalen und zwischenmenschlichen Problemen geschrieben. Der Vater ist dominierend gewesen, hat äußerst hohe Ansprüche an seine Tochter gestellt und sich höchstwahrscheinlich widernatürlich zu ihr hingezogen gefühlt. Die Mutter wollte stets den Vater ausstechen, um Liebe, Denken und Treue des Mädchens zu gewinnen, und als sie gesehen hat, daß sie den Kampf verlieren würde, hat sie angefangen zu trinken. Auf der Tochter lastete ein außergewöhnlicher psychologischer Druck, und Palmer hat den Leser dazu gebracht, diesen Druck zu verstehen.«

Sie dankte Ross Quincy dafür, daß er ihr seine Zeit und Aufmerksamkeit gewidmet hatte. Dann legte sie auf.

Eine Weile saß sie einfach da, starrte den sanft brummenden Kühlschrank an und versuchte, Sinn in das zu bringen, was sie gerade erfahren hatte. Wenn Wainwright im Jahre 1946 gestorben war, mit wem hatte sie dann gestern im Garten gesprochen?

Und was hatten die Bektermann-Morde mit ihr zu tun? Und mit Carol?

Sie dachte an das, was Wainwright ihr gesagt hatte: *Diese verdammte endlose Jagd. Sie geht immer noch weiter, und diesmal muß dem Ganzen ein Ende gemacht werden... Ich bin gekommen, um Ihnen zu sagen, daß Ihre Carol da mittendrin steckt... Sie müssen ihr helfen. Holen Sie sie weg von dem Mädchen.*

Sie hatte das Gefühl, als stünde sie kurz davor zu verstehen, was er gemeint hatte. Und sie hatte Angst.

Obwohl innerhalb der letzten vierundzwanzig Stunden eine Reihe von unmöglichen Dingen passiert waren, stellte sie nun ihren Verstand und auch ihre Wahrnehmungen nicht mehr länger in Frage. Sie war bei klarem Verstand, bei völlig klarem Verstand sogar, und im Vollbesitz ihrer geistigen Kräfte. An Senilität war jetzt auch nicht mehr im entferntesten zu denken. Sie ahnte, daß die Erklärung für diese Vorfälle noch viel erschreckender und bestürzender war als die Aussicht auf Senilität, vor der sie früher Angst gehabt hatte.

Sie erinnerte sich an noch etwas, was Palmer Wainwright am Vortag im Garten gesagt hatte: *Sie sind nicht nur diejenige, die Sie glauben zu sein. Sie sind nicht nur Grace Mitowski.*

Sie wußte, daß des Rätsels Lösung zum Greifen nah war. Sie ahnte, daß in ihrem Innern ein dunkles Wissen ruhte, längst vergessene Erinnerungen, die nur darauf warteten, gehört zu werden. Sie hatte Angst davor, sie zu hören, aber sie wußte, daß sie genau das tun mußte, Carol zuliebe und vielleicht auch sich selbst zuliebe.

Plötzlich stank die Luft in der Küche, obwohl sie nach wie vor ganz klar war, nach Holz- und Teerauch. Grace hörte das Prasseln von Feuer, obwohl jetzt, an diesem Ort und in dieser Zeit, keine Flammen zu sehen waren.

Ihr Herz hämmerte wie wild, und sie hatte einen bitteren Geschmack in ihrem trockenen Mund.

Sie schloß die Augen und sah das brennende Haus so lebendig vor sich, wie sie es im Traum gesehen hatte. Sie sah die Kellertüren, und sie hörte, wie sie schrie und nach Laura rief.

Sie wußte, daß das nicht nur ein Traum gewesen war.

Es war eine Erinnerung, die seit Ewigkeiten verschüttet gewesen war, jetzt auftauchte und sie daran erinnerte, daß sie tatsächlich nicht nur Grace Mitowski war.

Sie öffnete die Augen.

Die Küche war heiß und stickig.

Sie spürte, wie Mächte sie wegzogen, die sie nicht verstand, und sie dachte: Ist es das, was ich will? Will ich wirklich mittreiben und die Wahrheit erfahren und meine kleine Welt auf den Kopf stellen? Werde ich damit fertig?

Der Gestank des imaginären Rauchs wurde stärker.

Das Dröhnen der imaginären Flammen wurde lauter.

Scheint kein Zurück mehr zu geben, dachte sie.

Sie hielt die Arme vors Gesicht und starrte sie erstaunt an. Ihre Haut war durch Wundmale entstellt. Ihre Hände waren mit blauen Flecken übersät, abgeschürft und blutig. Es steckten Holzsplitter in ihren Handflächen, Splitter von den Kellertüren, gegen die sie vor so langer, langer Zeit gehämmert hatte.


Um zehn Uhr, als das Telefon klingelte, saß Paul seit fast einer Stunde am Schreibtisch und schrieb. Die Worte fingen gerade an, ihm aus der Feder zu fließen. Er packte den Hörer und fragte ein wenig ungeduldig: »Ja?«

Eine fremde Stimme sagte: »Könnte ich bitte mit Dr. Tracy sprechen?«

»Am Apparat.«

»Oh. Ähm... nein... ich meine *Frau* Dr. Tracy.«

»Das ist meine Frau«, meinte er. »Sie ist für ein paar Tage aus der Stadt weggefahren. Kann ich ihr etwas ausrichten?«

»Ja, bitte. Würden Sie ihr sagen, daß Polly von Maugham & Crichton angerufen hat?«

Er notierte den Namen auf einen Block. »Und worum handelt es sich?«

»Dr. Tracy ist gestern nachmittag mit einem Mädchen hier gewesen, das unter Gedächtnisverlust leidet...«

»Ja«, meinte Paul, plötzlich mit stärkerem Interesse. »Ich kenne den Fall.«

»Dr. Tracy hat sich erkundigt, ob wir jemanden namens Millicent Parker kennen.«

»Das stimmt. Sie hat mir gestern abend davon erzählt. Wieder eine Sackgasse, nehme ich an.«

»Gestern hat's noch wie eine Sackgasse ausgesehen«, meinte Polly, »aber jetzt hat sich herausgestellt, daß einer unserer Ärzte den Namen kennt. Und zwar Dr. Maugham selbst.«

»Hören Sie, warum sagen Sie nicht einfach *mir,* was Sie herausgefunden haben, und ich gebe es dann weiter, statt darauf zu warten, daß meine Frau Sie zurückruft.«

»Ja, klar, warum nicht. Sehen Sie, Dr. Maugham ist der Hauptteilhaber der Praxis. Er hat dieses Anwesen vor achtzehn Jahren gekauft und die Restauration des äußeren Teils und die Renovierung des inneren persönlich überwacht. Er ist ein Geschichtsfanatiker; also war es ganz natürlich, daß er etwas über die Geschichte des Hauses, das er gekauft hatte, erfahren wollte. Er sagt, daß es 1902 von einem Mann namens Randolph Parker erbaut worden ist. Und Parker hat eine Tochter mit dem Namen Millicent gehabt.«

»1902?«

»Genau.«

»Interessant.«

»Sie haben ja das Beste noch gar nicht gehört«, meinte Polly, ganz begierig, den neuesten Klatsch zu verbreiten. »Scheint so, als ob Mrs. Parker damals, im Jahre 1905, in der Nacht vor der Feier zu Millies sechzehntem Geburtstag, in der Küche gewesen ist und einen großen Kuchen für das Mädchen verziert hat. Millie hat sich von hinten an sie herangeschlichen und ihr viermal ein Messer in den Rücken gestoßen.«

Völlig geistesabwesend zerbrach Paul den Bleistift, den er die ganze Zeit in der Hand gehalten hatte, seit er Pollys Namen auf dem Block notiert hatte. Ein abgebrochenes

236

Stück sprang ihm aus der Hand, wirbelte über die Oberfläche des Schreibtisches und fiel auf den Boden.

»Sie hat auf ihre eigene Mutter eingestochen?« fragte er in der Hoffnung, daß er sich verhört hatte.

»Ist das nicht was?«

»Hat sie sie umgebracht?« fragte er benommen.

»Nein. Dr. Maugham sagt, daß sie, laut Zeitungsberichten aus dieser Zeit, ein Messer mit kurzer Klinge benutzt hat. Es ist nicht tief genug eingedrungen, um wirklich großen Schaden anzurichten. Sie hat keine lebenswichtigen Organe oder Blutgefäße getroffen. Louise Parker – so hieß die Mutter – ist es gelungen, ein Fleischerbeil von einem Küchenhaken zu reißen. Damit hat sie versucht, das Mädchen abzuwehren. Aber Millie muß völlig durchgedreht sein und hat sich wieder auf Mrs. Parker gestürzt; und so hat Mrs. Parker dann das Fleischerbeil tatsächlich benutzen müssen.«

»Mein Gott.«

»Ja«, meinte Polly und genoß dabei ganz offensichtlich seine schockierte Reaktion. »Dr. Maugham sagt, daß sie ihrer Tochter das Beil direkt in den Hals geschlagen hat. Hat dem Mädchen den Kopf mehr oder minder glatt abgehauen. Ist das nicht furchtbar? Aber was hätte sie sonst machen sollen? Zuschauen, wie das Mädchen ihr weiter das Messer reinstößt?«

Völlig benommen dachte Paul an die Regressionstherapiesitzung vom vergangenen Tag, von der Carol ihm ziemlich genau berichtet hatte. Er erinnerte sich an den Teil, wo Jane behauptet hatte, Millicent Parker zu sein, und darauf bestanden hatte, ihre Antworten auf die Fragen aufzuschreiben und schließlich geschrieben hatte, daß sie nicht sprechen konnte, weil ihr Kopf abgehackt war.

»Sind Sie noch dran?« fragte Polly.

»Oh. Ja... gut mir leid. Geht die Geschichte noch weiter?«

»Weiter?« fragte Polly. »War das denn nicht *genug?*«

»Doch«, meinte er. »Sie haben völlig recht. Das war genug. Mehr als genug.«

»Ich weiß nicht, ob diese Information Dr. Tracy irgendwie nützen wird.«

»Da bin ich mir ganz sicher.«

»Ich verstehe nicht, wie das Ganze irgendwas mit dem Mädchen zu tun haben kann, mit dem sie gestern hier gewesen ist.«

»Ich auch nicht«, meinte Paul.

»Ich will sagen, das Mädchen kann doch nicht Millicent Parker sein. Millicent Parker ist jetzt seit sechsundsiebzig Jahren tot.«

Grace Mitowski stand im Arbeitszimmer am Schreibtisch und sah in das aufgeschlagene Lexikon.

REINKARNATION (lat. ›Wiederfleischwerdung‹), 1. Lehre, daß die Seele nach dem Tod des Körpers in neuem Körper oder neuer Form auf die Erde zurückkehrt. 2. Wiedergeburt der Seele in neuem Körper. 3. neuerliche Menschwerdung oder Verkörperlichung.

Quatsch? Unsinn? Aberglaube? Schwindel?

Früher, noch vor nicht allzulanger Zeit, wären das alles Wörter gewesen, mit denen sie selbst völlig respektlos den Begriff Reinkarnation definiert hätte. Aber nicht jetzt. Nicht mehr.

Sie schloß die Augen, und ohne große Anstrengung rief sie sich das Bild des brennenden Hauses ins Gedächtnis zurück. Sie stellte es sich nicht nur vor; sie *war* dort und hämmerte mit den Fäusten gegen die Kellertür. Sie war jetzt nicht Grace Mitowski; sie war Rachael Adams, Lauras Tante.

Die Feuerszene war nicht der einzige Teil von Rachaels Leben, an den sie sich völlig klar und deutlich erinnern konnte. Sie kannte die geheimsten Gedanken der Frau, ihre Hoffnungen und Träume, ihren Haß und ihre

Furcht, teilte ihre verborgensten Geheimnisse, denn jene Gedanken und Hoffnungen und Träume und Ängste und Geheimnisse waren einmal ihre eigenen gewesen.

Sie öffnete die Augen und brauchte einen Augenblick, um die gegenwärtige Welt wieder klar zu sehen.

## REINKARNATION

Sie machte das Lexikon zu.

Gott hilf mir, dachte sie, glaube ich wirklich daran? Kann es sein, daß ich früher schon mal gelebt habe? Und daß Carol schon mal gelebt hat? Und das Mädchen, das sie Jane Doe nennen?

Wenn es stimmte – wenn es ihr gewährt worden war, ihr früheres Dasein als Rachael Adams wieder wachzurufen, um Carol in diesem Körper das Leben zu retten –, dann verlor sie jetzt wertvolle Zeit.

Sie hob den Telefonhörer ab, um die Tracys anzurufen und fragte sich dabei, wie um Himmels willen sie sie dazu bringen konnte, ihr zu glauben.

Sie hörte keinen Wählton.

Sie klopfte auf die Telefongabel.

Nichts.

Sie legte den Hörer ab und folgte dem Kabel um den Schreibtisch herum zur Wand, um zu sehen, ob der Stecker herausgerutscht war. Der Stecker war nicht herausgerutscht; das Kabel war durchgekaut. In zwei Teile zerbissen.

Aristophanes.

Sie erinnerte sich noch an andere Dinge, die Palmer Wainwright im Garten gesagt hatte: *Es gibt gewisse Mächte, dunkle und starke Mächte, die wollen, daß dieses Spiel falsch gespielt wird. Dunkle Mächte, die sich an Tragödien ergötzen. Sie wollen, daß das Ganze in sinnloser Gewalt und Blutvergießen endet... Gewisse Mächte haben sich zusammengetan... Gut und Böse, richtig und falsch. Sie sind auf der rich-*

*tigen Seite, Grace. Aber die Katze – ach, mit der Katze ist das etwas anderes. Sie müssen immer auf der Hut sein vor der Katze.*

Sie erinnerte sich auch an den Zeitpunkt, zu dem die übernatürlichen Vorfälle begonnen hatten, und ihr fiel auf, daß die Katze eine wesentliche Rolle bei allem gespielt hatte, und zwar ganz von Anfang an. Mittwoch letzter Woche. Als sie an jenem Tag plötzlich von ihrem Nachmittagsschläfchen aufgewacht war – aus einem Alptraum über Carol herausgeschleudert worden war –, waren vor den Fenstern im Arbeitszimmer unglaublich helle und heftige Blitze heruntergegangen. Sie war ans nächste Fenster gestolpert, und während sie auf unsicheren arthritischen Beinen halb wach und halb schlafend dort stand, hatte sie das unheimliche Gefühl, daß etwas Gräßliches ihr aus der Welt ihres Alptraumes herauf gefolgt war, etwas Dämonisches mit einem hungrigen Grinsen im Gesicht. Ein paar Sekunden lang war dieses Gefühl so stark, so wirklich gewesen, daß sie Angst gehabt hatte, sich umzudrehen und in den Raum voller Schatten hinter ihr zu blicken. Aber dann hatte sie diesen unheimlichen Gedanken einfach als kalten Bodensatz des Alptraumes verworfen. Jetzt wußte sie natürlich, daß sie ihn nicht so schnell hätte verwerfen sollen. Es war tatsächlich etwas Merkwürdiges bei ihr im Zimmer gewesen – ein Geist, eine Erscheinung; man konnte es nennen, wie man wollte. Es war dort gewesen. Und jetzt steckte es in der Katze.

Sie verließ die Küche und eilte den Flur hinunter.

Sie stellte fest, daß auch das Telefonkabel in der Küche durchgekaut war.

Von Aristophanes war nichts zu sehen.

Trotzdem wußte Grace, daß er in der Nähe war, vielleicht sogar nahe genug, um sie zu beobachten. Sie spürte die Gegenwart von Aristophanes – oder des *Dings.*

Sie lauschte. Das Haus war zu still.

Sie wollte die wenigen Meter zur Küchentür durchqueren, sie forsch öffnen und das Haus verlassen. Aber sie hatte den starken Verdacht, daß jeder Versuch zu gehen einen sofortigen und hinterhältigen Angriff zur Folge haben würde.

Sie dachte an Krallen, Zähne und Fänge der Katze. Sie war nicht nur ein Haustier, nicht nur eine unterhaltsame Siamkatze mit einem putzigen, pelzigen Gesicht. Sie war überdies noch eine zähe kleine Killermaschine; ihre wilden Instinkte lagen knapp unter einer dünnen Tünche der Domestizierung. Sie wurde von Mäusen und Vögeln geachtet und gleichermaßen gefürchtet. Aber konnte sie eine erwachsene Frau töten?

Ja, dachte sie unsicher. Ja, Aristophanes könnte mich umbringen, wenn er mich überrumpelt und mir an Gurgel oder Augen springt.

Das beste, was sie tun konnte, war, im Haus zu bleiben und die Katze nicht herauszufordern, bevor sie sich nicht gerüstet hatte und sich sicher fühlen konnte, jeden Kampf zu gewinnen.

Das einzige andere Telefon befand sich im Schlafzimmer im ersten Stock. Sie ging vorsichtig hinauf, obwohl sie wußte, daß auch der dritte Anschluß nicht funktionieren würde.

Und das tat er auch nicht.

Aber es war etwas im Schlafzimmer, weswegen die Reise sich gelohnt hatte. Die Waffe. Sie zog die oberste Schublade des Nachtkästchens auf und nahm die geladene Pistole heraus, die sie dort aufbewahrte. Sie hatte irgendwie die Ahnung, daß sie sie brauchen würde.

Ein Zischen. Ein Rascheln.

Hinter ihr.

Bevor sie noch herumwirbeln und sich ihrem Gegner stellen konnte, hatte er sich schon auf sie gestürzt. Er sprang vom Boden aufs Bett, vom Bett auf ihren Rücken und landete fast mit genügend Wucht, um sie aus dem Gleichgewicht zu bringen. Sie schwankte einen Augenblick lang und fiel beinahe nach vorne auf die Nachttisch-lampe.

Aristophanes zischte und fauchte und strampelte, um auf ihrem Rücken Halt zu finden.

Glücklicherweise fiel sie nicht hin. Sie wirbelte herum und schüttelte sich und versuchte voller Verzweiflung, ihn abzuwerfen, bevor er Schaden anrichten konnte.

Er hatte sich in ihre Kleidung verkrallt. Obwohl sie Bluse und Pullover trug, spürte sie, wie einige seiner messerspitzen Krallen sich in ihre Haut bohrten – brennende kleine Nadelstiche. Er ließ einfach nicht los.

Sie zog den Kopf zwischen die Schultern und drückte das Kinn fest gegen die Brust und schützte so ihren Nakken, so gut sie konnte. Sie schlug mit der Faust nach hinten, den Rücken hoch, traf nur Luft, versuchte es wieder und erwischte die Katze nun mit einem Schlag, der zu schwach war, um irgendeinen Schaden anzurichten.

Trotzdem kreischte Aristophanes vor Wut und schnappte nach ihrem Nacken. Sie machte ihm mit ihren gekrümmten Schultern und ihrem vollen Haar, das ihm ins Maul geriet wie ein Knebel, einen Strich durch die Rechnung.

Sie hatte sich noch nie etwas sehnlicher gewünscht, als das kleine Biest zu töten. Es war nicht mehr das Haustier, das sie kannte und liebte; es war eine merkwürdige und verhaßte Bestie, und sie empfand nicht einmal mehr einen Funken Zuneigung für ihn.

Sie wünschte sich, die Pistole verwenden zu können, die sie mit der rechten Hand umklammerte, aber es gab keine Möglichkeit, ihn zu erschießen, ohne daß sie sich dabei selbst erschoß.

Sie schlug immer wieder mit der linken Hand nach ihm, und ihre arthritische Schulter beklagte sich heftig und schmerzhaft darüber, wenn sie den Arm in einem so unnatürlichen Winkel nach oben und hinten verdrehte.

Wenigstens einen Augenblick lang unterbrach die Katze ihren erbarmungslosen, jedoch bisher wirkungslosen Angriff auf ihren Nacken. Sie wischte mit den Krallen über die Faust, die nach ihr schlug und schlitzte die Haut an Grace' Knöcheln auf.

Innerhalb kürzester Zeit glänzten ihre Finger vor Blut. Sie brannten so sehr, daß ihre Augen zu tränen begannen.

Der Anblick, vielleicht auch der Geruch des Blutes, ermutigte die Katze. Sie kreischte vor wilder Freude.

Grace begann, das Undenkbare zu denken – daß sie diesen Kampf verlieren würde.

*Nein!*

Sie kämpfte gegen die Angst an, die sie in Griff bekommen und lähmen wollte, versuchte, trotz der Panik, die sie verwirrte, wieder einen klaren Kopf zu bekommen, und hatte plötzlich einen Gedanken, der ihr vielleicht das Leben retten konnte. Sie stolperte auf die nächste freie Wand zu, die sich links neben der Frisierkommode befand.

Die Katze klammerte sich beharrlich an ihren Rücken, drückte ihre Schnauze hartnäckig gegen ihren Nackenansatz und fauchte und zischte dabei. Sie war entschlossen, sich einen Weg zu ihrem geschützten Nacken zu bahnen und ihre Halsschlagader aufzureißen.

Als Grace an der Wand angelangt war, drehte sie sich mit dem Rücken dazu und ließ sich dann mit ihrem ganzen Gewicht dagegen fallen, knallte die Katze gegen den Gips hinter ihr, quetschte sie fest zwischen ihrem Körper und der Wand und hoffte, ihr so das Rückgrat zu brechen. Der Aufprall schickte einen Schmerzstrahl durch ihre Schultern und trieb die Krallen des Tieres noch tiefer in ihre Rückenmuskeln. Der Schrei der Katze war fast schrill genug, um feines Kristall zerbersten zu lassen; und er klang fast wie das Jammern eines menschlichen Kindes. Aber sie hielt sie weiter fest gepackt. Grace stieß sich von der Wand ab, knallte dann ein zweitesmal dagegen, und die Katze heulte wie vorher, hielt sich jedoch weiterhin fest. Noch einmal stieß sie sich von der Wand ab, um einen dritten Versuch zu unternehmen, ihren Gegner zu zerschmettern, bevor sie sich jedoch auf die Katze fallen lassen konnte, ließ sie los. Sie fiel zu Boden, rollte ein Stück, sprang auf die Füße, huschte von ihr weg und hinkte dabei mit der rechten Vorderpfote.

Gut. Sie hatte Aristophanes weh getan.

Sie sank an der Wand in sich zusammen, hob den 22er Revolver, den sie noch immer in der rechten Hand hielt, und drückte ab.

Nichts.

Sie hatte vergessen zu entsichern.

Die Katze eilte durch die offene Tür und verschwand im oberen Flur.

Grace ging zur Tür, schloß sie und lehnte sich erschöpft dagegen. Schnappte nach Luft.

Ihre linke Hand war zerkratzt und blutete, und auf ihrem Rücken befand sich ein halbes Dutzend Wunden von den Krallen der Katze, aber sie hatte die erste Runde gewonnen. Die Katze humpelte; sie war verletzt, vielleicht genauso schwer wie sie, und *Ari* hatte den Rückzug angetreten.

Das war jedoch noch kein Grund zum Feiern. Noch nicht.

Nicht, bevor sie nicht lebendig aus dem Haus war. Und nicht, bevor sie nicht genau wußte, daß auch Carol sich in Sicherheit befand.


Nach dem verunsichernden Telefongespräch mit der Empfangsdame von Maugham & Crichton hatte Paul keine Ahnung, was er machen sollte.

Er konnte jetzt nicht schreiben. Soviel war sicher. Er mußte die ganze Zeit an Carol denken und konnte sich nicht einmal lange genug ablenken, um die Handlung seines Romans auch nur einen einzigen Satz voranzutreiben.

Er wollte Lincoln Werth im Polizeihauptquartier anrufen und ihn dazu bringen, einen Vertreter des Sheriffs zur Hütte zu schicken, der Carol und Jane dort erwarten sollte. Er wollte sie wieder zu Hause haben. Aber er konnte sich das Gespräch mit Detective Werth schon ausmalen, und der Gedanke daran entmutigte ihn:

»Sie wollen, daß ein Sheriff sie bei der Hütte erwartet?«

»Genau.«

»Warum?«

»Ich glaube, daß meine Frau in Gefahr schwebt.«

»In was für einer Gefahr?«

»Ich glaube, daß das Mädchen mit dem Namen Jane Doe gewalttätig werden könnte. Daß sie vielleicht sogar morden könnte.«

»Und warum glauben Sie das?«

»Weil sie unter Hypnose behauptet hat, Millie Parker zu sein.«

»Wie bitte?«

»Millie Parker hat mal versucht, ihre Mutter umzubringen.«

»Tatsächlich? Und wann war das?«

»1905.«

»Dann wär' sie doch wohl heute schon 'ne kleine alte Dame. Und das Mädel ist erst vierzehn oder fünfzehn.«

»Sie verstehen mich nicht. Millie Parker ist schon seit ungefähr sechsundsiebzig Jahren tot und ...«

»Einen Moment, einen Moment! Was zum Teufel sagen Sie da? Daß Ihre Frau vielleicht von 'nem Kind umgebracht wird, das selbst schon fast hundert Jahre tot ist?«

»Nein. Natürlich nicht.«

»Und was meinen Sie dann?«

»Ich ... weiß es nicht.«

Werth würde denken, daß er die ganze Nacht durchgezecht hatte oder daß er den Tag gleich mit ein paar Joints begonnen hatte.

Außerdem war es Jane gegenüber nicht fair, sie öffentlich als potentielle Mörderin zu beschuldigen. Vielleicht hatte Carol recht. Vielleicht war das Kind nur das Opfer. Abgesehen von dem, was sie unter Hypnose gesagt hatte, schien sie tatsächlich zu jeglicher Gewalt unfähig.

Warum hatte sie andererseits ausgerechnet gesagt, sie sei Millicent Parker, die angebliche Mörderin, wo es doch so viele Leute gab, deren Identität sie hätte annehmen können? Wo hatte sie diesen Namen schon gehört? Verriet die Tatsache, daß sie ihn verwendete, nicht schon verborgene Feindseligkeit?

Paul schwang in seinem Drehstuhl vom Schreibtisch weg und starrte durchs Fenster auf den grauen Himmel hinaus. Der Wind wurde mit jeder Minute stärker. Die Wolken rasten nach Westen über den Himmel, als wären sie gewaltige, schnelle, dunkle Schiffe mit Segeln, die sich in der Farbe von Gewitterstürmen blähten.

KLINGE, BLUT, TOT, GRAB, TÖTEN, CAROL.

Ich muß zur Hütte, dachte er plötzlich entschlossen und stand auf. Vielleicht reagierte er zu stark auf diese Geschichte mit Millicent Parker, aber er konnte nicht einfach nur so dasitzen und überlegen...

Er ging ins Schlafzimmer, um ein paar Sachen in einen Koffer zu stopfen. Nach nur kurzem Zögern beschloß er, seinen 38er Revolver einzupacken.

Das Mädchen fragte: »Wie weit ist es noch zur Hütte?«

»Noch zwanzig Minuten«, antwortete Carol. »Die ganze Fahrt dauert gewöhnlich zweieinviertel Stunden, und wir liegen ziemlich gut in der Zeit.«

Die Berge waren kühl und grün. An manchen Bäumen war bereits die Hand des Künstlers Herbst zu sehen, und bei den meisten – allen außer den Nadelbäumen – würde sich innerhalb der nächsten paar Wochen die Farbe der Blätter verändern. Heute überwog jedoch noch das Grün mit ein bißchen Gold hie und da und einem gelegentlichen Hauch von Rot. Der Waldrand – wo auch immer die Wiesen oder die Straße auf die Bäume trafen – war mit ein paar wilden Herbstblumen geschmückt, blau und weiß und purpurfarben.

»Es ist schön hier oben«, meinte Jane, während sie der zweispurigen Landstraße um eine Kurve folgten. An der rechten Seite, die sich zum Schotter hinabsenkte, standen überall leuchtendgrüne Rhododendronbüsche.

»Ich liebe die Berge von Pennsylvania«, sagte Carol. Sie fühlte sich zum erstenmal seit Wochen so richtig entspannt. »Es ist so friedlich hier. Warte, bis du erst einen oder zwei Tage in der Hütte bist. Dann vergißt du, daß der Rest der Welt überhaupt existiert.«

Sie kamen aus der Kurve, die auf eine ansteigende, gerade Strecke führte, wo die Äste der Bäume ineinandergriffen und so über Teilen der Straße einen Tunnel bildeten. An den Stellen, wo sich die Bäume weit genug teilten, um den Blick auf den Himmel freizugeben, waren nur massive, schwarzgraue Wolken zu sehen, die sich zu wogenden, häßlichen, bedrohlichen Formationen zusammenballten.

»Ich hoffe bloß, daß es nicht regnet und uns den ersten Tag hier verdirbt«, meinte Jane.

»Der Regen verdirbt hier gar nichts«, versicherte Carol ihr. »Wenn wir gezwungen sind, drinnen zu bleiben, werfen wir einfach einen ganzen Stapel Scheite in den großen Steinkamin und braten uns *drinnen* ein paar Hot Dogs. Und wir haben 'nen ganzen Schrank voller Spiele, die uns die Langeweile an Regentagen vertreiben. Monopoly, Scrabble, Cluedo, Risiko, Schiffe versenken und mindestens noch ein Dutzend andere. Ich glaube, wir werden's schon schaffen, keinen Hüttenkoller zu kriegen.«

»Das wird sicher lustig«, meinte Jane begeistert.

Über ihnen teilte sich das Gewölbe aus Bäumen, und der Septemberhimmel brodelte finster.

# 11

Grace saß an der Bettkante, die 22er in der Hand, und erwog ihre Möglichkeiten. Sie hatte nicht viele.

Je mehr sie darüber nachdachte, desto wahrscheinlicher kam es ihr vor, daß die Katze die größere Chance hatte, das Duell zu gewinnen.

Wenn sie versuchte, das Haus durchs Schlafzimmerfenster zu verlassen, würde sie sich sicher ein Bein brechen und wahrscheinlich das Genick noch obendrein. Wenn sie nur zwanzig Jahre jünger gewesen wäre, hätte sie es versuchen können. Aber mit siebzig, mit ihren geschwollenen Gelenken und brüchigen Knochen, konnte es nur im Elend enden, wenn sie vom ersten Stock auf den mit Beton gepflasterten Innenhof sprang. Es ging auch nicht nur darum, überhaupt aus dem Haus herauszukommen, sondern heil und ganz, so daß sie es dann quer durch die Stadt zu Carols und Pauls Haus schaffte.

Sie konnte das Fenster öffnen und anfangen, um Hilfe zu rufen. Aber sie hatte Angst, daß Aristophanes – oder das Ding, das sich Aristophanes' Körper bediente – jeden, der auftauchte und versuchte, ihr zu helfen, angreifen würde, und sie wollte nicht den Tod eines Nachbarn auf dem Gewissen haben.

Das war einzig und allein ihr Kampf. Niemand anders hatte damit zu tun. Sie mußte ihn allein ausfechten.

Sie ging alle möglichen Wege durch, auf denen sie das Haus verlassen konnte, sobald sie das Erdgeschoß erreicht hatte – wenn sie es überhaupt erreichte –, aber keiner davon schien weniger gefährlich als die übrigen. Die Katze konnte überall stecken. Überall. Das Schlafzimmer war der einzige sichere Ort im Haus. Wenn sie sich aus dieser Zuflucht herauswagte, würde die Katze schon auf sie warten und sie angreifen, egal, ob sie versuchte, das Haus vorne, durch die Küchentür oder durch eines der Fenster im Erdgeschoß zu verlassen. Sie würde in diesem oder jenem Schatten geduckt lauern, vielleicht auf einem Bücherregal oder Schrank oder einer Kiste, angespannt und bereit, sich auf ihr überraschtes Gesicht zu stürzen, wenn sie hochsah.

Sie hatte natürlich noch die Pistole. Aber die Katze, die ohnehin eine Schleichernatur hatte, würde immer den Vorteil der Überraschung haben. Wenn sie ihr nur zwei oder drei Sekunden voraus war, wenn sie nur dieses kleine bißchen langsamer reagierte als die Katze, hatte diese genügend Zeit, um sich an ihrem Gesicht festzukrallen, ihr die Kehle aufzureißen oder ihr die Augen mit ihren schnellen, stilettspitzen Krallen herauszubohren.

Merkwürdigerweise fürchtete sie den Tod noch immer, auch wenn sie die Lehre von der Reinkarnation akzeptiert hatte, obwohl sie nun ohne jeden Zweifel wußte, daß es ein Leben nach dem Tode gab. Die Gewißheit eines ewigen Lebens minderte den Wert dieses Daseins in keiner Weise. Tatsächlich schien ihr Leben jetzt, wo sie göttliches Wirken direkt unter der sichtbaren Oberfläche der Welt erkennen konnte, bedeutungsvoller und zweckgerichteter zu sein als je zuvor.

Sie wollte nicht sterben.

Obwohl ihre Chancen, lebend aus dem Haus herauszukommen, höchstens fünfzig zu fünfzig standen, konnte sie nicht für immer im Schlafzimmer bleiben. Sie hatte kein Wasser, keine Nahrung. Außerdem war es, wenn sie nicht innerhalb der nächsten paar Minuten hier herauskam, vielleicht zu spät, um Carol irgendwie zu helfen.

Wenn Carol stirbt, nur weil ich nicht den Mut habe, dieser verdammten Katze Paroli zu bieten, dachte sie, dann ist es ohnehin besser, wenn ich tot bin.

Sie entsicherte die Pistole.

Sie stand auf und ging zur Tür.

Fast eine Minute lang stand sie dort, ein Ohr gegen die Tür gepreßt, und lauschte auf kratzende Geräusche oder andere Hinweise darauf, daß Aristophanes in der Nähe war. Sie hörte nichts.

Sie hielt die Pistole in der rechten Hand und benutzte die blutige Linke, die von den Krallen zerfetzt worden war, um den Türknopf herumzudrehen. Sie öffnete die Tür mit äußerster Vorsicht, jeweils nur einen Zentimeter weiter, und erwartete, daß die Katze in dem Moment, wo der Spalt breit genug für sie war, hereingeschossen kommen würde. Aber das tat sie nicht.

Schließlich streckte sie den Kopf zögernd hinaus in den Flur. Sah nach links. Nach rechts.

Die Katze war nirgendwo zu schen.

Sie trat hinaus auf den Flur und blieb stehen, weil sie Angst hatte, sich von der Schlafzimmertür wegzubewegen.

*Geh!* sagte sie sich ärgerlich. Jetzt beweg schon deinen fetten Hintern, Gracie!

Sie ging einen Schritt auf die erste Stufe zu. Dann noch einen. Versuchte, leise zu sein.

Die Treppe schien kilometerweit entfernt.

Sie sah zurück.

Immer noch kein Aristophanes.

Noch ein Schritt.

Das würde der längste Marsch werden, den sie je unternommen hatte.

Paul schloß den Koffer, hob ihn hoch, wandte sich vom Bett ab – und machte vor Schreck einen Sprung, als das ganze Haus erzitterte, wie wenn die Kanonenkugel eines Zerstörers seine Seite getroffen hätte.

*Klopf!*

Er sah zur Decke hinauf.

*KLOPF! KLOPF! KLOPF!*

In den letzten fünf Tagen hatte kein Hämmern den Frieden gestört. Er hatte die Sache natürlich nicht völlig vergessen; er fragte sich immer noch gelegentlich, wo jenes mysteriöse Geräusch hergekommen war. Im großen und ganzen hatte er das Problem jedoch zu den Akten gelegt; es hatte andere Dinge gegeben, um die er sich sorgen mußte. Aber jetzt –

*KLOPF! KLOPF! KLOPF!*

Das nervenaufreibende Geräusch brachte die Fenster zum Zittern und prallte von den Wänden ab. Es schien auch in Pauls Zähnen und Knochen zu vibrieren.

*KLOPF!*

Nachdem er Tage damit zugebracht hatte, herauszufinden, woher jenes Geräusch kam, wurde es ihm mit einem Schlag klar. *Es war eigentlich eine Axt*. Es war kein Hämmern, so wie er gedacht hatte, nein. Das Geräusch hatte etwas Scharfes, etwas Sprödes und Krachendes am Ende jeden Schlages an sich. Es war ein *hackendes* Geräusch.

*KLOPF!*

Die Tatsache, daß er nun wußte, was es war, half ihm nicht im geringsten dabei zu verstehen, woher es kam. Also war es eine Axt, nicht ein Hammer. Na und? Er konnte sich noch immer keinen Reim darauf machen. Warum erschütterten die Schläge das ganze Haus? Es hätte schon die mythische Axt Paul Bunyans sein müssen, die eine solche Wucht besaß. Und egal, ob es nun ein Hammer oder eine Axt oder sogar, verdammt noch mal, eine *Salami* war, wie konnte das Geräusch, das es erzeugte, aus blauem Himmel kommen?

Plötzlich und ohne jeden Grund kam ihm das Fleischerbeil in den Sinn, das Louise Parker damals im Jahre 1905 tief in den Hals ihrer wahnsinnigen Tochter geschlagen hatte. Er dachte an die unheimlichen Blitzschläge in O'Brians Büro; an den merkwürdigen Eindringling, den er während des Unwetters an jenem Abend im Garten hinter dem Haus gesehen hatte; an das Scrabblespiel vor zwei Abenden (KLINGE, BLUT, TOT, GRAB, TÖTEN, CAROL); an Grace' zwei prophetische Träume. Und er wußte ganz genau – ohne daß er wußte *wie* –, daß das Geräusch der Axt der rote Faden war, der all jene außergewöhnlichen Vorfälle miteinander verband, die sich in letzter Zeit ereignet hatten. Seine Intuition sagte ihm, daß eine Axt das Werkzeug war, durch das Carols Leben in Gefahr geraten würde. Er wußte nicht wie. Er wußte nicht warum. Aber er *wußte* es.

*KLOPF! KLOPF!*

Ein Gemälde fiel vom Wandhaken und polterte auf den Boden.

Paul gefror das Blut in den Adern.

Er mußte zur Hütte. Und zwar schnell.

Er näherte sich der Schlafzimmertür, und sie schlug ihm vor der Nase zu. Niemand hatte sie berührt. Es hatte keinen plötzlichen Luftzug gegeben, der sie bewegt haben konnte. In der einen Sekunde stand die Tür noch weit auf, und in der nächsten fiel sie zu, als hätte sie einen heftigen Stoß von einer unsichtbaren Hand erhalten.

Aus den Augenwinkeln sah Paul, wie sich etwas bewegte. Mit klopfendem Herzen und zugeschnürter Kehle wirbelte er herum, auf die Bewegung zu, und hob instinktiv den Koffer hoch, um sich wenigstens teilweise zu schützen.

Eine der beiden schweren Spiegelschranktüren glitt auf. Er erwartete, daß jemand heraustreten würde, aber als die Tür ganz offen war, konnte er darin nur Kleider auf ihren Bügeln sehen. Dann glitt sie wieder zu, und die andere Tür ging auf. Dann begannen beide, gleichzeitig zu gleiten, und die eine verschwand hinter der anderen, hin und her, hin und her, auf ihren geräuschlosen Plastikrädern.

*KLOPF! KLOPF!*

Eine Lampe über einem der Nachtkästchen barst.

Noch ein Gemälde fiel von der Wand.

*KLOPF!*

Auf dem Frisiertisch begannen zwei Porzellanfiguren – eine Ballerina und ihr männlicher Partner – Kreise umeinander zu ziehen, fast als ob sie zum Leben erwacht wären und eine Vorstellung für Paul gaben. Zuerst bewegten sie sich langsam, dann schneller und immer schneller, bis sie in die Luft hinausgetragen wurden, durchs halbe Zimmer flogen und auf den Boden schlugen.

Die Holzhütte lag versteckt in den kühlen Schatten unter den Bäumen. Sie hatte vorne eine lange, überdachte Veranda mit Fliegengitter und einen ausgezeichneten Blick auf den See.

Sie war eine von neunzig Ferienhütten, die in dem malerischen Tal zwischen den Bergen lagen, und jede davon hatte einen halben oder ganzen Morgen Grund dazu. Sie waren alle entlang des südlichen Seeufers gebaut und nur über eine private Kiesstraße mit Tor zu erreichen, die sich um das Wasser herumwand. Manche waren einfache Hütten aus rohem Holz, wie die, die Paul und Carol gekauft hatten, aber es gab auch die weiße Neuengland-Version aus Schalbrettern, moderne A-Konstruktionen und ein paar, die kleinen Schweizer Chalets ähnelten.

Carol parkte den Wagen am Ende ihrer eigenen Kiesauffahrt, die von der gemeinsamen Straße abzweigte, neben der Eingangstür. Sie und Jane stiegen aus, standen einen Augenblick lang beide schweigend da, lauschten auf die Stille und atmeten die wundervoll frische Luft ein.

»Es ist herrlich hier«, sagte Jane schließlich.

»Ja, nicht wahr?«

»So ruhig.«

»Das ist es nicht immer. Nicht, wenn die meisten der Hütten bewohnt sind. Aber im Moment ist wahrscheinlich niemand hier außer Peg und Vince Gervis.«

»Wer ist das?« fragte Jane.

»Die Leute, die sich um die Hütten kümmern. Die Vereinigung der Hauseigentümer zahlt ihnen ein Gehalt. Sie leben das ganze Jahr hier in der letzten Hütte, draußen am Ende des Sees. Außerhalb der Saison machen sie mehrmals täglich eine Inspektionstour, damit sie Brände und Rowdys und was sonst noch alles gleich entdecken. Nette Leute.«

Über dem entfernten nördlichen Ufer des Sees flammten Blitze über den feindseligen Himmel. Ein Donnerschlag fiel aus den Wolken und rollte übers Wasser.

»Wir holen wohl besser die Koffer und das Essen aus dem Wagen, bevor wir alles im Regen ausladen müssen«, meinte Carol.


Grace erwartete, auf der Treppe angegriffen zu werden, denn dort war es am schwierigsten für sie, sich zur Wehr zu setzen. Wenn die Katze sie erschreckte und dadurch aus dem Gleichgewicht brachte, stürzte sie möglicherweise. Und wenn sie stürzte, würde sie sich wahrscheinlich ein Bein oder die Hüfte brechen, und während sie noch vom Schreck und Schmerz des Falls betäubt war, würde sich die Katze mit Krallen und Zähnen auf sie stürzen. Deshalb bewegte sie sich die Treppe seitwärts hinunter, mit dem Rücken zur Wand, so daß sie sowohl nach vorne als auch nach hinten sehen konnte.

Aber Aristophanes zeigte sich nicht. Grace erreichte den unteren Flur ohne Zwischenfälle.

Sie sah den Flur entlang in beide Richtungen.

Um zur Eingangstür zu gelangen, mußte sie an der offenen Tür zum Arbeitszimmer und an dem Bogen vorbei, der zum Wohnzimmer führte. Die Katze konnte aus beiden hervorschießen, während sie vorbeiging, und auf ihr Gesicht losspringen, bevor sie noch Zeit hatte, sie auszumachen, mit der Pistole auf sie zu zielen und abzudrükken.

Um die andere Tür an der Rückseite des Hauses zu erreichen, mußte sie nach rechts, den Flur entlang, an der offenen Tür zum Eßzimmer vorbei und in die Küche. Dieser Weg sah auch nicht weniger gefährlich aus.

Scylla und Charybdis, dachte sie unglücklich. Feuer oder Abgrund.

Dann fiel ihr ein, daß ihre Autoschlüssel in der Küche an dem Brett neben der hinteren Tür hingen, und das entschied die Sache. Sie mußte das Haus durch die Küche verlassen.

Sie ging vorsichtig den Flur entlang, bis sie zu einem Wandspiegel kam, unter dem sich ein schmaler Ziertisch befand. Darauf standen zwei hohe Vasen, die den Spiegel flankierten. Sie nahm eine davon in die verletzte linke Hand und schob sich auf die offene Eßzimmertür zu.

Sie hielt inne, bevor sie die Tür erreichte, und lauschte.

Stille.

Sie beugte sich vor und riskierte ein Auge, als sie ins Eßzimmer spähte. Von der Katze war nichts zu sehen. Das hieß jedoch nicht, daß sie nicht dort drin war. Die Vorhänge waren halb zugezogen, und es war ein trüber Tag; es gab viele Schatten, viele Winkel, in denen sich eine Katze verbergen konnte.

Für den Fall, daß Aristophanes tatsächlich in einem dieser Schatten steckte, schleuderte Grace die Vase hinein, um ihn abzulenken. Als sie mit lautem Krachen aufschlug, trat sie gerade weit genug über die Schwelle, um den Türknopf zu packen, und zog dann die Tür zu, während sie schnell in den Flur zurücktrat. Wenn die Katze tatsächlich da drin war, würde sie verdammt noch mal auch da drin *bleiben* müssen.

Sie hörte kein Geräusch aus dem Eßzimmer, was wahrscheinlich bedeutete, daß es ihr nicht gelungen war, dieses schwer zu fassende Tier zu fangen. Wenn Ari dort drin gewesen wäre, hätte er inzwischen sicherlich vor Wut gekreischt und an der Innenseite der geschlossenen Tür gekratzt. Höchstwahrscheinlich hatte sie mit ihrem kleinen Trick nur Zeit und Energie vergeudet. Aber wenigstens gab es jetzt ein Zimmer hier unten, dem sie ungestraft den Rücken zuwenden konnte.

Sie schlich sich auf die Küchentür zu, sah dabei wiederholt nach links und rechts, hinten und vorne, zögerte und trat dann mit ausgestreckter Pistole ein. Sie suchte den Raum langsam und gründlich ab, bevor sie sich weiter vorwagte. Den niedrigen Tisch und die Stühle. Den summenden Kühlschrank. Die herabbaumelnde Telefonschnur, die die Katze durchgekaut hatte. Die glänzenden Chromarmaturen am Ofen. Die Doppelspüle. Die weißen Arbeitsflächen. Das kleine Weingestell auf einer der Arbeitsflächen. Die Keksdose und den Brotkasten neben dem Wein.

Der Motor des Kühlschranks schaltete sich ab, und es folgte tiefe, ungebrochene Stille.

Na schön, dachte sie sich. Beiß die Zähne zusammen und mach dich auf die Socken, Gracie.

Sie bewegte sich leise durchs Zimmer, suchte mit den

Augen jeden Winkel, jede Ecke ab: die Öffnung unter dem eingebauten Tisch, den schmalen Raum neben dem Kühlschrank, den toten Winkel am anderen Ende der Reihe von Schränken. Keine Katze.

Vielleicht habe ich Ari doch schwerer verletzt, als ich gedacht habe, sagte sie sich voller Hoffnung. Vielleicht habe ich das Mistvieh nicht bloß außer Gefecht gesetzt. Vielleicht hat es sich weggeschleppt und ist gestorben.

Inzwischen hatte sie die hintere Tür erreicht.

Sie wagte nicht zu atmen, aus Angst, ihr eigener Atem könne die heimlichen Geräusche übertönen, die die Katze vielleicht verursachte.

Ein Schlüsselbund, an dem auch die Autoschlüssel waren, hing an dem kleinen ovalen Brett neben der Tür. Sie nahm ihn vom Haken.

Sie griff nach dem Türknopf.

Die Katze fauchte.

Grace schrie unwillkürlich auf und drehte den Kopf schnell nach rechts auf das Geräusch zu.

Sie befand sich am einen Ende der langen Reihe von Schränken. Am anderen Ende standen das Weingestell und der Brotkasten und die Keksdose nebeneinander; als sie in den Raum gekommen war, hatte sie sie von vorne gesehen. Jetzt hatte sie die Seitenansicht. Von diesem Blickwinkel aus bemerkte sie etwas, was ihr von vorn nicht hatte auffallen können: Die Keksdose und der Brotkasten, die normalerweise direkt an der Wand hinter dem Büfett standen, waren jetzt ein paar Zentimeter nach vorne geschoben. Die Katze hatte sich hinter diese beiden Gegenstände gezwängt und sie langsam aus dem Weg gedrückt. Sie hatte sich in dieses Versteck geduckt, saß mit dem Hinterteil gegen das Weingestell gepreßt und streckte den Kopf zur Küchentür. Sie war zunächst etwa dreieinhalb Meter von ihr entfernt – und dann nicht einmal mehr so weit, weil sie fauchend über das Büfett auf sie zuschnellte.

Die Auseinandersetzung war nach ein paar Sekunden

beendet, aber während dieser Sekunden schien die Zeit dahinzukriechen, und Grace hatte das Gefühl, als wäre sie in einem Zeitlupenfilm gefangen. Sie stolperte rückwärts, weg vom Büfett und der Katze, aber sie kam nicht weit, bevor sie gegen eine Wand stieß; während sie sich bewegte, hob sie die Waffe und gab kurz hintereinander zwei Schüsse ab. Die Keksdose zerbarst, und von einer der Schranktüren splitterten Holzstücke ab. Aber die Katze kam immer noch, kam in Zeitlupenschritten mit aufgerissenem Maul und entblößten Fängen über die glatte Arbeitsfläche des Büfetts auf sie zu. Es wurde ihr klar, daß es nicht leicht war, ein so kleines, schnelles Ziel zu treffen, nicht einmal aus so kurzer Entfernung. Sie feuerte noch einmal, aber sie wußte, daß die Pistole in ihrer Hand zitterte; und sie war nicht überrascht, als sie hörte, wie die Kugel mit hohem, durchdringendem iiiii weit neben dem Ziel von etwas abprallte. In ihren durch die Angst geschärften Sinnen schien das Echo des Abpralls ins Unendliche nachzuhallen: iiiii, iiiii, iiiii, iiiii, iiiii... Dann war die Katze am Ende des Büfetts angelangt und sprang in die Luft, und Grace feuerte noch einmal. Diesmal traf sie. Die Katze jaulte auf. Die Kugel besaß genügend Wucht, um das Tier gerade einen Augenblick, bevor es kratzend und beißend auf ihrem Gesicht gelandet wäre, abzuwehren. Es wurde zurück und nach links geschleudert wie ein Bündel Lumpen. Es schlug gegen die Küchentür und fiel wie ein Stein zu Boden, wo es still und regungslos liegenblieb.

Paul konnte sich nicht darüber klarwerden, was der Poltergeist mit den eindrucksvollen Beweisen seiner Stärke bezwecken wollte. Er wußte nicht, ob er irgend etwas von ihm zu befürchten hatte oder nicht. Versuchte er, ihn aufzuhalten, ihn hier zu halten, bis es zu spät war, Carol zu helfen? Oder vielleicht trieb er ihn auch an und versuchte sein Bestes, ihn davon zu überzeugen, daß er sofort zur Hütte mußte.

Er hatte den Koffer immer noch in einer Hand und ging auf die Schlafzimmertür zu, die von dem unsichtbaren Geist zugeschlagen worden war. Als er nach dem Türknopf griff, begann die Tür, in ihren Angeln zu erzittern – zuerst leicht, dann heftig.

*Klopf... klopf... klopf... KLOPF!*

Er riß die Hand zurück, unschlüssig, was er tun sollte.

*KLOPF!*

Das Geräusch der Axt kam jetzt von der Tür, nicht wie früher von oben. Obwohl die massive Relieftür aus Kiefernholz eher ein gewaltiges Hindernis darstellte als ein einfaches Modell aus Hartfaserplatten, erzitterte sie heftig und bekam dann in der Mitte einen Sprung, als wäre sie aus Balsaholz.

Paul stolperte zurück.

Noch ein Riß tauchte parallel zum ersten auf, und Holzsplitter flogen ins Zimmer.

Gleitende Schranktüren und fliegende Porzellanfiguren mochten wohl das Werk eines Poltergeistes sein, aber das hier war wieder etwas anderes. Gewiß konnte kein Geist eine schwere Tür einfach so zerhacken. Es *mußte* sich jemand mit einer richtigen Axt hinter der Tür befinden.

Paul fühlte sich schutzlos. Er suchte das Zimmer nach Dingen ab, die er notfalls als Waffe verwenden konnte, aber er sah nichts Brauchbares.

Der 38er Revolver war im Koffer. Er würde ihn nicht mehr rechtzeitig herausnehmen können, um sich zu verteidigen, und er wünschte sich sehnlichst, daß er ihn in der Hand behalten hätte.

*KLOPFKLOPFKLOPFKLOPF!*

Die Schlafzimmertür barst in ein halbes Dutzend großer Stücke und zahllose kleinere Splitter und Fetzen.

Er riß einen Arm vors Gesicht, um die Augen zu schützen. Holz regnete von allen Seiten auf ihn herab.

Als er den Arm herunternahm, sah er, daß niemand vor der Tür stand, keiner mit einer Axt. Der Türhacker war also doch der unsichtbare Geist.

*KLOPF!*
Paul trat über die zersplitterte Tür hinaus auf den Flur.

Der Sicherungskasten war in der Vorratskammer. Carol betätigte alle Schalter, und das Licht ging wieder an.

Es gab kein Telefon. Das war praktisch die einzige Annehmlichkeit des modernen Lebens, die in der Hütte fehlte.

»Findest du's kalt hier drin?« fragte Carol.

»Ein bißchen.«

»Wir haben einen Gasofen, aber solange es nicht *richtig* kalt ist, ist der Kamin schöner. Laß uns ein bißchen Brennholz reinholen.«

»Du meinst, wir müssen jetzt einen Baum fällen?«

Carol lachte. »Das wird nicht nötig sein. Komm und schau.«

Sie führte das Mädchen nach draußen hinter die Hütte, wo von einer offenen Veranda Stufen zu einem kleinen Garten führten. Der Garten grenzte an eine Wiese, wo das Gras kniehoch stand, und die Wiese stieg etwa fünfzig Meter weit bis zu einer Wand aus Bäumen an.

Als Carol diese vertraute Landschaft sah, blieb sie überrascht stehen und erinnerte sich an den Traum, der ihr in der vergangenen Woche mehrmals den Schlaf verdorben hatte. In dem Alptraum war sie durch ein Haus gerannt, dann durch noch eines, dann über eine Bergwiese, während etwas Silbriges in der Dunkelheit hinter ihr flackerte. Damals war ihr nicht bewußt gewesen, daß die Wiese in dem Traum *diese* Wiese war.

»Stimmt was nicht?« fragte Jane.

»Was. Oh. Nein. Laß uns das Brennholz holen.«

Sie führte das Mädchen die Verandastufen hinunter und nach links, wo an die südwestliche Ecke der Hütte ein Holzschuppen angebaut war.

In der Ferne rollte Donner. Es hatte noch nicht begonnen zu regnen.

Carol sperrte das schwere Schloß am Holzschuppen

auf, nahm es von der Haspe und steckte es in die Jackentasche. Sie würde es nicht wieder anbringen müssen, bevor sie in neun oder zehn Tagen nach Harrisburg zurückkehrte.

Die Tür des Holzschuppens schwang knarrend in ihren ungeölten Angeln auf. Drinnen zog Carol an der Lichtschnur, und eine nackte Hundert-Watt-Birne erhellte ganze Stapel trockenen Klafterholzes, das hier vor den Unbilden des Wetters geschützt lag.

Von der Decke hing ein Eimer für das Brennholz. Carol nahm ihn herunter und gab ihn dem Mädchen »Wenn du ihn vier- oder fünfmal vollmachst, haben wir bis morgen früh mehr als genug Holz.«

Als Jane den ersten Eimer in der Hütte ausgeladen hatte und zurückkam, stand Carol am Hackstock und spaltete ein kurzes Scheit mit einer Axt in vier Knüppel.

»Was machst du denn da?« fragte das Mädchen, blieb in respektvollem Abstand stehen und starrte die Axt vorsichtig an.

»Wenn ich Feuer mache«, meinte Carol, »lege ich Anmachholz unter, darauf eine Schicht Späne und dann ganz oben drauf ganze Scheite. Das brennt dann immer gut. Siehst du? Ich bin eben ein richtiger Daniel Boone.«

Das Mädchen runzelte die Stirn. »Die Axt sieht furchtbar scharf aus.«

»Muß sie auch sein.«

»Ist das auch nicht gefährlich?«

»Ich hab' das schon oft gemacht, hier und daheim«, meinte Carol. »Ich bin Fachmann. Mach dir mal keine Sorgen, Kleines. Ich amputiere mir schon nicht aus Versehen die Zehen.«

Sie nahm wieder ein kurzes Scheit und begann, es in vier Teile zu spalten.

Jane ging zum Holzschuppen und machte einen weiten Bogen um den Hackstock. Als sie mit ihrer zweiten Eimerladung zum Haus zurückkehrte, sah sie immer wieder stirnrunzelnd über die Schulter.

Carol begann, ein neues Scheit zu spalten.

*KLOPF!*

Paul ging mit dem Koffer in der Hand den Flur im ersten Stock zur Treppe hinunter, und der Poltergeist begleitete ihn. Auf beiden Seiten öffneten sich Türen und schlugen zu, öffneten sich und schlugen zu, immer wieder, ganz von selbst und mit solcher Wucht, daß es klang, als schritte er durch mörderisches Kanonenfeuer.

Während er die Treppe hinunterging, begann der Kronleuchter oben im Treppenhaus am Ende seiner Kette weite Kreise zu beschreiben, angetrieben von einer Brise, die Paul nicht spürte, oder von einer körperlosen Hand.

Im Erdgeschoß wurden Gemälde von den Wänden gerissen, während er vorbeiging. Stühle fielen um. Das Sofa im Wohnzimmer wackelte heftig auf seinen vier zierlichen Holzbeinen hin und her. In der Küche zitterte das obere Regal mit den Küchengeräten; Töpfe und Pfannen und Kellen schepperten gegeneinander.

Als er schließlich bei dem Pontiac in der Garage angekommen war, wußte er, daß er nicht den ganzen Koffer in die Berge mitschleppen mußte. Er hatte nicht einfach nur mit seiner Pistole und den Kleidern, die er auf dem Leibe trug, in die Hütte stürzen wollen; denn wenn nichts gewesen wäre, hätte er wie ein Idiot ausgesehen, und er hätte Jane großes Unrecht getan. Jetzt jedoch, nach Pollys Anruf von Maugham & Crichton und nach dem erstaunlichen Auftritt des Poltergeistes, wußte er, daß überhaupt nichts mehr stimmte; nun bestand auch nicht mehr die geringste Möglichkeit, daß er zur Hütte kam und feststellte, daß alles friedlich war. Er würde auf jeden Fall in den einen oder anderen Alptraum stolpern. Da gab es keinerlei Zweifel. Also machte er den Koffer neben dem Auto auf dem Boden der Garage auf, nahm den geladenen Revolver heraus und ließ das restliche Zeug zurück.

Als er die Auffahrt rückwärts hinunterfuhr, sah er, wie Grace Mitowskis blauer Ford mit überhöhter Geschwindigkeit um die Ecke bog. Er hielt am Bordstein vor dem Haus und kratzte dabei so stark an der Bordsteinkante, daß sich blauweißer Rauch erhob.

Grace war aus dem Auto, sobald es zum Stehen gekommen war. Sie hastete zu dem Pontiac hinüber und bewegte sich dabei schneller, als Paul sie seit Jahren gesehen hatte. Sie riß die vordere Tür auf der Beifahrerseite auf und beugte sich hinein. Ihr Haar war völlig durcheinander. Ihr Gesicht war eierschalenweiß und blutbespritzt.

»Mein Gott, Grace, was ist denn mit dir passiert?«

»Wo ist Carol?«

»Sie ist zur Hütte gefahren.«

»Schon?«

»Heute früh.«

»Verdammt. Wann genau?«

»Vor drei Stunden.«

Grace' Blick war gehetzt. »Das Mädchen hat sie begleitet?«

»Ja.«

Sie schloß die Augen, und Paul konnte sehen, daß sie gegen die Panik ankämpfte, versuchte, ihr Herr zu werden und sich zu beruhigen. Sie öffnete die Augen wieder und meinte: »Wir müssen ihnen hinterher.«

»Genau das will ich auch.«

Er sah, wie sich ihre Augen weiteten, als sie den Revolver neben ihm auf dem Sitz liegen sah, die Mündung nach vorne auf das Armaturenbrett gerichtet.

Sie hob den Blick von der Waffe und sah ihm ins Gesicht. »Du weißt also, was los ist?« fragte sie überrascht.

»Eigentlich nicht«, meinte er und legte den Revolver ins Handschuhfach. »Das einzige, was ich sicher weiß, ist, daß Carol in Schwierigkeiten steckt. Und zwar in verdammt großen.«

»Wir müssen uns nicht bloß um Carol Sorgen machen«, sagte Grace. »Sondern um beide.«

»Beide? Das Mädchen auch, meinst du? Aber ich dachte, es ist das Mädchen, das...«

»Ja«, sagte Grace. »Sie wird versuchen, Carol umzubringen. Aber sie könnte diejenige sein, die dann schließlich tatsächlich stirbt. Wie schon früher.«

Sie stieg ins Auto und zog die Tür zu.

»Wie schon früher?« fragte Paul. »Ich verstehe nicht...« Er sah ihre blutverkrustete Hand. »Du brauchst 'nen Arzt.«

»Keine Zeit.«

»Was zum Teufel ist hier los?« fragte er, und seine Angst um Carol wich für kurze Zeit der Frustration. »Ich weiß, daß etwas Merkwürdiges vor sich geht, aber ich weiß verdammt noch mal nicht, was es ist.«

»Ich schon«, sagte sie. »Ich weiß es. Tatsächlich weiß ich weit mehr als mir wahrscheinlich lieb ist.«

»Wenn du irgendwas Konkretes hast, etwas, das sich vernünftig anhört«, meinte er, »dann sollten wir die Polizei rufen. Die könnten dann die Polizeistation da droben verständigen und ganz schnell Hilfe zur Hütte schicken, schneller, als wir hinkommen können.«

»Das, was ich zu berichten habe, ist nicht nur konkret, es ist hart wie Granit, soweit es mich betrifft«, meinte Grace. »Aber die Polizei würde das sicher nicht so sehen. Die würde sagen, daß ich einfach eine verrückte Alte bin. Die würde mich an einen netten, sicheren Ort stecken, und das alles nur zu meinem eigenen Besten. Im günstigsten Falle würde sie mich auslachen.«

Er dachte an den Poltergeist – das Geräusch der Axt, die splitternde Tür, die Keramikfiguren, die durch die Luft flogen, die Stühle, die umfielen – und er sagte: »Ja. Ich weiß genau, was du meinst.«

»Wir müssen die Sache selber in die Hand nehmen«, meinte Grace. »Also los. Ich kann dir alles, was ich weiß, unterwegs erzählen. Mit jeder Minute, die wir verlieren, wird mir übler und übler, wenn ich dran denke, was da oben in den Bergen vielleicht gerade passiert.«

Paul stieß mit dem Auto auf die Straße zurück, fuhr vom Haus weg und auf die nächste Autobahneinfahrt zu. Als er sich auf offener Strecke befand, trat er das Gaspedal durch, und der Wagen schoß vorwärts.

»Wie lange dauert's normalerweise, bis man dort ist?« fragte Grace.

»Ungefähr zweieinviertel Stunden.«

»Zu lang.«

»Wir werden's schneller schaffen.«

Die Tachonadel ging auf hundertdreißig.

# 12

Sie hatten eine Menge Essen in Pappkartons und Kühltaschen mitgebracht. Sie räumten alles in die Schränke und den Kühlschrank und einigten sich darauf, ganz auf ein Mittagessen zu verzichten, um sich so völlig schamlos einem opulenten Abendessen hingeben zu können.

»Gut«, sagte Carol und zog eine Liste aus einer der Küchenschubladen, »hier steht drauf, was wir tun müssen, um das Haus bewohnbar zu machen.« Sie las vor: »Plastikplanen von den Möbeln entfernen; alles abstauben; Küchenspüle schrubben; Bad saubermachen; Betten überziehen.«

»Und das nennst du Urlaub?« fragte Jane.

»Was ist los? Findest du nicht, daß die Liste unheimlich vielversprechend klingt?«

»Unheimlich.«

»Na ja, die Hütte ist ja nicht riesig. Zusammen werden wir die Liste in einer Stunde oder eineinhalb durchhaben.«

Sie hatten kaum angefangen, als es an der Tür klopfte. Es war Vince Gervis, der Mann, der sich um die Ferienanlage kümmerte. Er war groß, hatte einen breiten Brustkasten und gewaltige Schultern, einen gewaltigen Bizeps, gewaltige Hände und ein Lächeln, das zum Rest paßte.

»Mach' grad meine Runde«, meinte er. »Hab' Ihren Wagen gesehen. Dachte, ich sag' hallo.« Carol stellte ihn Jane vor und sagte, sie wäre eine Nichte (eine bequeme Notlüge). Darauf plauderten sie eine Weile höflich, und dann sagte Gervis: »Dr. Tracy, wo ist denn der *andere* Dr. Tracy? Ich hätt' ihn auch gern gesehen.«

»Oh, er ist im Moment nicht hier«, meinte Carol. »Er kommt am Sonntag hoch, wenn er eine wichtige Arbeit fertig hat, die er nicht einfach weglegen konnte.«

Gervis runzelte die Stirn.

Carol fragte: »Stimmt irgend etwas nicht?«

»Na ja... ich und meine Frau wollten in die Stadt fahren zum Einkaufen und vielleicht 'nen Film anschaun, auswärts essen. Sehen Sie, das machen wir meistens am Freitagnachmittag. Aber hier oben ist sonst keine Menschenseele außer Ihnen und Jane. Vielleicht morgen, weil's 'n Samstag ist, und wenn's Wetter nicht so schlecht ist und die Leute alle daheim bleiben. Aber heute ist niemand außer Ihnen da.«

»Machen Sie sich wegen uns mal keine Sorgen«, meinte Carol. »Wir kommen schon zurecht. Fahren Sie und Peg nur in die Stadt, so wie Sie's vorgehabt haben.«

»Na ja... ich weiß nicht so recht, ob mir das gefällt, Sie zwei ganz allein hier draußen, zwanzig Meilen weg von anderen Leuten. Nee, gefällt mir nicht sehr.«

»Uns wird schon keiner belästigen, Vince. Wir haben ein Tor an der Straße; man kann nicht mal rein ohne Codekarte.«

»Jeder kann *zu Fuß* rein, wenn er nur ein bißchen laufen will.«

Carol brauchte noch etliche Minuten und viele weitere Worte, um ihn zu beruhigen, aber endlich beschloß er, daß er und seine Frau ihren üblichen Plan für den Freitag einhalten würden.

Kurz nachdem Vince weg war, fing es an zu regnen. Das sanfte Prasseln von hundert Millionen Tröpfchen, die auf hundert Millionen raschelnden Blättern aufkamen, wirkte beruhigend auf Carol.

Jane jedoch fand das Geräusch irgendwie unangenehm. »Ich weiß auch nicht warum«, meinte sie, »aber das Geräusch erinnert mich an Feuer. Das Zischen... wie wenn jede Menge Flammen alles rund um einen herum auffressen. Sss, Sss, Sss...«

Der Regen zwang Paul, auf unter hundert herunterzugehen, was für die Bedingungen auf der Autobahn immer noch zu schnell war, aber die Situation erforderte es, Risiken einzugehen.

Die Scheibenwischer schlugen hin und her wie ein Metronom, und die Reifen sangen leise auf dem feuchten Schotter.

Es war ein düsterer Tag, und er wurde immer noch düsterer. Es sah eher nach Dämmerung aus als nach Mittag. Der Wind blies Vorhänge aus Regen über die trügerisch feuchte Fahrbahn, die alles verdeckten, und der graubraune Straßengischt, den die anderen Autos aufsprühten, hing als dichter, dreckiger Dunst in der Luft.

Es schien fast, als wäre der Pontiac ein winziges Schiff, das durch die tiefen Ströme einer weiten, kalten See dahinsegelte, die einzige warme, helle Zuflucht im Umkreis von einer Million Meilen.

Grace sagte: »Du wirst wahrscheinlich nicht glauben, was ich dir zu sagen habe, und das wäre auch verständlich.«

»Nach dem, was ich heute erlebt habe«, meinte Paul, »glaube ich alles.«

Und vielleicht wollte der Poltergeist genau *das* bezwecken, dachte er. Vielleicht wollte er mich auf die Geschichte, die Grace mir erzählen will, vorbereiten. Wenn der Poltergeist mich nicht aufgehalten hätte, hätte ich das Haus schon verlassen gehabt, bevor Grace kam.

»Ich mach's so einfach und direkt, wie ich nur kann«, meinte Grace. »Aber es ist keine einfache und direkte Angelegenheit.« Sie hielt ihre zerschundene linke Hand in der Rechten; sie hatte aufgehört zu bluten, und die

Schnitte waren jetzt alle verkrustet und verklebt. »Es beginnt 1865 in Shippensburg. Die Familie hieß Havenswood.«

Paul starrte sie an, erstaunt über den Namen.

Sie sah geradeaus auf das regendurchnäßte Land, durch das sie eilten. »Die Mutter war Willa Havenswood, und der Name der Tochter war Laura. Die beiden sind nicht gut miteinander ausgekommen, überhaupt nicht gut. Es lag an beiden, und die Gründe dafür, daß sie ständig aufeinander herumgehackt haben, sind für uns eigentlich nicht wichtig. Es ist aber wichtig, daß Willa eines Tages im Frühling 1865 Laura in den Keller geschickt hat, um dort Frühjahrsputz zu machen, obwohl sie ganz genau wußte, daß das Mädchen Todesangst vor dem Keller hatte. Es war eine Strafe, weißt du. Und während Laura dort unten im Keller gewesen ist, ist oben ein Feuer ausgebrochen. Sie ist unten gefangen gewesen und verbrannt. Sie muß mit der Anschuldigung auf den Lippen gestorben sein, daß ihre Mutter sie absichtlich in jene Falle geschickt hatte. Vielleicht hat sie sogar gedacht, daß Willa das Feuer selbst angezündet hat – was nicht der Fall war. Es ist versehentlich von Rachael Adams, Lauras Tante, ausgelöst worden. Es ist sogar möglich, daß Laura sich gefragt hat, ob ihre Mutter das Feuer nicht *absichtlich* angezündet hat, nur um sie loszuwerden. Das Kind hat seelische Probleme gehabt; es ist zu solchen melodramatischen Vorstellungen durchaus in der Lage gewesen. Auch die Mutter hat seelische Probleme gehabt; sie ist ganz eindeutig fähig gewesen, Paranoia in anderen *hervorzurufen.* Jedenfalls ist Laura einen furchtbaren Tod gestorben, und wir können ziemlich sicher sein, daß ihr letzter Gedanke der brennende Wunsch nach Rache gewesen ist. Sie konnte ja nicht wissen, daß *auch ihre Mutter in den Flammen umgekommen ist!*«

Deshalb hat die Polizei also nach Carols Mitteilung nichts über die Havenswood-Identität herausgefunden, dachte Paul. Sie hätte bis ins neunzehnte Jahrhundert zurückgehen müssen, um die Familie Havenswood zu finden. Wahrscheinlich existieren über diese Zeit gar keine Unterlagen mehr im Landkreis.

Aus dem Dunst vor ihnen tauchte ein langsam fahrender Lastwagen auf, und Paul überholte ihn. Einen Augenblick lang trommelte der schmutzige Gischt von den großen Reifen des Lasters gegen die Seite des Pontiac, und es war so laut, daß Grace das Geräusch nicht übertönen konnte.

Als sie an dem Lastwagen vorbei waren, meinte sie: »Seit 1865 versucht Laura nun schon, in mindestens zwei, vielleicht sogar drei anderen Leben Rache zu nehmen. Reinkarnation, Paul. Kannst du daran glauben? Kannst du glauben, daß Laura Havenswood im Jahre 1943 ein fünfzehnjähriges Mädchen namens Linda Bektermann gewesen ist und in der Nacht vor ihrem sechzehnten Geburtstag versucht hat, ihre Mutter zu töten, die die wiedergeborene Willa Havenswood gewesen ist? Das ist ein authentischer Fall. Linda Bektermann ist Amok gelaufen und hat versucht, ihre Mutter mit der Axt zu erschlagen, aber ihre Mutter hat das Blatt gewendet und statt dessen das Mädchen getötet. *Laura ist ihre Rache nicht gelungen.* Und kannst du glauben, daß Willa jetzt wieder lebt und diesmal unsere Carol ist? Und daß Laura auch wieder lebt?«

»Jane?«

»Ja.«

Carol und Jane machten die Hütte zusammen in einerviertel Stunden sauber. Carol freute es zu sehen, daß das Mädchen fleißig war und sogar niedrige Arbeiten gern und gut erledigte.

Als sie fertig waren, schenkten sie sich zur Belohnung zwei Gläser Pepsi ein und setzten sich auf die beiden großen Lehnstühle vor dem gewaltigen Kamin.

»Es ist noch zu früh zum Kochen«, sagte Jane. »Und draußen ist es zu naß für einen Spaziergang, was willst du also für ein Spiel spielen?«

»Ich richte mich da ganz nach dir. Schau dir ruhig alle Sachen in unserem Spieleschrank an und such dir was raus. Aber ich glaube, wir sollten zuerst die Therapiesitzung erledigen.«

»Machen wir damit sogar in den Ferien weiter?« fragte das Mädchen. Sie war ganz offensichtlich unsicher, obwohl sie früher deswegen nicht unsicher gewirkt hatte, nicht einmal bei der ersten Sitzung vorgestern.

»Natürlich müssen wir weitermachen«, meinte Carol. »Jetzt, wo wir damit angefangen haben, ist es das beste, wenn wir weiterarbeiten und jeden Tag ein Stückchen weiter vordringen und -tasten.«

»Na ja... gut.«

»Gut. Drehen wir die Stühle so, daß wir uns ansehen.«

Auf der einen Seite flackerte das Feuer und warf tanzende Schatten auf den Herd.

Draußen rüttelte der Regen unaufhörlich an den Bäumen und prasselte aufs Dach, und Carol kam zu Bewußtsein, daß es sogar noch mehr nach Feuer klang, als Jane gesagt hatte, so daß sie völlig vom Zischen und Knistern der Flammen umringt zu sein schienen.

Diesmal benötigte sie nur ein paar Sekunden, um Jane in Trance zu versetzen. Aber wie schon bei der ersten Sitzung brauchte das Mädchen fast zwei Minuten, um zu einer Zeit zurückzukehren, in der es für sie Erinnerungen gab. Diesmal beunruhigte die lange Stille Carol nicht wie beim erstenmal.

Als das Mädchen schließlich redete, verwendete sie die Stimme von Laura. »Mami? Bist du das? Bist du das, Mami?«

»Laura?«

Das Mädchen hielt die Augen fest zugepreßt. Ihre Stimme klang gezwungen und angespannt. »Bist du das? Bist du das, Mami? Bist du's?«

»Entspanne dich«, sagte Carol.

Statt sich zu entspannen, verkrampfte sich das Mädchen sichtlich noch mehr. Sie krümmte die Schultern und ballte die Hände im Schoß zu Fäusten. Die Anstrengung zeichnete Falten auf ihre Stirn und um ihre Mundwinkel. Sie beugte sich vom Rücken des Stuhls weg auf Carol zu.

»Ich möchte, daß du mir ein paar Fragen beantwortest«, sagte Carol. »Aber du mußt dich zuerst entspannen und beruhigen. Du wirst jetzt genau das tun, was ich dir sage. Du entkrampfst jetzt deine Fäuste. Du...«

»Das werde ich nicht!«

Das Mädchen schlug die Augen auf. Sie sprang vom Stuhl auf und stand jetzt zitternd vor Carol.

»Setz dich, Kleines.«

»Ich werd' nicht tun, was du sagst! Ich hab's satt, das zu tun, was du mir sagst. Ich habe deine Strafen satt.«

»Setz dich«, sagte Carol sanft aber bestimmt.

Das Mädchen starrte sie voller Wut an. »Du hast mir das angetan«, sagte sie in der Stimme Lauras. »Du hast mich da runter an diesen furchtbaren Ort gesteckt.«

Carol zögerte und beschloß dann, sich mittreiben zu lassen. »Was für einen Ort meinst du denn?«

»Das weißt du ganz genau«, sagte das Mädchen anklagend. »Ich *hasse* dich.«

»Wo ist dieser furchtbare Ort, von dem du gesprochen hast?« beharrte Carol.

»Der Keller.«

»Und was ist so furchtbar an dem Keller?«

Haß schäumte in den Augen des Mädchens auf. Es fletschte wild die Zähne.

»Laura? Antworte mir. Was ist so furchtbar an dem Keller?«

Das Mädchen schlug ihr ins Gesicht.

Der Schlag betäubte Carol. Er war hart, schmerzhaft und unerwartet. Einen Augenblick lang konnte sie es einfach nicht glauben, daß sie tatsächlich geschlagen worden war.

Dann versetzte ihr das Mädchen noch einen Schlag. Mit der Rückseite der Hand.

Und noch einen. Stärker als vorher.

Carol packte die schmalen Handgelenke ihrer Gegnerin, aber das Mädchen riß sich los. Sie trat Carol gegen das Schienbein, und als Carol aufschrie und einen Augenblick lang in sich zusammensackte, ging das Mächen ihr an die Kehle. Carol wehrte sie ab, wenn auch mit Mühe, und versuchte, von dem Lehnstuhl aufzustehen. Jane drückte sie wieder zurück und stürzte sich auf sie. Sie spürte, wie das Mädchen sie in die Schulter biß, und plötzlich verwandelten sich Schreck und Verwirrung in Angst. Der Stuhl kippte um, und sie rollten beide, wild mit den Armen schlagend, auf den Boden.

Das flache Land, durch das sie gefahren waren, begann nun, anzusteigen und sich zu sanft dahinrollenden Hügeln zu formen, aber die Berge waren immer noch weit weg.

Wenn sich das Wetter innerhalb der letzten halben Stunde überhaupt verändert hatte, dann nur zum Schlechten. Es regnete heftiger denn je; die dicken, harten Wasserkügelchen zerplatzten auf der Fahrbahn wie Glas, und die gestaltlosen Teilchen spritzten hoch in die Luft. Paul hielt die Tachonadel auf hundertdreißig.

»Reinkarnation«, meinte er nachdenklich. »Noch vor ein paar Minuten habe ich dir gesagt, daß ich heute alles glauben könnte, aber das ist verrückt. Reinkarnation? Wo zum Teufel ist dir denn diese Theorie über den Weg gelaufen?«

Während die Scheibenwischer arbeiteten und die Reifen ein schrilles Klagelied auf der Fahrbahn voller Regenpfützen sangen, erzählte Grace ihm von den Anrufen Leonards, dem Besuch des längst verstorbenen Reporters, den prophetischen Träumen; sie erzählte ihm von dem verbissenen Kampf gegen Aristophanes. »Ich bin Rachael Adams, Paul. Dieses andere Leben ist mir enthüllt worden, damit ich diesen Teufelskreis durchbrechen kann. Willa hat das Feuer nicht ausgelöst. Ich habe das aus Versehen getan. Es gibt keinen Grund für die Rache des Mädchens. Das ganze ist ein Fehler, ein düsteres Mißverständnis. Wenn ich mit dem Mädchen Jane reden kann, während sie in ihrer Lauraphase steckt, kann ich sie von der Wahrheit überzeugen. Das weiß ich. Ich kann das Ganze zum Stillstand bringen, jetzt, ein und für allemal. Glaubst du, das ist nur Geschwätz? Daß ich senil bin? Das glaube ich nicht. Ich *weiß*, daß ich es nicht bin. Und ich vermute, daß du in letzter Zeit selbst merkwürdige Erlebnisse gehabt hast, die das bestätigen, was ich dir erzähle.«

»Da hast du den Nagel auf den Kopf getroffen«, meinte er.

Trotzdem, Reinkarnation – in einem neuen Körper wiedergeboren zu werden – war etwas, was man nur mit großer Verblüffung und Erschütterung hinnehmen konnte. *Es gibt keinen endgültigen Tod.* Ja, das war viel schwerer hinzunehmen als die Existenz von Poltergeistern.

»Weißt du etwas von Millicent Parker?« fragte er sie.

»Noch nie gehört«, meinte Grace.

Es begann nun, noch stärker zu regnen. Er stellte die Scheibenwischer auf die höchste Geschwindigkeit.

»Im Jahre 1905«, erzählte er Grace, »hat Millie Parker versucht, ihre Mutter umzubringen – in der Nacht vor ihrem sechzehnten Geburtstag. Wie im Fall Linda Bektermann hat schließlich die Mutter Millie umgebracht statt umgekehrt. Eindeutig Notwehr. Und jetzt kommt etwas, was du vielleicht noch nicht weißt: Unter Hypnose hat Jane behauptet, Laura, Millie und dann Linda Bektermann zu sein. Aber uns haben die Namen bis jetzt nichts gesagt.«

»Und wieder, wie in dem Fall Millicent Parker«, meinte Grace, »hat das Mädchen sich nicht rächen können. Ja. Ich hab' gewußt, daß es zwischen Laura und Linda noch ein weiteres Leben geben muß.«

»Aber warum immer diese Geschichte mit der Nacht vor dem Geburtstag?«

»Laura hat sich unheimlich auf *ihren* sechzehnten Geburtstag gefreut«, meinte Grace-Rachael. »Sie hat geglaubt, daß das der schönste Tag ihres Lebens werden würde. Sie hat alles mögliche vorgehabt für diesen Tag – und sich vorgestellt, wie sich ihr Leben verändern würde, wenn sie erst einmal dieses magische Alter erreicht hatte. Ich glaube, sie hat irgendwie das Gefühl gehabt, daß ihre Mutter sie anders behandeln würde, wenn sie ›erwachsen‹ wäre. Aber sie ist vor ihrem Geburtstag in den Flammen umgekommen.«

»Und Leben für Leben tauchen die Angst vor ihrer Mutter und der Haß gegen ihre Mutter aus ihrem Unterbewußtsein auf, wenn ihr sechzehnter Geburtstag näherrückt.«

Grace nickte. »Aus dem Unterbewußtsein des Mädchens, das sie im Jahre 1865 gewesen ist, des Mädchens, der Identität, die auf dem Grunde von Janes Psyche vergraben liegt.«

Sie fuhren eine oder zwei Minuten schweigend dahin. Pauls Hände lagen schweißnaß auf dem Steuer.

Es drehte sich in ihm alles, als er versuchte, die Geschichte aufzunehmen, die sie ihm erzählt hatte, und er hatte jenes merkwürdige Gefühl, auf einem Seil hoch über einem tiefen, tiefen, dunklen Abgrund zu balancieren.

Dann sagte er: »Aber Carol ist nicht Janes Mutter.«

»Du hast etwas vergessen«, meinte Grace.

»Was?«

»Carol hat als Teenager ein uneheliches Kind zur Welt gebracht. Ich weiß, daß sie dir das alles erzählt hat. Ich verrate dir also kein Geheimnis.«

Pauls Magen verkrampfte sich. Es fror ihn bis in die Knochen. »Mein Gott. Du meinst ... Jane ist das Kind, das Carol zur Adoption freigegeben hat.«

»Ich habe keine Beweise dafür«, sagte Grace. »Aber ich wette, daß wir, wenn die Polizei ihr Suchnetz nur weit genug auswirft und die Eltern des Mädchens schließlich in einem anderen Bundesstaat aufspürt, erfahren, daß sie adoptiert ist. Und daß Carol ihre richtige Mutter ist.«

Sie kämpften scheinbar ewig auf dem Boden neben dem Kamin, stöhnten, wanden sich, das Mädchen schlug um sich, und Carol versuchte, sich zu wehren, ohne sie zu verletzen. Als es schließlich klar wurde, daß Carol zweifelsfrei die stärkere von beiden war und letztlich die Oberhand gewinnen würde, drückte sich das Mädchen von ihr weg, krabbelte hoch, gab ihr einen Tritt in den Oberschenkel und rannte aus dem Zimmer in die Küche.

Carol war schockiert und wie betäubt von der unerwarteten Gewalttätigkeit des Mädchens sowie der manischen Wucht ihrer Schläge. Ihr Gesicht brannte, und sie wußte, daß sie blaue Flecken im Gesicht bekommen würde. Die Schulter, in die das Mädchen sie gebissen hatte, blutete; langsam breitete sich ein großer, feuchter, roter Fleck vorne über ihre Bluse aus.

Sie stand auf und wankte einen Augenblick lang unsicher hin und her. Dann folgte sie dem Mädchen. »Kleines, warte!«

In der Ferne, draußen vor dem Haus, schwoll Lauras Stimme zu einem hohen, schrillen Schrei an: »Ich haaaaaasse dich!«

Carol erreichte die Küche und lehnte sich gegen den Kühlschrank. Das Mädchen war weg. Die hintere Tür stand offen.

Das Geräusch des Regens war sehr laut.

Sie eilte zur Tür und sah hinaus auf den hinteren Garten, auf die kleine Wiese, auf den Wald, der sich an die Wiese herandrängte. Das Mädchen war verschwunden.

»Jane! Laura!«

Millicent? fragte sie sich. Linda? Wie um Himmels willen *soll* ich sie bloß nennen?

Sie ging über die Veranda und die Stufen zum Garten hinunter, hinaus in den kalten, prasselnden Regen. Sie wandte sich nach rechts, dann nach links, nicht sicher, wo sie zuerst suchen sollte.

Dann tauchte Jane auf. Das Mädchen kam aus dem

Holzschuppen der südwestlichen Ecke der Hütte. Sie hatte eine Axt in der Hand.

*»... und daß Carol ihre richtige Mutter ist.«*

Grace' Worte hallten wieder und wieder in Pauls Kopf.

Einen Augenblick lang war er unfähig zu sprechen.

Er starrte schockiert geradeaus, sah die Straße eigentlich nicht mehr und wäre fast von hinten in einen langsam dahinrollenden Buick gefahren. Er trat voll auf die Bremse. Er und Grace wurden nach vorne geschleudert und stellten dabei ihre Sicherheitsgurte auf die Probe. Er verlangsamte, bis er sich wieder unter Kontrolle hatte.

Schließlich brachen die Worte aus ihm hervor wie Maschinengewehrfeuer: »Aber wie zum Teufel hat das Mädel rausgefunden, wer ihre richtige Mutter ist; normalerweise kriegen Kinder in ihrem Alter solche Informationen nicht. Wie ist sie von dem Staat, in dem sie lebt, hierhergekommen? Wie hat sie uns aufgespürt und die ganze Angelegenheit so weit gebracht, wie sie jetzt ist? Guter Gott, sie ist Carol also tatsächlich absichtlich vors Auto gelaufen. Es ist ein abgekartetes Spiel gewesen. Die ganze verdammte Sache ist ein abgekartetes Spiel gewesen!«

»Ich weiß nicht, wie sie den Weg zu Carol gefunden hat«, meinte Grace. »Vielleicht haben ihre Eltern gewußt, wer die richtige Mutter des Kindes ist, und haben den Namen in den Familienunterlagen aufbewahrt, falls das Mädchen ihn als Erwachsene jemals wissen wollte. Vielleicht aber auch nicht. Vielleicht war's ganz anders. Vielleicht haben einfach dieselben Mächte sie zu Carol getrieben, die versucht haben, durch Aristophanes an mich heranzukommen. Das könnte erklären, warum sie so benommen gewirkt hat, bevor sie Carol vor die Räder gelaufen ist. Aber ich weiß es auch nicht genau. Vielleicht erfahren wir es nie.«

»O Scheiße«, sagte Paul mit zitternder Stimme. »O nein, nein. Verdammt!«

»Was?«

»Du weißt doch, wie Carol immer an *dem* Tag ist«, meinte er schwach. »An dem Tag, an dem ihr Kind geboren wurde, das Kind, das sie weggegeben hat. Sie ist an dem Tag ganz anders als sonst. Deprimiert, zurückgezogen. Das ist immer so ein schlimmer Tag für sie, daß sich das Datum in mein Gedächtnis eingegraben hat.«

»Mir auch«, sagte Grace.

»Es ist morgen«, meinte er. »Wenn Jane tatsächlich Carols Kind ist, wird sie morgen sechzehn.«

»Ja.«

»Und sie wird heute versuchen, Carol umzubringen.«

Laken aus dunklem Regen kräuselten sich und flatterten wie windgepeitschte Segeltuchzelte.

Carol stand auf dem durchweichten Rasen, unfähig, sich zu bewegen, von der Angst wie gelähmt, erstarrt durch den kalten Regen.

Etwa sechs Meter entfernt stand das Mädchen mit der Axt, die sie mit beiden Händen gepackt hielt. Ihr nasses Haar hing auf ihre Schulter herab, und die Kleider klebten an ihr. Sie schien den Sturm und die eisige Luft vergessen zu haben. Ihre Augen waren wie die einer Eule, als hätte sie Amphetamin genommen, und ihr Gesicht war wutverzerrt.

»Laura?« sagte Carol schließlich. »Hör mir zu. Du wirst mir jetzt zuhören. Du wirst die Axt fallen lassen.«

»Du gemeine, niederträchtige Hexe«, preßte das Mädchen durch ihre fest zusammengebissenen Zähne hervor.

Ein Blitz riß den Himmel auf, und einen Augenblick lang schimmerte der fallende Regen in den flackernden Strahlen, die von der anderen Seite des Himmels herniederschlugen.

Als der folgende Donner verrollt und Carol wieder zu hören war, sagte sie: »Laura, ich will, daß du...«

»Ich hasse dich!« sagte das Mädchen. Sie ging einen Schritt auf Carol zu.

»Hör jetzt sofort damit auf«, sagte Carol, ohne zurückzuweichen. »Du wirst dich jetzt beruhigen. Du wirst dich entspannen.«

Das Mädchen machte einen weiteren Schritt auf sie zu.

»*Laß die Axt fallen*«, beharrte Carol. »Kleines, hör mir zu. Du *wirst* mir jetzt zuhören. Du bist nur in Trance. Du bist...«

»Diesmal krieg' ich dich, Mami. Diesmal verlier' ich nicht.«

»Ich bin nicht deine Mutter«, sagte Carol. »Laura, du bist...«

»Diesmal hack' ich dir deinen verdammten Kopf ab, du Hexe!«

Die Stimme hatte sich verändert.

Sie war nun nicht mehr die von Laura.

Sie gehörte Linda Bektermann, der dritten Identität.

»Ich werd' dir deinen verdammten Kopf abhacken und ihn zusammen mit dem von Vati auf den Küchentisch legen.«

Mit einem Schlag erinnerte sich Carol wieder an den Alptraum von letzter Woche. In dem Traum hatte es einen Augenblick gegeben, wo sie in die Küche getreten und auf zwei abgetrennte Köpfe auf einem Tisch gestoßen war, den eines Mannes und den einer Frau. Aber wie konnte Jane diesen Alptraum kennen?

Carol trat schließlich einen Schritt zurück, dann noch einen. Obwohl der Regen kalt war, begann sie zu schwitzen.

»Ich sag' dir's nur noch einmal, Linda. Du mußt die Axt weglegen und...«

»Ich hack' dir den Kopf ab und hau' dich in tausend kleine Stücke«, sagte das Mädchen.

Und die Stimme gehörte jetzt Jane.

Es war nicht die Stimme einer Identität, die sich nur in der Trance gezeigt hatte. Das war *Janes* Stimme. Sie war aus eigener Kraft aus der Trance erwacht. Sie wußte, wer sie war. Sie wußte, wer Carol war. Und *trotzdem* wollte sie die Axt immer noch verwenden.

Carol schob sich an die Stufen zur hinteren Veranda heran.

Das Mädchen beschrieb schnell einen Kreis in diese Richtung und versperrte so den Zugang zur Hütte. Dann begann sie, sich rasch und grinsend auf Carol zuzubewegen.

Carol drehte sich um und rannte auf die Wiese zu.

Trotz des trommelnden Regens, der mit der Wucht von Geschossen gegen die Windschutzscheibe knallte, trotz des schmutzigen Dunstes, der über der Straße hing, trotz der trügerisch schmierigen Fahrbahn trat Paul das Gaspedal ganz durch und lenkte den Pontiac auf die Überholspur.

»Es ist eine Maske«, sagte er.

Grace fragte: »Was meinst du damit?«

»Die Identität von Jane Doe, von Linda Bektermann und Millie Parker – jede davon ist nur eine Maske gewesen. Eine sehr wirkliche, sehr überzeugende Maske. Aber nichtsdestoweniger eine Maske. Hinter der Maske hat die ganze Zeit dasselbe Gesicht, dieselbe Person Laura gesteckt.«

»Und wir müssen dieser Maskerade ein für allemal ein Ende machen«, meinte Grace. »Wenn ich nur als ihre Tante Rachael zu ihr sprechen kann, kann ich diesen Wahnsinn beenden. Da bin ich mir ganz sicher. Sie wird auf mich hören... auf Rachael. Ihr hat sie am nächsten gestanden. Näher als ihrer Mutter. Ich kann ihr klarmachen, daß ihre Mutter Willa das Feuer damals im Jahre 1865 nicht absichtlich oder auch nur zufällig verursacht hat. Dann wird sie endlich verstehen. Sie wird sehen, daß kein Anlaß zur Rache besteht. Der Kreis wird sich schließen.«

»Wenn wir rechtzeitig kommen«, sagte Paul.

»Wenn«, sagte Grace.

Carol rannte durch den prickelnden Regen und durch das kniehohe Gras. Sie rannte die ansteigende Wiese hinauf, die Arme fest an die Seite gepreßt, schnappte nach Luft, hob die Beine bei jedem Schritt hoch und erzitterte jedesmal bis in die Knochen.

Vor ihr lag der Wald, der ihr die einzige Rettung zu sein schien. In dieser Wildnis gab es Tausende von Orten, an denen sie sich verstecken, unzählige Pfade, auf denen sie das Mädchen abhängen konnte. Schließlich war ihr die Gegend doch ein bißchen vertraut, während sie dem Mädchen fremd war.

Als sie die Wiese halb durchquert hatte, wagte sie einen Blick zurück. Das Mädchen war nur etwa fünf Meter von ihr entfernt.

Blitze schnitten durch die Bäuche der Wolken, und die Klinge der Axt flackerte einmal, zweimal auf und spiegelte jenes eisige elektrische Gleißen wider.

Carol sah wieder nach vorne und verdoppelte ihre Anstrengungen, zu den Bäumen zu gelangen. Die Wiese war feucht wie ein Schwamm und an manchen Stellen rutschig. Sie erwartete hinzufallen und sich dabei den Knöchel zu verstauchen, aber sie erreichte den Waldrand ohne Schwierigkeiten. Sie stürzte sich zwischen die Bäume, zwischen die purpurfarbenen und braunen und schwarzen Schatten, in das üppige Unterholz, und sie begann nun zu glauben, daß sie eine Chance hatte – vielleicht nur eine kleine Chance, aber nichtsdestoweniger eine Chance –, daß sie die ganze Sache lebend überstehen würde.

Paul saß über das Lenkrad gebeugt, schaute mit zusammengekniffenen Augen auf die Autobahn, über die der Regen fegte, und meinte: »Ich will eins klarstellen zwischen uns.«

Grace fragte: »Und was wäre das?«

»Mir geht's in erster Linie um Carol.«

»Natürlich.«

»Wenn wir in der Hütte in eine brenzlige Situation hineinplatzen, werd' ich alles tun, um Carol zu beschützen.«

Grace sah auf das Handschuhfach. »Du meinst... der Revolver.«

»Ja. Wenn ich muß, wenn's keine andere Möglichkeit gibt, werd' ich ihn benutzen, Grace. Ich erschieß' das Mädchen, wenn ich keine andere Wahl habe.«

»Es ist nicht sehr wahrscheinlich, daß wir mitten in eine Auseinandersetzung platzen«, sagte Grace. »Entweder hat's noch nicht angefangen – oder es ist schon alles vorbei, bis wir da sind.«

»Ich werd's nicht zulassen, daß sie Carol was tut«, meinte er grimmig. »Und wenn's hart auf hart kommt, möchte ich nicht, daß du versuchst, mich aufzuhalten.«

»Es gibt ein paar Dinge, die du in Betracht ziehen solltest«, sagte Grace.

»Und zwar?«

»Schließlich wäre es genauso tragisch, wenn Carol das Mädchen tötet. Und das ist bis jetzt immer das Muster gewesen. Sowohl Millie als auch Linda haben ihre Mutter angegriffen, aber letztlich waren *sie* diejenigen, die umgekommen sind. Was ist, wenn das auch dieses Mal passiert? Was ist, wenn Carol gezwungen ist, das Mädchen in Notwehr zu töten? Du weißt, daß sie ihre Schuldgefühle darüber nie losgeworden ist, daß sie das Mädchen zur Adoption freigegeben hat. Das lastet nach sechzehn Jahren immer noch auf ihren Schultern. Was wird also passieren, wenn sie erfährt, daß sie ihre eigene Tochter umgebracht hat?«

»Das wird sie zerbrechen«, meinte er, ohne zu zögern.

»Das könnte es sehr wohl. Und was wird aus deiner Beziehung zu Carol, wenn *du* ihre Tochter umbringst, selbst wenn du's tust, um Carol das Leben zu retten?«

Er dachte einen Augenblick darüber nach. Dann meinte er: »Das könnte *uns* zerbrechen«, und er schauderte.

Eine ganze Zeit lang konnte Carol das Mädchen nicht abhängen, ganz egal, wie gewunden der Weg auch war, dem sie durch den Wald folgte. Sie wechselte ständig die

Trampelpfade, überquerte einen kleinen Bach und ging wieder den Weg zurück, den sie gekommen war. Die ganze Zeit über lief sie gebückt und hielt sich unter der oberen Grenze der Sträucher aus dem Blickfeld heraus. Sie machte keine Geräusche, die bei dem ständigen Rauschen des Regens noch zu hören gewesen wären. Die meiste Zeit trat sie vorsichtig auf alte Blätter oder von Stein zu Stein, von Holzklotz zu Holzklotz, um keine Fußspuren auf der feuchten, kahlen Erde zu hinterlassen. Und dennoch verfolgte Jane sie mit unheimlicher Selbstsicherheit, ohne zu zögern, als ob ein Teil von ihr die Instinkte eines Bluthundes besaß.

Schließlich war sich Carol jedoch sicher, daß sie das Mädchen abgehängt hatte. Sie ging unter einer riesigen Kiefer in die Hocke, lehnte sich gegen die feuchte Rinde zurück und atmete tief, schnell und rauh ein, während sie darauf wartete, daß ihr Herzschlag aufhörte zu rasen.

Eine Minute verstrich. Zwei. Fünf.

Das einzige Geräusch war das des Regens, der durch die Blätter und durch die ineinander verflochtenen Kiefernnadeln nieselte.

Sie nahm jetzt den naßkalten Geruch üppiger Vegetation wahr – Moos und Pilze und Waldgras und ähnliches.

Nichts rührte sich.

Sie war in Sicherheit, jedenfalls vorübergehend.

Aber sie konnte nicht einfach unter der hohen Kiefer sitzen bleiben und darauf warten, daß Hilfe kam. Jane würde schließlich aufhören, nach ihr zu suchen und versuchen, einen Weg zurück zur Hütte zu finden. Wenn das Mädchen sich nicht verirrte – was sie höchstwahrscheinlich tun würde –, wenn es ihr irgendwie gelang, zur Hütte zurückzugelangen, und wenn sie sich noch immer in einem psychischen Fluchtzustand befand, wenn sie dort ankam, würde sie vielleicht den ersten Menschen umbringen, den sie traf. Wenn sie Vince Gervis überraschte, würden nicht einmal seine Größe und seine eindrucksvollen Muskeln etwas gegen die Klinge einer Axt ausrichten.

Carol erhob sich, bewegte sich weg von dem Baum und begann, in einem Kreis wieder zur Hütte zurückzukehren. Die Schlüssel zum Volkswagen steckten in ihrer Handtasche, und ihre Handtasche lag in einem der Schlafzimmer. Sie mußte die Schlüssel holen, in die Stadt fahren und den Bezirkssheriff um Hilfe bitten.

Was ist schiefgegangen? fragte sie sich. Das Mädchen hatte keinen Anlaß gehabt, gewalttätig zu werden. Es gab keinerlei Anzeichen dafür, daß sie zu so etwas in der Lage war. Die Fähigkeit zu töten war einfach nicht Teil ihrer psychischen Struktur. Paul hatte recht gehabt, sich Sorgen zu machen. Aber *warum?*

Da sie sich mit äußerster Vorsicht bewegte und erwartete, daß das Mädchen sich hinter jedem Baum oder Busch auf sie stürzen könnte, brauchte Carol fünfzehn Minuten, um den Waldrand an einem Punkt zu erreichen, der nicht weit von der Stelle entfernt war, wo sie, das Mädchen dicht auf den Fersen, in den Wald getreten war. Die Wiese lag verlassen da. Am Fuße des Hügels kauerte die Hütte unter dem strömenden Regen.

Das Kind hat sich verlaufen, dachte Carol. Dieses ganze Hin und Her und Vor und Zurück durch fremdes Gelände ist zuviel für sie gewesen. Sie wird den Weg zurück nie mehr allein finden.

Den Männern des Sheriffs würde das sicher nicht gefallen: eine Suchaktion im Regen und im Wald, nach einem gewalttätigen Mädchen, das mit einer Axt bewaffnet war. Nein, das würde ihnen überhaupt nicht gefallen.

Carol rannte über die Wiese.

Die hintere Tür der Hütte stand offen, genau wie sie sie verlassen hatten.

Sie eilte hinein, schlug die Tür hinter sich zu und legte den Riegel vor. Ein Gefühl der Erleichterung überkam sie.

Sie schluckte ein paarmal, schöpfte Atem und ging durch die Küche zur Wohnzimmertür. Sie wollte gerade über die Schwelle treten, als die plötzliche, schreckliche Gewißheit, daß sie nicht allein war, sie stehenbleiben ließ.

Sie sprang zurück, eher durch Intuition als durch etwas anderes getrieben, und noch während sie sich bewegte, sauste die Axt von links durch die offene Tür hernieder. Sie durchschnitt die Luft an der Stelle, wo sie gestanden hatte. Wenn sie sich nicht bewegt hätte, wäre sie in zwei Hälften zerhackt worden.

Das Mädchen trat ins Zimmer und schwang dabei die Axt.

Carol bewegte sich rückwärts auf die Tür zu, die sie gerade verschlossen hatte. Sie tastete hinter sich nach dem Riegel. Konnte ihn nicht finden.

Das Mädchen kam näher.

Wimmernd drehte sich Carol zu der Tür um und packte den Riegel. Sie ahnte, daß sich die Axt hinter ihr erhob, wußte, daß sie keine Zeit haben würde, die Tür zu öffnen, warf sich zur Seite, und die Klinge drang genau dort in die Tür, wo ihr Kopf gewesen war.

Das Mädchen zerrte die Axt mit übermenschlicher Kraft aus dem Holz.

Keuchend duckte sich Carol an ihr vorbei und rannte ins Wohnzimmer. Sie suchte nach etwas, womit sie sich verteidigen konnte. Das einzige, was sie fand, war ein Schürhaken im Gestell mit den Kaminwerkzeugen. Sie packte ihn.

Hinter ihr sagte Jane: »Ich hasse dich!«

Carol wirbelte herum.

Das Mädchen holte mit der Axt aus.

Carol riß den Schürhaken keine Sekunde zu früh hoch, und er hallte wider an der schimmernden, gefährlich scharfen Klinge, als er den Schlag abwehrte.

Der Aufprall sandte Schwingungen bis zu Carols Händen hinunter und betäubte sie. Sie konnte die Eisenstange nicht mehr halten; sie fiel ihr aus den prickelnden Händen.

Die Schwingungen des Aufpralls wurden durch den hölzernen Griff der Axt nicht weitergeleitet, und Jane hielt diese Waffe noch immer wild entschlossen fest.

Carol schob sich an die breite Feuerstelle des Steinkamins heran. Sie spürte die Hitze an ihren Beinen.

Sie konnte nicht mehr ausweichen.

»Jetzt«, sagte Jane. »Jetzt. Endlich.«

Sie hob die Axt hoch in die Luft, und Carol schrie in Erwartung des Schmerzes laut auf, und die Eingangstür flog auf. Sie krachte gegen die Wand. Paul war da. Und Grace.

Das Mädchen warf ihnen einen Blick zu, ließ sich jedoch nicht abhalten; die Axt sauste auf Carols Gesicht nieder.

Carol sank vor der Feuerstelle in sich zusammen.

Die Axt traf auf den Steinsims über ihrem Kopf; die Funken flogen.

Paul stürzte auf das Mädchen zu, aber sie ahnte, daß er kam. Sie wandte sich ihm zu, schwang die Axt und trieb ihn zurück.

Und wandte sich wieder Carol zu.

»Wie eine Ratte in die Ecke getrieben«, sagte sie grinsend.

Die Axt erhob sich.

Diesmal verfehlt sie ihr Ziel nicht, dachte Carol.

Jemand sagte: »Spinnen!«

Das Mädchen erstarrte.

Die Axt blieb mitten in der Luft stehen.

»Spinnen!« Es war Grace. »Auf deinem Rücken sind Spinnen, Laura. Mein Gott, auf deinem ganzen Rücken. Spinnen! Laura, paß auf die Spinnen auf!«

Carol sah voller Verwirrung, wie ein Ausdruck blanken Entsetzens sich über das Gesicht des Mädchens ausbreitete.

»Spinnen!« rief Grace wieder. »Große, schwarze, haarige Spinnen, Laura. Wisch sie weg! Wisch sie weg von deinem Rücken. Schnell!«

Das Mädchen schrie auf und ließ die Axt fallen, die gegen die Feuerstelle aus Stein klapperte. Sie fegte wie wild an ihrem Rücken herum und verdrehte dabei die Arme nach hinten. Sie schniefte und kreischte wie ein ganz kleines Kind. »Helft mir!«

»Spinnen«, sagte Grace wieder, als Paul die Axt aufhob und aus dem Weg schaffte.

Das Mädchen versuchte, sich die Bluse vom Leib zu reißen. Sie fiel auf die Knie, kippte zur Seite und plapperte voller Schrecken unverständliches Zeug. Sie wand sich auf dem Boden und wischte sich eingebildete Spinnen vom Körper. Nach einer Minute schien sie sich in einem Schockzustand zu befinden; sie lag zitternd und weinend da.

»Sie hat immer Angst vor Spinnen gehabt«, sagte Grace. »Deshalb hat sie auch den Keller gehaßt.«

»Den Keller?« fragte Carol.

»Wo sie gestorben ist«, meinte Grace.

Carol verstand nicht. Aber im Moment war ihr das egal. Sie sah, wie sich das Mädchen am Boden wand und empfand plötzlich überwältigendes Mitleid für sie. Sie kniete neben Jane nieder, hob sie auf und nahm sie in den Arm.

»Bist du in Ordnung?« fragte Paul sie.

Sie nickte.

»Spinnen«, sagte das Mädchen und zitterte dabei völlig unkontrolliert.

»Nein, Kleines«, sagte Carol. »Keine Spinnen. Du hast keine Spinnen am Körper. Jetzt nicht. Nicht mehr.« Und sie sah Grace fragend an.

**HEYNE BÜCHER**

# Richard Bachman = Stephen King

*Hinter dem Pseudonym Richard Bachman steckt der weltweit unangefochtene Meister der modernen Horrorliteratur Stephen King!*

**Der Fluch**
*01/6601*

**Menschenjagd**
*01/6687*

**Sprengstoff**
*01/6762*

**Todesmarsch**
*01/6848*

**Amok**
*01/7695*

*Im Hardcover:*

**Regulator**
*43/45*

*01/6848*

**H e y n e - T a s c h e n b ü c h e r**

**HEYNE BÜCHER**

# Dean
# Koontz

*»Er bringt die Leser
dazu, die ganze
Nacht lang weiter-
zulesen... das Zimmer
hell erleuchtet
und sämtliche Türen
verriegelt.«*

*Eine Auswahl:*

**Die Augen der Dunkelheit**
*01/7707*

**Schattenfeuer**
*01/7810*

**Schwarzer Mond**
*01/7903*

**Tür ins Dunkel**
*01/7992*

**Todesdämmerung**
*01/8041*

**Brandzeichen**
*01/8063*

**In der Kälte der Nacht**
*01/8251*

**Schutzengel**
*01/8340*

**Mitternacht**
*01/8444*

**Ort des Grauens**
*01/8627*

**Vision**
*01/8736*

**Zwielicht**
*01/8853*

**Die Kälte des Feuers**
*01/9080*

**Die Spuren**
*01/9353*

**Nachtstimmen**
*01/9354*

**Das Versteck**
*01/9422*

**Schlüssel der Dunkelheit**
*01/9554*

**Die zweite Haut**
*01/9680*

**Highway ins Dunkel**
*Stories*
*01/10039*

**H e y n e - T a s c h e n b ü c h e r**